Unkorrigiertes Leseexemplar

Der Titel erscheint am
8. August 2016 im
Heyne fliegt Verlag.

*Bitte besprechen Sie dieses Buch
nicht vor diesem Termin.*

Bitte lassen Sie uns Ihre Meinung
zu diesem Leseexemplar wissen –
mit beiliegender Postkarte
oder per E-Mail an
meinemeinung@heyne.de.

Ulla Scheler

ES IST GEFÄHRLICH, BEI STURM ZU SCHWIMMEN

Roman

heyne›fliegt

Der Verlag weist ausdrücklich darauf hin, dass im Text enthaltene
externe Links vom Verlag nur bis zum Zeitpunkt
der Buchveröffentlichung eingesehen werden konnten.
Auf spätere Veränderungen hat der Verlag keinerlei Einfluss.
Eine Haftung des Verlags ist daher ausgeschlossen.

Verlagsgruppe Random House FSC® N001967

Copyright © 2016 by Ulla Scheler
Copyright © 2016 dieser Ausgabe
by Wilhelm Heyne Verlag, München,
in der Verlagsgruppe Random House GmbH,
Neumarkter Straße 28, 81673 München
Dieses Werk wurde vermittelt durch
die Autoren- und Projektagentur Gerd F. Rumler in München
Redaktion: Diana Mantel
Umschlaggestaltung: Nele Schütz Design, München,
unter Verwendung eines Motivs
von © shutterstock/Boyan Dimitrov
Satz: Leingärtner, Nabburg
Druck und Bindung: CPI books GmbH, Leck
Printed in Germany

ISBN: 978-3-453-27043-5

www.heyne-fliegt.de

Für meine Familie

TEIL 1

EINS

Zu meinem achtzehnten Geburtstag schenkte mir mein bester Freund Ben eine Sachbeschädigung. Natürlich hätte Ben nie daran gedacht, mir ein normales Geschenk zu machen, aber damit hatte ich nun wirklich nicht gerechnet.

Alle haben gefühlt, dass Ben anders war, auch wenn es keiner in Worte fasste. Die Jungs im Schwimmteam der Schule, die Freundinnen der Jungs im Schwimmteam, die Sport-Referendarin, die das Team trainieren sollte und die er auf dem glitschigen Weg zwischen Duschen und Umkleide geküsst hat.

Er wirkte nicht wie ein Zwölftklässler. Dazu war er in den Schultern zu breit, und sein Gesicht unter den dunklen Haaren war zu scharf geschnitten. Die anderen Jungs wichen zur Seite, wenn er von der Raucherecke kam. Er war der einzige Schüler, der auf dem Lehrerparkplatz sein Auto abstellte. Und er hielt den Schulrekord im Schwimmen und den meisten Verweisen.

Alle haben gespürt, dass Ben anders war, und alle haben hingesehen, bis man Ben nicht mehr sehen konnte, weil er zwischen seinen Geschichten verschwand wie ein Lesezeichen.

Es war der Sommer nach unserem Abitur. Der achte Sommer, seit wir uns kennengelernt hatten. Der dritte Sommer, seit Bens Vater sich umgebracht hatte.

Ich sage Sommer, weil das unsere wichtigste Jahreszeit war. Im Winter dagegen verkrochen wir uns nur in den Bibliotheken und lasen Märchen aus aller Welt, aus Uganda und Norwegen, aus dem *Silmarillion* und dem *Decamerone*.

Es waren die Grenzen der Welt, vor denen wir uns im Winter versteckten. Die Welt sagte: »Du kannst nicht nach draußen«, und wenn man hinausstapfte, um ihr das Gegenteil zu beweisen, legte sie ihre Hände um einen, bis man seine Haut nicht mehr spüren konnte. Trotzdem mochte ich unsere Winter – wie durch den Schnee alles langsamer und leiser wurde. Ich war dann gerne allein in der Bibliothek, weil ich dort meine Gedanken besser hören konnte, wenn Schritte und Wörter von Teppichboden und Regalen gedämpft waren. Aber ich war auch gerne mit Ben dort, weil er kopfüber in ein Buch eintauchen konnte, um erst wieder an die Oberfläche zu kommen, wenn es draußen schon dunkel war. Er saß dann auf einem Stuhl in der Ecke und bewegte sich kaum, nur seine Finger blätterten die Seiten um. Ihm zuzuschauen glättete jedes Mal meine inneren Wellen. Ich glaube, nicht viele Leute kannten diese Seite an ihm.

Der Sommer war anders. Die Welt war weit. Wir glaubten, uns ein Stück Anders-Sein erschleichen zu können. Ein Stück Nicht-Langeweile. Ein Stück Besonderheit. Wie das eine Mal, als wir uns abends im Freibad einschließen ließen und das Spritzen unserer Doppel-Arschbombe in der Leere so gewaltig klang wie noch nie. Oder als wir einen ganzen Tag lang statt zu sprechen Sätze aus einem Buch vorlasen, das der andere ausgesucht hatte. Wir machten die Leute um uns herum wahnsinnig, aber wir fühlten uns golden.

Der Sommer nach unserem Abitur war der heißeste Sommer meines Lebens. Das ist nicht nur mein Gefühl – ich habe es nachgeprüft: Es stimmt. Wenn man die Tür öffnete, sperrte das Wetter das Maul auf, schluckte einen und spuckte einen schweißbedeckt wieder aus.

Es war ein heißer Sommer, und er trocknete uns aus.

Die Flammen warfen Funken in den Himmel. Es waren wesentlich mehr Hefte und Ordner geworden, als Melissas kleiner Kugelgrill verkraften konnte, deshalb hatten die Jungs mit Steinen eine Feuerstelle im Garten gebaut. Dafür hatten die Unterlagen wieder nicht gereicht, und wir mussten mit Holzscheiten nachlegen. Dann war das Feuer hüfthoch geworden, und inzwischen versengte es einem die Gesichtshälfte, die man ihm zuwendete. Ich stocherte mit dem Feuerhaken zwischen Karo-Papier mit skizzierten Graphen und endlosen Vokabellisten herum. Ab und zu wirbelte ein Papierfetzen in die Luft, bevor das Feuer ihn wieder einatmete.

»Hey, Hanna.« Tobias tippte mir mit seinem Beck's ans Knie. »Kommt Ben noch?«

Keine Ahnung, was ich darauf antworten sollte.

»Echt mal«, sagte Kai und zog den Eimer, auf dem er hockte, näher ans Feuer. »Den hat man schon ewig nicht mehr gesehen.«

Sie wussten nicht, dass er weg war. Dass ich ihn seit über einem Monat nicht gesprochen hatte. Dass ich keine Ahnung hatte, wo er war. Aber wie sollten sie das ahnen? In der achten Klasse hatte uns jemand den Spitznamen »Benna« verpasst, und wenn ich ehrlich war, traf uns das ziemlich gut. Wir hatten einige Fächer getrennt, Ben hatte Schwimm-, ich hatte Lauftraining, aber meistens reichte es, einen von uns zu suchen, wenn man beide finden wollte.

Ich überlegte, ob ich ihnen sagen sollte, dass er weg war. Aber wozu? Sie würden es nicht merkwürdig finden. Sie würden nur denken, er würde sonst was machen. Eine abartig geniale Abi-Feier planen. Beach-Volleyballerinnen auf Malta vögeln. Durch die Arktis schwimmen.

Sie liebten seine idiotischen Einfälle. Sie hingen an seinen Lippen, wenn er Geschichten erzählte. Sie konnten nicht aufhören hinzuschauen, aber sie sahen die Kratzer nicht.

Tränen traten mir in die Augen, und ich fixierte den hellsten Punkt der Flamme, damit sie nicht über meine Wangen rollten. Ich würde ihnen nicht von unserem Streit erzählen.

»Der Sack hat sich schon ewig nicht mehr blicken lassen«, sagte Tobias.

Ganz offensichtlich. Als würden sie so was sagen, wenn er da wäre.

»Aber ist auch schön, dich mal wieder zu sehen«, sagte Kai und stupste mich mit dem Ellenbogen an. »Seit du uns an Tobses Geburtstag beim Schafkopfen abgezogen hast, haben wir uns nicht mehr gesehen. Was gibt's Neues?«

Spielten sie darauf an, dass ich mit Fabian Schluss gemacht hatte? So leicht würde ich es ihnen auf jeden Fall nicht machen.

Ich beugte mich nach vorne, sodass sie näher heranrutschen mussten, um zu hören, was ich sagte. Zwei Paar große, neugierige Augen. »Also, brandneue Information.« Ich machte eine bedeutsame Pause. »Ich habe mein Abi.« Ich sagte es völlig trocken, ohne das Gesicht zu verziehen.

Die zwei sahen enttäuscht aus, fingen sich aber relativ schnell wieder.

»Krasser Scheiß«, sagte Kai.

»In echt«, sagte Tobias. »Hätte ich nicht von dir gedacht.«

Man musste ihnen Plus-Punkte dafür geben, wie schnell sie darauf einstiegen. Trotzdem ließ Kai nicht locker: »Und was hat Fabian dazu gesagt?«

»›Krasser Scheiß‹«, sagte ich.

Tobias legte mir eine Hand auf die Schulter. Seine Augen

waren schon ein bisschen glasig. »Hanna, Karten auf den Tisch: Hast du ihn abgesägt?«

Ich nickte und zuckte die Schultern. Ich wollte das Thema nicht vertiefen.

»Hast du echt? Geil.« Die beiden klatschten ab.

Ich zog die Augenbrauen hoch.

»Ist nur, dass es uns gewurmt hat, dass einer aus dem Nachbarkaff das feuerfesteste Mädchen der Stadt abbekommen hat«, erklärte Kai und zwinkerte.

Damit spielte er auf einen Insider an: Wir waren mal Laborpartner in Chemie gewesen, und ich hatte ihm am Bunsenbrenner mehrmals die Augenbrauen gerettet. Das war ein witziges Schuljahr gewesen, vor allem weil wir in der Mittagspause immer um einen Muffin vom Hausmeister gekartet hatten, den meistens der schweigsame Underdog gewonnen hatte. Will heißen: ich.

»Wo bist du ab Herbst noch mal?«, fragte Tobias.

»Ich ziehe nach Regensburg und mache ein freiwilliges kulturelles Jahr am Theater.«

Sie nickten. Ihre Pläne kannte ich schon: Sie wollten beide Maschinenbau studieren, wo immer sie mit ihrem Abi-Schnitt genommen wurden. Das dazu passende Karohemd hatten sie auch schon an.

»Wir sollten die Menschen jetzt schon vor dir warnen«, sagte Tobias. »Du wirst sie so hart abziehen. Nein, im Ernst: Das wird bestimmt Bombe.«

Kai nickte und nahm einen Schluck. Sein Gesicht hatte einen feierlichen Ausdruck. Für eine halbe Sekunde. Dann fokussierten seine Augen etwas bei der Terrassentür.

»Schau mal da«, sagte Kai und schlug Tobias fast die Bierdose aus der Hand.

Ich schaute auf.

Melissa umarmte jemanden. Blond, Lip-Gloss, pinker H&M-Cardigan – ein insgesamt pinkes Mädchen. Melissa hatte nicht nur unsere Jahrgangsstufe eingeladen, sondern auch Leute aus ihrem Tanzverein. Sie hatte mir schon vor Monaten bei unserem Samstagsbrunch davon erzählt, dass sie diese Party schmeißen wollte, und jeden darauf folgenden Samstag war die Gästeliste länger geworden.

Kai und Tobias folgten dem pinken Mädchen mit Blicken zum Feuer. Sie setzte sich gegenüber von uns. Neben ihr war ein Hocker frei – sofort warfen sich Kai und Tobias einen Blick zu.

»Also, Hanna«, sagte Kai und stand auf.

»Gut, dass Meister Reißer nicht da ist«, sagte Tobias und stand noch schneller auf.

Sie schlenderten auf die andere Seite des Feuers, gerade so schnell, dass es nicht auffiel.

Ich beobachtete, wie sie sich vorstellten und unauffällig um den Sitzplatz rangelten. Es endete damit, dass sie beide mit einer halben Pobacke auf dem Hocker saßen.

Kein neues Phänomen – die beiden mussten alles angraben, was rasierte Beine hatte.

Mich ließen sie meistens in Ruhe. Vermutlich gehörten sie zu denen, die vermuteten, dass zwischen Ben und mir etwas lief (was nicht der Fall war).

»Hanna! Kannst du mal bitte ...«

Ich nahm Melissa einen Stapel schmutziger Teller ab, die sie auf einer Hand balancierte, und trug sie in die Küche. Den gemütlichen, kleinen Raum kannte ich gut. Auf der Eckbank hatte ich einen festen Sitzplatz, und jeden Samstagmorgen kam ich mit frischen Brötchen vorbei, um mit Melissa zu frühstücken und zu quatschen.

Melissa kam gleich hinter mir durch die Tür und wuchtete einen zweiten Stapel Teller auf die Anrichte.

»Erinnere mich nächstes Mal daran, dass es *Arbeit* ist, vierzig Leute dazuhaben«, sagte sie und trocknete sich die Hände an einem Geschirrtuch. Ihr Pony klebte an der Stirn.

»Quatsch«, sagte ich. »Du liebst es. Also hol gleich noch die leeren Gläser, während ich mit dem Spülen anfange.«

Melissa lächelte mich dankbar an und lief wieder nach draußen. Ich musste daran denken, wie sie mir vor ein paar Monaten gesagt hatte, dass es ein Geschenk war, jemanden wie mich zu haben, jemanden, der so genau hinsah und so viel sehen konnte. Genau wie es ein Geschenk war, dass ich beim Gedanken an diesen Satz jedes Mal lächeln musste. Ich ließ Wasser einlaufen und tauchte die Teller in den Schaumberg. Das leise Klappern der Teller und der feste Schaum auf den Handrücken gefielen mir. Es war nett, nicht denken oder reden oder schauen zu müssen. Ich spülte die zwei Stapel weg. Wollte Melissa nicht noch mehr Geschirr bringen?

Ich trocknete mir die Hände und ging zur Terrassentür. Dort blieb ich stehen. Eine Stimme hielt mich fest.

Bens Stimme. Seine Schokoladenstimme, mit der er sonst mir leise vorlas.

Da saß er. Am Feuer, gegenüber von dem pinken Mädchen, auf meinem Platz. Er fixierte sie mit seinem aufmerksamen Blick.

Ich fing an zu zittern.

»Noch eine Geschichte?«, fragte Ben. Ich konnte hören, wie er lächelte.

Das Mädchen nickte und schaute weg. Ich wusste genau, wie es war, wenn Ben einen anblickte: Man fühlte sich gesehen. Wenn man ihn so gut kannte wie ich, konnte man auch zurückschauen. Hatte sie ihn wirklich nach einer weiteren Geschichte gefragt? Gott, Melissa sollte ihr schon mal einen Vorrat an Taschentüchern mitgeben. Man schnitt sich leicht an Bens schimmernden Kanten.

»Also gut, wenn du willst«, sagte Ben. »Das ist die Geschichte von einem Jungen und seiner besten Freundin und wie sie den Wind reiten.«

Mein Herz schlug schneller. Erzählte er jetzt unsere Geschichte, um ein Mädchen aufzureißen? Ich fühlte mich aufgeregt und zerfetzt zugleich. Es war eine der wenigen wahren Geschichten, die Ben erzählte, und seine beste.

Er rutschte ein bisschen näher zum Feuer, vielleicht wegen der Dramatik, vielleicht weil er wusste, wie seine dunklen Haare im Licht glänzten, und begann zu erzählen.

Ich wollte wütend bleiben, aber ich driftete ab in den Sog seiner Stimme. Es reichte schon, ihm beim Erzählen zuzusehen. Die Linienführung seiner Gesten, wie er sich leicht nach vorne beugte, die Flammen, die sich in seinen Pupillen spiegelten.

Das Mädchen übernachtete zum ersten Mal bei ihrem besten Freund. Sie waren zehn Jahre alt und kannten sich seit zwei Wochen. Natürlich war es nicht geplant gewesen, dass sie im Gewächshaus übernachteten – hätte es jemand gewusst, hätte es auf jeden Fall Ärger gegeben. Aber es gab ein Gewitter, wunderschön und furchteinflößend, und sie wollten es sehen. Sie hatten ihre Decken genommen und sich unter einem Regenschirm durch den Garten geschlichen. Die Liegestühle standen schon im Gewächshaus, der Gärtner stellte sie bei Gewitterwarnung immer dorthin.

Sie lagen da, flüsternd im Rauschen, schreiend, wenn der Regen auf das Glasdach prasselte, sodass es sich anhörte wie das Quaken von Fröschen.

Alles bestand aus Worten und Tropfen.

Als das Gewitter immer schlimmer tobte, setzte sich der Junge auf. Es störte ihn, dass er das Gewitter nicht richtig sehen konnte, weil ein Baum ins Blickfeld ragte. Die große Eiche, die neben dem Gewächshaus stand und ihre Äste bis über das Glas streckte.

Was er dagegen unternehmen wolle, fragte das Mädchen. Er könne den Baum ja nicht einfach umhauen. Der Junge schlug vor, nach oben zu klet-

tern. Dort würde der Baum definitiv nicht mehr im Weg sein. Das Mädchen hielt das für eine dumme Idee, schließlich schlugen Blitze in Bäume ein. Der Junge hielt es für eine ausgezeichnete Idee, schließlich schlugen Blitze in Bäume ein und nicht in Kinder auf Bäumen.

Das Mädchen machte den Mund auf, aber gegen diese seltsame Logik konnte es nichts vorbringen. Also stand der Junge auf, legte seine Decke auf den Liegestuhl und trat im Schlafanzug in den Regen.

Der Junge kletterte wie ein Affe; er schloss die Augen, wenn ihm Regen ins Gesicht tropfte, und klammerte sich an die Äste. Schon hatte er die Krone erreicht und kauerte sich in eine Gabelung zwischen zwei Ästen. Von dort kletterte er so weit auf den stärksten Ast hinaus, wie er dem Holz traute. Die Abstände zwischen Blitz und Donner wurden immer kürzer. Als es das nächste Mal blitzte, konnte er das Mädchen am Fuß des Baumes sehen. Es hatte den Regenschirm aufgespannt und sich über den hügeligen Boden zum Stamm der Eiche vorgetastet und schrie zu ihm nach oben: »Komm runter!«

Und der Junge antwortete, mit leuchtendem Gesicht: »Erst wenn du oben warst. Das musst du erleben.«

Und obwohl das Mädchen durch die Dunkelheit die erleuchteten Fenster des Hauses sehen konnte, wo es trocken, warm und bestimmt blitzgeschützt war, machte es sich an den Aufstieg. Mit klammen Fingern umkrallte das Mädchen die Äste, während Sturzbäche aus Regenwasser ihm in die Augen rannen und ihm die Sicht nahmen.

Der Junge sah, wie der Schirm davonwirbelte, sobald das Mädchen ihn losgelassen hatte. Er sah die Angst in den Augen des Mädchens und wie es sich für ihn trotzdem nach oben kämpfte. Bei der Astgabelung angekommen klammerte sich das Mädchen an den Stamm. Der Wind peitschte inzwischen in Böen gegen die Äste, und alles schwankte. Donner und Blitze, dazu Regen von allen Seiten. Der Junge riss seinen Blick von diesem Spektakel los. Er stand auf und drehte sich um die eigene Achse. Fast tanzte er, als er auf das Mädchen zubalancierte, ohne sich festzuhalten. Nur eine Böe und er würde fallen.

Dann war er da; federnd ging er in die Hocke. Er berührte das Gesicht des Mädchens, das dreckverschmiert war, mit wirren Haarsträhnen, die auf den Wangen klebten.

Er küsste das Mädchen für die Länge eines Donners.

Danach kletterte der Junge mit dem Mädchen nach unten, wie er es versprochen hatte. Sie rannten die wenigen Meter zum Gewächshaus. Nass, durchgefroren, aber mit einem kribbelnden Lachen im Hals, im Bauch, in den Füßen. Federleicht liefen sie durch den Matsch und über die Löcher im Boden.

Sie waren so durchgeweicht, dass sie die Schlafanzüge auszogen und in Unterwäsche unter die Decken schlüpften. Dicke Tropfen prasselten auf das Glas; durch einen Fensterspalt hörten sie das Rauschen in den Bäumen. Die Blitze waren durch das Dach verzerrt; es wirkte wie in einem Science-Fiction-Film. Der Duft der seltenen Blumen, die die Mutter des Jungen hier züchtete, vermischte sich mit dem Regengeruch. Lange lagen sie einfach nur da, führten eine Unterhaltung mit ihren Atemzügen, die immer noch stoßweise kamen. Irgendwann – das Gewitter war ausgewrungen und tröpfelte bloß noch – beruhigte sich ihr Atem. Die Nacht war wieder dunkel, und das Gesicht des Mädchens nur ein Schemen, als es flüsternd fragte, ob er noch wach sei. Der Junge gab lediglich ein Murmeln von sich.

Das Mädchen fragte: »Warum hast du das gemacht?«

Der Junge antwortete nicht sofort, aber in der Stille konnte das Mädchen hören, wie er die Worte in seinem Mund hin und her drehte. Schließlich beugte er sich über die Lücke zwischen den Liegestühlen, den Mund am Ohr des Mädchens.

Und er wisperte: »Denkst du, dass du diesen Kuss vergessen wirst?«

Nein, würde ich nicht.

Ich konnte seinen Atem fast auf meiner Haut spüren.

»Wow«, sagte das pinke Mädchen und strich sich die Gänsehaut von den Armen. »Und, seid ihr zusammen?«

»Wir waren zehn Jahre alt«, sagte Ben. »Da muss man nichts hineininterpretieren.«

Er erzählte immer noch die Wahrheit. Das war der erste und letzte Kuss zwischen uns gewesen.

Das Mädchen lächelte. Erleichtert, hoffnungsvoll, was weiß ich.

Sie rückte ein Stück näher an Ben heran. Ich musste von ihren Lippen ablesen, was sie sagte.

»Ist sie da?«, fragte sie.

Sie. Ich.

Ben schaute auf. Sein sanfter Blick fand mich sofort. Wie lange wusste er schon, dass ich hier stand?

»Hallo, Hanna«, sagte er, weich. Ich hatte den Klang seiner Stimme vermisst. Wie sie meinen Namen aussprach und gleichzeitig mitklang, wie lange wir uns kannten und was wir zusammen erlebt hatten.

Wie es sich anfühlte, ihn zu sehen?

Als hätte ich einen Monat lang durch einen Strohhalm geatmet.

Ich drehte mich um und ging.

Die Nachtluft war kühl, und ich trat so schnell in die Pedale, dass der Fahrtwind meine Finger einfror. Mein Herz pumpte. Wa-rum. War. Er. Jetzt. Wie-der. Da?

Warum tat er so, als wäre nichts passiert?

Ich verstand ihn noch weniger als sonst. Ben verstehen war wie durch eine Kamera zu schauen, ohne fokussieren zu können. Manchmal konntest du für einen perfekten Moment klar sehen, dann verschwamm wieder alles.

Die Straßen waren leer, kein Auto unterwegs um halb zwölf.

Daheim stellte ich das Fahrrad in die Garage und schlich mich ins Haus. Mama würde mir meine Gefühle ansehen, und ich wollte nicht darüber reden.

Ich putzte Zähne, legte mich ins Bett und schaltete das Licht aus.

Das Zimmer war schwarz, bis meine Augen sich an die Dunkelheit gewöhnten. Licht fiel durch den schmalen Spalt zwischen den Vorhängen. Die Sterne leuchteten. Ben hatte sie in erfundenen Sternbildern an die Decke über meinem Bett geklebt.

Ich schaute nach oben. Wie lange es wohl dauerte, bis die Sterne das gespeicherte Licht abgegeben hatten? Kurz bevor ich einschlief, leuchteten sie noch.

Hell. Jemand hatte meine Nachttischlampe angeknipst.

Außerhalb des Lichtscheins erkannte ich das Gesicht meiner Mutter. Sie hatte nicht erwartet, dass ich so schnell die Augen öffnen würde, denn sie blickte mich immer noch an, als sei ich ihre schlafende, nuckelnde Baby-Tochter.

»Guten Morgen, mein Herz«, sagte sie. Sie beugte sich herunter und küsste mich auf die Stirn. »Es tut mir leid, dass ich dich wecke.«

Ich setzte mich auf. »Schon okay. Hast du ja angekündigt, als wir gestern telefoniert haben.«

»Es tut mir leid, dass die Präsentation ausgerechnet heute ist.«

»Schon gut, Mama.«

»Entschuldigung.«

Ich nahm ihre Hand und drückte sie.

Sie schaute auf unsere Hände und lächelte. »Bist du bereit für den Kuchen?«

Ich nickte.

Sie ließ meine Hand los und huschte nach draußen. Ich spähte zu meinem Wecker. Sechs Uhr.

Meine Mutter drückte die Tür mit der Schulter auf und balancierte eine monströse Geburtstagstorte zu meinem Bett. Sie hatte ein Geburtstagshütchen auf.

»Auspusten, auspusten!«

Ich pustete die Kerzen aus. Meine Mutter zog zwei Gabeln aus ihrer Hosentasche, reichte mir eine und setzte sich im Schneidersitz auf mein Bett. Die Frau nahm weder Rücksicht auf ihre Klamotten noch auf ihre Figur. Das nenne ich Mutterliebe.

»Du zuerst«, sagte sie. »Deine Torte.«

Ich schob mir eine Gabel Torte in den Mund. Geschmackssorte Schokolade-Birne-Glückseligkeit.

»Wann hast du den gebacken?«, fragte ich.

Für ihren Job war sie viel unterwegs und ging am Wochenende oft noch Unterlagen durch. Offiziell war sie Beraterin für Unternehmenskommunikation – sie selbst beschrieb ihren Job als teure Nachhilfe in gesundem Menschenverstand.

»Gestern Nacht. Ich bin pünktlich gelandet«, sagte sie. »Wie war die Party?«

Ich schluckte. Das Stück Birne wollte einfach nicht nach unten rutschen.

»Ganz okay«, sagte ich.

Meine Mutter zog nur die Augenbrauen nach oben.

»Ben war da«, sagte ich.

Sie hielt die Gabel auf dem Weg zum Mund an. »Hat er etwas gesagt?«

Ich schüttelte den Kopf. Doch: *Hallo, Hanna.*

»Ich ... ich bin gleich gegangen.«

»Was denkst du darüber?«, fragte sie und schob die Gabel langsam in den Mund.

»Ich bin sauer«, sagte ich. »Was soll das, einen Monat zu verschwinden, ohne ein Wort?«

Meine Mutter rutschte näher an mich heran. Die Tortenplatte klemmte zwischen uns. »Als ich letztes Mal mit ihm gesprochen habe, schien es ihm nicht gut zu gehen«, sagte sie.

»Ja«, sagte ich. »Ich weiß, dass ihn irgendetwas umtreibt. Aber ich weiß nicht, was, und er redet auch nicht mit mir darüber.«

Meine Mutter nickte. »Gib ihm doch trotzdem eine Chance, es zu erklären.«

»Wie kommst du auf die Idee, dass ich das nicht tue?«

Sie schaute auf. *Also bitte*, sagte ihr Blick.

»Warum sollte ich?«, sagte ich.

Sie zeigte mit der Gabel auf die Torte, die ungefähr doppelt so groß war wie mein Kopf. »Wir können das natürlich auch alleine essen«, sagte sie. »Zwei Tage lang reicht das bestimmt. Kuchen zum Frühstück, Sahneschicht zum Mittagessen, angebratener Boden zum Abendessen. Wie klingt das?«

»Fett«, sagte ich.

Sie lachte und spuckte die Torte fast über ihre Seidenbluse. Als sie sich wieder gefangen hatte, legte sie ihre Gabel auf das Tablett.

»Manchmal hält man es mit einem Menschen nicht mehr aus«, sagte sie. »Man weiß, dass man zusammenbricht, wenn man länger bleibt, und deshalb macht man sich davon. Aber es ist ein schmaler Grat, denn das sind meistens die Menschen, die machen, dass wir uns am lebendigsten fühlen.«

Ich zuckte die Achseln – da war ein Flackern in ihrem Blick, wie immer, wenn das Thema meinen Vater streifte. Ich hatte ihn nie kennengelernt und wusste nicht, wo er war. Sie schaute mich an, ihr Blick ging tiefer als reine Sorge um mich.

»Themawechsel«, sagte sie. »Wegen der Abschiedsfeier morgen – ich hoffe, ich bin rechtzeitig wieder da, wenn nicht, musst du dir ein Taxi nehmen.«

»Ich könnte zur Turnhalle auch laufen«, sagte ich.

»Nicht in den hohen Hacken.«

Sie nahm meine Hand. »Es tut mir leid, dass du heute alleine feiern musst. Bekomme ich Pluspunkte dafür, dass ich jeden Tag deinen Geburtstag feiere?«

»Du bekommst Pluspunkte für ein Geschenk«, sagte ich.

Meine Mutter lächelte.

Sie tippte auf ein Kästchen, das auf dem Tablett stand. Vor lauter Torte hatte ich es übersehen. Es war aus Holz und mit einer Schleife umwickelt.

»Mach es auf«, sagte sie.

Ich zog an einem Band der Schleife und hob den Deckel an.

Eine geschliffene Träne brach das Lampenlicht. Lichtpunkte tanzten über die Wand.

»Dein Vater hat es mir zu meinem achtzehnten Geburtstag geschenkt«, sagte sie, aber dieses Mal klang nichts in ihrer Stimme mit. Sie hatte sich von den Erinnerungen losgemacht, bevor sie mir das Kästchen gegeben hatte.

Der Anhänger hing an einer Silberkette, und ich streifte sie mir über den Kopf.

»Es ist wie in deiner Lieblingsgeschichte.«

»*Die kleine Meerjungfrau*«, sagte ich.

Weit hinaus im Meer ist das Wasser so blau, wie die Blätter der schönsten Kornblume, und so klar, wie das reinste Glas, aber es ist sehr tief, tiefer als irgend ein Ankertau reicht; viele Kirchtürme müssten aufeinandergestellt werden, um vom Boden bis über das Wasser zu reichen.

»Danke.«

Sie beugte sich vor und küsste mich auf den Kopf. »Ich sehe dich morgen.« Sie nahm das Tablett und verschwand aus dem Raum.

Ich löschte das Licht. Um meinen Hals spürte ich den feinen Zug des Anhängers. Es war ein guter Anfang eines Geburtstags, dachte ich. Aber da kannte ich Bens Geschenk ja noch nicht.

Nur zwei Stunden später jaulte mein Wecker, und ich wachte zum zweiten Mal auf.

Ich verfluchte Melissas Party. Nächstes Mal würde ich sie bestimmt davon abhalten, so viele Leute einzuladen – oder ich würde mich selbst davon abhalten, ihr fürs Aufräumen zuzusagen. Trotzdem zog ich mich an und radelte zu ihr.

Melissa öffnete mir gähnend die Tür. Ihr Bob war verwuschelt, und ihr rundes Gesicht zerknautscht von zu viel Alkohol und zu wenig Schlaf.

»Hey«, sagte sie und umarmte mich. »Alles, alles Gute zum Geburtstag, du Rumpraline. Mögen die Umpalumpas immer auf deinem Rasen tanzen.« Sofort fühlte ich mich weniger genervt – Umarmungen waren Melis Spezialität, und ihr weicher Körper war geschaffen dafür. Sie war genauso groß wie ich (also ziemlich klein), nur breiter, deshalb waren wir perfekt umarmungskompatibel.

Sie tappte vor mir her in die Küche.

»Cornflakes?«, fragte sie.

Ich schüttelte den Kopf, und sie stellte nur eine Müslischale voll Kaffee vor mich auf den Tisch, bevor sie sich auf ihren üblichen Platz auf der Eckbank setzte.

Die Küche sah schlimm aus, und meine Laune sank weiter. Die ganze Anrichte war voll dreckigem Geschirr, dazwischen zerknüllte Servietten und angekautes Essen. Draußen würde es noch mehr davon geben.

»Wenn du gestern länger geblieben wärst, hätten wir dir ein Ständchen gesungen«, sagte Melissa. »Aber ich kann verstehen, warum du gegangen bist.«

Sie machte eine Pause, um mir die Möglichkeit zu geben, das Thema selbst anzuschneiden, aber sie kannte mich zu gut, um das ernsthaft zu erwarten.

»Es war ein Schock, dass er wieder da war, oder?«

Ich nickte nur.

»Hast du schon mit ihm geredet?«

Ich schüttelte den Kopf.

Außer meiner Mutter war Melissa die Einzige, die wusste, dass ich mir Sorgen um Ben gemacht hatte. Ich hatte sogar seine Mutter angerufen, der es wie erwartet ziemlich egal war, wo Ben war, und die mir in Erinnerung rief, dass er volljährig sei und machen könne, was er wolle. Nicht, dass ich den Monat nur zu Hause rumgesessen und mich gelangweilt hätte – ich hatte meine Nachhilfeschüler durch das Schuljahr gebracht, war bei den Stadtmeisterschaften einen zweiten Platz auf die zehn Kilometer gelaufen und hatte meine Cousine in London besucht. Aber der Gedanke an Ben war stärker geworden, je länger er weg war, wie eine Wunde, die sich langsam entzündete.

»Weißt du, was du ihm sagen willst?«

Wieder schüttelte ich den Kopf. Ich wollte nicht noch mal das gleiche Gespräch führen, das ich heute Morgen schon mit meiner Mutter gehabt hatte. Außerdem wusste ich selbst noch nicht genau, was ich Ben sagen würde.

Melissa seufzte. »Manchmal, ganz manchmal, ist Reden besser als Grübeln, weißt du?«

Sie hievte sich von der Bank und ließ Spülwasser einlaufen. Sollte ich ihr erzählen, worüber Ben und ich gestritten hatten? Dass er fand, dass Fabian viel zu langweilig für mich war? Wie ich ihn angeschrien hatte, weil ich wütend war, dass er sich darüber ein Urteil erlaubte? Und wie wütend ich erst geworden war, als ich in der Funkstille danach festgestellt hatte, dass er recht hatte.

Nein, ich erzählte nichts. Stattdessen schüttelte ich eine Mülltüte auf und ging nach draußen, um den Abfall einzusammeln.

Die Stelle, wo das Lagerfeuer gewesen war, sah bei Tageslicht anders aus, und die Geschichte war schon weitergezogen. Ein glitzernder Tau kühlte die Luft und meine Gedanken, als ich anfing, den Müll einzusammeln.

Hatte mir der Monat nicht gezeigt, wie es in ein paar Wochen sowieso sein würde – mit mir in Regensburg und Ben in Berlin? Unter unserer bücherfressenden Quatsch-Fassade waren wir sehr unterschiedlich. Wir strebten in unterschiedliche Richtungen. Als hätten wir uns an den Händen gehalten und uns um die eigene Achse gewirbelt, bis die Beschleunigung jetzt zu stark wurde und uns auseinanderriss.

Noch etwas fiel mir auf: Tränen sehen aus wie Tau.

Als ich wieder in die Küche kam, den vollen Müllsack hinter mir herziehend, war Melissa schon am Abtrocknen. Sie sah mein Gesicht und legte das Geschirrtuch weg.

»Setz dich erst mal«, sagte sie und drückte mir ein Päckchen in die Hand.

Vorsichtig löste ich die Schleife und faltete das Papier auseinander: ein Sandsack und eine Schaufel.

»Just in case«, sagte Melissa. »In Regensburg gibt es öfter Hochwasser.«

»Danke.« Ich umarmte sie.

Sie setzte sich neben mich auf die Eckbank. »Das ist ein leichter Themenwechsel, aber da ist noch etwas. Teresa ist in meiner Tanzgruppe, das weißt du, oder?«

Teresa war Bens ältere Schwester. Er hatte auch noch eine jüngere Schwester, Nathalie. Ich fragte mich, was jetzt kommen würde.

»Ich habe es dir nicht erzählt, um dich nicht aufzuregen, aber als Ben verschwunden war und du dir *offensichtlich* Sorgen gemacht hast, obwohl du den Mund nicht aufbekommen hast, habe ich sie nach ihm gefragt. Sie hat nur ›keine Ahnung‹ genuschelt und sich dann in den Spagat gesetzt. Rücken gerade. Thema erledigt. Da war er schon zwei Wochen weg. Ihr Bruder. Und es war ihr komplett egal. Es schien ihr sogar *besser* zu gehen als sonst.«

»Wie war das, als Bens Vater gestorben ist?«, fragte ich.

Melissa nickte. »Es war komisch, als sie weg war, weil es bei den Wettbewerben auf einmal so leise war. Normalerweise hat sie immer Stimmung gemacht. Sie hat wochenlang gefehlt, und als sie zurückkam, war sie gebrochen. Sie zuckte zusammen, wenn man zu schnelle Bewegungen machte, und man war vorsichtig, wenn man mit ihr herumalberte, weil jedes Wort einen falschen Gedanken lostreten konnte.«

»Bei Ben hat es auch lange gedauert«, sagte ich. »Der Tod kam so unerwartet.« Bens Vater war depressiv gewesen, aber in den Monaten vor seinem Selbstmord eigentlich gut eingestellt. »Sein Vater ging wieder ganz normal zur Arbeit und dann auf einmal –«

Der Satz blieb in der Luft hängen. Ich hatte es auch nicht fassen können, und dabei hatte ich ihn nur als Bens Vater gekannt. Ben dagegen – der viel mit seinem Vater unternommen hatte und in meinen Augen sein Lieblingskind war – war in ein dunkles Loch gekrochen und als ein anderer Ben wieder herausgekommen.

Melissa legte mir den Arm um die Schulter. »Hanna, mir ist klar, dass du feine Fühler für die Emotionen anderer Menschen hast, aber – ich weiß nicht – vielleicht musst du dich ein bisschen davon abkapseln.«

»Warum hast du mir das erzählt?«, fragte ich.

»Damit du nicht so viel grübelst«, sagte Melissa. »Vielleicht wollte er bloß von seiner ekligen Familie wegkommen.«

Wir räumten noch ein bisschen alibimäßig auf, damit Melissa keinen Ärger von ihren Eltern bekam, dann fuhr ich zurück zu mir. Ich war erst ein paar Minuten zu Hause, hundemüde, als es an der Tür klingelte.

Vielleicht hatte Mama Ersatzteile für ihren Mixer bestellt oder einen Joghurt-Maker oder was man sonst brauchte, um eine Powerfrau zu sein.

Ich öffnete die Tür und war wach.

Ben.

»Hi«, sagte er.

Ich nickte.

Worte.

Was für Worte? Zwischen der Freude und der Wut und den ganzen Fragezeichen blieb nichts übrig.

»Hi«, sagte ich.

Er hatte dieselben Sachen an wie gestern. Also war er wohl nicht zu Hause gewesen. Vielleicht hatte er bei dem pinken Mädchen geschlafen? Auf seinen Wangen schimmerte der Ansatz eines Bartes, genauso dunkel und glänzend wie seine Haare.

Ben schaute auf sein Handy und runzelte die Stirn.

»Mach die Tür noch mal zu«, sagte er.

Was sollte das jetzt? Ich zog die Tür zu.

Ben klingelte.

Ich ließ ihn. Einfach wieder auftauchen, keine Entschuldigung und mich dann herumkommandieren?

Er trommelte gegen das Holz und lachte leise.

»Komm schon, mach auf, du zerstörst das Timing.«

Ich riss die Tür auf. »WAS?«

Ben streckte mir sein Handy entgegen. Es zeigte 10:37 Uhr.

»Happy birthday, Hanna«, sagte Ben und nahm meine Wut und mich in die Arme.

Für einen Moment blieb ich starr, dann versank ich in der Umarmung. Ich vergrub meinen Kopf an seiner Brust. Sein Sweatshirt roch nach Lagerfeuer. Ohne die Sorge, wo er war, fühlte ich mich ganz leicht. Und ich hatte seine Umarmungen vermisst.

Er hielt mich immer noch.

Er ließ mich nicht los.

»Was ist mit der Uhrzeit?«, fragte ich widerwillig.

»Jetzt vor einer Minute vor achtzehn Jahren hast du das Licht der Welt erblickt.«

Ich wollte ihm nicht zeigen, was es mir bedeutete, dass er die genaue Uhrzeit kannte.

Ich fragte: »Wo warst du?«

»Ist das wichtig?«

»Ja«, sagte ich. Dann: »Nein.«

Wir schwiegen. Ungesprochene Sätze tanzten um uns herum. Die Morgenluft lud sich damit auf.

»Warum?«, fragte ich. Warum war er gegangen?

Ein halbes Lächeln erschien auf Bens Gesicht. Er deutete ein Nicken an.

»*Das* ist wichtig«, sagte er.

Ich wartete auf eine Antwort.

Er stand da und hielt meinen Blick. Seine Augen waren aufmerksam wie immer und glitten von meinen Augen zu meinem Mund und zurück. Aber im Gegensatz zu sonst war ich mir nicht sicher, ob er wusste, was in meinem Kopf vorging.

Wusste er, wie es sich angefühlt hatte, als er weg war?

Ich atmete ein. Es war, als wäre ich eingequetscht und müsste eine Tonne Stahl wegatmen. Zitternd drückte ich die Luft in meine Lunge. Immer noch nichts in seinem Gesicht. Immer noch keine Entschuldigung. Ich tastete nach dem Türknopf, und Ben tat nichts, um mich aufzuhalten. Die Tür fiel zwischen uns ins Schloss. Ich lehnte den Rücken an das Holz. Wartete, dass mein Atem sich beruhigte. Es geschah nicht. Wartete, dass er klingelte. Es geschah nicht. Die ganze Angst und Wut und Verzweiflung aus einem Monat Unwissenheit schlugen über mir zusammen.

Ich begann zu zählen. In Einser-Schritten bis hundert. In Zweier-Schritten bis hundert. In Fünfer-Schritten bis hundert.

1, 2, 3, 4, 5, 6, 7, 8, 9, 10, ...

2, 4, 6, 8, 10, 12, 14, 16, ...

..., 80, 85, 90, 95, 100.

Meine Gedanken wirbelten langsamer.

Stand er noch vor der Tür?

Ich öffnete sie.

Er stand da, genau wie vorher, hatte sich nicht bewegt. Vorsichtig lächelte er mich an.

Etwas in mir sackte nach unten.

»Es tut mir leid«, sagte er.

Wo warst du?

Tränen liefen über meine Wangen. Ich versuchte, meine Atmung unter Kontrolle zu bringen, damit ich eine Frage herausbrachte.

»Warum jetzt?«

Nicht die Frage, die ich stellen wollte.

»Dein Geburtstagsgeschenk«, sagte er.

»Hätte man auch mit der Post schicken können.«

Er lächelte schief. »Nicht mein Geschenk.«

Ich stellte mir vor, dass sein Lächeln bedeutete: *Ich mache es wieder gut.* Es konnte aber auch heißen: *Hör bitte auf zu heulen.*

Ich weinte nur noch schlimmer.

Er trat näher an mich heran, fing eine Träne mit der Daumenkuppe auf und betrachtete, wie der Tropfen glitzerte und die Haut verzerrte. Sein Gesicht war konzentriert, die Stirn leicht gerunzelt, und seine Augen hatten einen Ausdruck, als könnte er auf die Träne zoomen und alles andere ausblenden.

Er schaute auf. Sah mich immer noch weinen.

»Also gut. Dann muss es wohl sein«, sagte er. Er atmete gespielt tief ein, als würde er sich rüsten.

»Was?«

Ich war irritiert, und für einen Moment versiegten die Tränen. Dann hatte er mich schon gepackt. Er hob mich an der Hüfte hoch, machte drei Schritte, bis wir in der Einfahrt standen, und wirbelte uns im Kreis. Dazu schrie er: »Lalala! Lalala!«

Sah uns jemand? Ich lachte, weil Ben uns peinlich aussehen ließ und weil man aus Selbstschutz lacht, wenn etwas peinlich ist. Dann schaute ich nach unten. Haarsträhnen wirbelten um sein Gesicht. Es leuchtete. Er leuchtete. Ich hatte das Gefühl, ich leuchtete auch.

Der Moment gefror, ein Wirbelwind aus Farben, Schwindel, Lachen.

Langsam ließ Ben mich nach unten rutschen. Ich kam vor ihm zum Stehen, wackelig in den Knien.

»Du bist jetzt erwachsen«, flüsterte Ben mir ins Ohr. »*No pressure.*«

Ich lehnte meinen Kopf an seine Brust.

»Ich mache mir keine Sorgen«, sagte ich. »Schließlich bist du auch erwachsen, und schau, wie du dich überhaupt nicht weiterentwickelt hast.«

Er zwickte mich in die Nase. »Sei lieber brav, wenn du heute noch ein Geburtstagsgeschenk bekommen willst«, sagte er.

»Ich will es jetzt«, sagte ich.

»Dann komm mit zum Auto.«

Wieder mal fiel mir auf, wie klapprig der Fiat war. Wenn Ben darin saß, sah es aus, als wäre das Auto beim Waschen eingegangen.

Ich stieg ein. Im Auto tönte die unvermeidliche Stimme von Jim Morrison. Auf dem Rücksitz lag eine Sporttasche mit Klamotten, ein Pizzakarton, daneben ein Schlafsack. Hatte Ben im Auto geschlafen?

»Wie war der Abend noch?«, fragte ich.
»Anstrengend«, sagte Ben.
Hatte gestern nicht so ausgesehen, als wäre das Mädchen eine Herausforderung gewesen.
»Warum?«
»Du wirst schon sehen.«

»Du fährst in die falsche Richtung«, sagte ich, als er an der Kreuzung rechts abbog. »Zum Park geht es nach links.«
»Dieses Jahr geht es nicht zu den Schaukeln«, sagte Ben. »Du bist jetzt erwachsen. Wir sollten aufhören, unsere Geburtstage auf dem Spielplatz zu feiern.«
Wir fuhren aus dem Neubaugebiet, Richtung Stadtkern. Ich kurbelte das Fenster nach unten. Der Himmel war so blau wie die Blätter der schönsten Kornblume. Genau wie das Meer in der Geschichte von Hans Christian Andersen.
Was wollte Ben mir schenken? Für den Moment reichte es mir, neben ihm im Auto zu sitzen.
Es wurde schnell warm, gerade jetzt, kurz vor Mittag, und Ben schob die Ärmel seines Shirts nach oben. Er legte ein Tattoo auf seinem Unterarm frei. Es war neu, die Haut darunter noch gerötet. Ich konnte den Schriftzug nicht entziffern.
»Halt dir jetzt die Augen zu«, sagte Ben.
Ich tat es.
Sonst hatte Ben ewig über seine Tattoos nachgedacht, mir seine Motive stundenlang erklärt und mich dann zum Tattoo-Studio mitgeschleppt.
Drei Kurven, links, links, rechts, dann hielt das Auto.
»Augen zulassen«, kommandierte Ben.
Ich hörte, wie er sich abschnallte und die Tür zuschlug. Dann öffnete er die Tür auf meiner Seite. Mit einer Hand hielt er meine Hände, damit ich sicher aussteigen konnte. Die

andere Hand legte er auf meinen Kopf, damit ich ihn nicht anstieß.

»Zu, zu, zu.«

Er führte mich vom Auto weg. Kies knirschte unter meinen Füßen. Der Wind strich kühl über meine Haut, und ich spürte keine Sonne. Wir waren irgendwo im Schatten.

Ben legte mir etwas um den Hals. Seine Fingerspitzen berührten kurz meinen Nacken, als er ein paar feine Haare unter der Kordel wegstrich.

Bekam ich etwa noch eine Kette? Nein, dazu war das Gewicht zu schwer.

»Aufmachen«, sagte Ben.

Ich schaute nach unten.

Ein Fernglas hing um meinen Hals.

»Das ist aber ... ungewöhnlich«, sagte ich.

Ben grinste. »Du musst keine Begeisterung heucheln, nur durchschauen.«

Ich hob das Fernglas an meine Augen. Ben stellte sich hinter mich und führte meine Hände. Das Sichtfeld schwenkte zu einer neuen Stelle, Ben stellte scharf, und ich sah mein Geburtstagsgeschenk. Wenn man es so nennen wollte.

»Zum Geburtstag viel Glück«, sang Ben mir ins Ohr. Seine Stimme krächzte.

Mir wurde klar, warum wir es von diesem Waldstück aus anschauten.

Würden wir dort unten stehen, hätte uns der Polizist, der von hier so winzig aussah, sofort verhaftet.

ZWEI

Die aufgeregten Schüler, die während der ersten beiden Stunden kein anderes Gesprächsthema hatten. Die Lehrer, die sich einfach kein Gehör verschaffen konnten. Das Linsen aus dem Fenster, um einen Blick zu erhaschen. Dann, endlich, die Pause, in der alle Schüler auf den Pausenhof drängten, um es mit eigenen Augen zu sehen.

Ich konnte mir die Aufregung in der Schule vorstellen. Vermutlich hatte entweder der Hausmeister oder gleich Direktorin Kampe die Polizei gerufen. Ob die Schüler deshalb den Nachmittag freibekommen würden?

Vielleicht etwas übertrieben wegen eines Graffitis.

Andererseits war es ein Graffiti über zwei Stockwerke.

In Form eines riesigen Geburtstagskuchens.

»Es ist eine doppelte Schokoladentorte«, sagte Ben. »Sie ist nicht angeschnitten, deswegen sieht man es nicht, aber die Torte ist mit Schokolade gefüllt.«

Ich wusste nicht, was ich sagen sollte. Die Gedanken schubsten sich gegenseitig von meiner Zunge.

Ich war schuld. Wenn sie Ben dieses Mal schnappten und er nicht so leicht davonkam, war ich schuld.

»Das war nur ein Witz«, sagte ich. Die Worte taumelten aus meinem Mund. »Ben. Als ich gesagt habe, dass du nur noch nicht auf die Schule gesprüht hast, war das nur ein Witz.«

»Du hast gesagt: *I dare you.*«

Die drei magischen Worte, die bis zum Beginn unserer Freundschaft zurückgingen. Irgendwie hatte Ben schon nach kurzer Zeit raus, dass ich zwar leise war und jeden Tag meine Hausaufgaben machte, aber dass ein Teil von mir immer bereit war, die Zehen über die Kante zu schieben, wenn man mich ein bisschen schob. Sich mitten in der Fußgängerzone auf den Boden legen. Sich mit dem Lehrer wegen einer ungerechten Note streiten. Und ich reagierte, indem ich ihn herausforderte. Seine Teamkameraden nach dem Verlieren umarmen. Einen Monat lang nicht schwänzen. So fing es an. Mit der Zeit wurden die Herausforderungen seltener und schwieriger, aber jede Herausforderung blieb eine besondere Sache: Man suchte sie vorsichtig aus, sodass sie den anderen gerade an den Ort brachte, den er mied. Es ging nie um die Gefahr zu fallen. Es ging um die Aussicht, die man dem anderen zeigen wollte, und um den Wind in den Haaren.

»Ich habe es danach zurückgenommen. Nur ein Witz«, sagte ich.

»Es war auch nur ein Witz, als wir darüber geredet haben, was wir nach dem Abitur machen wollen. Wir konnten es uns nicht vorstellen.«

»Stimmt. Ich konnte mir nicht vorstellen, dass du einfach verschwindest.«

»Sagst du irgendwann noch Danke?«

Ich schaute wieder durch das Fernglas. Jeden Moment rechnete ich damit, dass sich der Polizist umdrehen und mir direkt in die Augen schauen würde, aber er ging nur näher an die Wand heran und begutachtete sie.

Mir wurde eiskalt.

»Hast du wenigstens Handschuhe getragen?«, fragte ich.

»Kein Danke? Dann sage ich es eben selbst: Danke, Ben, für dieses außergewöhnliche Geschenk.«

»Hast du?«, fragte ich lauter. Die Wut, zurückgestoßen davon, wie überrumpelt ich war, drängte sich in die erste Reihe zurück.

»Meinst du wegen der Fingerabdrücke oder um die zarte Haut an meinen Händen vor giftigen Chemikalien zu schützen?«

»Ben!«

»Nein«, sagte er.

Er sah meinen erschrockenen Gesichtsausdruck.

»Mensch, Hanna, entspann dich mal. Das ist ein öffentlich zugänglicher Tatort. Jeder kann die Wand betatschen, solange er will.«

Ich atmete aus.

»Das war richtig dumm«, sagte ich mit angespannter Stimme. »Die wissen, wer heute Geburtstag hat.«

Ben seufzte. »Wie kommst du darauf, dass sie an der Schule nach dem Künstler suchen?«

»Die suchen bestimmt nicht nach einem *Künstler*«, sagte ich.

Ich nahm das Fernglas ab und hielt es ihm hin. Er nahm es nicht, sondern trat näher an mich heran.

»Was ist eigentlich dein Problem?«, fragte er. Da war sein aufmerksamer Blick wieder, als hätte er ihn angeknipst.

Wo sollte ich anfangen? Bei der Tatsache, dass er mir immer noch keine Erklärung gegeben hatte, warum er verschwunden war? Oder dass er eine Sachbeschädigung für ein außergewöhnliches Geburtstagsgeschenk hielt? Plötzlich war mir heiß, und ich spürte, wie mir das Blut in den Kopf stieg.

»Die anderen Graffiti haben dir doch auch gefallen«, sagte er.

»Das war, bevor sie dich geschnappt haben.«

»Das ändert nichts an meinen Bildern.«

»Der Richter hat gesagt ...«

»Ich weiß, was der Richter gesagt hat«, sagte Ben.

»Warum sprühst du dann an die verdammte Schule?«

»Was ist daran falsch?«

Er schaute mich an, sein Blick war ruhig wie Windstille über dem Meer. Offenbar erwartete er wirklich eine Antwort auf seine Frage.

»Es ist nicht dein Gebäude. Es ist illegal. Es kostet – warum muss ich das überhaupt erklären?«

»Es ist nicht erlaubt, und deshalb stört es dich.«

»Es stört mich, wenn du dafür ins Gefängnis musst.«

»Wer sollte es ihnen denn sagen?«, fragte er. »Du?«

Ich hielt seinem Blick stand.

»*Whatever*«, sagte er und lief zurück zum Auto. »Du findest es scheiße? Dein Pech. Ein anderes Geschenk habe ich nicht.«

Ich folgte ihm, stieg ein, und er gab Gas, noch bevor ich mich angeschnallt hatte.

Danke, Ben, dass du meinen Geburtstag versaut hast. Danke, danke, danke.

Ich rammte jeden Schritt in die nächste Treppenstufe vor dem Haus.

Als ich an der Haustür ankam, war keine Wut mehr übrig, nur ein nagendes Gefühl.

Ben war gerade mal einen Tag wieder da, und ich hatte mich schon mit ihm gestritten. Was, wenn er wieder verschwand? Ich wusste ja immer noch nicht, warum er überhaupt gegangen war.

Ich schrieb Mama eine SMS, und sie rief zwei Minuten später zurück.

Im Hintergrund hörte ich Verkehrslärm. Vermutlich stand sie auf dem Bürgersteig vor einem hohen Gebäude.

»Ein Glück, dass du dich gemeldet hast. Die Sturköpfe hier streiten seit einer halben Stunde über das gleiche Thema, und ich habe dringend eine Ausrede gebraucht, um aus dem Meeting rauszukommen. Wenn du nicht geschrieben hättest, hätte ich wahrscheinlich sowieso behauptet, du hättest angerufen.«

»Welche Ausrede hast du benutzt?«, fragte ich.

»Du hast lebensgefährliches Fieber.«

»Meinst du, das funktioniert? Ich bin jetzt achtzehn.«

»Als würden die sich das merken. Die haben doch Probleme mit dem Alter ihrer eigenen Kinder.«

Bestimmt zog sie jetzt eine Grimasse. »Also, was ist los?«

»Ben hat mir mein Geburtstagsgeschenk gegeben.«

»Hat mein Geschenk dagegen wie jedes Jahr episch abgekackt?«

»Mama. Ausdruck!«

»Sorry, so rede ich immer, wenn ich will, dass mir im Meeting alle zuhören.«

»Glaub mir, dein Geschenk war tausendmal besser.«

»Ich hätte dich warnen sollen. Er hat mich gestern angesimst und wollte wissen, wann du geboren bist.«

»Was hast du gedacht, was er mit der Information anfangen will?«

»Ich dachte natürlich, er schenkt mir einen Blumenstrauß für die Schmerzen, die ich ertragen musste, als ich dich auf die Welt gequetscht habe.«

»Und hat er?«

»Nein. Also gib ihm nichts von der Torte.«

Ich lachte.

»Maus – was ist das Problem?«

Ich versuchte, das Gefühlsknäuel in mir zu beschreiben: »Ich habe wegen seinem Geschenk schlechte Laune und weiß nicht, was ich machen soll.«

Sie überlegte.

»Du könntest die Fenster putzen. Die sind ziemlich dreckig.«

»Mama.«

»Oder staubsaugen, wenn dir das lieber ist.«

»Mama-a.«

»Also gut. In der Verpackung von dem ungesüßten Müsli ist mein Vorratsgeschenk für dich.«

Ich lief in Richtung Küche. »Warum versteckst du deine Geschenke nicht woanders, zum Beispiel bei den Putzmitteln?«

»Es gibt bestimmt irgendein unwahrscheinliches Szenario, in dem du putzt, aber die Chance, dass du ungesüßtes Müsli isst, ist gleich null.«

»Kann es sein, dass du mich schon ziemlich lange kennst?«

»Bis morgen, Maus. Ich hab dich lieb.« Ich konnte hören, wie sie lächelte.

In der Müsli-Packung fand ich eine DVD-Hülle mit der dritten Staffel von *Game of Thrones*.

Wenigstens hatte ich jetzt etwas zu tun.

Als ich auf der Couch aufwachte, war es zwölf Uhr. Die Abiverabschiedung war um vier, ich hatte also noch zwei Stunden, um die letzten zwei Folgen zu sehen. Es stellte sich heraus, dass es noch drei Folgen waren, weil ich mich an die letzte von gestern Abend nicht mehr erinnern konnte, und als ich endlich den fiesen Cliffhanger erreicht hatte, war ich ziemlich unter Zeitdruck.

Ich warf mich in die Dusche, föhnte meine Haare und stand gerade in Unterwäsche in meinem Zimmer, als es klingelte.

»Mist.«

Ich tappte zum Flurfenster, das über der Haustür war, und steckte den Kopf raus.

Unten stand Ben in einem schwarzen, maßgeschneiderten Anzug. Er sah hoch. Seine Augen spiegelten das Blau des Himmels.

Und ich war so erleichtert. Trotz meiner Wut und des beschissenen Geburtstagsgeschenks.

»Brauchst du einen Chauffeur?«

»Die Nummer mit dem Klingeln und Vor-der-Haustür-Warten verliert langsam ihren Reiz«, rief ich.

»Warum bittest du mich nicht herein?«

»Ich hab nichts an.«

»Stört mich nicht.«

Ich drückte den Türöffner. »Ich brauch noch zwanzig Minuten.«

»Heißt das, ich muss mich jetzt eine *halbe Stunde* lang beschäftigen?«

»Werd bloß nicht frech.«

Ich zog das Kleid an, drehte meine Haare über den Lockenstab und schminkte mich.

Mit den Schuhen in der Hand lief ich nach unten. Wo war Ben?

Aus dem Wohnzimmer kamen Geräusche. Ben lag ausgestreckt auf der Couch, die Beine baumelten über der Lehne. Die erste Folge der dritten Staffel *Game of Thrones* lief.

Die Tür klackte, als ich sie schloss, und er sah mich an. Ohne von mir wegzuschauen hielt er die Fernbedienung Richtung Fernseher, und der Bildschirm erlosch.

»Du siehst schön aus«, sagte er.

Ich hatte mir auch gefallen, aber es tat gut, wie er nicht wegschauen konnte. Ich nickte. »Können wir los?«

Die Schuhe baumelten an meinem Handgelenk, und ich lief barfuß zur Straße. Das Kleid schwang um meine Knie. Ich fühlte mich leicht wie eine Pusteblume.

Ben öffnete mir die Tür.

Er strich über das Lenkrad, als wollte er noch etwas sagen, fuhr dann aber einfach los.

Wie oft hatte er mich morgens abgeholt und wir waren

gemeinsam zur Schule gefahren? Wie oft waren wir gerast, weil Ben zu spät losgefahren war? Wie oft hatten wir laute Musik gehört? Wie oft hatten wir Schnee kratzen müssen? Wie oft hatten wir alle Fenster heruntergekurbelt und schwitzten trotzdem?

Ich kannte jedes Haus an unserer Strecke, jede Kurve. Das hier war das letzte Mal, dass wir diese Strecke fuhren, um zur Schule zu gelangen. Die Häuser schossen an uns vorbei. Ich dachte »Langsamer!«, weil ich nicht wollte, dass unsere Zeit hier zu Ende ging. Und ich dachte »Schneller!«, weil ich so neugierig war auf das, was kommen würde.

An der Straße, die zur Schule führte, hielt Ben an. Ich schaute auf die Uhr.

»Los. Wir haben nur noch fünf Minuten.«

Ben nahm den Gang heraus und zog die Handbremse.

»Lass uns nicht hingehen«, sagte er.

»Warum? Jetzt fahr schon.«

»Lass uns einfach nicht hingehen.«

»Warum nicht?«

»Die Reden sind langweilig, das Essen ist schlecht, wir müssen die Brüste von der Kampe in einem Kleid anschauen … Muss ich weitermachen?«

»Erstens wird es bestimmt nicht so schlimm, und zweitens haben wir nur einmal Abiverabschiedung. *Und ich will nicht zu spät kommen.*«

»Der heutige Tag ist auch nur einmal.«

Der Motor brummte. Ich suchte nach einer Antwort.

Jetzt war es vier Uhr. Das Begrüßungswort würde ich verpassen.

»Lass uns wegfahren«, sagte Ben.

»Was? Wohin?«

»Wohin wir wollen. Einfach los.«

»In diesem Kleid? Wovon redest du?«

»Als du im Bad warst, habe ich aus deinem Zimmer Klamotten mitgenommen. Eine extra Zahnbürste habe ich auch besorgt.«

»Du hast das geplant?«

»Ich gehe nicht zu der Verabschiedung.«

»Wie hast du dir das vorgestellt? Dass wir einfach losfahren?«

»Ja.«

»Hast du auch daran gedacht, mich vorher zu fragen?«

»Du hättest Nein gesagt.«

»Und jetzt sage ich Ja?«

»Ja.«

»Nein, Ben.«

Er lächelte leicht. »*I dare you.*«

Die Worte hingen in der Luft zwischen uns, entwickelten ihren Sog. Springen oder verlieren. Springen oder verlieren.

Ich sagte: »Das ist keine Situation für ›*I dare you*‹. Das ist eine Situation für ›tut mir leid‹.«

Das Lächeln war für einen Moment auf seinem Gesicht festgefroren. Dann erreichten die Worte ihr Ziel, und das Lächeln rutschte ihm zuerst aus den Augen, dann vom Mund. Keiner von uns hatte jemals ein ›*I dare you*‹ abgelehnt. Ich wartete darauf, dass er etwas sagte, aber er blieb stumm.

»Lass uns einfach hingehen«, sagte ich.

Ben fand seine Stimme wieder. »Dann solltest du jetzt aussteigen.«

Ich zog den Griff und stieg aus. Wackelig in den Knien.

Passierte das gerade echt? Glitt Ben mir schon wieder durch die Finger?

Er schob den ersten Gang rein.

Ich fragte durch die geöffnete Tür: »Warum hast du einen Anzug an, wenn du nicht hingehst?«

Ben schaute mich an.

»Für wen hast du das Kleid angezogen?«

Er fuhr los. Die Tür schlug zu.

Nach dem Winter hatte niemand den Split weggekehrt, sodass auf dem Gehsteig lauter Steinchen lagen. Sie drückten sich bei jedem Schritt in meine Füße, aber mit den Schuhen wäre ich zu langsam gewesen. Ich hastete den Weg entlang und spürte, wie meine Locken sich aushängten und ich anfing, unter den Armen zu schwitzen.

Immer wieder sah ich vor meinem inneren Auge Bens Auto in der Kurve verschwinden. Ich wusste nicht, ob er dieses Mal zurückkommen würde.

Der Haupteingang der Turnhalle war schon geschlossen, aber die Notausgangstür zur Männerumkleide war nur angelehnt, und ich schlüpfte hinein. Ich wischte den Dreck von meinen Füßen und zog die Schuhe an. Die Turnhalle war abgedunkelt und mit Tischen bestückt, an denen die Familien saßen. In der Mitte war ein Podest mit Scheinwerfern aufgebaut, wo gerade der Landrat sein Grußwort hielt.

Weg zum Studieren, dann bitte in die Region zurück. Mutig sein. Die Gemeinschaft stärken. Ich wartete den Applaus ab, um unauffällig auf meinen Platz zu kommen.

Die Abiturienten saßen alphabetisch geordnet, und natürlich war mein Platz genau in der Mitte einer Reihe. Die ganze Turnhalle schaute her, als alle für mich aufstehen mussten und ich in den hohen Schuhen an ihnen vorbeitrippelte.

Der Bürgermeister kam auf die Bühne. Seine Rede schien vor allem aus Adjektiven und großen Armbewegungen zu bestehen. Ihr seid soooo *wichtig*. Wir sind soooo *stolz*.

Ich konzentrierte mich auf das, was er sagte, und wartete, dass die Worte in mich einsickerten. Ein Schub nach vorne, eine Erkenntnis über das Leben, die nur der Bürgermeister uns an unserer Abiturfeier geben konnte.

Nichts passierte. Die Adjektive verblühten in der Luft. Die Sätze hingen durch. Wir waren jetzt wichtig, aber morgen schon nicht mehr. Sie waren jetzt stolz, und das nächste Mal, wenn es einen Bachelor-Abschluss zu feiern gab.

Es war wirklich langweilig, genau wie Ben gesagt hatte. Je tiefer ich in den Stuhl sank, desto wütender wurde ich auf die Redner, weil sie Ben recht gaben.

Ein einziges Mal musste ich lachen. Das war, als Melissa in ihrer Rede sagte, dass wir für acht Jahre harte Arbeit ein Papier im Wert von zwölf Cent bekamen. Die Schulleiterin, Frau Kampe, und unser Betreuungslehrer begannen, die Namen vorzulesen.

Als meine Reihe aufstand, um ihre Zeugnisse in Empfang zu nehmen, war mein Kleid längst verknittert und klebte an meinem Hintern. Wir liefen im Gänsemarsch auf die Bühne. Ich schaute auf den Boden, auf einmal hatte ich Angst hinzufallen. Wie konnte ich so aufgeregt sein, wenn niemand da war, der mir etwas bedeutete?

Auf der Bühne mit meiner Rose und dem Zeugnis in der Hand hielt ich Ausschau nach meiner Mutter. Die Scheinwerfer blendeten, und ich konnte sie nicht erkennen. Hatte sie es noch geschafft? Ich hatte das Gefühl, nicht atmen zu können. Von den Erwartungen in diesem Raum erdrückt zu werden. Ich wollte raus aus der Halle, in der man künstliches Licht brauchte, obwohl draußen die Sonne schien, Turnschuhe an, rennen. Loslaufen, irgendwohin.

Hatte Ben nicht genau das vorgeschlagen?

Der Moment war vorbei. Es war kein wichtiger Moment gewesen, kein großer Moment, nur dass ich jetzt offiziell keine Schülerin mehr war. Ich stolperte auf meinen Platz zurück. Das Alphabet lief weiter.

Es gab eine Pause, als Bens Name aufgerufen wurde. Keiner trat vor. Frau Kampe stand mit dem Zeugnis in der Hand da. Sie wusste nicht, wohin sie das Papier jetzt legen sollte, und wiederholte den Namen. Unruhe breitete sich aus. Ich konnte die Gedanken der anderen fast hören. Die Hälfte dachte: War ja klar, dass er nicht kommt. Die anderen dachten: Was macht er jetzt für eine krasse Sache?

Schließlich legte die Direktorin das Zeugnis aufs Rednerpult und las den nächsten Namen vor.

Das Buffet wurde eröffnet, und die Abiturienten schwärmten auseinander. Ich blieb sitzen und wartete, bis Mama zu mir kam, die ich während der Buchstaben U–Z doch in einer Ecke der Turnhalle erkannt hatte.

Sie umarmte mich. »Herzlichen Glückwunsch zum Abitur.«

In ihren Haaren konnte ich ein bisschen Flugzeug riechen.

Das war der Moment, der zählte. Meine Mama, die es von einem Meeting am anderen Ende Deutschlands rechtzeitig geschafft hatte. Ich hatte jetzt schon Angst vor dem Moment, wenn sie nicht mehr da war.

»Können wir nach Hause gehen?«, fragte ich.

Sie löste die Umarmung und musterte mich. »Hatten wir hier nicht Essen bestellt?«

Ich zuckte die Achseln. »Wir haben noch Torte.«

Sie legte mir einen Arm über die Schulter und drückte mich an sich. »Akzeptiert.«

Zwei Stunden später schloss ich meine Zimmertür. Mir war ein bisschen schlecht von der Torte, und der Fernsehfilm dazu hatte mich nicht wirklich abgelenkt. In der hintersten Ecke meines Schrankes fand ich die Tasche. Das letzte Mal hatte ich sie noch weiter nach hinten gestopft als sonst. Der Stoff hatte Knicke vom Falten, und die Lederhenkel wurden brüchig.

Das Packen ging schnell, ich wusste genau, was hineinmusste. Geld, Unterwäsche, Socken, zwei Hosen, zwei T-Shirts, zwei Pullis, ein Paar feste Schuhe. Eine Regenjacke, Zahnbürste, Zahncreme, Tampons. Ein Schlafsack. Eine Wasserflasche. Eine Packung Snickers.

Dann setzte ich mich mit der Tasche vor die Terrassentür meines Zimmers.

Früher hatte ich dieses Spiel oft gespielt. Manchmal mitten in der Nacht. Nachdem ich ein Buch beendet hatte und die Helden noch neben mir saßen, hatte ich meine Tasche gepackt, mich vor die Tür gesetzt und in die Dunkelheit gestarrt.

Wenn ich nur lange genug dort warten würde, dann würde das Abenteuer vorbeilaufen und mich mitnehmen.

Wie hoffnungsvoll ich immer beim Packen gewesen war. Wie ängstlich beim Sitzen vor der Tür. Und wie enttäuscht beim Auspacken, wenn wieder nur der Hausmeister des Nebenhauses vorbeigeschlurft war.

Heute wartete ich auf etwas anderes. Ich wartete auf das Ende meiner Schulzeit. Auf all die Möglichkeiten, die ich mir ausgemalt hatte. Die Reise zum Mond. Ein vorbeispringender Löwe. Ein Gefühl von Freiheit. Natürlich wusste ich, dass das Ende meiner Schulzeit nicht vorbeilaufen würde – dass solche Enden gar nicht laufen konnten –, aber ich wartete trotzdem, weil es so symbolisch war und ich so bereit.

Ich aß ein Snickers, und als dann immer noch nichts passiert war, schloss ich die Terrassentür und schob die gepackte Tasche unter mein Bett.

Später in der Nacht schreckte ich auf. Mein Herz pumpte wie vor dem Chemie-Abi. Meine Nachttischlampe war noch an.

Wie spät war es? War es noch Donnerstag?

Ich schaute auf meinen Wecker. 23:47 Uhr.

Was war das für ein Gefühl? Als müsste ich den Zug nehmen, stünde direkt davor und schaffte es nicht einzusteigen. Ich hatte das Gefühl, der Zug würde losfahren und ich würde den Rest meines Lebens an diesem Gleis stehen und alt werden.

Wo waren die Abenteuer aus den Büchern? Wo war Platz für Abenteuer? Die Abifeier, mein Ferienjob, der Studienbeginn, Lernen in den Semesterferien, der erste Job. Nach jeder Station fiel mir sofort die nächste ein. Es gab kein »Frei Parken« bei diesem Spiel.

Heute ist auch nur einmal, hatte Ben gesagt.

Ben hatte auch auf dem Gleis gestanden, aber er war eingestiegen.

Ich wog mein Handy einen Moment in der Hand. Sollte wieder ich nachgeben?

Das Gefühl, etwas zu verpassen, war übermächtig.

Ich textete ihm: *Ich kann nicht schlafen, liege wach.*

Nichts. Er war auch wütend. Er würde nicht zurückschreiben. Genau wie vor ein paar Wochen, als er verschwunden war.

Danke, ich jetzt auch.

Okay, er schrieb zurück.

Ich: *Willst du mir einen Witz erzählen?*

Langsam anfangen, unverfänglich.

Er: *Nein! Ich will schlafen!*

Ich: *Büüttte.*

Er: *Zum Glück kann ich deinen Hundeblick nicht sehen.*

Ich: *Kannst du doch.*

Ich schoss ein Bild von meinem Hundeblick und hängte es an die SMS an.

Er: *Ich weiß keinen.*

Ich: *Wie soll ich ohne einen Witz von dir einschlafen?*

Er: *So langweilig sind sie auch wieder nicht.*
Ich: *Wenn Langeweile furzen würde, wären deine Witze am Klimawandel schuld.*
Er: *Du bist ja nicht mal müde, wenn du dir solche Metaphern ausdenken kannst.*
Ich: *DAS IST JA DAS PROBLEM. Erzähl mir einen Witz.*
Er: *Ich bin wirklich müde, Hanna.*
Ich: *Neeeeiiiiinnn! Lass mich nicht alleine wach sein.*
Erst mal kam nichts, dann schickte er mir eine leere SMS.
Er: –
Ich: *?????*
Er: –
Ich: *Was soll das jetzt?*
Er: *Ich bin noch wach aber zu müde zum Tippen.*
Ich: *Ach so.*
Er: –
Ich: –
Er: –
Ich: –
Irgendwann, er: *Hanna?*
Ich: *Hmm.*
Er: *Kannst du nicht schlafen, weil du Angst vor morgen und morgen und morgen hast?*
Ich starrte auf die Wörter, und ich wusste, dass Ben in seinem Bett lag und darauf wartete, dass die Antwort kam, und sie musste fast sofort kommen, weil ich immer schnell schrieb, und ich wusste nicht, wie ich jetzt lügen sollte, und ich wusste, dass mein Zögern ihm schon alles verriet, und am Ende schrieb ich einfach die Wahrheit.
Ich: *Ja.*
Ein paar Augenblicke später tauchte Bens Gesicht auf meinem Handydisplay auf. Ich nahm ab, bevor es vibrierte.

»Hör jetzt nur zu«, sagte Ben. »Das ist eine Tausend-Gefahren-Geschichte.«

Er klang aufgekratzt, gar nicht müde. Die Verbindung war schlecht – da war so ein Rauschen, obwohl man in Bens Zimmer immer vier Balken Empfang hatte. Waren das Autos im Hintergrund? Ben schlief immer bei offenem Fenster, aber so laut hatte ich die Straße noch nie wahrgenommen.

Und dann, als ich bemerkte, dass meine Gedanken wieder davongerollt waren, zog Bens Stimme mich in die Gegenwart zurück. Es war seine Erzählerstimme. Ich drückte das Handy fester ans Ohr.

Ein Mädchen liegt in ihrem Bett und kann nicht schlafen, weil sie Angst hat. Der Wind weht an ihrem Fenster vorbei, ein flüsternder, wispernder Wind. Er erzählt dem Mädchen manchmal Geheimnisse, denn das Mädchen hat windgraue Augen und ein flatterndes Herz.

An diesem Abend erzählt er ihr von einer Reise, die morgen beginnen soll. Er verrät ihr, dass noch ein Platz frei ist. Wenn sie auf die Reise geht, kann sie ihrer Angst entkommen, trifft aber vielleicht noch viel größere Ängste.

Du entscheidest: Was macht das Mädchen?

Morgen früh um fünf an der Straße. Du bist da, du steigst ein. Du bist nicht da, ich fahre wieder los. Also, ich lege jetzt auf.«

DREI

Der Morgenhimmel war mit pastellrosa Kreide auf den Himmel gemalt. Ich wartete.

Die Reisetasche lag schwer in meiner Hand. Mir war klar, dass ich mich auf diese Reise freuen oder aufgeregt und kribbelig sein sollte, aber in meinem Bauch ging ein anderes Gefühl herum, wie der Anfang einer Lebensmittelvergiftung. War das das Abenteuer, auf das ich gewartet hatte? Fühlte sich ein Abenteuer so an?

Plötzlich strömte ein Geräusch durch den Morgen. Es war kein Motorengeräusch, es war ein Bass. Vermutlich der tiefste und lauteste Bass, der auf den Straßen dieser Stadt gespielt wurde. Einen Moment später nahm der Fiat Panda die Kurve. Ben war so schnell, dass ich schon dachte, er hätte mich übersehen, aber er bremste scharf ab und kam direkt vor mir zum Stehen.

Da war das Auto, das durch den Bass zu vibrieren schien. Da war die Fensterscheibe zwischen uns. Da war ich auf der Straße und wartete. Bens Blick schlich sich an mein Gesicht an. Er sah müde aus, so müde, als könnte man auf seinem Gesicht jede Nacht sehen, die er jemals schlecht geschlafen hatte.

Die Worte hingen zwischen uns wie ein Windspiel, aber ich stieß sie nicht an.

»Hi«, sagte er.

»Hi«, sagte ich.

Ich warf meine Tasche auf den Rücksitz und schnallte mich an.

Ben fuhr los.

Wir saßen schweigend da. Nur weil wir jetzt trotzdem losfuhren, hieß das nicht, dass ich das Graffiti vergessen hatte. Mir war schon öfter unwohl gewesen bei den Sachen, die Ben tat, aber erst jetzt war es mir richtig bewusst geworden. Wenn er nachts an mein Fenster klopfte, um mir aufgedreht von seinem neuesten waghalsigen Bild zu erzählen. Wenn er mir Bilder schickte von Farbklecksen an Hauswänden im Handylicht. Wenn er eine Packung Zigaretten bei dem ekligen Kioskbesitzer mitgehen ließ.

»Ich habe gehört, dass mit Fabian Schluss ist«, sagte Ben.

»Habe ich auch gehört«, sagte ich.

Wir schwiegen wieder.

Auf der Autobahn mussten wir die Musik lauter stellen, weil der Unterbau des Fiats circa zwei Millimeter dick war. Es war seltsam, nicht mit Ben reden zu können. Waren wir jetzt auch schon Leute, die Musik brauchten, um sich nicht zu unterhalten?

Ich schaltete den Player aus, aber das machte es schlimmer. Man konnte die Stille jetzt hören. Sie drückte auf die Ohren.

»Rede mit mir«, sagte Ben. Er schaute mich wohl schon eine Zeit lang immer wieder an.

»Okay«, sagte ich.

»Gut.«

»Okay.«

»Streng genommen ist das gerade kein Gespräch.«

»Ich weiß«, sagte ich.

Ich sah zu ihm herüber. Er schaute wieder auf die Straße.

»Konntest du gestern noch gut schlafen?«, fragte ich.

Ben schüttelte den Kopf. »Versuchst du, mit mir Konversation zu machen, Hanna? Ehrlich?«

Ich zuckte mit den Schultern.

»Wie soll das jetzt weitergehen?«, fragte Ben. Seine Stimme klang müde.

»Die nächsten paar Tage?«

»Meinst du, wir sehen uns danach nicht mehr?«

»Ich weiß es nicht«, sagte ich.

Ben trat auf die Bremse.

Es warf mich gegen den Sicherheitsgurt.

Das Auto stand.

»Du kannst nicht einfach stehen bleiben«, sagte ich. Angst schoss in mir hoch. Aus gutem Grund blieb man auf der Autobahn nicht stehen.

Ben fuhr in Krabbelgeschwindigkeit weiter.

»Streng genommen fahre ich. Wenden, also das wäre verboten.«

»Ben! Da ist eine scheiß Kurve hinter uns, und falls da einer rausschießt, sind wir ein Zeitungsartikel.«

Als ich es ausgesprochen hatte, kam die Panik. Mein Herz raste, und meine Handflächen waren glitschig. Wir konnten wirklich gleich sterben. Das nächste Auto würde einfach in uns reinrasen. Bumm, Crash, aus.

»Ich fände es schlimmer, schnell Auto zu fahren, wenn ich aufgebracht bin. Langsam fahren ist dagegen immer eine gute Idee.«

»NICHT AUF DER AUTOBAHN!« Ich brüllte lauter, als ich gedacht hatte, brüllen zu können.

»Na gut, lass uns zurückfahren.«

Er legte den Rückwärtsgang ein und gab Gas.

»FAHR DOCH NICHT NOCH NÄHER RICHTUNG KURVE!«

Ben bremste wieder.

»Entscheide dich, Hanna.«

Es war nicht mehr still, die Autobahn flüsterte von der Ankunft eines neuen Autos. Tod in fünf, vier, ...

»Fahr jetzt, Ben«, sagte ich mit gepresster Stimme.

»Entscheide dich.«

Die Scheinwerfer des heranfahrenden Autos linsten um die Kurve.

»Schluss mit der Psycho-Scheiße. FAHR!«

Ben gab Gas, und der Panda beschleunigte von null auf achtzig in siebenundzwanzig Sekunden.

Das andere Auto zog auf die Überholspur, hupte wie verrückt, und in der Nanosekunde, die wir gleichauf waren, zeigte uns sein Fahrer den Vogel.

Das Lachen explodierte in dem Moment, als das Auto an uns vorbei war.

HastdudasgesehenWiekrassdubistsoeinIdiotBenUnddurededestimmerMistHanna.

Schließlich stupste ich ihn mit meinem Ellenbogen in die Seite.

»Reiß dich mal zusammen«, sagte ich. »Es ist gefährlich, Auto zu fahren, wenn man aufgebracht ist.«

Wir kurbelten die Scheiben herunter und drehten die Musik auf volle Lautstärke. Der Wind wehte herein und griff uns in die Haare. Wenn wir etwas sagen wollten, mussten wir schreien. Es war laut, es war durcheinander, der Wind war scheißkalt, und ich konnte mir kaum vorstellen, dass Ben durch seine wirbelnden Haare überhaupt etwas sehen konnte.

But who the fuck cared?

Meine Angst war weg. Ich hatte sie in dem Moment auf der Autobahn zurückgelassen, als das andere Auto an uns vorbeigeschossen war. Vielleicht würde sie sich wie ein ungewünschter Anhalter wieder ins Auto setzen, wenn wir zurückfuhren. Aber ich hatte keine Ahnung, wann das sein würde. Ich wusste ja nicht einmal, wo wir hinfuhren.

But who the fuck cared?

Ich fühlte mich so aufgedreht, als würde ich jeden Moment in Kichern ausbrechen. *Heute* sollte mein Geburtstag sein. Ich wiederholte den Gedanken noch einmal laut.

»Was?«, schrie Ben.

»Heute ist mein Geburtstag«, schrie ich zurück.

Ben hupte zur Bestätigung zweimal.

Als der Wind unsere Ohren langsam einfrieren ließ, kurbelten wir die Fenster wieder nach oben. Ben stellte vom Player auf Radio um.

»Wohin fahren wir eigentlich?«, fragte ich.

»Was denkst du denn?«, fragte Ben.

Vage erinnerte ich mich an die Autobahnschilder, die schon an uns vorbeigezogen waren. Ich hatte keine Ahnung, wo die Reise hinging oder was Ben vorhatte. Da war es wieder, das Abenteuer – es zerrte meine Tasche mit den kaputten Henkeln nach vorne, und ich stolperte hinterher.

»Richtung Norden«, sagte ich, aber dann hörte mein Wissen schon auf.

»Das stimmt«, sagte Ben.

»Und weiter?«

»Ist doch egal«, sagte Ben.

Wir wechselten Plätze auf einem Parkplatz, als die Sonne schon auf die Straße herunterbrannte.

Die Musik lief wieder.

»Und jetzt?«, fragte ich.

Ben grinste.

»Einfach nur geradeaus.«
Also fuhr ich geradeaus.

Ab und zu ertappte ich mich dabei, wie ich nur auf die Straße schaute, ohne wirklich zu schauen. Dann trank ich einen Schluck Wasser und setzte mich wieder aufrechter hin.

Ben zeichnete. Er hatte die Schuhe ausgezogen, sich abgeschnallt und lehnte mit dem Rücken gegen das Fenster. Er war so groß, dass er aufpassen musste, dass er mit den Füßen nicht an den Schalthebel kam.

Der Bleistiftstummel fuhr immer wieder die gleiche Linie auf dem Papier nach. Es war hypnotisch, ihm zuzuschauen.

Das Motiv, das er gerade malte, schien völlig aus der Erinnerung zu entstehen, denn er schaute nicht auf, während der Bleistift wieder und wieder einen Schatten aufs Papier prägte.

Er spürte, dass ich ihn immer wieder ansah, und hob den Kopf. So schaute er mich an und schaute mich doch nicht an. Als würden seine Pupillen erst in diesem Moment scharfstellen.

»Hi«, sagte ich.

Ben lächelte.

»Alles klar?«

Ben lächelte noch breiter.

»Was zeichnest du?«

»Dich.«

»Darf ich mich sehen?«

Ich kannte die Antwort schon.

»Ist noch nicht gut genug.«

»Na klar«, sagte ich und schaute wieder auf die Straße.

Ich wollte es auf sich beruhen lassen, aber dann fiel mir ein, wohin uns das ganze Auf-sich-beruhen-Lassen gebracht hatte, und ich fragte: »Ist dir aufgefallen, dass ich, seit wir uns kennen, fast nie Bilder von dir gesehen habe?«

»Nur die guten.«

»Sie sind bestimmt alle gut. Zeig mir das Bild.«

Ben sah mich an und erkannte, dass ein Nein dieses Mal nicht ausreichen würde. »Auf der Rückfahrt zeige ich es dir. Versprochen.«

Ich forschte in seinem Gesicht nach der Wahrheit. Auf der Rückfahrt. Wenn er es mir dann nicht zeigte, würde ich einfach seinen Block nehmen.

»Kannst du bitte wieder nach vorne schauen?«, sagte er.

»Macht es dir Angst, dass ich nicht auf die Straße sehe?«

Ben lachte auf, und das Lachen sagte: Denkst du wirklich, dass ich Angst habe? Komm schon, wir wissen beide, dass das nicht stimmt.

»Ich würde dich lieber im Profil zeichnen.« Ich richtete meinen Blick auf die Straße. Ab und zu schaute ich in die Seitenspiegel, aber mein Blick kehrte immer wieder zur Straße zurück. Ich sah nicht zu Ben, aber ich wusste, dass er mich ansah, und ich wusste, wie intensiv sein Blick sein musste, und ich fühlte fast körperlich, wie er mit den Augen mein Gesicht erspürte. Die Wölbung der Wangenknochen, die Lippen, die Beugung meines Halses. Sein Blick berührte meine Haut wie mit Fingern.

Ich starrte nach vorne.

Weißer Streifen um weißer Streifen verschwand unter der Kühlerhaube. Es sah aus, als würde sie die Straße fressen. Sie fraß und fraß und fraß.

Laut Ben waren es nur noch eineinhalb Stunden Fahrt, aber der Verkehr verdickte sich wie mit Gelatine, und als wir gar nicht mehr vorankamen, schlug Ben vor, eine Pause zu machen. Als der nächste Rastplatz ausgeschrieben war, fädelte ich mich auf die rechte Spur ein.

»Machen wir ein Picknick?«, fragte Ben und zeigte auf ein kleines Stück Grün inmitten des Parkplatzes.

Ich suchte einen Platz ohne Hundehaufen, und Ben betrat den Rasthof, um Eis zu kaufen.

Das Gras war strohig und pikste beim Hinsetzen. Der Rasthof war ein Zwischen-Ort. Er war nicht grün, aber auch nicht asphaltiert. Nicht verdreckt, aber auch nicht sauber.

Ben kam wieder. Er hielt zwei Pappdeckel mit Kuchen, und auf jedem Stück steckte eine Kerze.

»*Happy birthday to you*«, begann er zu singen. »*Happy birthday to you.*«

Ich lachte nur. »Auspusten«, sagte er und kniete sich mit den Tellern vor mich. Ich zögerte. Ich dachte, dass es vielleicht ein bisschen zu viel war, dass die ganze Stimmung einstürzen könnte, wenn ich die Kerzen ausblies, und dass uns beiden klar werden würde, dass wir zwei Teenager auf einer verdreckten Autobahnwiese waren, die keinen Plan von ihrem Leben hatten.

Bens Strahlen war echt.

Ich pustete die Kerzen aus.

Ben gab mir einen Kuchen und holte aus der Hosentasche auch noch eine Plastikgabel.

»Danke«, sagte ich.

Dafür, dass heute mein Geburtstag sein kann.

Wir aßen schweigend, nur unterbrochen von dem gelegentlichen »Hey!«, wenn wir uns gegenseitig Kuchen vom Teller klauten.

»So, genug gegessen. Shuffle-Zeit«, sagte Ben und setzte sich mir im Schneidersitz gegenüber. Unsere Knie berührten sich.

Ich holte mein Handy raus, steckte mir die Stöpsel in die Ohren und stellte die Shuffle-Funktion ein. Ich musste die Lautstärke hochdrehen, um den Lärm zu übertönen.

Erstes Lied: *Cold War* von Janelle Monáe.

Mit meinen Händen und meinem Gesicht malte ich Ben den Liedtext in die Luft. Er beobachtete meine Bewegungen, und als ich den Refrain erreichte, sagte er: »*Cold War*. Janelle Monáe. Album: *The Archandroid*.«

»Hast du es an meinem Zittern zu ›cold‹ oder an dem Rumgefuchtel zu ›war‹ erkannt?«

Ben grinste. »Du bewegst die Lippen mit.«

Ich reichte Ben die Stöpsel. Er klickte weiter, lauschte und verdrehte die Augen.

Eigentlich wusste ich jetzt schon, welches Lied es war, aber ich wollte die Show nicht verpassen.

In meinem Kopf lief der Text mit: »*Hi Barbie! – Hi Ken! – You wanna go for a ride? – Sure Ken! – Jump in!*«

Ben spielte das Telefongespräch mit der Hand am Ohr lautlos nach. Ich konnte mich schon beim Intro kaum halten, als er eine Bewegung machte, als würde er Barbie die Tür zu seinem Cabrio öffnen. Das Lachen sammelte sich in meinem Hals, ein warmes Gefühl, ich war kurz vorm Bersten. Dann der Refrain: »*I'm a Barbie girl, in a Barbie world...*«

Ben machte genau die richtigen Bewegungen: Er kämmte sich die nicht vorhandenen langen blonden Haare, tat so, als würde er sich ausziehen, tippte sich an den Kopf.

Er macht den Ken für »*Come on Barbie, let's go party!*«, und das Lachen sprengte meine zusammengekniffenen Lippen. Ich ließ mich nach hinten ins Gras fallen, aber mein Fuß war um das Kabel der Stöpsel gewickelt und riss es aus dem Handy.

Barbie Girl tönte in voller Lautstärke über die Picknick-Wiese. Ich musste noch mehr lachen, ich konnte nicht aufhören, das Lachen presste meinen Bauch zusammen, dass es wehtat.

Ben drückte die Pausentaste, und die Musik brach ab.

»Du hast mich gerade meiner Männlichkeit beraubt«, stellte Ben fest und zog mich auf die Füße. »Ich muss jetzt eine rauchen.«

»Und das re-etabliert deine Männlichkeit?«

»Nein.« Er grinste. »Aber ich rauche jetzt trotzdem und nehme bewusst ein Suchtmittel zu mir, das mich wohl eines Tages töten wird.«

Er steckte sich eine Zigarette an.

»Es ist das ›eines Tages‹, das dich tötet«, sagte ich und meinte die Zigaretten.

Erst als ich wieder ins Auto einstieg, wurde mir klar, wie wahr der Satz eigentlich war.

»Es ist immer das ›eines Tages‹, das dich tötet«, sagte Ben.

Während er sich in die Autokette einfädelte, dachte ich, dass er etwas ganz anderes meinte als ich und dass sein Satz vermutlich wahrer war. Und ich weiß nicht, ob es an der Art lag, wie er es sagte, oder an der melancholischen Stimmung, in der wir uns befanden, aber ich hatte das Gefühl, dass Ben sich damit abgefunden hatte, ›eines Tages‹ zu sterben, sogar wenn das ›eines Tages‹ so schnell kommen sollte, wie ein Auto um eine Kurve brauchte.

VIER

Die Zeit während einer Autofahrt vergeht ganz unterschiedlich. Schnell, während man schläft und die Kilometer vorbeifließen. Tröpfelnd, wenn man noch mit geschlossenen Augen dasitzt und spürt, dass man schon wieder wach ist in einem Auto voller Sonnenscheinhitze. Klebrig, wenn sich der Hintern immer tiefer in den Sitz zu drücken scheint und sie im Radio dasselbe Lied zum dritten Mal spielen.

Es fiel uns auf, als wir knapp hinter Berlin waren.

»Das spielen sie jetzt zum dritten Mal«, stellte ich fest.

»Falsch«, sagte Ben. »Wir haben zum dritten Mal den Sender gewechselt. Die spielen das zum ersten Mal.«

Wir lauschten dem Gedudel, bis ich das Gefühl in meiner Brust loswerden musste.

»Ben? Ganz ohne Plan fühle ich mich ein bisschen zu schwerelos«, sagte ich. »So wie ein Astronaut sich fühlen muss, wenn er aufs Klo will.«

Ben lächelte schief.

»Vielleicht geht es genau darum. Dass wir schwerelos mit allen Vor- und Nachteilen sind. Dass wir nicht wissen, wo es hingeht, und dass wir nicht wissen, wie lange es dauert, und vielleicht nennt man diesen Zustand ›Leben‹.«

Im Leben schweben. Und was, wenn ich dafür nicht bereit war?

Wir fuhren von der Autobahn ab, erst über eine Bundesstraße, durch Alleen hindurch, und dann irgendwann nur noch durch kleinere Dörfer.

Von den engen Kurven wurde mir schlecht, und ich schloss die Augen und drückte die Stirn gegen die Fensterscheibe.

Ich wachte davon auf, dass Ben an meinem Arm rüttelte.

»Hey, *Sleepy-Head*«, sagte er. »Wir sind da.«

Als ich ausstieg, wehte mir der Wind kühl ins Gesicht. Es war noch warm, aber längst nicht mehr so heiß wie auf der Autobahn.

Der Kies-Parkplatz war verlassen.

Ben streckte sich. Ein Leuchten lag auf seinem Gesicht. »Los, komm.« Er zog mich an der Hand zum Ende des Parkplatzes.

»Wohin gehen wir?«

Ben lächelte. Der Wind pustete ihm die braunen Haarsträhnen ins Gesicht. »Hör hin, und dann darfst du ein halbes Mal raten.«

Ein fadendünnes Rauschen webte sich in den Wind. Es wurde lauter, als wir weitergingen. Der Schotter unter unseren Schuhen wurde feiner, und der Boden fiel leicht ab.

Wir umrundeten ein letztes Haus, und da war es.

Ein blaugrün-schimmerndes Band. Der Geruch nach Fisch und Tang und Abenteuern. Das Wasser war noch weit draußen, ein nacktes Stück Sand lag zwischen uns und der Gischt.

Ein Kribbeln begann in meinem Magen, das Gefühl, dass ich zu der dünnen Linie rennen musste, die das Wasser vom Land trennte. Ich hatte noch nie das Bedürfnis, auf einen Menschen so zuzurennen.

»Es ist so langweilig, das Meer zu lieben«, sagte ich zu mir selbst.

»Psst«, sagte Ben. »Du ruinierst den Moment.«

»Hast du nicht auch dieses Drängen, dort hinzurennen?«, fragte ich.

Ben wandte sich zu mir um. »Nicht unbedingt.«

Ich erkannte sein Grinsen zu spät.

Er riss mich nach vorne – reflexartig packte ich ihn fester –, und wir fielen, stolperten, rollten die Böschung zum Strand hinunter.

Der Strand war hart und körnig und bestand nur zum Teil aus Sand, vielmehr aus Muschelscherben und kleinen Steinchen. Ich rollte mich auf den Rücken.

Ben lag halb unter mir, seine Arme hielten mich an meiner Position wie die Sitzsicherung in einer Achterbahn.

Er rollte sich über mich.

»Ist das auch langweilig?«, fragte Ben.

Sein Atem kitzelte an meinem Hals.

»Es ist matschig«, brachte ich heraus. Er lag mit einem Großteil seines Gewichts auf mir, aber das war nicht der Grund, warum ich keine Luft bekam. Er musste spüren, wie schnell mein Herz schlug.

»Hi«, sagte Ben.

»Hi«, sagte ich.

Ben lächelte. Er holte tief Luft, hielt sie für einen Moment an, während Gedanken über seine Augen liefen, und atmete dann wieder aus.

»Lass uns weiter nach vorne laufen«, wisperte er.

Mühsam rappelte ich mich hoch. Der Strand sah jetzt anders aus, als würde er von einem sanfteren Licht ausgeleuchtet.

Ben lief einige Schritte vor mir. Der Boden war hart, und Ben hinterließ kaum Fußspuren, aber ich trat trotzdem dorthin, wo er hingetreten war. Wellen rollten an den Strand.

Unter all den Wassergeräuschen hörte man das Klacken der Muscheln, die sie mit sich rissen. Und immer wieder das Rauschen, wenn das Salzwasser die Steine wieder mit ins Wasser zog, eine Zunge, die die Küste wund leckte, bis nichts übrig blieb als nackter Fels.

Sonst war da kein Geräusch, keine Möwen, keine Menschen.

Die Wellen kamen und gingen. Irgendwann bemerkte ich, dass Ben im selben Rhythmus Luft holte.

Beim Anblick der Wellen fühlte ich mich ruhig. Es hatte nichts mit dem Meer an sich zu tun. Aber ich war hier, trotz aller Unwahrscheinlichkeiten. Wir waren bis ans Meer gefahren. Einfach so. Das allein war schon mehr, als ich mir heute Morgen hätte vorstellen können. Ich fühlte mich verbunden mit der Landschaft, als könnte ich jedes Spritzen der Gischt auf meiner Haut spüren. Das war das Abenteuer, das Ben versprochen hatte. Es hatte schon begonnen.

Der Wind frischte auf, und ich trug nur ein Top, aber ich wollte noch nicht gehen. Auf der Oberfläche wurde meine Haut kühl, aber innen war mir lange Zeit ganz warm. Die Wellen kamen uns nah und flüchteten wieder zurück. Wolken jagten sich über den Himmel.

Irgendwann fing ich doch an zu zittern, und ich wollte Ben mit einer Berührung sagen, dass ich zum Auto zurückging. Aber als ich meine Finger ausstreckte, um ihm am Arm zu berühren, kam seine Hand mir schon entgegen. Er fand meine Hand und drückte sie. Die bisher größte Welle preschte nach vorne. Das Tosen. Die Gischt. Unsere Hände. Wir ließen wieder los und liefen zurück zum Auto.

Im Auto schrieb ich eine SMS an Mama, die mehr erklärte als der Zettel, den ich ihr auf dem Bett hinterlassen hatte. Danach schaltete ich das Handy vorsichtshalber aus. Sah nicht so aus, als würde gleich ein Krebs mit einer Steckdose vorbeikrabbeln.

Ben hantierte am Kofferraum und kam mit einem Nutellabrot zurück.

Ich lachte. »Wird daraus unsere Ernährung bestehen? Kuchen und Nutellabrot?«

Er reichte mir eine Hälfte des Brotes. »Also ich kann damit leben.«

»Zeig mal, was du alles hast«, sagte ich und ging zum Auto hinüber.

Ben schob den Deckel hoch.

Gut, dass ich meine Sachen gleich auf die Rückbank gelegt hatte, denn der Kofferraum war voll.

Der Inhalt des Kofferraums:
- eine Kiste voller Lebensmittel, genauer: Nudeln, Fertigsuppen, Toastbrot, normales Brot, Schokolade, Chips, Nutella, Marmelade, Öl, löslicher Kaffee
- ein Zelt, zwei Schlafsäcke, zwei Luftmatratzen
- zwei Sets Besteck, dazu ein scharfes Messer
- eine Tasse (Ben hatte die zweite vergessen)
- zwei tiefe Teller
- ein Camping-Kocher
- ein Topf und eine Pfanne
- eine Tasche mit Bens Klamotten
- ein Stapel Bücher vom Flohmarkt
- zwölf 1,5-Liter-Flaschen Wasser
- eine Flasche Sekt (für besondere Anlässe?)

Ich fragte: »Ben, wie lange hast du das schon geplant?«

»Was meinst du?«, fragte er vorsichtig.

»Angefangen hat es mit dem Graffiti, oder?«

Ben seufzte. »Hast du wirklich gedacht, ich würde dir nur ein verschmiertes Graffiti zum Geburtstag schenken?«

Ich überlegte kurz. »Hättest du mir in der Nacht noch geschrieben?«

Ben schüttelte den Kopf. »Ich hatte den Plan schon aufgegeben. Irgendwie hatte ich die Idee, dass du entscheidest, ob wir gehen oder nicht.«

Wir schwiegen wieder. Ich grübelte darüber nach, ob ich einen Teil von Bens Plan übersehen hatte.

»Woran hast du es gemerkt?«, fragte Ben. »Die Vorräte könnten alle aus unserer Speisekammer sein.«

»Als hätte deine Mutter löslichen Kaffee vorrätig«, sagte ich.

»Und einen Camping-Kocher. Ernsthaft?«

»Und Luftmatratzen«, sagte Ben. »Als würde Marlies auf einer Luftmatratze schlafen.«

Da war wieder die Bitterkeit in seiner Stimme, die er immer bekam, wenn er über seine Familie sprach. Und teilweise konnte ich es nachvollziehen. Es war, als hätte ich zwei Marlies kennengelernt: Die Marlies vor dem Tod seines Vaters, die uns half, Monster an die Tapete von Bens Zimmer zu malen, und die Marlies danach, die das Malen ganz aufgegeben hatte und sich richtig aufregte, als Ben sein Zimmer mit meiner Hilfe dunkelblau strich. Die Trauer hatte sie eingefangen und grau gemacht, stiller. Außer wenn sie die negativen Gefühle an Ben ausließ. Zu etwa dieser Zeit fing Ben an, seine Mutter mit Vornamen anzusprechen.

Warum hatte ich das Thema auch angeschnitten?

»Vielleicht hat sie es ja mal gemacht«, sagte ich.

»Schwer vorzustellen«, sagte Ben.

»Was, wenn sie auch mal von zu Hause weggelaufen ist und dann irgendwo lag, weit weg von den Eltern, und zu den Sternen geschaut hat?«

»Marlies hat bestimmt nie zu den Sternen geschaut.«
»Weißt du doch nicht.«
»Aber wo ist dann der Punkt, an dem sie so langweilig und normal geworden ist?«, fragte er.
»Vielleicht ist es gar kein Punkt, sondern eine schleichende Entwicklung«, sagte ich. »Erst ein Kopfkissen auf der Luftmatratze, dann eine Daunendecke, dann Upgrade zur IKEA-Sultan-Matratze und schon kommst du nicht mehr ohne dein beheizbares King-Size-Wasserbett aus.«
»Oder sie war einfach schon immer langweilig und verstockt«, sagte Ben und klappte den Kofferraum wieder zu.
»Komm, suchen wir einen Platz für das Zelt«, sagte ich.
»Okay, Geburtstagskind.«

Den besten Platz fanden wir, als wir über die Absperrung des Parkplatzes kletterten und uns einen Pfad durch die hüfthohe Wiese trampelten.
»Hier zu zelten ist verboten, oder?«
»Vermutlich schon, aber das wissen wir doch nicht.«
Ben grinste wieder, und ich konnte mir vorstellen, wie unschuldig er den Kopf aus dem Zelt stecken würde, falls sich jemand beschweren sollte. Passte auch gut zu dem neuen Tattoo auf seinem Unterarm, das ich endlich entziffert hatte: *Ich war's nicht.* Exakt wie ein kleiner Junge.
Wir schafften nur das nötige Zeug in die Wiese: das Zelt, die Schlafsäcke und Luftmatratzen, den Campingkocher, die Fertigsuppe, zwei Flaschen Wasser, unsere Schlafklamotten und die Zahnbürsten.
Zum Glück konnte man das Zelt einfach hinschmeißen, und es baute sich von selbst auf.
Luftmatratzen-Aufblasen war anstrengend, aber danach legten wir uns im Gras auf die Matratzen. Es war erst fünf Uhr.

Ich streckte mich aus und nahm die Sonne auf. Im Gras ging kein Wind, und dadurch war es wieder ziemlich warm. Alle möglichen Insekten zirpten und flatterten in der Wiese. Aus Bens Richtung hörte ich ein zartes ›Klick‹.

Ich blinzelte und sah ihn mit einer kleinen Digitalkamera.

»Was wird das?«

»Ich halte die Zeit an«, sagte Ben und machte noch ein Foto.

Während er knipste, hatte Ben ein abwesendes Lächeln auf dem Gesicht. Wie viele Menschen sahen wohl den Ben, den ich sehen durfte? Wie viele Menschen sahen mich so, wie ich war? Nein, stopp. Wie viele Menschen sahen mich so, wie ich sein könnte? Ich wusste nicht, was von beiden ich wichtiger fand, aber die Antwort auf beide Fragen war wohl Ben.

Und in diesem Moment, während ich in einer kleinen Wiese an einem kleinen Meer auf einer billigen Luftmatratze lag und der Himmel mein ganzes Blickfeld ausfüllte, wurde mir klar, dass sich jeder andere Moment in meinem Leben an diesem hier würde messen müssen. An seiner Freiheit, an seinem Gefühl, davonfliegen zu können.

Ben ging zum Auto, ohne dass ich es bemerkte, und kam mit zwei Büchern wieder. Er legte mir eines auf den Bauch.

»Verlorene Kinder. Hab ich vom Flohmarkt.«

E. E. Cummings – Poems. Ich nahm das Buch und fing an zu lesen. Die Worte waren so stark, sie fraßen mich auf.

»Hör zu, hör zu, hör zu«, sagte ich.

»Was?«

»Ich … ich wollte dir eine Stelle vorlesen, aber jetzt kann ich mich nicht entscheiden.«

»Lies auf der Seite, auf der du gerade bist.«

»*shall we*
say years?
O let us say it, girl

to boy smiling while the moments kill us gently and infinitely.«
Die Momente töten uns sanft und unendlich.
Ich ließ die Zeilen in der Luft hängen, bis sie im Zirpen der Heuschrecken zerfielen, und sagte: »Das ist wahr, oder?«
»Solche Sätze lassen mich daran glauben, dass die Menschen nicht komplett verrückt sind«, sagte Ben.

Die Leichtigkeit kam nach dem Zitat nicht mehr zurück.
Ben zündete den Campingkocher an.
Es gab Buchstabensuppe, die immer noch genau wie im Kindergarten schmeckte.
»Hast du noch ein Ypsilon für mich?«, fragte ich Ben, und er fischte mir eines aus seiner Suppe.
Mit den Nudeln schrieb ich ›*gently and infinitely*‹ auf den Rand meines Tellers.
Als die Helligkeit versickerte, schoben wir die Luftmatratzen ins Zelt und krabbelten hinein. Das Zelt war mit Ben und mir komplett ausgefüllt.
»Ich kann dir gar nicht sagen, wie froh ich bin, dass ich meinen eigenen Schlafsack habe«, sagte Ben.
»Was willst du damit sagen?«
»Nichts. Außer dass du manchmal unendlich viel Platz brauchst.«
Bens Müdigkeit sickerte in die Stille.
»Wir schlafen jetzt aber noch nicht«, sagte ich. »Es ist noch hell.«
»Okay«, sagte Ben und blieb mit geschlossenen Augen liegen.
»Hey!« Ich stupste ihn in die Seite.
Er rappelte sich hoch.
»Ist ja gut. Hast du eine Ahnung, wann ich heute Morgen aufstehen musste, um alles zusammenzupacken?«

Ich fragte: »Weiß deine Mutter nicht, dass du weg bist?«

Ben sagte: »Weißt du, was wir jetzt machen? Wir schreiben eine Liste.«

Mir fiel auf, dass er auswich, aber Listen machen war absolut mein Ding.

»Wir schreiben alles darauf, was wir machen wollen«, sagte er. »Und dann machen wir es.«

Genau das war der Punkt von einer Liste. Man musste nachdenken, bevor man die Sachen daraufschrieb. Wenn sie erst einmal daraufstanden, konnte man sie nicht wieder herunternehmen.

»Hast du ein Blatt?«, fragte Ben.

Ich hatte keines.

Also schlug ich die erste Seite des Gedichtbandes auf.

Ich schrieb: *Liste der Sachen, die wir machen wollen*. Dann strich ich den Satz wieder durch.

Die neue Überschrift hieß: *Momente, die uns sanft und unendlich töten*.

Ich sah zu Ben.

»Sind es Sachen, die wir jetzt machen wollen?«

Er sagte: »Sachen, die wir überhaupt mal machen wollen.«

Ich machte den ersten Kringel. »Los geht's.«

»Fünfundzwanzig Kinder haben«, sagte Ben sofort.

»Was? Das passt nicht einmal zur Überschrift.«

»Schreib das auf.«

Meinetwegen.

»Es reicht doch, wenn einer von uns beiden das macht?«, fragte ich.

»Ja, oder wir beide zusammen. Macht zwölfeinhalb Kinder für jeden von uns. Außerdem: mit geschlossenen Augen Auto fahren. Zehn Kilometer. Richtig schnell.«

Er deutete auf das Blatt. Ich schrieb es auf.

»Das könnte uns nicht nur sanft und unendlich töten, sondern auch Genickbruch – sofort«, sagte ich.

»Markiere das ›richtig schnell‹.«

»Du bist verrückt.«

»Du bist nur nicht verrückt genug.«

»Ist Nacktbaden eine Option?«, fragte ich.

»Hanna«, sagte Ben und sah mich ernst an. »Nacktbaden ist immer eine Option. Aber das ist keine Liste aus einem Disney-Film. Gib dir mehr Mühe.«

»Okay. Etwas … Verbotenes tun«, sagte ich und schrieb es auf.

Ben las die Liste durch und lachte.

»›Etwas Verbotenes tun‹ hört sich nach den anderen Punkten ja richtig gefährlich an. Was als Nächstes?«

»Wir brauchen noch ein bisschen Abwechslung«, sagte Ben. »Sonst geht das alles zu sehr in die Adrenalin-Junkie-Richtung.«

»Wie wäre es mit einem Tag schweigen?«

»Das wird schön radikal«, sagte Ben und nickte. »Dann können wir was aufschreiben, was ich schon immer machen wollte. Nur mit dreißig Dingen leben.«

Ich setzte den Punkt auf die Liste. Jetzt war ich wieder dran, aber ich sprach nicht sofort. Tatsächlich wusste ich genau, was ich sagen musste. Es war einer dieser Seelen-Striptease-Momente. Entweder du zogst blank oder du konntest deine Kleidung zusammensammeln und das Spiel war vorbei.

»Einen Fremden küssen«, sagte ich.

»Definiere fremd«, sagte Ben.

Ich war froh, dass er keinen Witz über meinen Vorschlag machte.

»Kein Gespräch vorher.«

»Man geht einfach zu jemandem hin und küsst die Person? Wow, das ist krass.«

Ich nickte. Jetzt stand es auf der Liste. Kein Zurück mehr.
»Fällt uns noch etwas ein?«, fragte ich. Ich wartete darauf, dass er etwas sagte, das so groß und geheim war wie das mit dem Kuss. Und war enttäuscht, als Ben den Kopf schüttelte.
Nein, ihm fiel nichts mehr ein.
Ich verstaute das Buch und zog die äußere Zelttür zu. Die Zeltwände ließen noch ein minimales bisschen blaues Licht durch.
Ich legte mich zurück auf die Matratze.
»Hanna«, flüsterte Ben nach einer Weile. Soweit er mit seiner tiefen Stimme eben flüstern konnte. »Ich hab noch einen Punkt für die Liste.«
»Ja?«
»Gehen ohne Abschied«, sagte er, und ich hörte sofort, dass das sein Seelen-Striptease-Moment war.
»Was meinst du?«, fragte ich vorsichtig.
»Abschiednehmen tut weh, und deshalb ist es manchmal besser, einfach zu gehen. Das ist dann so, als würde man sich gleich wiedersehen.«
Der Moment war fragil, wie Schmetterlingsflügel.
Hast du doch schon, dachte ich, aber ich sagte nur: »Okay. Handy-Licht.«
Ben leuchtete mir mit seinem Display, als ich den Punkt aufschrieb. Und ich frage mich, ob es etwas geändert hätte, wenn ich das Licht einen Moment länger angelassen und Ben ins Gesicht geschaut hätte.
Wir lagen wieder da, jeder in seinen Schlafsack gekuschelt. Alles an mir fühlte sich warm an, sogar meine Gedanken schienen sanft zu glimmen. Wir waren getrennt durch das Futter unserer Schlafsäcke, aber gleichzeitig zusammen in dem Zelt. Wir hatten unterschiedliche Pläne für die Zeit nach dem Abi, aber waren zusammen auf dieser Reise. Wir spürten es, wenn der andere sich nur ein bisschen bewegte.

»Gute Nacht, Hanna.«
»Gute Nacht, Ben.«
So schliefen wir in unserer ersten Nacht unterwegs ein. Ben und Hanna, in einem kleinen Zelt.

Momente, die uns sanft und unendlich töten:
- fünfundzwanzig Kinder haben
- zehn Kilometer mit geschlossenen Augen richtig schnell Auto fahren
- etwas Verbotenes tun
- einen ganzen Tag nicht reden
- nur dreißig Dinge besitzen
- einen Fremden küssen
- gehen ohne Abschied

(Optional: Nacktbaden)

FÜNF

Nach einem Kaffee und zwei Nutellabroten brachen wir am nächsten Morgen auf.

»Mehr sehen als Meer«, wie Ben sagte.

Ben fuhr, und ich zählte unser Geld. In seinem Geldbeutel waren ein bisschen mehr als 150 Euro – ich hatte 25 in bar und überschlug, was noch auf meinem Konto war.

»Hast du die Schatzkarte dabei?«, fragte ich. Die Schatzkarte war das Sparkonto, das seine Großmutter zu seiner Geburt eingerichtet hatte. Sie hatte so getan, als wäre es ihr gemeinsamer Piratenschatz, und Ben hatte mir erzählt, wie aufregend es jedes Mal gewesen war, wenn sie zusammen zur Bank gingen, um ihre »Beute« einzuzahlen.

Ben überlegte – dabei war es eine einfache Frage –, setzte an zu sprechen und schüttelte dann unwirsch den Kopf. Vielleicht war er alles durchgegangen, was er eingepackt hatte, und ärgerte sich, die Schatzkarte vergessen zu haben.

»Tja, dann sollten wir heute etwas machen, das wenig Geld kostet«, sagte ich. »Was haben wir vor?«

»Ich bekomme das Gefühl, dass Planlosigkeit nicht dein Ding ist«, sagte Ben.

»Heißt das, wir fahren gerade sinnlos in der Gegend herum?«

»Wir lassen den Weg von den astralen Kräften des Universums bestimmen«, sagte Ben. »Das ist nicht *sinnlos*.«

»Dein Gelaber ist sinnlos.«
»Wir fahren auf den sinnlos kleinen Straßen, genießen sinnloserweise die Landschaft, und wenn es uns irgendwo besonders gut gefällt, dann halten wir an.«

Gelbe Wegweiser zogen an uns vorbei, unendlich viele Trennstreifen auf der Fahrbahn, Bäume, Raubvögel, die am Straßenrand warteten, und dann sah ich endlich ein Schild, das den Weg zum Meer auswies. Ben folgte dem Pfeil auf einen schmalen Weg, der sich durch ein Waldstück schlängelte. Ich dachte, wir würden an einen Badestrand kommen, aber hinter den letzten Bäumen versteckte sich ein Dorf.

Es fühlte sich so an, als hätte der Wald eine Grenze gezogen zwischen dem Dorf und dem Rest der Welt. Hier schien ein anderes Land zu sein.

Die Landschaft wirkte ausgebleicht, als hätte der Künstler sein Bild zu lange in der Sonne liegen lassen. Nicht nur der Himmel war von einem ausgekippten Grau. Es setzte sich in den Häusern fort: Schachteln mit Strohdach, die sich rechts und links der Straße drängten. Sogar die Bäume sahen alt und müde aus. Nur das Grün war kräftig.

Wir fuhren über einen verlassenen Marktplatz. Ein Springbrunnen stand in der Mitte des Platzes. An den Rändern lagen Souvenirs hinter verstaubten Schaufenstern.

Der Fiat rollte durch eine Gasse mit Wohnhäusern, bis wir auf einen geteerten Parkplatz kamen.

Es war windstill. Die See schien zu schlafen.

Wir standen nebeneinander und schauten nach vorne. Unsere Arme berührten sich leicht. Ich weiß nicht, ob Ben das genauso stark bemerkte wie ich, aber meine Haut schien sich jedes Mal statisch zu entladen, wenn unsere Arme auseinanderpendelten und sich wieder streiften.

»Ich lege mich ein bisschen hin«, sagte Ben. »Brauchst du das Auto?«

Ich schüttelte den Kopf. Ben berührte mich noch einmal, eine letzte Entladung, dann trat er zum Auto, und die Verbindung war gebrochen. Ich blieb noch einen Moment dort stehen, den Blick auf den grau-schäumenden Wellen, bevor ich zu Fuß Richtung Marktplatz ging.

Es gab viele Ferienwohnungen – offensichtlich sollte es ein Ort für Touristen sein, aber wir sahen keine. Die Wohnungen standen leer. War jetzt nicht Hauptsaison? Die Geschäfte waren auch alle geschlossen. Nur die Bäckerei hatte offen.

Ein Glöckchen klingelte, als ich die Tür aufdrückte. Die Auswahl war hier so klein, dass man sicher sein konnte, dass alles in dieser Backstube gebacken wurde. Zwei Wespen schwebten über dem Erdbeerkuchen. Eine Frau kam aus einer Tür hinter der Theke.

»Hallo«, sagte ich. Und mit einem Lächeln: »Was ist das Leckerste, das Sie haben?«

»Es ist natürlich alles gut«, sagte sie mit hochgezogenen Brauen.

»Oh ... okay.«

Bestimmt würde sie es auch falsch aufnehmen, wenn ich sie fragte, wo die Touristen waren. Stattdessen wählte ich zwei Franzbrötchen und ein kleines Brot aus.

Ich spürte ihren Blick, als die Tür hinter mir zufiel.

Zurück beim Parkplatz war Ben nicht mehr im Auto und auch sonst nicht zu sehen, aber er hatte nicht abgeschlossen, und ich nahm mir ein Buch.

Dann setzte ich mich an den Strand und las. Ich kritzelte Kommentare an den Rand. Gegen vier Uhr verspeiste ich mein Franzbrötchen.

»Da bist du«, sagte Ben. »Ich hab's bei dir auf dem Handy versucht.«

»Hey.« Ich schlug das Buch zu und lächelte zu ihm hoch. »War wohl lautlos«, sagte ich.

War es tatsächlich.

Ich hatte vier neue Nachrichten.

Du bist nicht hier.

Wo bist du?

Wo bist du?

Wo bist du?

»Eine Nachricht hätte auch gereicht«, sagte ich, obwohl mich die Frage und ihre Wiederholung seltsam berührten.

»Ich wollte die Dramatik steigern«, sagte Ben und setzte sich neben mich. »Darf ich was abhaben?«

»Ich hab dir eins mitgebracht«, sagte ich und hielt ihm die Tüte hin.

Mit einem glücklichen Lächeln mümmelte er sich durch sein Franzbrötchen. Der Strand war weit, und wir waren weit genug vom Wasser weg, sodass es nur leise rauschte. Ich lehnte meinen Kopf an seine Schulter.

»Du hast mir immer noch nicht gesagt, warum du weggegangen bist«, stellte ich fest. In dieser Stimmung war es leicht, das anzusprechen. »Ein Monat ist lang, Ben.«

»Es tut mir leid«, sagte er. »Ich habe nicht nachgedacht.«

Ich nickte und wusste, er spürte es an seiner Schulter. »Du warst einfach weg. Ich hatte Angst.«

Um dich und um mich.

»Ist es komisch, dass es mich ein bisschen freut, dass sich jemand um mich Sorgen gemacht hat?«, fragte er.

In meiner Brust tat sich ein Loch auf. Er klang so traurig, und er tat mir so leid. Ich wusste nicht, was ich sagen sollte – die Frage nach seiner Familie hing so offensichtlich in der Luft.

Wie musste es sich anfühlen, wenn man wusste, dass es der eigenen Mutter und Schwester egal war, ob es einem gut ging?

»Natürlich mache ich mir Sorgen, wenn du einfach verschwindest.« Ich sagte es langsam, wie um es ihm in den Kopf zu schrauben. *Wenn du gehst, wird dich jemand vermissen.* »Und ich verstehe immer noch nicht, warum.«

Er schüttelte den Kopf, sprach dann aber doch: »Dieses Jahr war es am Todestag meines Vaters zu Hause richtig schlimm. Erst waren wir zusammen am Grab, haben Kerzen angezündet und Blumen hingelegt. Die Stimmung war natürlich scheiße, obwohl Natti uns zum Lächeln brachte, weil sie Gänseblümchen aus der Wiese ausgrub und auf dem Grab einpflanzte. Das Lächeln verblasste schon auf dem Heimweg. Ein anderes Auto nahm Marlies die Vorfahrt, und sie schrie den Fahrer durch die Windschutzscheibe an und zeigte ihm den Mittelfinger. Marlies machte so etwas nie, und Teresa, Natti und ich saßen in unseren Sitzen wie festgefroren. Aber dann war es auch irgendwie ein befreiendes Gefühl, dass die Wut jetzt nicht mehr drinbleiben musste. Sie konnte raus, unsere Mutter hatte das vorgemacht. Wir schlugen die Autotüren fester zu, als wir ausstiegen, und als ich im Esszimmer die Teller auf den Tisch stellte, klirrten sie. Teresa knallte das Besteck daneben, zumindest kommt es mir in der Erinnerung so laut vor. Marlies trug den Topf ins Zimmer. Es gab Nudelsuppe, mehr brachten wir sowieso nicht runter. Schweigend aßen wir. Dann spürte ich Teresas Blick. Sie starrte mich über den Tisch hinweg an.

›Warum darf er mit uns am Tisch sitzen?‹, fragte sie. Sie meinte offensichtlich mich, aber sie wartete auf die Antwort von Marlies, die neben ihr saß. An einem anderen Tag mit einer anderen Stimmung hätte sie das nie gesagt, aber gedacht hatte sie es schon die ganze Zeit.

Mir wurde so kalt, Hanna, so verdammt kalt. Marlies schaffte es nicht, mich anzuschauen, sie starrte auf die beschissenen, verkochten Nudeln in ihrem Teller, und der Satz blieb einfach so stehen, wuchs und wuchs, und sie sagte nichts dagegen, was bedeutete, dass sie dasselbe dachte.

Es war, als würdest du beobachten, wie ein Auto in Zeitlupe in dich reinkracht, ohne dass du irgendetwas tun kannst. Du hättest Nattis Blick sehen sollen. Sie spürte, dass etwas passiert war, konnte aber nicht sagen, *was*. Ich habe sie auf den Kopf geküsst und bin gegangen. Und als ich erst einmal weg war, konnte ich nicht zurück, nicht zu Leuten, die mich hassen.«

Tränen liefen mir übers Gesicht. Wie sehr musste das wehgetan haben? Ich konnte mir nicht einmal vorstellen, wie es sich anfühlen würde, wenn Mama so etwas tun würde. Was war mit Marlies und Teresa los? Auch der Todestag rechtfertigte sie nicht. Kein Wunder, dass Ben verschwunden war. Ich nahm seine Hand und drückte sie, aber er schüttelte sie ab.

»Ich hab vorhin was entdeckt, das muss ich dir zeigen«, sagte Ben und sprang auf. Themenwechsel.

Er drehte sich zu mir um und sah, dass ich um ihn weinte.

»Tragen?«, fragte er leise und zeigte auf seinen Rücken.

Ich ließ das Buch liegen und kletterte auf seinen Rücken. Ben packte meine Oberschenkel, und ich schlang meine Arme um seinen Hals. Hielt ihn fest, fest, fest.

»Du riechst gut«, sagte Ben.

Ich legte meinen Kopf in seine Halsbeuge, immer noch mit Tränen an der Wange. Ben roch nach Rasierwasser und Rauch, dunkel und tief.

»Du auch«, sagte ich.

Bei jedem Schritt verlagerte sich sein Gewicht, und ich fühlte mich wie ein kleiner Vogel, glänzende Federn, schnell pochendes Herz. Ich schloss die Augen. Die Tränen versiegten. Auf seinem Rücken könnte ich einschlafen.

Knirschen. Kies. Er trug mich eine ganze Zeit.

Nach einer Weile sagte er: »Halt dich gut fest.«

Ich öffnete die Augen.

Ben stand auf einem schmalen Weg, vor uns erstreckten sich Wellenbrecher bis zum Meer. Es war das gleiche Wasser wie dort, wo wir den Fiat geparkt hatten, aber es war anders.

Das Meer verschlang den Strand. Wellen brachen nach vorne aus, preschten auf das Land zu. Gischt legte sich über alles wie Nebel. Man konnte das Meer sprechen hören – sein Fauchen, sein Flüstern. Seine Warnungen.

Bens Füße tasteten sich über die Wellenbrecher einen Weg nach unten. Das Stück Strand war wie eine Bucht geformt. Die Wellenbrecher waren voller glitschiger Algen. Wir konnten jeden Moment abrutschen.

Trotzdem fragte ich nicht, ob er mich absetzen konnte. Ohne hinzuschauen wusste ich, dass gerade ein Lächeln auf Bens Gesicht lag.

Schließlich setzte er den Fuß in den Sand.

»Wie gefällt es dir?«, fragte Ben. Er hielt mich immer noch auf seinem Rücken fest und strich leicht über meine Fußsohle. Ich war nicht kitzlig, aber bei der Weite und Einsamkeit dieses Ortes fühlte sich diese Berührung an wie ein gehauchter Kuss.

Auf einmal war Bens Rücken ein anderer Ort geworden – sein T-Shirt war nicht mehr eine warme Fläche, an die ich mich schmiegen konnte, sondern es war im Weg, weil es die Bewegungen der Muskeln auf seinem Rücken verhüllte und die winzigen Berührungssensoren seiner Haut.

»Ich liebe es«, sagte ich.

Ben stand nur da, mit mir auf seinem Rücken, und bewegte sich nicht. Als Nächstes würde er mich absetzen müssen, aber nicht, solange wir noch dastanden, als hätten wir den Abstieg gerade erst bewältigt.

»Ich auch«, sagte er. Vorsichtig ließ er mich auf den Boden gleiten. Als meine Füße den Sand berührten, spürte ich noch die Stelle, wo seine Daumenkuppe über meine Haut gestrichen war.

Er ging näher ans Meer heran, und ich folgte ihm. Der Sand war so grobkörnig, dass man jedes Körnchen einzeln zu spüren schien. Wir setzten uns.

»Ich habe mal gelesen, dass das Meer und das Land die erste und die letzte große Liebesgeschichte der Welt sind«, sagte Ben. »Das Land liebt das Meer und das Meer liebt das Land, aber sie können nicht zusammen sein, sonst gäbe es die Welt nicht.«

»Stimmt ja. Groß heißt bei Liebesgeschichten traurig.«

»Warum? Sie sind doch nie getrennt, sondern immer über den Flutsaum verbunden.«

»Den Flutsaum?«

»Das Band aus Steinen und Muscheln, das die Ebbe zurücklässt.« Ben schüttelte seinen letzten Gedanken aus dem Kopf und sah mich an. Seine Augen waren so dunkel, dass es mir fast Angst machte.

»Lass uns schwimmen gehen«, sagte er.

»Jetzt?«

»Du warst schon mal spontaner.«

»Also jetzt?«

»*I dare you.*«

Ich zögerte einen Moment, dann zog ich mir mein Top über den Kopf. Ben zog T-Shirt und Hose aus. Bei meiner Unterwäsche zögerte ich einen Moment, dann streifte ich auch Unterhose und BH ab.

Von dem ganzen Training im Freibad war Ben verbrannt und braun, aber sogar er sah blass aus an diesem Strand. Er griff nach unseren Klamotten und legte sie ein Stück weiter nach oben. Wieder einmal fiel mir auf, wie breit seine Schultern waren. Wann war er so geworden?

Ich fühlte mich tapsig und viel jünger, als ich an den Saum des Meeres lief. Und ich fühlte Bens Blick, dabei hatten wir uns schon öfter in Gegenwart des anderen umgezogen. Mein Herz pochte.

Das Wasser leckte mir über die Füße. Es schmeckte mich. Sollten wir wirklich hier schwimmen gehen? Das zurücklaufende Wasser riss mir den Sand unter den Füßen weg, und wenn man weiter draußen in eine Strömung geriet, wurde man wahrscheinlich schnell aufs offene Meer gesogen.

Ben rannte an mir vorbei und hechtete kopfüber ins Wasser. Er spritzte mich voll, das Wasser riss mich aus meinen Gedanken, und ich sprang ihm hinterher.

Das Eintauchen, die Kälte am Bauch war ein kurzer Schock, aber nah an der Oberfläche war das Wasser warm.

Wir schwammen zusammen hinaus, weit weg vom Ufer, und ich drehte mich auf den Rücken, um mich treiben zu lassen. Der Himmel war grau und faserig wie ein altes Leinentuch und färbte das Meer dunkel, als wäre es schwarz in der Tiefe. Als ich mich auf den Bauch zurückdrehte, konnte ich Bens Kopf nirgends entdecken.

Wo war er? Er war doch vor mir her geschwommen. Ich drehte mich im Kreis, immer in der Erwartung, dass er mich am Bein packen oder unter Wasser ziehen würde, um mich zu erschrecken. Dann ließ mich dieses Gefühl los, weil ein anderes mich am Arm fasste.

Leere Wellen. Als hätte das Meer ihn verschluckt. Unweigerlich fing ich an zu zählen. Ich strampelte auf der Stelle und zählte bis dreißig, atmete langsam und kontrolliert, dann schoss die Panik nach oben. Niemand konnte so lange die Luft anhalten.

»Ben«, schrie ich. »BEN!« Der zweite Schrei war so laut, dass er im Hals wehtat.

Ich tauchte unter und riss die Augen auf, versuchte irgendeinen Kontrast von heller Haut zu dunklem Wasser zu sehen. Schaute, bis ich keine Luft mehr hatte. Japsend tauchte ich auf, schwamm ein Stück und tauchte wieder unter, immer wieder, ohne System, denn ich hatte keine Ahnung, wo er zuletzt gewesen war. Das Salzwasser brannte in meinen Augen, und ich sah nicht weit. Schon jetzt war ich erschöpft, und ich bildete mir ein, den Sog der Strömung zu spüren, die Ben vielleicht schon abgetrieben hatte. Oder er hatte einen Krampf gehabt – davor waren auch trainierte Schwimmer wie Ben nicht gefeit. Vielleicht hatte er nach mir gerufen, aber ich hatte noch auf dem Rücken gelegen, mit den Ohren unter Wasser. Die Vorstellung, wie ich dort im Wasser trieb, mit stillen Gedanken den Himmel beobachtete, während Ben nur ein paar Schwimmzüge weiter um sein Leben kämpfte, war unerträglich.

Wieder tauchte ich unter, sah nichts, das Wasser war zu dunkel, verschluckte mich beim Auftauchen und hustete das Wasser aus meiner Luftröhre, obwohl ich dafür keine Zeit hatte; ich musste weitersuchen; ich musste ihn doch finden!

Aber es war sinnlos. Ich würde ihn nicht finden. Das Meer hatte ihn schon verschluckt, würde ihm Algen in die Haare weben und ihn wie einen Schatz behüten, bis es ihn eines Tages wieder hergab. Bis er ans Ufer gespült wurde wie Treibgut, die braune Haut blass und aufgequollen.

Und sogar wenn ich ihn fand, wäre ich nicht stark genug, um ihn an Land zu ziehen. Ich musste zum Strand zurück und Hilfe holen, auch wenn das viel zu lange dauern würde. Mit meiner miesen Technik, aber mit meiner ganzen Kraft, fing ich an zu kraulen. Ben, dachte ich bei jedem Armzug. Ben, Ben, Ben.

Tränen ließen mein Blickfeld verlaufen.

Plötzlich war etwas vor mir im Wasser, und ich schrie auf.

Ein Kopf durchbrach die Oberfläche, Ben-oh-mein-Gott-Ben!

Ich umschlang ihn mit meinen Armen. Sein Herz schlug gegen meine Brust – oder war es nur mein eigener Herzschlag, den ich fühlte? Eine Frequenz aus Angst und Erleichterung und pochendem Adrenalin.

Langsam löste ich mich von ihm, aber ich ließ eine Hand an seinem Arm liegen.

Wasser klebte die Haarsträhnen an seinen Kopf und rann ihm in die Stirn. Er grinste, obwohl das Lächeln verblasste, als er meinen Gesichtsausdruck sah.

Mein Atem ging immer noch schnell. Mein Hals kratzte noch von dem Salzwasser. Langsam wurden meine Gedanken klar.

Er musste tief getaucht sein, damit ich ihn nicht früher sehen konnte. Er musste lang getaucht sein. Er musste Luft geholt haben, als ich in die andere Richtung geschaut habe.

»Du Idiot. Du hast mir eine scheiß Angst gemacht«, sagte ich, zu atemlos, um zu schreien.

»Sorry«, sagte Ben. Er sah ehrlich geknickt aus, dass sein Witz so nach hinten losgegangen war.

Sein Körper war direkt vor mir. Keine-kleine-Alge-würde-noch-zwischen-uns-passen direkt vor mir.

Ich strich seine nassen Haare glatt, nur um ihn zu spüren. Er wartete auf das Ende der Berührung und sah mich weiter an.

Noch einmal glitten meine Finger über seine Haare.

Die nächste Welle kam, aber wir waren so weit draußen, dass wir sie nur als leichte Auf- und Abbewegung spürten. Ben musste nicht strampeln, um sich aufrecht zu halten.

Die Panik war einer tiefen Erleichterung gewichen, die jetzt schwer in meinem Brustkorb lag. Ich wusste nicht, was ich gemacht hätte, wenn er wirklich dort draußen getrieben wäre.

Schweigend tauchte ich von Ben weg. Schon spürte ich eine Bewegung hinter mir, und einen Moment später war Ben da und tauchte direkt über meinem Körper. Ich hatte die Augen unter Wasser geöffnet und sah seine Arme über meinem Kopf, bevor uns ein weiterer Schwimmzug nach vorne schob.

Die Luft ging mir aus, aber um an die Oberfläche zu kommen, musste ich an Ben vorbei. Ich schob mich nach oben und spürte seinen Bauch an meinem Rücken. Er drehte sich zur Seite, und ich tauchte auf.

Ben wartete schon auf mich.

»Läufst du vor mir weg?«, fragte er, was im Wasser seltsam klang. Sein Blick war so offen, dass ich fühlte, wie riesig der Ozean um uns herum war, wie unendlich der Himmel und wie es war, am Leben zu sein.

Statt einer Antwort schmiegte ich mich an ihn. Ich wollte spüren, dass er tatsächlich da war, und ich wollte ihm zeigen, dass er nicht einfach verschwinden konnte, dass er nicht alleine war, nicht der einzige Körper im dunklen Wasser.

Ein erstaunter Laut drang aus seinem Mund, und es dauerte einen Moment, bevor er seine Arme um mich legte.

»Du frierst ja«, sagte er nach einiger Zeit und strich über die Gänsehaut an meinen Oberarmen. Einmal. Zweimal. »Lass uns rausgehen.«

Er löste die Arme von meinem Rücken und drehte sich in meiner Umklammerung so, dass ich auf seinem Rücken hing. Dann schwamm er los, Richtung Strand. Ich spürte, wie sich unter meinen Händen die Muskeln an- und entspannten. Schließlich hatte Ben Boden unter den Füßen und lief aus dem Wasser, immer noch mit mir auf dem Rücken. Plötzlich blieb er stehen.

Wir waren nicht mehr allein.

Ein Mädchen saß neben unserem Kleidungshaufen und wartete auf uns.

Langsam ließ ich mich von Bens Rücken gleiten und blieb hinter ihm stehen.

Das fremde Mädchen hatte die Arme um die Knie geschlungen und lächelte, als Ben sich zu dem Haufen beugte und mir meine Klamotten zuwarf. Die Kleidung sog die Feuchtigkeit sofort auf.

»Ziemlich kalt, oder?«, fragte sie. Von Nahem sah sie älter aus, so alt wie wir ungefähr. Und sie war schön – klarer Blick, lange, braun gebrannte Beine.

»Kannst du selbst mal ausprobieren«, sagte Ben.

Sie lächelte immer noch, aber mit traurigen Augen. »Nackt? Ich fürchte, dazu fehlt mir der Anlass.«

Das Mädchen stand auf und klopfte sich den Sand von den Händen. Sie trug eine Lederjacke und schwarze, hochgekrempelte Jeans. So eine, die keine Angst hat, nach der Party alleine nach Hause zu laufen, dachte ich erst. Aber irgendetwas an ihrer Haltung ließ diesen Eindruck nicht lange zu. Vielleicht waren es die Schultern, die sie leicht nach vorne geschoben hatte.

»Ich wollte euch nur informieren, dass es verboten ist, an diesem Strand zu schwimmen. Oder was auch immer ihr da draußen gemacht habt.«

»Das wussten wir nicht«, sagte ich.

Sie warf mir einen Blick zu, als hätte sie mich gerade erst bemerkt.

»Habt ihr die Absperrbänder nicht gesehen?«

Absperrbänder? An denen musste Ben einfach vorbeigelaufen sein.

Das Mädchen zündete sich eine Zigarette mit einem unhandlichen silbernen Feuerzeug an. Ihre Hand zitterte. Sie deutete mit der glühenden Spitze auf Ben.

»Ich habe mir die Zigarette von dir geliehen«, sagte sie. »Während ihr da draußen rumgemacht habt. Hoffe, du hast nichts dagegen.«

»Geliehen?«, fragte Ben.

Rumgemacht?, hätte ich am liebsten gefragt.

Sie zog die Mundwinkel nach außen.

»Du weißt schon. Wo man die Sachen wieder zurückgibt. Mit diesem Teil kenne ich mich aber auch nicht allzu gut aus.«

»Dachte ich mir schon.«

Ihr Lächeln erlosch nicht, aber sie sah aufs Meer, während sie den Rauch ausblies. Plötzlich preschte eine besonders große Welle nach vorne. Das Brechen war unerwartet laut, und sie zuckte zusammen und machte ein paar Schritte weg vom Wasser.

»Ach, kennst du dich so gut mit Menschen aus?«, fragte sie, um ihre Reaktion zu überspielen.

»Mit einem bestimmten Typ zumindest.«

»Kettenraucherinnen in Lederjacken?«, fragte das Mädchen und schnippte die Zigarette Richtung Brandung.

Ben sah zu, wie der Stummel langsam verglomm.

»Lass uns gehen«, sagte ich zu Ben.

»Kommt nicht zurück«, sagte das Mädchen, ohne sich uns zuzuwenden.

Sie zündete sich die nächste Zigarette an. Ihr Blick war auf das Meer gerichtet, als könnte sie sich trotz allem nicht losreißen.

»Die war *strange*«, sagte ich zu Ben, als wir den Weg zurückliefen.

»Ich weiß nicht«, sagte Ben. »Ich fand unser Gespräch *strange*, aber sie war irgendwie ... traurig.«

Zurück an dem Strand, wo das Auto stand, schien es gleich einige Grad wärmer zu sein. Ich hatte nichts mehr zu Ben gesagt, denn ich wusste nicht, wie ich den Wust aus Gefühlen in meinem Bauch in Worte übersetzen sollte.

»Willst du darüber reden?«, fragte Ben.

Ich schüttelte den Kopf. »Lass uns Abendessen kochen.«

Bevor er den Campingkocher aus dem Kofferraum holte, legte Ben einen kleinen Stein ins Auto. Ich nahm ihn in die Hand. Er war grau, glatt geschliffen und hatte in der Mitte ein Loch.

»Habe ich vorhin am Strand gefunden«, sagte Ben.

»Er ist schön. Du solltest ihn an eine Kette machen.«

»Ja, klar. Einen Stein.«

»Nein, im Ernst.«

Ich streifte mir die Kette mit dem geschliffenen Kristall vom Hals und fädelte den Stein darauf. Dann legte ich Ben die Kette um. Er zog die Augenbrauen hoch, ließ es aber geschehen.

Wir kochten. Aßen. Redeten. Dann holte ich die *Deutschen Volkssagen* hervor. Heute war ich dran mit Vorlesen, und ich machte verschiedene Stimmen und Grimassen dazu. *Till Eulenspiegel. Die Schildbürger. Die vier Heymonkinder*, besonders die Stelle mit Reinhold und seinem Pferd Beyart, das für den Frieden geopfert werden soll. Mit Mühlsteinen an den Beinen soll es in einem See ertränkt werden. Aber erst beim dritten Mal, als Reinhold nicht mehr hinsehen darf, um es zu unterstützen, geht es unter.

Es war früher Abend, als ich das Buch zuklappte. Ben lag ausgestreckt auf dem Boden, den Kopf auf meinen Oberschenkeln. Er hatte die Augen geschlossen, um besser zuhören zu können, und öffnete sie jetzt.

Sein Blick traf mich unvorbereitet; unwillkürlich spannte sich mein ganzer Körper an, aber ich schaffte es, still zurückzuschauen. Was dachte er, als sein Blick mein Gesicht abtastete?

Ich schaute weiter auf seine Augen – in einer seltsamen Perspektive, wie er seitlich auf meinen Beinen lag –, bis seine Augen wieder in meine schauten. Mein Herz klopfte in einem stetigen Rhythmus. Ich fühlte mich ganz leicht, noch angefüllt mit Worten und Geschichten.

»Ich bin froh, dass du da bist«, sagte er. Seine Stimme klang rau, aber das konnte auch daran liegen, dass er so lange nicht gesprochen hatte.

Wir kochten wieder.

Als wir den letzten Tropfen Suppe aus dem Topf gelöffelt hatten, checkte ich mein Handy. Mama hatte mir geschrieben, und ich tippte eine SMS zurück.

»Ich finde, wir sollten die Handys loswerden«, sagte Ben.

»Stimmt. Es ist, als wären wir gar nicht fort. Als gäbe es immer noch eine direkte Verbindung zurück.«

»Genau«, sagte Ben.

»Wie willst du sie loswerden? Bitte keine dramatische Ins-Wasser-schmeißen-Aktion.«

Ben lachte leise. »Du hasst Klischees wirklich, hm? Wir könnten sie einfach in einer Plastiktüte irgendwo verstecken und sie auf dem Rückweg wieder mitnehmen.«

Ich war einverstanden, aber vorher rief ich noch Melissa an.

»Du bist *wo*?«, fragte sie.

Ich wiederholte, wie wir hierhergekommen waren. Nur das Nacktbaden ließ ich aus.

»Vor einer Woche wärst du nie losgefahren, ohne zu wissen, wo es hingeht.«

Als wir schließlich auflegten, klang sie immer noch verblüfft. Ich schickte Mama noch eine zweite SMS, damit sie sich keine Sorgen machte, wenn ich in nächster Zeit nicht antwortete, dann schaltete ich das Handy aus.

Wir steckten die Handys in die leere Tüte der Fertigsuppe, falteten den Rand zu und stopften sie in ein Astloch des Baumes, der neben dem Auto stand. Ben – erstaunlich findig – hatte es entdeckt und musste mich auf die Schultern nehmen, damit wir herankamen.

»Irgendwie eine schöne Idee«, sagte Ben. »Dass wir die Dinger nur zusammen zurückkriegen.«

Das Zelt bauten wir gleich neben dem Auto auf, weil Ben nicht sicher war, wie weit die Flut nach oben kam.

»Morgen können wir vielleicht unten schlafen«, sagte er.

»Dir gefällt der Strand«, stellte ich fest.

»Mir gefällt, dass er dir gefällt«, sagte er.

SECHS

Ben war nicht da, als ich aufwachte – ob er schwimmen war? Ich zog mich an, frühstückte und schlenderte zum Strand.

Ben schwamm gerade zurück. Ich winkte ihm zu, und ein paar Armzüge später hatte er Grund unter den Füßen und watete mir entgegen. Auf einmal zuckte er zusammen. Sein Gesicht verzog sich.

Er hob den Fuß aus dem Wasser und versuchte etwas zu erkennen, dann senkte er den Fuß schnell wieder, drehte sich um und humpelte mir entgegen.

Was war los?

Ich lief auf ihn zu. »Hey.«

Ben hob nur den Fuß. Der Sand war rot gefleckt. Schnell schaute er weg.

»Hast du im Auto einen Erste-Hilfe-Kasten?«, fragte ich.

Ben nickte schwach. Ihm wurde schon schlecht. Als er mit dreizehn versucht hatte, Skateboarden zu lernen, hatte er sein aufgeschürftes Knie gesehen und direkt auf das Board gekotzt.

Ich stützte ihn von der Seite. Schon sein Arm war mir zu schwer, und wenn er einen Schritt nach vorne humpelte, drückte er mit seinem ganzen Gewicht auf mich.

»Was hast du eigentlich gemacht?«, fragte ich.

»Da war. Irgendetwas. Scharfes. Im Wasser.«

Bens Atem kam stoßweise. Kam er vom Humpeln aus der

Puste, oder hatte er solche Schmerzen? Ich warf einen unauffälligen Blick nach unten. Blut tropfte von seinem Fuß.

»Wir haben es gleich geschafft. Da vorne ist das Auto.«

Ben war größer als ich und hatte das rote Dach bestimmt früher gesehen, aber ich sagte es trotzdem.

Er stützte sich am Autorahmen ab, während ich die Schlüssel aus dem Zelt holte und die Beifahrertür öffnete, damit er sich setzen konnte.

Dort streckte er mir die Fußsohle entgegen, und ich sog scharf Luft ein, schaute aber nicht weg.

Blut hing in einem schnodderigen Klumpen an der Wunde. Also gut. Ich riss eine Mullbinde auf und klaubte den Klumpen auf. Jetzt war ich zwar näher an der Wunde, aber wegen des vielen Blutes konnte ich immer noch nichts sehen. Mit einem weiteren Streifen Mull wischte ich vorsichtig über den Fuß. Es hatte keine Wirkung. Blutete Ben so stark?

»Alles klar?«, fragte ich und schaute nach oben.

Ben nickte mit zusammengekniffenen Lippen. Konzentriert fixierte er meine Augen, als würde er meine Wimpern zählen.

Ich holte eine Wasserflasche aus dem Kofferraum und kippte Wasser über die Fußfläche. Es rann nach unten und spülte einen Großteil des Blutes und des Sandes weg. Die Flasche war schon halb leer, als ich einen Blick auf die Wunde erhaschte. Oh mein Gott. Ein Schauer lief mir über den Rücken.

»Pack die Beine ins Auto«, sagte ich. »Wir fahren ins Krankenhaus.«

Für einen Verband hatte ich keine Zeit, stattdessen stellte ich Bens Fuß in eine Plastiktüte, die ich unten mit Mull ausgelegt hatte.

»Dann mal los, Fahrer«, sagte er.

Ein lächerlicher Versuch, cool zu bleiben.

Ich setzte mich auf den Fahrersitz und gab Gas. Wenn jemand unser Zelt und Bens stinkende Socken klauen wollte, bitte sehr.

Hätte ich meine Hände gelassen, hätten sie gezittert, aber ich drückte sie fest an das Lenkrad, damit Ben es nicht mitbekam. Es war auch nicht wegen des Blutes und der Wunde, sondern weil es so ungewohnt war, Ben verletzlich zu sehen.

Als ich aus dem Dorf draußen war, fragte Ben: »Und wie finden wir jetzt hier ein Krankenhaus?«

Nicht der Hauch von Ironie in seiner Stimme. So schlecht ging es ihm also. Ich warf ihm einen Seitenblick zu. Heute wirkte er nicht zu groß für den Fiat. Er linste immer mal wieder in die Tüte und schaute dann schnell wieder weg.

»Wir fahren bis in die nächste Stadt, und dann wird es schon ausgeschildert sein«, sagte ich. Ich gab ordentlich Gas, fuhr aber nur so schnell, dass Ben nicht mitbekam, dass ich mir ernsthafte Sorgen um die Wunde machte.

Um ihn zu beruhigen, suchte ich nach einem Radiosender, der ihm gefiel. Ich drehte an dem Rädchen und schaute ab und zu auf die Straße.

Wir fuhren an einem Wegweiser vorbei. Noch fünfzehn Kilometer.

»Vielleicht solltest du den Fuß hochlegen«, sagte ich.

»Und wie soll ich das anstellen?«

Er hätte den Fuß außen über den Seitenspiegel legen können, aber das ging mit der Tüte nicht.

»Fahr den Sitz so weit wie möglich zurück und stell ihn schief.«

Ben stellte den Sitz zurück und bewegte den Fuß vorsichtig.

»Da ist Glibber an meinem Fuß«, sagte er plötzlich. Seine Stimme brach fast weg. Ich warf ihm einen Seitenblick zu. Er klammerte sich an den Türgriff, während er an das Dach des Wagens starrte.

»Wir sind gleich in der Stadt«, sagte ich. »Und dann muss ich nach Schildern Ausschau halten. Aber es ist gut, dass sich Glibber bildet, weil es heißt, dass das Blut verklumpt und sich die Wunde schließen kann.«

Das wusste Ben selbst auch, aber es kam ja auch gar nicht auf das an, was ich sagte, sondern nur auf den Klang meiner Stimme.

»Und es dauert auch nicht mehr lange«, fügte ich hinzu.

Ben nickte. Dann fing er an zu zittern.

Ich fuhr rechts ran und packte ihn am Arm. »Was ist los, Ben?«

War das vom Blutverlust? War die Wunde noch schlimmer, als ich dachte?

Er drehte mir langsam den Kopf zu. Sein Gesicht war ganz weiß. »Gott, das ist so widerlich. Ich glaub, ich muss kotzen.«

»Der Glibber?«, fragte ich.

Ben nickte schwach.

Ohne es zu kommentieren, wickelte ich ein bisschen Mull zusammen, langte in die Tüte und strich einmal über seine Fußsohle. Ben wurde steif auf dem Sitz, dann erschlaffte er.

Er war weggetreten.

Und reagierte auch nicht, als ich an seinem Arm rüttelte. Die Haare, nass von Meerwasser oder Schweiß, klebten ihm an der Stirn.

Scheiße. Scheiße, Scheiße, Scheiße.

Ich ließ den Wagen wieder an. Gab Gas. Schon hatten wir einmal die Hauptstraße abgefahren und waren wieder aus der Stadt draußen. Wenn da ein Schild gewesen war, hatte ich es nicht gesehen. Oder war die Stadt zu klein für ein Krankenhaus? Ich beschloss, es drauf ankommen zu lassen, und wendete.

Als ich die Wunde abgespült hatte, hatte ich den Schnitt einen Moment lang gesehen. Er zog sich über die gesamte Unterseite von Bens Fuß. Lang. Tief. Wir brauchten schnell ein Krankenhaus. Also musste es hier verdammt noch mal eines geben.

Ein Traktor tuckerte vor mir entlang. Ich hupte, wodurch er nur noch langsamer wurde, und wünschte mir verzweifelt ein Blaulicht. Plötzlich musste ich an den Igel denken.

Ben und ich hatten ihn am Straßenrand gefunden, als wir vielleicht elf waren, ein bebendes Bündel aus Stacheln mit einem abgeknickten Bein, vermutlich angefahren. Wir hatten ihn in meinen Fahrradkorb gesetzt und Blaulicht-Geräusche gemacht, während wir zum Tierarzt gerast waren. Wie die Leute uns angestarrt hatten.

Da! Ein Schild mit einem roten Kreuz, von der anderen Seite verdeckt durch eine wuchernde Hecke. Scharf bog ich ab. Ben rutschte auf seinem Sitz, zeigte aber sonst keine Regung.

Der Tierarzt hatte unseren Igel für einen hoffnungslosen Fall gehalten und sich geweigert, ihn zu behandeln. Ben war wütend geworden, aber ich nicht. ›Sie sind Arzt‹, hatte ich gesagt. ›Sie sind verpflichtet, zu helfen.‹ Der Arzt hatte mich für einen Moment angestarrt, dann hatte er das Bein geschient und dem Igel Antibiotika gegeben.

Wieder ein zugewuchertes Schild, das ich fast verpasst hätte. Ich setzte ein paar Meter zurück und bog ab. Am Ende der Straße stand ein weißes Gebäude. Oh mein Gott, endlich. Zielgerade. Je stiller Ben dalag, desto schneller sah ich das Blut rinnen.

Wie der Tierarzt auf den ersten Blick gesehen hatte, war der Igel noch in der Nacht gestorben. Aber nicht, weil ich ihn aufgegeben hatte.

Ich parkte das Auto direkt vor dem Eingang, sprintete ins Krankenhaus und textete den Pfleger am Empfang zu. Er machte daraufhin einen Anruf, und kurz darauf schoben zwei andere

Pfleger eine Trage auf den Gang. Gemeinsam schafften sie es, Ben aus dem Auto zu hieven. Seine Muskeln sahen auf einmal nur noch schwer aus und schrecklich nutzlos.

Ich lief neben der Trage her und folgte den Pflegern in ein Behandlungszimmer. Zwischendurch öffnete Ben die Augen. Sein Blick suchte die Gesichter ab, bis er meines fand. Schaute mich für einen Moment, drei Schritte, eine Ewigkeit an. Dann fielen seine Augen wieder zu.

Eine Stunde später humpelte Ben aus dem Krankenzimmer. Die Assistenzärztin hatte sieben Stiche und zehn Minuten gebraucht, um die Wunde zu schließen. Den Rest der Zeit hatte ich neben Ben gesessen und Zeitschriften gelesen, bis er wieder aufwachte und sich fit genug zum Aufstehen fühlte. Trotz Verband passte der Fuß noch in seine Chucks, die im Auto lagen.

Mindestens drei Tage durfte er nicht ins Wasser.

Ben hatte sich vorsichtig auf den Beifahrersitz manövriert, still, den Kopf gegen die Fensterscheibe gelehnt. Ich ließ ihn. Sollte er langsam wieder klarkommen.

»An einem Strand kann alles Mögliche passieren«, sagte er, als ich gerade losfahren wollte. »*Ein kleines Kind läuft auf die Wellen zu. Der blaue Sonnenschutz ist ihm in den Nacken gerutscht. Es hat schmutzige Knie. Wasser, denkt es. Wasser für Matsch. Matsch für Burg. Es geht nur bis zu den Füßen hinein. Sonst schimpft Mama.*

Eine Welle kommt angerollt und gleich dahinter noch eine. Die zweite Welle wirft das Kind um. Der Eimer gleitet aus den kleinen Fingern. Seine Hand trifft auf etwas Scharfes. Da ist Blut im Wasser und es ...«

Wenn Ben Geschichten erzählen konnte, ging es ihm wirklich besser.

Er legte seine Hand über meine auf dem Schaltknüppel.

»Danke«, sagte er. »Ich hätte das nicht gepackt.«

Es war wirklich eine Menge Blut gewesen. *Die Flut spülte einen leblosen Körper an Land. Mit Bens Haaren, seinen Händen, und das Meer zupfte an seiner Kleidung, kroch immer näher an ihn heran.*

Bens Hand auf meiner war schwer, so wie alles an ihm schwer war. Schwer von Kraft und Leben. An seinem Hals pulsierte eine Ader.

Als ich fünf Jahre alt war und noch nicht schwimmen konnte, waren Mama und ich im Urlaub. Das Hotel hatte einen Swimmingpool, und ich liebte es, mit meinen Schwimmflügeln hineinzuspringen und wie ein kleiner Korken an die Oberfläche zu sausen. Einmal sprang ich ohne Schwimmflügel hinein. Wasser umschloss mich, und ich bewegte mich in die falsche Richtung: nach unten. Luftblasen sprudelten nach oben. Ich strampelte wild, schrie und atmete Wasser ein. Es war nur ein kurzer Moment, bevor meine Mutter mich aus dem Wasser fischte, aber ich weiß noch genau, wie einsam man dort unten mit seiner Angst war.

Ja, alles an Ben war schwer. Und ich sah vor mir, wie sein schwerer Körper ihn nach unten zog, zum Grund. Keine Schwimmflügel, keine Mama, um ihn zu retten. Nur die Muscheln und die Steine und der feine Sand. Sonst meerweite Einsamkeit.

Ich würgte den Fiat ab, als ich das erste Mal anfuhr.

Am Anfang beobachtete ich Innen- und Rückspiegel und machte bei jeder Kurve und sogar beim Spurwechsel den Schulterblick. Nur langsam versackte die Vorsicht, und die gewohnheitsmäßige Fahrart setzte sich wieder durch. Das Bild von Ben am Grund des Meeres ließ mich langsam los, wie Flut, die sich zurückzieht. War der Schockmoment vorbei?

»Können wir uns betrinken?«, fragte Ben.

Jap.

Alkohol vor dem Mittagessen war uns dann doch zu heftig, also setzten wir uns in eine Eisdiele, gar nicht weit vom Krankenhaus. Ben bestellte einen Melonen-Sektbecher und ich ein Spaghetti-Eis.

»Das Leben ist verdammt seltsam«, sagte Ben. »Und … schön.«

Er klang überrascht, als er das sagte. So als wäre es eine neue Erkenntnis für ihn.

Ich musste lächeln.

»Was ist?«

»Wenn du mit deinem Kratzer am Fuß solche Sätze raushaust, was erzählen dann Leute, deren Leben wirklich in Gefahr war?«

»Ich höre das Sticheln, und ich entscheide mich dafür, es zu ignorieren«, sagte Ben. Er nahm meine Hände zwischen seine und blickte mich an, bis ich ihm in die Augen schaute. Sie waren sanft an den Rändern und bodenlos in der Mitte.

»Wenn du nicht da wärst, wäre ich schon lange nicht mehr da«, sagte er.

Ich schaute auf unsere Hände und hörte nicht richtig zu, weil mir so viele andere Dinge durch den Kopf schossen.

»Erzählst du mir, warum du weg warst?«, fragte ich.

Ben wollte meine Hände loslassen. »Ich kann nicht.«

Die Farbspritzer auf Bens Fingern. Deswegen war er also so früh schwimmen gewesen – damit ich nicht bemerkte, dass er in der Nacht sprayen war.

»Was du gerade gesagt hast – ist das der Grund, warum du Graffiti sprayst?«, fragte ich. »Weil du der Welt zeigen willst, dass du da bist?«

Ben lächelte.

»So poetisch hätte ich es nicht ausdrücken können, aber ja.«

Ich atmete ein. »Kannst du mir das Sprayen zeigen?«

Bens Gesicht leuchtete immer noch. Es hatte angefangen, als ich ihn gefragt hatte, und es hatte nicht aufgehört, als wir in der Eisdiele bezahlt hatten und schon längst wieder im Auto saßen. Wir fuhren planlos durch die Gegend, vorbei an dem Platz, wo wir das Zelt aufgebaut hatten, an der Küste entlang, über abgelegene Straßen, bis Ben mich auf einmal aufgeregt anhalten ließ. Er stieg aus – kaum noch humpelnd – und verschwand kurz hinter der Hecke des Grundstücks.

War ich auf einmal für das Sprayen? Nein. Ich hielt es immer noch für eine schlechte Idee. Aber ich hatte das Gefühl, ich könnte endlich herausfinden, was mit Ben los war. Ja, er musste immer weiter schwimmen als andere Leute, aber in letzter Zeit reichte ihm das nicht mehr, jetzt musste er weiter schwimmen als bis zu den Sicherheitsbojen.

Hinter einer hohen Hecke stand ein kleines Bauernhäuschen mit Reetdach, baufällig. Der Putz bröckelte. Nur eine Wand war neu, als hätte jemand damit begonnen, das Haus zu renovieren, und das Projekt dann aufgegeben.

Das Grundstück war nur über diesen Weg zu erreichen.

War das bei Tag nicht gefährlich? Was, wenn uns jemand erwischte?

Ich hielt die Lippen aufeinandergepresst.

Um uns zu sehen, musste man direkt den Weg entlanglaufen.

Ben hob eine Tasche aus dem Kofferraum. Er stellte sie vor mir ab.

Ich öffnete sie.

Spraydosen. Rot, grün, blau, rosa, türkis, gelb …

»Also, normalerweise müssten wir die Fläche erst grundieren, damit wir nicht so viel Farbe verbrauchen, aber diese Wand ist ganz okay.«

Ich nickte. Gleich würden wir eine Straftat begehen. Gleich würden wir eine Straftat begehen. Gleich –

»Es gibt verschiedene Techniken, wie man sprayen kann«, fuhr Ben fort. »Bis auf wenige Ausnahmen mache ich erst die größeren Flächen und umrande sie im zweiten Schritt.«

»Ausnahmen?«

Er grinste schief.

»Du weißt schon, wenn man ans Rathaus sprüht und so.«

Ben hatte ans Rathaus gesprayt? Ich winkte ab.

»Dazu haben die Dosen verschiedene Aufsätze. Mit einer Skinny Cap bekommt man schmalere Linien hin, mit einer Fat Cap füllst du die Flächen aus. Okay?«

Ich nickte.

Ben riss die Sicherung von einer Dose und gab mir die Dose in die Hand.

»Dann probier mal.«

»Hier?«

»Keine Angst. Die Wand ist ziemlich lang. Genug Platz zum Üben.«

Ich trat einen Schritt näher zur Wand, streckte die Dose von mir weg und drückte auf den Knopf. Ein kurzer Strahl kam heraus. Ich ließ wieder los.

»Du musst ein Stück näher ran«, sagte Ben.

Näher ran. Ich drückte noch einmal auf den Knopf und beschrieb eine Linie in der Luft.

Ben stellte sich hinter mich und legte seine Hand auf meine.

Der stechende Geruch der Farbe drang mir in die Nase, aber ich roch vor allem Ben.

»Okay«, sagte er in mein Ohr. »Damit die Linie gleichmäßig wird, darfst du nicht zu schnell oder zu langsam sein.«

Er drückte auf meinen Zeigefinger, und Farbe erschien auf der Wand. Dann schob er unsere Hände langsam nach außen, bis mein Arm ganz gestreckt war. Wenn Ben mich nicht gehalten hätte, hätte ich das Gleichgewicht verloren.

Er hielt die Spannung noch einen Moment länger, und ich spürte das Pochen.

»Was malen wir?«

»Ich weiß nicht«, sagte Ben mit seiner Wange an meinem Gesicht. Er führte unsere Hände in willkürlichen Kreisen über die Wand. Schlangenlinien, Spiralen, Punkte, Pfeile.

Ich musste lachen.

Langsam übernahm ich die Führung über die Dose, bis Ben seine Hand von meiner nahm.

Eine gleichmäßige Linie zu bekommen war nicht einfach. Die richtige Menge Farbe abzuschätzen, sodass sie nicht verlief, war nicht einfach. Ben so nah hinter mir stehen zu haben, während ich sprühte, war nicht einfach.

Die Kringel, die ich sprühte, wurden zu anderen Formen. Zickzack. Buchstaben. Spiralen. Nachfahren von Linien.

Ich sprayte. Ich sprayte ganz alleine, und es fiel mir erst auf, als aus der ersten Dose nur noch Nebel kam.

Ich trat einen Schritt zurück, um anzuschauen, was ich gemacht hatte.

Es war ein großer Farbklecks aus verschiedenen Mustern, weil ich nur mit einer Farbe gesprüht hatte.

Nichts gegen den Geburtstagskuchen.

»Es ist dein erstes Mal«, sagte Ben.

Von Ben kamen keine falschen Komplimente.

Er riss bei der nächsten Dose die Sicherung ab und hielt sie mir hin.

Ich schüttelte den Kopf. Es war schön, es mal auszuprobieren, aber ich musste nicht noch eine Farbdose verschwenden.

»Ich schaue dir zu«, sagte ich und setzte mich auf die Motorhaube des Fiat.

»Okay.«

Ben schien tatsächlich ein bisschen nervös zu sein, dass er

jetzt vor mir sprayen würde. Er sprühte eine große Fläche, dann den nächsten Teil. Erst waren es nur Flecken, aber dann konnte ich die Umrisse erkennen.

Seine Bewegungen wurden flüssiger, während er arbeitete. Ab und zu sagte er: »Schwarze Dose.« Oder: »Jetzt wieder grau.«

Jedes Mal sprang ich von der Motorhaube, gab ihm die Dose und setzte mich wieder.

Als ich einmal aufstand und die Dose wieder zurückgestellt hatte, dachte ich, dass ich jemanden auf dem Weg sah. Nur ein Schatten am äußersten Winkel meines Blickfeldes. Dann Schritte, die sich entfernten, und ein leises Tocken, das ich nicht zuordnen konnte.

Hatte die Person uns gesehen? Sollten wir gleich verschwinden?

Ben sprühte gerade eine schwierige Stelle und würde bestimmt nicht gehen.

Ich schaute zurück zum Weg. Niemand. Ich wollte Ben beweisen, dass ich keine Angst hatte. Ich setzte mich wieder hin.

Es war schon hypnotisch, Ben zuzuschauen, wenn er zeichnete. Aber das Ergebnis seiner Arbeit in so groß direkt entstehen zu sehen, war etwas ganz anderes.

›Ziemlich gut‹ traf es nicht im Geringsten.

Am besten war sein Gesichtsausdruck. Er war konzentriert, natürlich, und ab und zu sah ich, wie er auf seine Wangeninnenseite biss, wenn er nicht weiterwusste. Aber er ging in dem Sprayen auf. Er war wie ein Vogel, der die Flügel ausbreitet.

Zwischendurch bat er mich, die Scheinwerfer des Fiats anzuschalten, weil die Wand nicht gleichmäßig ausgeleuchtet war. Mir war nicht klar gewesen, dass es schon so spät war. Meine Angst meldete sich wieder wie Glut, die von einem Feuer übrig war. Wenn jemand das Licht von außen sah …

Ich ging zur Straße – leer. Dann testete ich aus verschiedenen Positionen, ob man das Licht sehen konnte, aber die Hecke vor dem Haus war dicht.

Das Graffiti nahm jetzt Konturen an.

Als Ben fertig war, packte er die Dosen zurück in die Tasche und stellte sich neben mich.

Das fertige Bild hatte wenig mit einem Graffiti zu tun. Es war aus mehreren Ebenen aufgebaut, wie eine Geschichte, und zeigte die schwarzen Umrisse eines Jungen und eines Mädchens, die vor einer besprühten Wand standen. Sie verdeckten einen Teil der Buchstaben – man konnte nur ein ›G‹ links und ein ›LY‹ rechts von ihnen erkennen, aber wenn man genau hinschaute, versteckten sich zwei weitere Buchstaben in ihrer Kleidung: ›E‹, ›N‹. Die Arme des Jungen und ein Teil seines Rückens bildeten das ›T‹.

Gently.

Ich drückte nur Bens Hand.

»Sieht so aus, als hättest du einen weiteren Punkt auf der Liste abgestrichen«, sagte er.

SIEBEN

Wir waren kicherig und aufgedreht und statt das Zelt wieder aufzubauen, fuhren wir durch die Straßen, mit offenen Fenstern und lauter Musik.

Wir fuhren aus dem Dorf, in Richtung der Stadt. Irgendwann rückten die Häuser näher zusammen, es gab sogar Ampeln, und wir drehten die Musik wieder leiser. Jedes Mal, wenn uns jemand vom Bürgersteig her schief anschaute, schnitt einer von uns eine Grimasse, und wir mussten wieder lachen.

Vor einem Haus stand eine Schlange Jugendlicher. Der Eingang wurde von zwei schwarz gekleideten Männern blockiert. »Trinkbar« stand auf dem Schild über ihnen. Musik wischte zwischen den Türen durch, jedes Mal, wenn die Türsteher einen Ausweis abnickten.

»Wie sieht's aus?«, fragte ich Ben.

»Heute Nacht im Auto schlafen? Ich bin dabei.«

Der Parkplatz war ein paar Meter von der Party entfernt, aber gehörte offenbar zum Lokal, denn es staksten schon einige Mädchen in kurzen Kleidern vorbei.

»Ich fürchte, wir sind underdressed«, sagte ich.

Plus: zwei Tage nicht geduscht und Zähne auf einem Parkplatz geputzt.

Ben zuckte die Achseln, öffnete den Kofferraum und wechselte sein T-Shirt. Ich zog mir hinter dem Auto ein Kleid über,

trug mit dem Finger Lidschatten auf, verschmierte ein bisschen Kajal in den Augenwinkeln und tuschte kräftig die Wimpern.
»Hast du deinen Ausweis?«, fragte ich.
Ben nickte.
»Dann los.«

Der Türsteher ließ uns gleich rein – schließlich waren wir beide achtzehn und hatten keinen Aufsichtszettel unserer Eltern gefälscht, wie der Sechzehnjährige vor uns.
Die Luft war innen ein gutes Stück heißer und getränkt von Parfüm und Schweiß. Die Musik wummerte durch Gespräche, Küsse und tanzende Körper hindurch.
Es schien eine Kneipe zu sein, in der einmal die Woche ein DJ auflegte. Der Hauptraum war eine renovierte Scheune und öffnete sich zu einem überdachten Hof.
Ben berührte mich am Rücken. Er machte eine Trinkbewegung und zog die Augenbrauen fragend nach oben.
Ich nickte, und Ben bahnte sich einen Weg durch die Menge. Gut, dass er so groß war – ich selbst konnte die Bar gar nicht sehen.
Ich schaute ihm hinterher. Er humpelte merklich. Es war für ihn nicht schwierig, an den Leuten vorbeizukommen – sie machten ihm sofort Platz. Es lag an seinen gelassenen Schritten und den Augen, über die seine Gedanken zu laufen schienen.
Ich sah auch die Blicke der Mädchen. Ein Abschätzen und dann ein Gedanke, ob sie es wagen konnten oder einen Korb bekommen würden.
Für einen Moment konnte ich Ben mit ihren Augen sehen. Sein Rücken war riesig, und man wünschte sich, dass er sich umdrehte, nur um sein Gesicht zu sehen.
Und dann wurde der Eindruck überlagert von den Erinnerungen, die ich von Ben hatte: Ben im Schwimmbad, Ben mit

einem Zeichenblock, ein langer und dünner Ben, ein Ben, der aus Wut schrie, Ben, der unserem Lehrer den Mittelfinger zeigte. Ein Ben, der an einem regnerischen Nachmittag in der Woche mit einer Traube Luftballons vor meiner Tür stand.

Er drehte sich um und lächelte, als er mich sah.

Wie eine Trophäe hielt er die Getränke nach oben.

Er reichte mir einen roten Cocktail.

»Erdbeerbowle«, sagte Ben. Oder ich las es von seinen Lippen ab.

Er selbst trank Bier.

»Wollen wir zur Tanzfläche?«, schrie ich.

Ben zog eine Augenbraue nach oben, kam aber trotzdem mit. Er wusste, wie sehr ich Tanzen liebte.

Die Beats wurden sogar noch lauter, je näher wir der Tanzfläche kamen.

Wir fanden eine Stelle für uns zwischen den anderen Jugendlichen, die in Grüppchen die Schulwoche wegtanzten. Ben trat einen Schritt zurück, um mir mehr Platz zu geben. Das war sein ganzer Tanzmove. Wenn er die Musik wirklich gut fand, würde er vielleicht noch mit dem Finger im Takt an die Flasche tippen.

Die Musik. Und ich.

Ich war vielleicht zurückhaltend und dachte zu viel nach, aber Tanzen war mein Ding.

Ben beobachtete mich. Ich wünschte mir, dass er sich so fühlte wie ich, als ich auf der Motorhaube des Fiats saß.

Mein Körper fing den Bass auf. Ich tanzte, ohne nachzudenken. Ich wusste nicht, wie es aussah, ich wusste nur, wie ich mich fühlte: wild.

BUMM. BUMM.

Try to stop me, try to stop me.

Ich schaute zu Ben, und Ben schaute zu mir.

Sein Gesichtsausdruck blieb ruhig, aber nicht regungslos. Ab und zu huschte sein Blick über die tanzenden Körper, bevor er zu mir zurückkehrte und weich wurde.

Die meisten Leute schienen in etwa so alt zu sein wie wir, die Jüngsten waren sechzehn. Ich konnte mir nicht vorstellen, noch einmal sechzehn zu sein. Zu der Person, die ich damals war und wie sie sich verhalten hatte, hatte ich keinen Bezug mehr. Ich fühlte mich nicht einmal wie vor einer Woche.

Ben tippte auf seine Bierflasche und drehte sie um – leer. Er nahm auch mein Glas mit, wann hatte ich das denn ausgetrunken? Zusammen bewegten wir uns in Richtung Bar. Ben bestellte noch mal das Gleiche, und ich nippte an der Erdbeer-Bowle. Ben beobachtete mich.

»Was ist?«, fragte ich.

»Ich glaube, du hast gerade einen Run, was die Liste angeht. Etwas Verbotenes hast du schon gemacht. Wie wäre es jetzt mit diesem Kuss?«

Jetzt? In echt?

»Ja, also … ähm –«

»Welche Ausrede kommt jetzt?«

»Ich hatte mir das anders vorgestellt«, sagte ich. »Wenn du nämlich bei einem Menschen, den du nicht kennst, alias einem Fremden, den inneren Zirkel von dreißig Zentimetern betrittst, dann bringt er sofort Platz zwischen euch.«

»Und weiter?«

»Ich habe mir überlegt, dass ich dieses Risiko minimieren könnte, indem ich vorher tatsächlich geduscht habe und nicht nach muffigem Autositz rieche.«

»Hier drin ist es superstickig, und alle riechen nach Schweiß oder Alkohol oder beidem – da ist ›muffiger Autositz‹ bestimmt eine willkommene Abwechslung«, sagte Ben.

»Du sollst mich nicht dazu überreden.«
»Ernsthaft. Das juckt keinen.«
»Und was ist mit Zähneputzen?«, fragte ich.
Blödsinniger Versuch, das Unheil abzuwehren. Der Alkohol musste langsam wirken.
Ben grinste. »Willst du ihm einen Zungenkuss geben?« Und dann: »Hanna, *I dare you*.«
Jetzt, wo alle Ausflüchte aus dem Weg geräumt waren, blieb nur noch die Wahrheit.
»Ich habe Angst, dass er mich wegstößt oder auslacht.«
»Dann wäre er ein Idiot«, sagte Ben. »Aber um das Risiko noch weiter zu verringern, nimmst du dir einfach einen, der alleine unterwegs ist und schon ein bisschen angetrunken.«
»Ich mache das jetzt echt, oder?«, sagte ich.
»Ich muss mich bei den fünfundzwanzig Kindern ja auch anstrengen.«
Ich stocherte die letzte Erdbeere aus dem Glas und exte es.
»Okay«, sagte ich und drehte mich zur Tanzfläche.
»*Go girl*«, sagte Ben.
Diese Woche war nicht normal, diese Woche war anders. Ich war diese Woche anders.
Ich machte einen Schritt nach vorne. Blieb wieder stehen.
Jemand, der alleine unterwegs war. Jemand, der ein bisschen angetrunken war, aber mir nicht ins Gesicht kotzte.
Okay.

Okay.

Wenn ich jetzt nicht den Nächsten nahm, der vorbeikam, dann würde ich an dieser Stelle festwachsen.
Der Nächste, der vorbeikam.
Der Nächste, der vorbeikam, torkelte und sah aus, als würde

er mir nicht ins Gesicht kotzen, weil er dazu schon kein Material mehr hatte.

Der Übernächste.

Ich scannte die Gesichter auf der Tanzfläche. Einer sah nett aus. Er musste fast so groß wie Ben sein. Er sah wirklich nett aus.

Also gut.

Ich lief los. Zwischendurch musste ich mich mit einem ›Entschuldigung‹ an ein paar Tänzern vorbeiquetschen, aber ich hielt nicht an, denn dann wäre ich nie wieder losgelaufen.

Warum tat ich das eigentlich? Was, wenn er eine Freundin hatte?

Umdrehen, sofort.

Es war zu spät. Ich stand fast direkt vor ihm, und er hatte mich schon gesehen.

Er lächelte und öffnete den Mund.

Wenn er etwas sagte, würde ich meine eigenen Bedingungen verletzt haben.

Ich stolperte nach vorne, meine Hände landeten irgendwo auf seiner Schulter, in seinen Haaren, und ich presste meine Lippen auf seinen Mund.

Er war überrumpelt. Ich spürte, wie er die Arme nach oben riss, um mich wegzustoßen, ließ sie dann aber in der Luft.

Seine Lippen gaben ein bisschen nach. Sie waren warm – so wie seine Schulter und die Kopfhaut, die ich unter den Haaren spürte. Und vielleicht war da auch ein leichter Geschmack von Bier. Riechen konnte ich ihn nicht, dazu drängte sich die Disko zu nahe an uns heran.

Ich küsste ihn noch ein bisschen länger, weil es so irre war und weil ich es konnte und weil er nicht wegzog und weil ich mein Gleichgewicht immer noch nicht wiedergefunden hatte, und dann löste ich mich langsam von ihm.

Der Junge, er war eher ein Typ, öffnete die Augen.

Ich drehte mich nur um und lief zu Ben zurück.

Ich war froh, dass ich keine hohen Schuhe trug. Meine Knie zitterten.

»Hey!«, rief der Junge. Er hatte eine angenehme Stimme.

Unter keinen Umständen würde ich anhalten.

Die Tänzer schlossen die Lücke hinter mir.

»Ich fange wohl besser mal an mit dem Kinderkriegen«, sagte Ben.

Wir hatten das Ganze nicht zu Ende gedacht.

Jetzt, wo ich den Typen geküsst hatte, wollte ich natürlich nicht dableiben. Auf dem Parkplatz schlafen war auch nicht, weil Ben einwandte, dass dann die ganzen Betrunkenen an die Scheiben klopfen würden. Also holte er das Auto, während ich die Damentoilette suchte.

Ich schaute mich genau um, dass der Typ nicht da war. Vor dem Klo war eine lange Schlange, und ich hatte Angst, dass er vorbeilief, während ich dort rumstand, aber er kam nicht.

Als ich mir die Hände wusch, schaute ich zum ersten Mal bewusst in den Spiegel.

Meine Haare waren ein abstehendes Chaos, meine Wangen schimmerten rot.

Ich hatte einen Fremden geküsst.

Ich grinste mein Spiegelbild an.

Für einen Moment konnte ich die Hanna sehen, die solche Sachen machte.

Sie lächelte zurück.

ACHT

Vom Klo schlüpfte ich zurück auf den Gang und schaffte es ohne Probleme auf die Straße.

Der Fiat stand mit laufendem Motor am Bordstein. Ich stieg ein. Als ich mich anschnallte, sah ich, wie mein Fremder aus dem Club kam. Er sprach den Türsteher an und gestikulierte. Vielleicht war er doch nicht angetrunken gewesen.

Er bemerkte mich nicht, und er schaute nicht auf, als wir wegfuhren.

Ich sank im weichen Sitz zusammen.

Gedanken strömten durch meinen Kopf.

»Kannst du fahren?«, fragte ich.

»Ich hatte nur zwei Bier«, sagte Ben.

Okay, gut. Dann kam das Schlingern von der unebenen Straße.

Ben fuhr zurück zum Dorf. Das war zwar eine halbe Stunde Fahrt, aber wenigstens wussten wir, dass wir dort schlafen konnten. Endlich waren wir da. Ben parkte, wir schmissen das Zelt hin und versuchten es auch kurz mit den Luftmatratzen, schafften es aber nicht. Schließlich breiteten wir einen Schlafsack über die nicht gefüllten Matratzen und deckten uns mit dem anderen zu.

Wenn ich wacher gewesen wäre oder alleine, hätte mich die

Erinnerung an diese Nacht nicht schlafen lassen, aber Bens Brustkorb hob und senkte sich regelmäßig, und im Zelt wurde es schnell warm.

In der Zeit zwischen Morgen und Nacht wachte ich auf und sah, dass Bens Augen ebenfalls offen waren.
Die Welt war wattig und schimmerte blau von den Zeltwänden. Weder wach noch schlafend. Genau wie wir.
»Lass uns weiterschlafen«, sagte Ben und drehte sich auf die andere Seite.
Der Junge kam mir wieder in den Sinn. Der Gedanke machte mich wach.
»Meinst du, er denkt darüber nach, was da gestern passiert ist?«, fragte ich.
»Zusammenhang?«, murmelte Ben.
»Der Junge, den ich gestern geküsst habe.«
Es fühlte sich seltsam an, das zu sagen.
»Ich würde immer an dich denken«, sagte Ben und klappte die Augen wieder zu.
»Ich meine das ernst«, sagte ich und pikste ihm mit dem Finger ins Ohr.
Ben seufzte.
»Natürlich denkt er darüber nach«, sagte er. »Vermutlich erzählt er es dann allen seinen Freunden, die es ihm nicht glauben, und dann wird es ein Witz, den er nicht mehr loswird: ›Du kannst die Fernbedienung nicht finden? Das war wohl die Fremde aus der Disko.‹ Und so weiter.«
»Aber meinst du, dass so ein kurzer Moment ein Leben verändern kann?«
»Wie ein Autocrash mit dem Schicksal?«
»Genau.«
»Dich hat er schon verändert«, sagte Ben.

Hatte er recht? Er schien nicht lange über die Antwort nachgedacht zu haben, denn ich hörte schon nur noch ruhiges Atmen.

Hatte mich dieser Moment verändert? Ich dachte an die Hanna im Spiegel gestern. Vielleicht war die Antwort: Ja.

Die Worte wiederholten sich in meinem Kopf, flüsterten mich in den Schlaf.

Ich wachte vor Ben auf, zog mich leise an und wühlte mich aus dem Zelt.

Zum Ausgleich konnte ich mal das Frühstück machen.

Es beschränkte sich allerdings auf trockenen Toast mit Nutella und kaltes Wasser, in dem Klümpchen löslichen Kaffees schwammen, denn ich hatte kein Feuerzeug, um den Campingkocher anzuzünden.

Es war zu kühl, um draußen zu sitzen, aber ich wollte lesen, ohne Ben dabei zu stören, also setzte ich mich auf den Vordersitz des Fiats, zog die Tür zu und las in Bens Büchern. Das Radio plapperte und sang. Ab und zu kritzelte ich eine Notiz an den Seitenrand.

Es klopfte gegen die Scheibe. Ben. Verschlafen und mit zerknautschtem Gesicht. Ich kurbelte die Scheibe herunter. »Guten Morgen.«

Seine Haare standen am Hinterkopf ab, das T-Shirt klebte an seinem Körper, und er hatte leicht gerötete Augen. Er hielt mir den Toast und die Tasse Wasser hin. »Ist das ein Frühstück, das ich verdient habe?«

Ben nahm einen Schluck von dem Gebräu und spuckte es zurück in die Tasse.

»Ich glaube, ich schmiere mir das Pulver lieber direkt auf den Toast«, sagte er und setzte sich in seiner Jogginghose und dem verschwitzten T-Shirt auf den Beifahrersitz.

»Armer schwarzer Kater«, sagte ich und streichelte ihm über den Kopf.

Er sah den Buchstapel.

»Hast du da auch reingeschrieben?«, fragte er.

»Natürlich.«

Ich rechnete damit, dass er sich aufregen würde, aber er legte den Kopf an die Lehne und schloss die Augen. Ich blieb sitzen und las. Als ich an der Länge seiner Atemzüge merkte, dass er wieder eingeschlafen war, löste ich die Kaffeetasse aus seiner Hand.

Manche Leute schlafen mit offenem Mund, manchen läuft ein Spuckefaden die Wange hinunter, manche drehen sich ständig auf die andere Seite oder reden in ihren Träumen.

Ben lag nur da, die Augen zugeklappt, als würde er sie gleich wieder öffnen. Ich sah die Stoppeln von mehreren Tagen ohne Rasur und roch sein Deo, das gegen den Ausnüchterungsschweiß kämpfte. Zum ersten Mal war ich mit meinen Gedanken wirklich alleine.

Eine Sache war mir klar: Ich wollte nicht, dass diese Fahrt zu Ende ging. Ich hatte Angst vor der Zeit, wenn Ben in Berlin war und ich nicht, und davor, dass er dann nicht da war, um mit mir zu reden.

Er schlief im Sitz neben mir, ein Koloss in dem winzigen Auto, so offensichtlich *da*, aber auch schon weit fort, in ein paar Monaten, wenn ich studierte und er irgendetwas machen würde.

Als ich klein war, hatte ich immer gedacht, dass man bestimmte Menschen liebt, weil sie schön sind. Geschminkt, schick angezogen, fröhlich. Vielleicht war es so.

Aber ich liebte Ben auch, weil er nach einer Nacht im Wald roch und weil er heute kaputt war und faul und weil er Graffiti sprayte und mir Angst machte.

Was ich machte, während Ben schlief:
* *lesen*
* *die Tür leise öffnen*
* *den Strand hoch- und runterlaufen*
* *Muscheln sammeln*
* *vor den Wellen wegrennen*
* *eine Sandburg mit Tunnel bauen*
* *Radschlagen üben*
* *mehr Muscheln sammeln*
* *Hunger haben*
* *Geld aus dem Auto holen, um zum Bäcker zu gehen*

Hatte ich den Kofferraum zu laut zugeknallt? Ben bewegte sich auf dem Vordersitz.

»Wohin gehst du?«

»Zum Bäcker.«

»Ich komme mit«, sagte Ben und gähnte. Er stieg aus und streckte sich vor dem Auto.

»Willst du dich noch umziehen?«, fragte ich.

»Stimmt.« Er schlüpfte ins Zelt und kam wieder heraus, immer noch in den Jogging-Hosen und mit demselben T-Shirt. Um den Hals trug er die Kette mit dem Stein.

»Findest du es mit Accessoires besser?«, fragte er.

Ich verdrehte die Augen.

»Ich will Kuchen zum Frühstück«, sagte Ben, als wir in Richtung Marktplatz losliefen.

»Was sagt das Budget?«, fragte ich.

»Das Budget hat unter der Sauftour ganz schön gelitten«, sagte Ben. »Bar haben wir noch knapp 97,65 Euro.«

»Was ist denn daran knapp?«

»Okay, es sind nur 90 Euro.«

Mein Lachen übertönte das Glöckchen, als wir eintraten.

Der Verkaufsraum war leer. Die Tür zum Hinterzimmer war angelehnt.

»Ganz ehrlich: Ich hab heute keinen Bock zu arbeiten«, sagte eine Stimme, die mir bekannt vorkam.

»Bedien jetzt die Kunden«, sagte die Stimme der alten Frau.

Ein Mädchen kam hinter dem Tresen hervor. Sie hatte ein Tuch als Haarband verknotet, deshalb erkannte ich sie erst, als sie sich umdrehte.

Es war das Mädchen vom Strand.

»Ach, ihr seid das«, sagte sie. »Spart euch doch das Geld für Kuchen und kauft stattdessen einen Badeanzug.«

Plötzlich wurde ihr Blick starr. Sie fixierte Ben, ohne ihn wirklich anzusehen.

»Zu früh«, sagte sie und stolperte rückwärts. Ein Brot fiel aus der Auslage, als sie dagegenstieß, aber sie hob es nicht auf. Unsicher tastete sie sich an dem Regal nach hinten. Sie zitterte und konnte den Blick nicht von Ben nehmen. Das Regal wackelte, endlich fand ihre Hand die Türklinke, und sie verschwand aus dem Verkaufsraum.

»Wo gehst du hin? Chloé!« Die Stimme der alten Frau.

Eine Tür schlug zu.

Die alte Frau kam in den Verkaufsraum.

»Entschuldigen Sie«, sagte sie. Es schien ihr wirklich peinlich zu sein. »Das Mädchen ist ein bisschen verrückt, müssen Sie wissen.«

Wir bezahlten unseren Kuchen – ich hatte das Gefühl, sie gab uns extra große Stücke – und liefen zurück zum Meer.

Als die Tür hinter Ben zufiel, schauten wir uns an. Mein Blick sagte: Wusste ich es doch. Sein Blick sagte: Jap, du hattest recht. So viel zu meiner Einschätzung. Sie war *strange*.

»Was machen wir heute?«, fragte ich.

Ben grinste. »Ich hatte da heute Morgen eine geniale Idee!«, sagte er. »Lagerfeuer!«

»Womit?«

»Äste sammeln.«

»Das wird alles feucht sein.«

»Dann müssen wir eben zum Baumarkt fahren.«

»Und gleich Marshmallows kaufen. Und Zutaten für Stockbrot«, sagte ich. »Zeit für eine Liste!«

»Was sonst«, sagte Ben.

Einkaufsliste für eine famose Feuernacht:
- Hefe, Mehl, mehr Wasser, Salz (Supermarkt)
- Marshmallows (Supermarkt)
- Holz (Baumarkt)
- alte Zeitungen (aus Briefkästen?)

Zuerst fuhren wir in die Stadt, zu einem Supermarkt. Sogar hier standen nur wenige Autos auf dem Parkplatz.

Ben holte einen Einkaufswagen und cruiste den ganzen Weg bis zu mir zurück. So wie er lief, hatte er selbst vergessen, dass sein Fuß bandagiert war. Er hielt vor mir an.

»*Hi Hanna!*«, sagte er mit Kens Stimme.

»*Hi Ben!*«, sagte ich.

»*Wanna go for a ride?*«

»*Sure, Ben!*«

»*Jump in!*«

Ich hüpfte rein. Ben schob los.

Die Schiebetüren öffneten sich quälend langsam, aber dann gab Ben Gas.

Als Erstes düsten wir zur Süßigkeitenabteilung. Wir konnten uns nicht entscheiden zwischen Schoko-Cookies und Karamell-Stangen und stellten schließlich beide zwischen meine Füße in den Wagen. Ich stellte mir vor, wenn wir genug einkauften, könnte ich mich mit Süßigkeiten zudecken.

Ben schob den Wagen zum Mittelgang, fuhr bis ans Ende und wendete dann. Ich summte *Barbie Girl*.

»Okay«, sagte er. »Bist du bereit?«

Ich hielt mich an den Rändern des Wagens fest und sagte: »Auf die Plätze, fertig, LOS!«

Ben fetzte los, einmal durch den ganzen Supermarkt. Regale rasten an uns vorbei, andere Einkäufer schreckten zurück, wir wurden immer schneller, der Gang war gleich zu Ende, das schafften wir niemals, halt, HALT, Ben stemmte die Füße auf den Boden und bremste. Ab.

Wir standen zwei Zentimeter vor dem Katzenfutter. Was für eine Todesart: Unter gekochtem Kaninchen begraben.

Eine Dame – das ist das einzig richtige Wort – stand neben uns wie festgefroren. In der Hand hielt sie eine Dose Katzenfutter. Erst schüttelte sie den Kopf, dann lächelte sie. »Junge Liebe.«

Ich war so aufgedreht, dass ich kichern musste.

»Oh ja.« Ich drehte mich zum Regal und nahm zwei Dosen heraus. »Schatz, bevorzugst du Kaninchen oder Rind zum Abendessen?«

»Rind, eindeutig.«

»Eine ausgezeichnete Wahl«, flötete ich und gab ihm einen Kuss auf die Wange.

Ich traf seinen Mund.

Poch, poch, poch.

Hatte er den Kopf gedreht? Oder war ich das? Sollte ich jetzt nicht – ja was? Was wollte ich machen? Meine Gedanken wurden ausgelöscht wie eine Kerzenflamme. Nur noch ein dünner Rauchfaden, ich konnte sie nicht fassen. Ich konnte nur –

Kuss. Lippen. Hände an meinen Schultern, die mich näher heranzogen. Ich fühlte mich, als würde ich auf einer Klippe balancieren, die Zehenspitzen auf dem Boden, die Fersen über dem Abgrund.

Bevor ich fallen konnte, verschwand die Berührung.

»Das mit der ausgezeichneten Wahl finde ich auch«, sagte er gegen meinen Mund und löste sich von mir, um mich anzuschauen.

Was sagte ich jetzt?

Nichts.

Ich setzte mich wieder in den Wagen, sodass ich Ben nicht in die Augen schauen musste. Ben drehte den Wagen herum und schob ihn langsam in Richtung der Getränke. Wenn ich jetzt redete, würde man meine Atemlosigkeit hören.

A-tem-lo-sig-keit. Kann man sich für einen Zustand, der beschreibt, dass man keinen Atem hat, ein längeres Wort ausdenken?

»Hanna?«

Bens Hand schwebte geöffnet vor meinem Gesicht.

»Hm?«

»Die Liste.«

»Ach so, ja.«

Ich kramte die Liste aus meiner Hosentasche.

»Dann mal weiter zum Backzeug«, sagte Ben.

Ben reichte mir das Mehl, die Hefe, das Salz, die Wasserflaschen, zwei Magnum Mandel. Wir berührten uns nicht dabei. Ich nahm alles und schichtete es nebeneinander in den Wagen. Das Mehl ganz nach außen, das Salz daneben. Die Wasserflaschen zwischen meine Knie, die Magnum auf die Flaschen. Jedes Päckchen stand in Reih und Glied.

Wir bezahlten, luden alles in den Kofferraum, und Ben brachte den Einkaufswagen zurück.

Wir lutschten das Eis, während wir kurz darauf durch den Baumarkt schlenderten, um Brennholz zu kaufen. Zwei Säcke Briketts später saßen wir wieder im Auto. Ben hielt in dem Wäldchen, das zum Dorf führte.
Vielleicht sollte ich jetzt den Kuss ansprechen.
Ben stieg aus, und ich tat es ihm nach. Er wandte sich mir nicht zu, sondern ging ein paar Schritte in den Wald hinein. Von einem Baum brach er zwei Äste.
Er sah meinen Blick, was auch immer der gerade zeigte.
»Für die Marshmallows«, sagte Ben.
»Ach so.«
Meine Stimme war rau, als hätte ich Salzwasser verschluckt. Ich brachte die Worte einfach nicht heraus. Was war, wenn das für Ben überhaupt nichts gewesen war?
Er gab mir die Äste, und ich zupfte die Blätter ab, bis wir wieder am Strand waren.

Es war die perfekte Nacht für ein Lagerfeuer. Am Tag hatte sich die Luft wieder richtig aufgeheizt, und der Wind war trocken und klar. Die Wellen liefen sachte an den Strand.
Um meinen Ast hatten wir das Stockbrot gewickelt. Auf Bens Stock steckten unsere Marshmallows. Er hielt sie direkt in die Flammen und drehte die ganze Zeit. Langsam verfärbte sich der Zucker zu einer braunen Kruste. Er nahm den Stock aus den Flammen und hielt ihn mir vor den Mund.
Ich pustete und nahm einen kleinen Bissen. Der karamellisierte Zucker zog lange Fäden und klebte an meinen Lippen. Ich aß weiter, schneller, wie man Spaghetti aufschlürft, aber mein Mund war trotzdem verschmiert.

»Hier, warte.«

Ben wischte mir den Mund mit dem Daumen sauber und leckte sich die Marshmallow-Reste vom Finger.

Das Kribbeln begann in meinem Bauch, als Ben seinen Finger ableckte. Gleich würde er aufschauen, und sein Blick würde mir eine Antwort geben.

Aber als er aufschaute, sah er an mir vorbei.

Ich folgte seinem Blick und schwieg dann auch.

Chloé trat in den Lichtkreis des Feuers.

Sie stand nur da und schlang sich eine übergroße Strickjacke um den Körper. Das flackernde Licht ließ ihre Augenringe noch tiefer erscheinen.

»Was machst du hier?«, fragte Ben.

Ich wartete auf einen schlagfertigen Kommentar, der nie kam. Chloé raffte die Jacke noch enger. Verloren sah sie darin aus. Wie eine übergroße Fledermaus.

»Setz dich«, sagte ich und hielt ihr meinen Spieß hin.

Sie zögerte, dann nahm sie den Stock und setzte sich.

»Du heißt Chloé, richtig?«

Sie nickte. »Und ihr seid?«

»Hanna und Ben«, antwortete er.

Sie verstummte wieder, schaute auf ihre Fingernägel, holte tief Luft und sah uns an.

»Ich erzähle euch jetzt etwas. Es klingt seltsam, aber hört mir einfach bis zum Ende zu, okay? Dann lass ich euch in Ruhe.«

Ich sah zu Ben, um mich mit ihm auszutauschen, aber er nickte schon.

»Man hat mir die Geschichte hier erzählt. An diesem Strand. Nur hier darf sie erzählt werden«, sagte Chloé.

»Was soll das werden – eine Gruselgeschichte?«, fragte Ben.

Chloé lächelte nicht. »Dann ist es die krasseste Gruselgeschichte, die ich kenne«, sagte sie. »Denn sie ist wahr.«

Bei diesen Worten kroch mir eine Gänsehaut die Arme nach oben, und ich hatte das Bedürfnis, mich zuzudecken, obwohl das Feuer heiß brannte.

Sie begann zu erzählen. Dabei schien sie größer zu werden, und die Jacke glitt auf. Das Feuer spiegelte sich in ihren riesigen Pupillen. Ihre Stimme war tief und weit wie das Wasser.

Ob es an der Geschichte lag oder an Chloé – ich war gefangen in ihren Worten. Ben musste es genauso gehen, denn wir unterbrachen Chloé kein einziges Mal.

»*In der Geschichte geht es um Oceana, die Letzte der Meermenschen. Ihr kennt sie als Meerjungfrauen. Das Meer gehörte den Meermenschen seit Jahrtausenden, aber der Mensch hatte es erobert, und Oceana und ihr Gefährte waren die Letzten ihrer Art.*

Ihr Gefährte unternahm einen letzten Versuch, den Menschen von ihrer Not zu erzählen. Er ging an Land mit Menschenbeinen, die jeder Meermensch einmal in seinem Leben geschenkt bekommt.

Aber die Menschen erkannten ihn und fingen ihn und sperrten ihn ein. Er vertrocknete langsam in seinem Käfig.

Oceana schwamm an der Küste auf und ab und wartete auf ihn. Und als Monde um Monde vergingen und er nicht kam, als er Jahr für Jahr nicht kam, wurde Oceana rasend vor Schmerz. Denn natürlich wusste sie, dass Meermenschen nicht so lange an Land bleiben konnten, ohne zu sterben.

Weil sie die Letzte war, gehörte das Meer ihr, und sie schickte einen Sturm, den schlimmsten Sturm, den die Menschen an der Küste je erlebt hatten, und kein Boot, das auf dem Wasser war, kam zurück.

Oceana durchschwamm die Meere, manchmal blind vor Zorn, manchmal blind vor Tränen. Die Tiere gingen ihr aus dem Weg, und sie wurde einsam.

Eines Tages fischte sie nah an der Küste, und ein Junge schwamm ihr entgegen. Er sah sie nicht, denn Oceana war Salz und Algen, aber sie sah ihn sehr wohl, und er erinnerte sie an den Meermann. Sie zog den Jungen unter Wasser.

Die Luftblasen entflohen seinem Mund.

Oceana wusste, sie konnte ihn nicht behalten, aber sie wollte ihn auch nicht einfach gehen lassen. Also kratzte sie ihn und fing den Blutstropfen in einer leeren Muschel auf.

Der Junge tauchte wieder auf. Nach Luft schnappend und mit einer Schnittwunde, aber sonst unverletzt, schwamm er an Land zurück. Das Meerwasser rann an seiner Haut hinab, aber die Erinnerung blieb an ihm haften.

Der Junge wuchs heran, und er wuchs heran zu einem Mann, der das Meer liebte. Er verzehrte sich danach, dort draussen zu sein, als wäre dort ein Teil von ihm. Er konnte schneller schwimmen als alle anderen Jungen in seinem Alter und tiefer tauchen als sie. Er liebte den Ozean, und Oceana liebte ihn. Sie sah ihm zu, wenn er tauchen ging in langen Nächten. Die Schönheit seiner Bewegungen trieb ihr Tränen in die Augen.

Und der Blutstropfen wurde zu einer roten Perle.

Oceana wollte zuschauen, wie er alt wurde, wie er Falten bekam, als würde er vertrocknen.

Aber dann passierte etwas.

Der Mann verliebte sich. Er kam mit einer Frau an den Strand, und Oceana wusste es sofort, denn so hatte ihr Meermann sie auch angesehen. Der Mann war glücklich, selbst wenn seine Frau nicht verstehen konnte, was ihn zum Meer zog und warum er bei Flut nie bei ihr sein konnte.

Oceana war wütend, denn der Mann gehörte zu ihr. Sie sandte der Frau Warnungen in der alten Sprache. Einen toten Vogel mit offener Brust. Ein Bett voller Salzwasser. Einen Spiegel voller Blut. Zeichen, die Gefahr und Verderben geboten, aber die Frau beachtete sie nicht.

Eines Tages, als Oceana sah, wie sich die beiden am Meer küssten, ertrug sie es nicht mehr. Und sie sandte einen Sturm, einen Sturm, dessen Wellen bis an die Klippe leckten.

In der Mitte des Sturmes, wo die Wellen um sie wogten, öffnete sie die Muschel, und als die Blutperle das Wasser berührte, verliess der Junge das Haus seiner Liebsten, wo sie vor dem Regen Zuflucht gesucht hatten. Es zog ihn zum Meer. Er schwamm hinaus, gegen die Flut, die Wellen, den Wind. Wasser war unter ihm, über ihm, um ihn herum.

Er schwamm so weit hinaus, bis er den Strand nicht mehr sehen konnte. Oceana war da und wartete auf ihn.

Sie liebte ihn, und er liebte sie. Aber er war kein Meermann, er konnte unter Wasser nicht atmen. So ertrank er in Oceanas Armen.

Oceana fühlte sich gut, als sie sah, wie das Mädchen um ihn weinte; es spiegelte ihren eigenen Schmerz. Doch mit der Zeit wuchs die Leere in ihr, und sie vermisste die Eleganz, wenn er schwamm, und den Geschmack seines Schweißes im Wasser.

Sie umschwamm die Welt, fand einen anderen jungen Mann, und sie nahm ihm einen Tropfen seines Blutes. Oceana liebte ihn und kennzeichnete ihn als den ihren, und aus dem Tropfen wurde eine Blutperle. Doch als sich auch dieser Junge verliebte, riss die Eifersucht sie wieder mit sich und sie holte ihn in einer Sturmnacht zu sich.

Mit den Jahren wiederholte sich die Geschichte, wie sich Geschichten immer wiederholen. Ein Junge, eine Perle, ein Mädchen, ein Sturm.

Oceana wurde alt. Sie alterte mit dem Ozean, und der Ozean war krank. Sie schwamm nicht mehr so weit. Sie aß nicht mehr so viel. Sie ließ sich an dem Ort nieder, an dem sie ihren Meermann zuletzt gesehen hatte.

Sie öffnet die Muscheln an diesem Strand. Und jedes Jahr ertrinkt ein junger Mann in den Fluten.«

Chloé hielt die Spannung noch einen Augenblick, dann sank sie in sich zusammen wie ein Luftballon, der zu lange in der Ecke gelegen hatte.

Ben sagte: »Du hast gesagt, die Geschichte sei wahr.«

»Sie ist wahr«, sagte Chloé.

Ben fragte weiter, mit sanfter Stimme, als würde er ein Kind trösten: »Warum erzählst du uns das?«

Chloé schien einen Augenblick mit sich zu ringen. So als würde sie darüber nachdenken, diesen Teil zu verschweigen.

»Es gibt Anzeichen. Das erste Anzeichen ist, dass der Junge Blut im Meer verliert.«

Ben richtete sich auf.

»Und das nächste Anzeichen?«, fragte ich.

Chloé schaute auf ihre abgekauten Fingernägel. »Er findet einen Stein mit Loch.«

Mein Blick wandte sich zu Ben und der Kette um seinen Hals.

An der Kette baumelte der Stein, den er am Strand gefunden hatte. Der Stein mit dem Loch.

NEUN

Wir saßen und schwiegen.

Irgendwann stand Chloé auf. Sie schlang die Jacke wieder um ihren Körper, nickte uns zu und lief in die Dunkelheit.

»Was hältst du von der Geschichte?«, fragte ich.

»Nichts«, sagte Ben. »Die Frage ist doch: Glaubt *sie* die Geschichte?«

Er hatte recht. Obwohl ich die Geschichte ein bisschen gruselig fand, war Chloé interessanter.

Sie hatte gesagt, sie hasse das Meer. Vielleicht hatte sie auch Angst davor. Was es sie für eine Überwindung gekostet haben musste, hier herunterzukommen. Andererseits: Als sie Ben und mich in Unterwäsche beobachtet hatte, hatte ihr der Strand auch keine Angst gemacht.

Ich wollte sie gerne fragen, aber ich glaubte nicht, dass ich sie nach heute Abend noch einmal sehen würde.

Ein Marshmallow rutschte von Bens Stock. Er schmolz auf den Scheiten, ging auf, wurde schwarz und fing schließlich an zu blubbern. Ein Geruch wie nach verbranntem Plastik stieg vom Feuer auf.

Erst jetzt bemerkte ich den Nachtwind. Es war kalt geworden.

»Komm schon her«, sagte Ben. »Ich sehe doch, dass du frierst.«

Ich lächelte und krabbelte über den Sand zu ihm hin. Ben

zog seine Sweat-Jacke aus und legte sich neben dem Feuer in den Sand. Er streckte seinen Arm aus, sodass ich meinen Kopf darauflegen konnte, und deckte uns beide mit der Jacke zu. Ich schob meine kalten Füße unter seine Beine.

Bens Brustkorb hob sich mit jedem Atemzug. Die Bewegung spürte ich auch in seiner Armbeuge, wo mein Kopf lag. Ben atmete tief und gleichmäßig, und seine Ruhe übertrug sich auf mich.

Wir lagen im Sand, Blick zum Himmel. Neben uns knisterte das Feuer und spuckte Funken in die Luft, die verglühten, bevor sie unsere Haut berührten. Dazu das Wellenrauschen.

»Wenn jetzt noch eine Sternschnuppe kommt, wären wir schon wieder bei einem Klischee«, sagte ich.

»Du hast immer noch keine gesehen.«

»Nein.«

Ben schwieg.

»Sind sie so schön, wie alle immer behaupten?«, fragte ich.

»Es gibt solche und solche. Die meisten sind nur kurze Huscher, als hätte jemand die Nacht gekratzt. Aber es gibt manche, die brennen den ganzen Himmel nieder.«

Ben fing leise an zu summen. Ich kannte das Lied nicht. Die Melodie reiste von seinen Stimmbändern bis an mein Ohr, und in dieser Zeit sammelte sie Wörter auf, die wir nicht sagten, Gefühle, die wir nicht aussprechen konnten, und Momente, die wir verpassten. Die Melodie war satt, als sie mein Ohr erreichte.

Die Nacht war wie ein lebendiges Wesen. Sie atmete und zog sich näher um uns zusammen. Es fühlte sich an, als wären Ben und ich allein. Die Dunkelheit war wie die Wände eines Zimmers und der Himmel das Dach.

Der Schlaf rollte an uns heran wie eine Welle, die erst klein aussieht, und brach überraschend über uns zusammen.

Ich spürte, dass ich wach wurde.

Es lag an dem Kuss mit Ben, ich dachte immer noch darüber nach. Und was war das gestern Abend am Strand gewesen? Ich hatte mich so leicht gefühlt, fast betrunken.

Ich öffnete die Augen, aber ich lag nicht mehr am Strand, sondern im Zelt.

Ben musste mich getragen haben, denn ich erinnerte mich nicht einmal daran, wie ich in den Schlafsack gekommen war. Als ich die Hand unter dem Schlafsack hervorstreckte, sah ich, dass Ben mir nachts noch seine Sweat-Jacke angezogen hatte. Ben schlief. Sein Gesicht war mir zugewandt, und über seine linke Wange lief eine Schlaffalte. Im Schlaf verlor sein Gesicht jede Maske.

Wenn ich mich jetzt nach vorne beugte, konnte ich ihn noch einmal küssen, wenn ich das wollte. Wollte ich das?

Ich rutschte näher an ihn heran, bis der Atem aus seiner Nase über meine Haut strich. Wenn er jetzt die Augen öffnete –

Seine Wimpern zitterten, aber die Lider blieben geschlossen.

Langsam schob ich mich zurück auf meine Matratze.

Die Gedanken mussten raus aus meinem Kopf.

Ich schob den Schlafsack zurück, zog mich leise vor dem Zelt um und schnürte meine Laufschuhe.

Der Strand war von einem milden Grau eingehüllt; die Sonne kam noch nicht durch. Gutes Laufwetter.

Ich lief nah am Wasser, wo der Sand noch feucht schimmerte, aber man nicht mehr einsank. Der Boden federte unter meinen Füßen. Sie klopften einen Rhythmus in den Sand, der zur Musik aus meinen Ohrstöpseln passte.

Lauter Techno. Keine Musik, die Ben mochte, aber sie half mir weiterzurennen, wenn ich nicht mehr konnte.

Ich rannte nicht zum wilden Strand, sondern in die andere Richtung, denn an dem Strand würde ich nicht weiterkommen.

Eine ganze Zeit lang waren die Klippen völlig leer, dann sammelten sich die Häuser – es musste ein Nachbardorf sein.

Der Strand sah hier anders aus, und ich kam nicht gleich auf die richtige Beschreibung.

Zahmer. Nicht so wild.

Er schien auch bewohnter zu sein als unser Strand: Eine Möwe schwebte im Nebel. Neben einer eingefallenen Sandburg lag eine Kinderschaufel. Es schwamm sogar jemand im Meer, weit draußen, nur ein kleiner Kopf.

Ich lief weiter. Das Dorf dünnte sich wieder aus. Dann wurde auch der Strand schmaler, bis ich zu einer Stelle kam, wo die Klippe sich ins Meer streckte und den Sand durchschnitt.

Kurz dachte ich darüber nach, einen Weg außen herum zu suchen, dann drehte ich um und lief zurück.

Der Schwimmer war jetzt nicht mehr im Meer, er trocknete sich am Strand ab. Ich joggte an ihm vorbei.

»Hey!«

Der Ruf übertönte sogar meine Musik. Ich drehte mich um und sah, dass der Schwimmer winkte. Keine Ahnung, was der wollte.

Ich lief weiter.

Noch einmal: »Warte mal!«

Jetzt schon näher.

Ich warf einen Blick über die Schulter und sah, dass er mir hinterherlief.

Er war groß. Er konnte mich mühelos packen.

Warum war ich alleine joggen gegangen? Warum so weit weg von Ben?

Dumm, Hanna, dumm.

Ich zog das Tempo an.

Die Schritte wurden ebenfalls schneller.

»Hey, stopp!«

Das Keuchen war jetzt ganz nah hinter mir. Das war gut – weil er schon aus der Puste war – und schlecht, weil er so nah war.

Ich schätzte meine Chancen ein:

Ich:
* trainiert
* kenne die Strecke
* aus der Puste

Er:
* anscheinend untrainiert
* kennt die Strecke vermutlich auch
* ausgeruhter als ich

Ungefähr ausgeglichen.

Ich sprintete los.

Mein Verfolger auch.

Dann machte ich einen Fehler: Ich sah noch einmal über die Schulter.

Einen Moment später war das Laufen schwerer. Der Strand hatte an dieser Stelle einen Bogen gemacht, und deshalb lief ich nicht mehr auf dem harten, feuchten Sand, sondern im trockenen, wo ich knöcheltief einsank.

Keine Chance, einen Schlenker Richtung Wasser zu laufen, also rannte ich noch schneller, um seinen Vorteil auszugleichen. Meine Füße rammten in den Boden. Mit jedem Schritt wurde ich langsamer.

Gleich hatte er mich.

Ich blieb stehen und drehte mich um.

Als er sah, dass ich angehalten hatte, lief er sich aus und stützte sich auf den Knien ab.

»Ich war schwimmen, hast du das nicht gesehen?«, sagte er und keuchte. »Ich hatte meinen Sport für heute schon gemacht.«

Sein Gesicht kam mir bekannt vor. Ich hatte ihn schon mal gesehen. Nur wo?

Er rappelte sich auf und streckte mir die Hand hin.

»Hi. Ich bin Sam«, sagte er. »Und du bist das Erdbeermädchen.«

Ich starrte auf sein Gesicht, während er sprach.

Ich kannte diese Lippen.

Es war der Typ aus der Bar. Den ich geküsst hatte.

Wie unwahrscheinlich/bescheuert/sinnlos war das denn? Dass man einmal etwas Verrücktes machte – in einer Stadt, in der einen niemand kannte –, um dann der Person frühmorgens an einem verlassenen Strand über den Weg zu laufen?

Ich spürte, wie ich rot wurde, und hoffte, er schob es auf das Laufen.

»Ich muss weiter«, sagte ich.

»Ich weiß. Weglaufen scheint eine Eigenart von dir zu sein.«

»Ich will zum Frühstück«, sagte ich und drehte mich ein Stück von ihm weg.

Klar, ich konnte einfach loslaufen, und er würde vermutlich stehen bleiben. Aber es war, wie wenn dir ein Verkäufer etwas andrehen will: Du gibst jedes Signal, dass du gehen möchtest, und bleibst trotzdem in der Zange.

Er sagte: »Nach dem, was du in der Bar abgezogen hast, kannst du mich nicht so stehen lassen.«

Irgendwie hatte er ja recht.

»Ich muss weiterlaufen, sonst kühle ich aus«, sagte ich.

»Bei meinem Zeug habe ich eine Jacke«, sagte er.

Er zeigte hinter sich, ließ meinen Blick aber nicht los. Nie wieder würde ich so etwas Dummes machen.

»Okay«, sagte ich. »Aber du darfst nicht mehr als drei Fragen stellen.«

So zog sich die Peinlichkeit wenigstens nicht in die Länge.

»Deal.«

Wir liefen zu seinem Handtuch zurück. Es war ein ganz schönes Stück, das wir gerannt waren. Wir schwiegen.

Er reichte mir seine Jacke und setzte sich dann einen Meter von mir entfernt in den Sand. Ich schlüpfte in die Ärmel. Es war eine dünne Windjacke, glatt auf der Haut.

»Deine erste Frage?«

»Ich überlege noch«, sagte er. »Ich will keine verschwenden, wenn ich nur drei bekomme.«

Er starrte einen Moment aufs Meer und drehte sich mir zu. Er zuckte die Achseln.

»Mit der Frage mache ich nichts falsch: Wie heißt du?«

Sollte ich ihm einen falschen Namen nennen? Lisa, Sara, Maria?

»Hanna«, sagte ich. Die Hanna aus dem Spiegel.

»Okay, Hanna. Hier kommt Frage Nummer zwei: Warum bist du vor mir weggelaufen?«

»Ein verlassener Strand, eine einzelne Frau, ein Mann – schaust du keinen Tatort?«

»Es hat wohl nicht zum Positiven beigetragen, dass ich dir hinterhergerannt bin, hm?«

Wäre er nicht gerannt, wäre ich schon weg.

»Nicht wirklich.«

»Hm, die letzte Frage. Ich glaube, ich habe irgendetwas Wichtiges vergessen.«

Er raufte sich die Haare. Es sah aus wie bei einem kleinen Jungen, der seinen Vater nachahmt.

»Ach ja, jetzt fällt es mir wieder ein. Willst du mit mir frühstücken?«

Ich sah ihn an.

»Was ist los?«, fragte er.

»Willst du gar nicht wissen, warum ich dich geküsst habe?«

»Das ist ein No-Brainer«, sagte Sam und schaute an sich herunter.

Ich lachte. »Gut, dass ich mir um dein Selbstvertrauen keine Sorgen machen muss.«

»Na ja, wenn du nicht mit mir frühstücken gehst, solltest du dir Sorgen darum machen.«

»Es wäre mehr als seltsam, bei dir zu frühstücken«, sagte ich.

»Stimmt. Meine Mutter würde dich ausquetschen wie die US-Immigrationsbehörde.«

»Ich kann sowieso nicht, sonst macht Ben sich Sorgen.«

»Dein Wachhund, da war doch was.«

»Na dann«, sagte ich und stand auf.

»Na dann«, sagte Sam. »Bis zum Mittagessen.«

»Ist klar«, sagte ich ironisch.

»Bist du Vegetarierin oder so?«

Ich nickte.

»Dann bis ein Uhr«, sagte der Junge.

Sam.

Ich verfiel wieder ins Laufen.

Ben saß vor dem Campingkocher und starrte in das Wasser, als könnte er es so schneller zum Kochen bringen. Er sah mich kommen.

»Du warst laufen?«, fragte er. »Ich hatte gehofft, du wärst zum Bäcker gegangen.«

Ich ließ mich neben ihn auf den Boden sacken.

»Du hast keine Ahnung, wen ich gerade am Strand getroffen habe.«

Wer mir hinterhergerannt ist.

Ben wartete auf den Rest der Information.

»Den Typen aus der Kneipe.«

»Den du geküsst hast?«, fragte Ben.

»Genau den.«

Ben lachte.

»Was hast du auf seine Frage gesagt, warum du ihn geküsst hast?«

»Das hat er nicht gefragt.«

»Worüber hat er dann geredet?«

»Er wollte, dass ich mit ihm frühstücke.«

»Und du hast Nein gesagt.«

»Jetzt will er mich zum Mittagessen abholen.«

»Er kann ja ruhig kommen«, sagte Ben.

Um ein Uhr tippte Sam gegen die Zeltplane und räusperte sich. Er trug immer noch Badeshorts – wahrscheinlich würde er einen Witz darüber machen, dass ich mich sonst nicht an ihn erinnern konnte. In der Hand hielt er einen Korb.

»Hübsch ungemütlich habt ihr's hier«, sagte er. Er streckte Ben die Hand hin.

»Ich bin Sam«, sagte er.

»Ich bin nicht in der Stimmung«, sagte Ben.

»Ooookay.« Sam drehte sich wieder zu mir. »Hunger, Hanna?«

Keine Ahnung, wie ich mich verhalten sollte, aber da musste ich jetzt durch.

Ich nickte und stand auf. Ben auch.

»Gehst du schwimmen?«, fragte Sam. »Das Wasser ist noch ziemlich kalt.«

»Ich komme mit«, sagte Ben.

»Zum Strand?«, fragte ich.

»Zum Essen«, sagte Ben.

Sam schaute von Ben zu mir.

Ich zuckte die Achseln.

»Also gut. Dann essen wir eben hier.«

Sam stellte den Korb ab. Er zog den Reißverschluss langsam auf, als hoffte er, dass Ben es sich noch einmal anders überlegte, holte eine Picknickdecke heraus und breitete sie auf dem Schotter des Parkplatzes aus. Dann stellte er zwei Teller hin und teilte zweimal Besteck aus. Er hatte sogar gefaltete Servietten dabei.

»Danke«, sagte Ben und setzte sich vor den einen Teller.

Sam kniff die Lippen zusammen und stellte eine Schüssel auf die Decke.

»Spaghetti Tomate-Mozzarella«, sagte er.

»Danke«, sagte Ben. »Es sieht *köstlich* aus.«

Ich warf Ben einen Blick zu, aber er kam nicht an.

Sam schaufelte Nudeln auf die zwei Teller und dekorierte meine Spaghetti mit einem Basilikumblatt.

»Guten Appetit«, sagte er, die Hände in den Hosentaschen zu Fäusten geballt.

»Danke«, sagte Ben und drehte Nudeln auf die Gabel.

Was sollte ich machen? Ich wollte Ben nicht vor Sam anschnauzen. Und ich wollte Sam nicht das Gefühl geben, dass ich es in Ordnung fand, was Ben hier abzog.

Ich hielt Sam meine Gabel hin, aber er schüttelte den Kopf.

Sam sah zu, wie Ben und ich das Essen aßen, das für Sam und mich gemacht worden war.

Es war die unangenehmste Situation aller Zeiten.

Unnötig zu sagen, dass niemand etwas sagte außer Ben.

Er schlürfte die letzte Nudel in den Mund.

»Mann, das war gut«, sagte Ben. »Du kannst wirklich kochen.«

Sam zog mir den Teller weg, obwohl ich noch nicht fertig war.

Er stapelte die Teller und warf Bens Besteck in den Korb. Sachte legte ich mein Besteck dazu. Messer und Gabel schob ich ganz gerade nebeneinander, als könnte Sam so sehen, dass es mir leidtat. Wir standen auf, damit er die Decke zusammenfalten konnte. Er knüllte sie zusammen und klemmte sie unter den Arm.

»Tschüss«, sagte er und lief zum Strand.

»Du bist ein Arschloch«, sagte ich zu Ben.

»Was denn? Du wolltest nicht mit ihm essen, und jetzt nervt er dich auch nicht mehr.«

»Wie kamst du auf die Idee, ich würde das nicht wollen?«

Ich rannte Sam hinterher. Er lief wirklich schnell, Stechschritt. Dann verschwand er hinter einer Biegung, und ich verlor ihn für einen Augenblick aus den Augen.

»Stopp, warte mal.«

Es war die Situation von heute Morgen, nur umgekehrt.

Sam lief weiter. Ich rannte, bis ich ihn eingeholt hatte.

»Sorry, okay?«

»Schon klar. Die Botschaft ist angekommen.«

»Das Essen war wirklich gut«, sagte ich.

»Ich richte es meiner Mutter aus.«

»Ich dachte, du hast gekocht«, sagte ich.

»Ja, genau. Als könnte ich kochen.«

»Kommst du wieder?«, fragte ich.

Sam blieb stehen.

»Normalerweise mache ich mir keine Mühe«, sagte er. »Du hast mich in der Bar einmal verarscht, das war interessant. Aber jetzt wird es langweilig, und du bist nur noch das Mädchen mit dem eifersüchtigen Typen, der die Sache nicht gebacken bekommt.«

»Heißt das, du bist gar nicht der süße Typ mit den kitschigen Ideen?«, sagte ich.

»Nein. Ich bin ein notorischer Aufreißer, der frauenfeindliche Witze erzählt und keine Manieren hat.«

»Okay. Ich bin jemand, der Angst hat, an einem einsamen Strand angequatscht zu werden oder dann mit der Person zu essen. Ich bin nicht das Mädchen, das Fremde küsst«, sagte ich. Ich sah ihn an. Sein Blick war vermauert. »Aber vielleicht wäre ich das gerne.«

Seelenstriptease-nackt. Sam musterte mich, und dann weichten seine Mundwinkel auf.

»Ich verstehe den philantropischen Gedanken dahinter. Wir brauchen mehr Frauen, die Unbekannte küssen«, sagte er. Genau die flapsige Art, mit der ich gut konnte.

»Und mehr Jungs in engen Shorts«, sagte ich.

»Du weißt, dass ich die Shorts nur für dich angezogen habe?«

»Ach, wirklich?«

»Heißer Junge, halb nackt. Die Nummer zieht meistens.«

Ich lächelte. »Normalerweise kommst du ganz nackt?«

Sam grinste.

»*Die* Nummer zieht immer.«

»Schön, dich kennenzulernen, Sam«, sagte ich und gab ihm die Hand.

Er schüttelte sie. Sam stellte den Korb ab und breitete die Decke für uns aus.

»Setz dich.«

Er holte zwei kleine Schälchen aus dem Korb und dazu zwei Löffel.

»Es gibt noch Nachtisch?«, fragte ich.

»Natürlich gibt es Nachtisch«, sagte Sam. »Aber du glaubst doch nicht, dass ich den Arsch meine Panna cotta fressen lasse!«

Ich musste lachen, richtig heftig.

Wir löffelten die Panna cotta. Die Erdbeeren für die Soße mussten frisch aus dem Garten sein. Ich kratzte den letzten Rest mit dem Löffel weg, dann nahm ich den Finger.

»Du musst nicht auf lecker machen«, sagte Sam. »Ich bin nicht mehr böse.«

»Es ist lecker«, sagte ich.

Sam lächelte. Er packte die Schälchen und die Löffel wieder weg.

»Was hast du dir für danach überlegt?«, fragte ich.

»Das wusste ich nicht so genau. Es ist anders als sonst, weil wir uns schon mal geküsst haben, aber ich kann nicht an diesen Moment anknüpfen, weil es kein richtiger Kuss mit Anpirschen, Annäherung und so weiter war. Den Kuss-Schritt einfach so zu überspringen geht auch nicht, das wäre etwas zu extrem, sogar für jemanden, der in Kneipen einfach Männer küsst.«

»Du hast das in Schritte eingeteilt?«, sagte ich.

»Äh ... ja. Ich neige zum Über-Analysieren.«

»Und welche Aktionen hättest du dann eingeleitet?«

Sam seufzte.

»Ich bin wie der Magier, der vor der Vorstellung seine Tricks verrät.«

»Wenn man bedenkt, wie das Essen gelaufen ist, bist du wie der Magier, dessen Kaninchen im Hut gegrillt wurde, bevor er es herausziehen konnte.«

Sam seufzte. »Der nächste Schritt wäre die Pilz-Story«, sagte Sam. »Und jetzt muss ich sie dir natürlich erzählen.«

Er begann. »Okay. Ich hab ein Auslandsjahr in Kanada gemacht. Genauer gesagt in Vancouver. Ich habe bei einer guten Gastfamilie gewohnt, aber der Sohn – er war so alt wie ich – hatte ein paar krasse Freunde. In den Ferien sind sie immer alle zelten gefahren, und ich bin natürlich mit. Da waren keine

Erwachsenen, und man konnte sich nach Herzenslust betrinken. Beziehungsweise Pot rauchen. Ich wollte auch mal, aber ich hab's nicht gemacht, weil man als Austauschschüler richtig heftige Auflagen hat, und wenn die mich erwischt hätten, hätte ich schneller im Flieger gesessen, als die ›bekifft‹ sagen konnten. Na ja. Ferien um Ferien gingen dahin, und in der Woche, bevor ich sowieso heimgeflogen bin, dachte ich mir: Was soll's?

Wir sind also wieder im Zeltlager, sitzen ums Lagerfeuer, trinken den Fusel, den sie in den Schlafsäcken an ihren Eltern vorbeigeschmuggelt haben, und ich sage so: ›Okay, lasst uns was rauchen.‹

Wir zünden einen Joint an, und ich inhaliere das Zeug richtig tief, wie ich es bei den anderen gesehen habe. Natürlich huste ich alles wieder raus. Also noch einmal. Und noch einmal. Die anderen wollen mir das Ding abnehmen, aber ich will ihnen unbedingt zeigen, dass ich richtig rauchen kann.

Das klappt dann auch ganz gut. Nur, was die Vollidioten mir nicht gesagt haben, war, dass sie an diesem Abend kein Pott dabeihatten, sondern nur Pilze. Und Pilze sind eine komplett andere Geschichte. Als würdest du in einen Disneyfilm gehen und es würde SAW in Zeichentrick laufen.

Es dauerte eine Weile, und dann fing es an. Die Flammen waren wunderschön. Wie Wellen. Die Gischt spritzte aus ihnen, und die Farben waren total irre. Mein Gastbruder schwört, dass sie mich davon abhalten mussten, ins Lagerfeuer zu fassen. Und das Gras, es hat sich gebogen und gewogen – es war der Wahnsinn. Wenn ich Pilze genommen hätte und ich würde dir gegenübersitzen, würden deine Haare so gehen.«

Er nahm eine meiner Haarsträhnen und machte damit kleine Wellenbewegungen neben meiner Wange. Seine Finger berührten immer wieder meine Haut.

»Kein Erwischtwerden? Keine Pointe?«, fragte ich mit rauer Stimme. »Das ist die ganze Geschichte?«

»Fast«, sagte Sam und spielte weiter mit meinen Haaren. Er nahm mit der freien Hand eine Strähne auf der anderen Seite. An den Haaren zog er mein Gesicht ganz langsam nach vorne. Seine Hände legten sich um meine Wangen. Er hielt mein Gesicht in seinen Händen, Millimeter von seinem entfernt. Ich spürte seinen Atem auf meiner Haut. Mein Herz schlug schnell.

»Und ist das der Moment, in dem du mich küsst?«, flüsterte ich.

»Ganz genau.«

Er hielt mein Gesicht immer noch.

»Bei wie vielen Mädchen hat das schon geklappt?«, fragte ich.

»Du ruinierst den Moment.«

Er ließ die Haarsträhnen aus seinen Fingern gleiten. Wir rutschten ein Stück auseinander.

Ich sagte: »Auch wenn du in Wirklichkeit nicht der Typ dafür bist, hättest du mich gerade fast auf einer Picknick-Decke vor dem Meer geküsst. Das ist kitschig.«

»Und du sagst, du hast Angst, und trotzdem lässt dich das hier kalt.«

Er hatte recht: Eigentlich würde ich mit so etwas überhaupt nicht klarkommen. Was war los?

»Ich glaube, das liegt an der Tatsache, dass ich dich schon geküsst habe. Alles, was ich in Bezug auf dich gemacht habe, war mutig, also zieht sich das vielleicht durch.«

»Willst du sagen, sonst hätte ich dich leichter herumgekriegt?« Ich grinste. »Ich fürchte, ja.«

»Verdammt.«

Sam flippte einen Stein ins Wasser. Er ging direkt unter.

»Und auch das war wieder sehr beeindruckend«, sagte er.

»Es ist logisch, dass es bei Wellen nicht funktioniert«, sagte ich.

»Aber wenn es funktioniert hätte – wie genial wäre das dann gewesen?«

»Du musst nicht versuchen, mich zu beeindrucken«, sagte ich.

»Das ist frustrierend«, sagte Sam. »Wenn die Pilz-Story funktioniert, und das heißt immer, werfen sich die Mädchen auf mich. Es ist lebensgefährlich, wirklich.«

»Ach so. Ich hätte mich auf dich werfen sollen? Das musst du bloß sagen.«

»Okay. JETZT!«

Ich rollte mich über ihn und drückte seine Arme mit meinen Knien nach unten.

»Wow«, sagte Sam. Er wehrte sich nicht. »Das ist schon wieder eine ziemlich aufgeladene Situation.«

»Du provozierst das einfach«, sagte ich.

»Kannst du bitte wieder von mir runtergehen?«

Ich tat es.

Sam klopfte sich den Sand vom Rücken. »Du schuldest mir ein Essen«, sagte er.

»Morgen, zwei Uhr?«

»Geht klar.«

Wir standen auf und wussten nicht, wie wir uns verabschieden sollten. Er seufzte. »Bis morgen, Hanna.«

»Ciao, Sam.«

Ben schwamm so weit draußen, dass ich ihn fast nicht entdeckte. Erst hatte ich keine Lust, überhaupt mit ihm zu reden, aber wir schliefen in einem Zelt, also setzte ich mich und wartete auf ihn. Ich schob den Sand vor mir zu einem Haufen zusammen. Die obere Schicht war hell, darunter war der Sand dunkel und feucht. Feine Körner blieben unter meinen Fingernägeln hängen. Als Kind hatte ich das bestimmt auch gemacht. Der Sand war der gleiche geblieben, aber meine Hände waren jetzt groß, so wie ich groß war, und der Sand würde noch hier sein, wenn meine Hände nicht mehr da waren.

Ben kam aus dem Meer. Wasser rann von seinen Haarsträhnen. Sein Fuß war ohne Verband. Er lief an mir vorbei, ohne mich anzusehen. Die ersten Schritte lang hinterließen seine Füße dunkle Abdrücke. Seine Füße waren auch groß geworden.

Ben rubbelte sich mit einem Handtuch ab. Es sah aus, als wollte er seine oberste Hautschicht entfernen. Er war immer noch wütend.

Ich aber auch. Und das wurde nicht besser, wenn er jetzt pampig war.

»Was ist dein Problem?«, fragte ich.

Ben breitete das Handtuch auf der Motorhaube des Fiats aus und drehte sich zu mir um.

»*Mein* Problem?«, fragte er.

»Ja.«

»Sag doch erst mal Danke.«

»Wofür?«

»Ist das dein Ernst?«, fragte Ben.

»Du könntest mit einer Entschuldigung anfangen, dafür, dass du das Essen ruiniert hast.«

»Du wolltest nicht, dass er kommt. Ich vertreibe ihn. Du läufst ihm hinterher. *Ich* entschuldige mich für gar nichts.«

»Ich habe nie gesagt, dass ich nicht will, dass er kommt.«

»Wolltest du es?«, fragte Ben.

»Nein, aber –«

»Hast du deswegen rumgejammert?«

»Schon, nur –«

»Bitte. Ein alltägliches Hanna-Problem. Man muss dir die Gedanken vom Gesicht ablesen, aber wenn man es macht, ist es falsch.«

»Dann frag mich einfach.«

»Als würdest du über deine Angst reden.«

»Wenn ich gewollt hätte, hätte ich ihn auch selbst loswerden können.«

»Dann schrei mich doch an«, sagte Ben. »Mach doch irgendetwas, statt die Arme vor der Brust zu verschränken und kein bisschen Platz in der Welt einzunehmen.«

Ich schluckte die Tränen runter. »Willst du mir was sagen, Ben?«

»Es kotzt mich an, nicht machen zu können, was ich will, weil ich Angst habe, wie du reagierst oder ob du es packst.«

»Weißt du, was mich ankotzt? Dass du ständig Entscheidungen für mich triffst. Ich kann reden.«

»Das hast du dann aber gemacht, bevor du ihn geküsst hast«, sagte Ben.

»Worum geht es gerade?«

»Vergiss es«, sagte Ben.

Er ließ das Handtuch auf den Boden fallen, stieg ins Auto und fuhr weg.

Was war das wieder gewesen?

Vielleicht passte Sams Beschreibung und Ben war ›der eifersüchtige Typ, der die Sache nicht gebacken bekommt‹. So hatte ich das bisher nie gesehen, und bei dem Gedanken, dass er mich so gerne mochte, wurde mir ein bisschen warm.

Aber dann war da noch der ganze Teil, den ich nicht verstand. Wann hatte Ben sich denn nach mir gerichtet? Mein Gott, er hatte mir nicht mal gesagt, wohin wir fahren würden. Das war ein Komm-mit-und-stell-keine-Fragen-oder-lass-es.

Aber er schien so überzeugt davon – als würde er an eine Sache denken, über die er schon oft nachgegrübelt hatte. Aber wann sollte das gewesen sein? Mir fiel nichts ein: Ben hatte schon immer gemacht, was er wollte.

Ich hatte keine Ahnung, was für ein Problem er dieses Mal hatte, aber ich hatte auch keine Lust, es herauszufinden.

Ben kam nicht wieder.

Auch nicht, als es schon dunkel wurde.

ZEHN

Ich aß von dem Toast, der zum Glück im Zelt gelegen hatte, putzte Zähne und legte mich auf meine Luftmatratze.

Mir war bewusst, dass mich nur eine dünne Schicht Plastik von jeder Geschichte trennte, die ich je über Vergewaltiger gehört hatte. Man brauchte dieses Zelt nicht einmal aufzuschlitzen – man konnte einfach den Reißverschluss aufziehen. Erst die äußere Plane, dann das Insektenschutznetz. Nur ein fahles Gesicht in einem Schlafsack würde ich sein. Ohne Möglichkeit wegzurennen. Schreien war sinnlos, hier lebte ja niemand. Ich zog den Reißverschluss des Schlafsacks bis nach oben. Als würde das irgendetwas nützen.

Ich hätte gerne ein Messer gehabt, aber das Besteck war im Auto. Deshalb krabbelte ich noch einmal aus dem Zelt und tastete nach einem spitzen Stein, der gut in der Hand lag. Meine Finger zitterten, und es dauerte, bis ich einen passenden fand, denn ich wollte kein Licht machen. Jemand könnte mich sehen. Jemand könnte plötzlich aus der Dunkelheit nach mir greifen. Vielleicht war schon jemand – da! Ich zuckte zusammen. Was war das für ein Geräusch? Ich krabbelte zurück ins Zelt, zog beide Reißverschlüsse zu, legte mich wieder in meinen Schlafsack und lauschte.

Die Geräusche von draußen hörte ich verstärkt, aber im Zelt war es viel zu leise.

Natürlich: Außen zirpten die Heuschrecken, und das Meer rauschte heran und wieder weg. Aber im Zelt fehlten Bens Atem und die Geräusche, wenn er sich nachts aus dem Schlafsack wühlte.

Ben wusste genau, wie viel Angst ich hatte. Wie konnte er mich auf diese Reise mitschleppen und mich dann alleine lassen?

War das wieder eine Aufgabe, die er sich ausgedacht hatte, ohne mich zu fragen?

Der Mistkerl.

Der beschissene Mistkerl.

Es war jetzt vollkommen dunkel. Ich hatte nicht einmal mein Handy zum Leuchten. Ich gewöhnte mich auch nicht an die Dunkelheit – es wurde nur schlimmer, weil mein Kopfkino angesprungen war, das sich alle Arten ausdachte, wie ich gefunden werden könnte, tot, aufgeschlitzt, ohne Kopf.

Meine Hand war fast taub vom Umklammern des Steines.

Ich weinte ohne ein Geräusch. Nur Tränen.

Ich schlief immer wieder ein, aber nie für lange. Mehrmals wachte ich auf, ohne Sinn für die Zeit, die vergangen war und die mich noch vom Morgen trennte. Meine Armbanduhr war nutzlos ohne Licht.

Irgendwann wurde ich wach, und mein Schlafsack schimmerte blau.

Morgen!

Meine Hand war verkrampft, und mein Körper fühlte sich steif an von der Anspannung. Ich zerrte die Reißverschlüsse auf und krabbelte aus dem Zelt. Der Kies pikste mir in die Fußsohlen, weil ich barfuß war. Das Licht zeichnete meine Haut weich. Überhaupt: Licht!

Ich hatte die Nacht allein überstanden, in einem Zelt, an einem Ort, wo ich niemanden kannte. Obwohl die Angst mich fast verschluckt hätte. Nacht. Allein. Zelt. Wo war sie hin, die Angst? Sie war mit der Dunkelheit verschwunden, ganz plötzlich. Zurück blieb eine knochentiefe Erschöpfung und … ein lautloses Summen: Es fühlte sich an, als würde mein ganzer Körper auf niedriger Frequenz vibrieren.

Die Insekten waren völlig still, als ich den Sonnenaufgang beobachtete. Der Wind streichelte mir über die Haare. Er schmeckte nach Salz und kühler Luft.

Mein Körper fühlte sich leicht an wie ein Heliumballon.

Jeden Tag mussten sich auf der Welt Menschen so fühlen. Die die Sonne nicht wegen ihrer Wärme liebten oder wegen ihrer Schönheit, sondern nur, weil sie das Ende der Nacht bezeugte.

Wo Ben wohl geschlafen hatte?

Es war mir relativ egal.

Und dann kam mir ein neuer Gedanke: Wenn er vielleicht schon wieder zu Hause war? Für einen Moment setzte mein Atem aus, dann drehte sich mein Gedankenrad umso schneller.

Ich hatte noch das Geld. Wenn ich wollte, konnte ich mit dem Zug zurückfahren.

Wollte ich das?

Irgendwie konnte ich mir nicht vorstellen, dass Ben mich wirklich allein gelassen hatte.

Also gut. Bis heute um vier würde ich warten, dann würde ich die Sachen zusammenpacken und irgendwie zum nächsten Bahnhof kommen. Die Nacht würde ich dann an einem Bahngleis verbringen, aber wenigstens nicht alleine in einem Zelt im Nirgendwo.

Was wollte ich bis um vier machen?

Laufen gehen? Lesen? Essen?

Verdammt, essen. Sam würde später kommen, und ein Toastbrot war alles, das ich ihm anbieten konnte.

Irgendwo in diesem Dorf musste es doch einen kleinen Laden geben.

Ich zog mich an und ging Richtung Marktplatz.

Die alte Verkäuferin aus der Bäckerei half mir weiter. Ich hatte das Gefühl, dass ihr Chloés Auftritt immer noch peinlich war. Sie zeigte mir einen Nebenraum, wo in schmalen Holzregalen einfache Dinge wie Nudeln, Reis und Dosengemüse standen.

Ich kam mit einer Papiertüte beladen zum Parkplatz zurück.

Ben war da. Er saß im Schatten des Autos auf dem Boden und lehnte mit dem Kopf an der Tür. Als er meine Schritte hörte, öffnete er die Augen. Sie waren blutunterlaufen.

»Hey«, sagte er.

Ich stellte die Tasche neben dem Campingkocher ab.

»Kannst du herkommen?«, fragte er.

Ich drehte mich mit verschränkten Armen zu ihm um.

»Bitte keinen Streit«, sagte er.

»Keinen Streit?« Ich musste die Arme öffnen, weil meine Hände so stark zitterten. Die Wut schien sich in meinen Fäusten zu ballen. »Ich hatte so schlimm Angst wie noch nie!«

»Es tut mir leid.«

»Warum machst du so was?«

Ben presste die Fäuste auf die Augen. »Kannst du dich einfach neben mich setzen?«

»Nein, kann ich nicht. Du hast es immer noch nicht verstanden.«

»Du hattest eine Scheißnacht. Du hast dich einsam gefühlt. Das verstehe ich sehr gut.«

Nein. Er hatte überhaupt nichts verstanden. Ich hatte nicht schlecht geschlafen, weil ich einen Albtraum hatte oder so – *die Nacht* war der Albtraum.

»Warum bist du dann nicht gekommen?«, fragte ich.

Ben nahm die Hände von den Augen. Tränen standen darin. Er machte eine Geste, ließ sie aber in der Luft fallen. So hatte ich ihn noch nie gesehen.

Ich setzte mich neben ihn in den Kies und streckte eine Hand nach ihm aus. Bis zum Schluss hatte ich das Gefühl, dass er vor meiner Berührung zurückzucken würde. Ich legte meine Hand auf sein Knie.

»Warum bist du nicht gekommen?«, fragte ich.

Ben atmete in einem Stoß aus. Seine Unterlippe zitterte.

»Ich habe Angst«, sagte er.

Tränen rannen seine Wangen hinunter, und ich wollte ihn auffangen, aber er war noch im Fallen, er fiel so schnell und in so vielen Teilen, dass ich ihn nur umarmen konnte, ohne ihn im Mindesten zu berühren.

Ben weinte, und ich war hilflos in meiner Umarmung schräg von der Seite. Mein rechter Arm wollte immer von seiner Schulter rutschen, und er tat nichts, um meine Umarmung zu erwidern. Welche Angst konnte so groß sein, dass Ben weinen musste? Ben, der Furchtlose. Ben, der Mutige.

Die Tränen kamen in Wellen, und dann verebbten sie.

»Wovor hast du Angst?«, fragte ich.

»Ich weiß nicht, wie ich es sagen soll.«

»Du fängst mit dem schrecklichsten Gedanken an. Danach ist alles ganz einfach.«

»Ich glaube nicht, dass du meine Angst ertragen kannst«, sagte Ben.

Es war nichts Schlimmes an diesem Satz. Er war nur schwer, weil er all die Sätze mit sich trug, die nach ihm gesagt werden mussten.

»Und deswegen waren wir beide diese Nacht allein und hatten Angst? Ben, du musst darauf vertrauen, dass ich deine Angst aushalte. Es ist furchtbar einsam dort draußen.«

»Ich weiß.«

Wir saßen.

Er legte seinen Arm um meine Schulter, und ich legte den Kopf darauf. So machte man das mit der Angst: Man redete, bis sie in ihr Loch zurückkroch. Man hielt sich gegenseitig fest, um sich zu versichern, dass der andere da war. Und man rutschte ganz nah an seinen besten Freund heran und blieb lange so sitzen und spürte seine Wärme durch das T-Shirt und roch, dass sein Deo aufgegeben hatte, und gab ihm die eigene Wärme und den eigenen Mief zurück.

Ich fühlte mich ihm nah, aber mir war bewusst, dass wir nicht direkt über seine Angst gesprochen hatten, und auch nicht darüber, wo er gewesen war. Wieder nicht. Wovor fürchtete er sich? Warum hatte ich das Gefühl, dass es schlimmer wurde? Ich fragte nicht – die Angst war gerade erst vertrieben worden. Stattdessen lehnte ich mich noch mehr an ihn und sagte:

»Sam kommt zum Mittagessen. Kannst du ihn heute bitte nicht vertreiben?«

»Isst der auch mit?«, fragte Sam mich, als er Ben vor dem Campingkocher sitzen sah.

»Jap. Und wir haben nur zwei Geschirrsets. Aber keine Angst, du kriegst ein eigenes.«

»Danke schön«, sagte Sam. »Von ganzem Herzen danke schön.«

Er setzte sich auf die andere Seite des Kochers.
Ben streckte ihm die Hand hin. »Hi, ich bin Ben.«
»Sam.«
Sie schüttelten sich die Hand.
Das lief schon wesentlich besser als letztes Mal.
Ich füllte die zwei Teller. Ben und ich teilten uns einen – er aß mit dem Löffel, ich mit der Gabel.

»Und, was hast du heute schon so gemacht?«, fragte Ben. »Mädchen am Strand hinterhergerannt?«

»Das mache ich nur an Wochentagen, die mit D anfangen. An Wochentagen mit M renne ich Jungs hinterher«, antwortete Sam.

Ich verbarg mein Lächeln hinter einer Gabel Reis. Sam schlug sich gut.

Der Rest der Zeit verging mit mehr oberflächlichem Gerede und Schweigen. Schließlich stapelten wir das Geschirr zusammen.

»Was macht ihr heute noch so?«, fragte Sam.

»Ben müsste noch mal ins Krankenhaus zur Nachsorge«, sagte ich. Schließlich war er schon viel zu früh wieder im Wasser gewesen.

»Ich würde den Fiat lieber stehen lassen«, sagte Ben. »In der Anzeige blinken ein paar komische Lämpchen. Und wir müssen damit noch nach Hause kommen.«

»Wann fahrt ihr denn wieder?«, fragte Sam.

Ben zuckte die Achseln.

»Okaaay.« Sam sah kurz orientierungslos aus, dann sagte er: »Am besten, ich gebe euch mal meine Nummer.« Er holte sein Handy aus der Tasche.

Subtext: Ruf mich an, bevor ihr geht.

Ich schrieb seine Nummer auf die letzte Seite des Buches von E. E. Cummings.

»Ich wüsste, wie ihr auch ohne Auto in die Stadt kommt«, sagte Sam.

Er wählte einen Anrufer aus. Ich hörte das Freizeichen.

»Hi, Chloé. – Ja, es gibt einen Grund, warum ich mich nach so einer Ewigkeit wieder melde. – Also, zwei Leute, die du schon getroffen hast, bräuchten eine Mitfahrgelegenheit in die Stadt. Fährst du heute? – Okay, klar. Ich schick sie dir vorbei.«

Er legte auf.

»Chloé nimmt euch mit.«

Ich schätzte mal, es gab nur eine Chloé im Dorf. Ben dachte dasselbe.

»Woher kennst du sie?«, fragte Ben.

»Das ist ein Dorf, hier kennt jeder jeden«, sagte Sam, aber es klang nicht überzeugend. Er beschrieb uns den Weg zu Chloés Haus.

»Okay, dann packe ich es mal wieder«, sagte Sam. »Und ihr solltet auch zu Chloé. Sie ist nicht der geduldige Typ.« Er schaute mich an. »Danke für das Essen.«

Was war jetzt der Subtext?

Als Sam gegangen war, fragte ich: »Und was ist der echte Grund, warum du den Fiat nicht nehmen willst?«

»Ich will nicht, dass ihn jemand erkennt.«

»Was hast du gestern Nacht gemacht?«

»Ich war sprayen.«

Ich biss mir auf die Lippen, damit der Vorwurf nicht hindurchschlüpfte. Es war schon dumm zu sprayen, aber noch dümmer war es, zu sprayen, wenn man im selben Ort blieb.

»Ich weiß, ich weiß«, sagte Ben. »Wir können auch wegfahren.«

Mir gefiel es hier aber ganz gut.

»Lass uns erst mal zur Nachsorge gehen«, sagte ich.

Wir liefen los, über den Marktplatz, durch die Gassen. Bis neben die Kirche brauchten wir knapp fünf Minuten und dann noch mal ein bisschen, bis wir Chloés Haus mit dem kleinen Vorhof gefunden hatten.

Wir betraten das Grundstück.

Erst hörten wir ein Bellen, dann kam der Hund auch schon auf uns zu geschossen und sprang mich an. Auf die Hinterbeine gestellt reichte er mir fast bis zur Schulter. Reflexartig ging ich einen Schritt rückwärts, Ben schob sich vor mich.

»MAFIA!«, brüllte eine Stimme. Der Hund ließ von mir ab und lief schwanzwedelnd um die Ecke zurück. Er war wie ein kleines Kind, das eine Vase umgeschmissen hatte und jetzt sein »Was, ich? Ich war das doch nicht«-Gesicht aufsetzte.

Chloé hatte die blonden Haare zu einem unordentlichen Knoten geschlungen. Die Motorhaube eines alten VW-Cabrios war geöffnet, in der Hand hielt sie den Schraubenzieher. Sie schimpfte auf Französisch mit dem Hund, dann klappte sie die Motorhaube zu und drehte sich zu uns um.

»Nur dass es keine Missverständnisse gibt. Ich leihe euch das Auto nicht. Ich habe es gerade erst repariert und habe keine Lust, es gleich wieder tun zu müssen. Aber ich muss sowieso in die Stadt, und ich habe kein Problem, euch mitzunehmen, wenn ihr mir das Benzin bezahlt.«

Sie schenkte uns ein Haifischlächeln.

»Gebongt«, sagte ich.

Chloé klappte den Fahrersitz nach vorne und bedeutete mir ungeduldig, auf die Rückbank zu klettern. Bevor sie den Sitz wieder nach hinten klappte, verschwand sie kurz hinter dem Auto und kam mit dem schwarzen Hund auf dem Arm wieder zurück. Er war ziemlich groß und ziemlich schwer, aber sie setzte ihn trotzdem vorsichtig in den hinteren Fußraum. Ich rutschte etwas weiter zum Fenster.

Sie gab Ben ein Zeichen, auf den Beifahrersitz zu steigen, und schmiss sich dann auf den Fahrersitz. Das Verdeck war eingeklappt und die Fensterscheiben heruntergekurbelt.

Chloé hatte einen Fahrstil, bei dem man nie vergaß, sich anzuschnallen.

Eigentlich sahen die Gassen zu eng aus, als dass ihr Auto überhaupt durchpassen könnte, aber sie raste offenbar sorgenlos Richtung Marktplatz und hupte kräftig, als ihr ein spielendes Kind fast vor die Kühlerhaube lief.

An ihrem Rückspiegel baumelte eine Mini-Sexpuppe.

Der schwarze Hund streckte seine Pfoten noch ein Stückchen mehr in meine Richtung. Weiter als bis zur Tür konnte ich nicht von ihm wegrutschen.

Während der Fahrt beugte Chloé sich über Ben, kramte aus dem Handschuhfach eine Sonnenbrille und zündete sich danach eine Zigarette an. Der Wind blies genauso stark wie gestern, aber heißer. Chloés Duft wehte mir in die Nase, wild und ein bisschen samtig. Über den Rückspiegel beobachtete sie mich.

»Du brauchst keine Angst vor Mafia zu haben«, sagte sie. »Wenn sie Auto fährt, ist sie ganz zahm.«

Sie schob eine Hand nach hinten und kraulte Mafia hinter den Ohren. Die Hündin schleckte ihr über die Hand und schloss die Augen. Ich saß etwas entspannter.

»Kannst auch mal streicheln, wenn du magst«, sagte Chloé und sah mich im Spiegel mit einem Blick an, der schon auf eine Ausrede wartete.

Ich hatte alleine in einem Zelt geschlafen, ich konnte wohl einen Hund streicheln.

Auch wenn er vermutlich biss. Und die Tollwut hatte.

Ich streckte die Hand aus und strich Mafia über den Kopf.

Ihr Fell war nicht so drahtig, wie es aussah. Sie hatte einen kleinen Haarwirbel am Kopf.

Chloé musterte mich kurz im Spiegel, bevor sie weiter auf die Straße sah.

»Woher kennst du Sam?«, fragte Ben.

»Wir hatten einen gemeinsamen Freund«, sagte Chloé. Nicht ganz Sams Antwort.

Wir verließen das Dorf. Der Wagen schoss die Landstraße hoch.

»Was musst du eigentlich besorgen?«, fragte ich in die Pause hinein.

»Zigaretten.«

»Beim Bäcker gibt es welche«, sagte ich.

»Ja, stimmt. Warum ist mir das in all den Jahren, die ich meinen Großvater schon besuche, noch nie aufgefallen?«, sagte Chloé und verdrehte die Augen. Sie konnte das so richtig, dass man das Weiße darin sah. »Aber dort werden mir leider keine Zigaretten verkauft.«

»Bist du nicht schon längst achtzehn?«, fragte ich.

Chloé zog bei ›längst‹ eine Augenbraue nach oben, antwortete mir aber: »Das zählt nichts. Mein Großvater ist der Bürgermeister von diesem Kaff, und er hat beschlossen, dass ich nicht rauchen darf. Also bekomme ich keine Kippen.«

Der erste Wegweiser, den ich sah, und wir bogen nach rechts ab. Chloé lachte, als der Kies unter den Reifen wegspritzte.

»Apropos Kaff: Was macht ihr freiwillig hier? Seid ihr bescheuert?«

»Ähm ... du wohnst hier«, stellte ich fest.

»Mein Großvater wohnt hier«, meinte Chloé. »Ich bin nur auf Besuch da. Eigentlich wohne ich in Hamburg bei meinem Vater oder manchmal auch bei meiner Mutter in Bordeaux. Ganz sicher würde ich nicht freiwillig in dieser Einöde bleiben.«

Wenn sie nur auf Besuch war, warum hatte sie dann sogar einen Job hier? Aber ich behielt meine Zweifel für mich.

»So schlimm finde ich es gar nicht«, sagte ich.

»Du hast das Meer«, sagte Ben.

Chloés Hände verkrampften sich um das Lenkrad. Vor uns tauchte eine Kurve auf, und für einen Moment hatte ich das Gefühl, dass Chloé die Augen schließen und aufs Gas treten wollte, es katapultiert uns aus der Kurve, wir fliegen, dann der Aufpr... Aber sie riss das Lenkrad im letzten Moment herum.

»Ich. Hasse. Das. Meer«, sagte sie.

Für den Rest der Fahrt herrschte Schweigen.

Chloé bremste vor der Zufahrt zum Krankenhaus, wo sie uns in einer Stunde wieder abholen würde.

Ben brauchte ein bisschen Zuspruch, bevor er sich tatsächlich anmeldete, aber dann saßen wir im Wartezimmer mit zwei Kindern, deren Mutter gerade behandelt wurde. Es gab Zeitschriften und einen Fernseher, auf dem *Ice Age 4* lief – zur Freude von Bruder und Schwester, die gebannt zuschauten. Ich hatte den Film schon mit meiner kleinen Cousine im Kino gesehen.

Ben langweilte sich und zwirbelte meine Haare zu Knoten.

»Wenn du jetzt in dieser Szene Manny wärst: Meinst du, du würdest deine Familie wiedersehen?«, fragte ich.

»Vergleichst du mich gerade mit einem tonnenschweren ausgestorbenem Säuger?«

»Was? Manny ist gestorben?«, fragte der klitzekleine Junge neben uns.

»In ein paar Jahren schon«, sagte Ben im Lehrerton. »So wie wir alle irgendwann sterben müssen. Spätestens, wenn die Sonne auf die Erde stürzt.«

»DIE SONNE STÜRZT AUF DIE ERDE?«

»Pssssschhht«, zischte seine Schwester. »Ich will hören, was Sid sagt.«

»Aber, aber, die Sonne stürzt auf die Erde«, sagte der Junge leiser.

Das Mädchen zuckte die Achseln.

Ben lachte leise. »So läuft es im Leben.«

Na toll. Ben hatte ein Kind traumatisiert. Ich lehnte mich zu dem Jungen und flüsterte ihm ins Ohr: »Das mit der Sonne passiert erst in Millionen Jahren. Keine Angst.«

Der Junge nickte langsam und drehte sich wieder zu dem Film. Ganz überzeugt schien er nicht zu sein, aber da kam auch schon seine Mutter aus dem Behandlungszimmer, und die Kinder begannen herumzuquengeln, um den Film fertigschauen zu können, während wir hineingerufen wurden.

»War das nötig?«, fragte ich Ben.

»Es ist die Wahrheit«, sagte er.

»Kein Grund, sie einem Sechsjährigen aufzubürden.«

Dann verschwand sein Grinsen, weil der Arzt in den Raum kam.

ELF

Bens Sorgen waren völlig unbegründet – die Fäden mussten nicht einmal gezogen werden, weil sie sich selbst auflösten. Einen neuen Verband hatte er auch bekommen, selbst wenn er den sowieso zu früh abmachen würde, um wieder zu schwimmen. Langsam liefen wir zurück zur Straße. Es wurde schon dunkel.
Eine Stunde war um, und Chloé war noch nicht da.
Wir warteten.
Ben steckte mir ein Gänseblümchen ins Haar.
Das Cabrio sprintete um die Kurve.
Chloés Gesicht steckte hinter einer großen pinken Kaugummiblase.
»Steigtschonein«, nuschelte sie.
Ich klappte den Vordersitz um, um nach hinten zu kommen, und bemerkte die Kaugummis im Fußraum. Eine Hubba-Bubba-Packung war schon leer.
»Ich dachte, du wolltest nur Zigaretten kaufen«, sagte ich.
»Es riecht aber nicht nach Zigaretten«, sagte Ben.
Jetzt roch ich es auch. Da war der Geruch von Rauch, aber nicht von Zigaretten: beißend süßes Gras.
»Vielleicht ist das der eigentliche Grund, warum mein Großvater mir das Rauchen verboten hat«, sagte Chloé.
»Und vielleicht sollte besser ich fahren«, sagte Ben. Er stand

immer noch auf dem Gehweg und machte keine Anstalten einzusteigen.

»Nix da.« Sie ließ den Wagen an. »Entweder ich fahre oder ihr lauft.«

»Ich steige jetzt aus«, sagte ich ganz ruhig.

Ich klappte den Vordersitz vor, aber in dem Moment gab Chloé Gas, und das Cabrio machte einen Hüpfer nach vorne.

Ben sprang vom Wagen zurück.

»BIST DU BESCHEUERT?«, brüllte er.

Er kam wieder näher und half mir mit dem Vordersitz. Wir schafften es, ihn nach vorne zu klappen, und ich streckte schon ein Bein aus dem Rahmen, als Chloé wieder anfuhr. Sie würde mich nicht aussteigen lassen.

»Okay«, sagte Ben. »Ganz langsam.«

Chloé kicherte.

Ben ließ den Vordersitz wieder einrasten, setzte sich und zog die Tür zu. Wir warfen uns einen Blick zu und schnallten uns gleichzeitig an.

Die Straße war zum Glück leer, als Chloé losfuhr. Sie trieb den Motor so hoch, dass ich die Vibration an meinen Füßen spürte.

»Kann ich mir einen Kaugummi nehmen?«, fragte Ben.

Chloé nickte.

Es erleichterte mich schon, dass sie nicht mehr so irre kicherte.

Ben beugte sich in den Fußraum und holte zwei Kaugummis raus. Er reichte mir einen nach hinten.

»Ist Erdbeere deine Lieblingssorte?«, fragte er Chloé.

»Erdbeere ist okay, Himbeere auch. Eigentlich mache ich nur gerne Blasen.«

Wir kamen an die erste Kreuzung und hatten schon wieder Glück. Die Ampel war grün. Wie lange waren wir vorhin durch die Stadt gefahren? Wie viele Kreuzungen mussten wir noch überstehen?

Erst jetzt bemerkte ich Mafia. Sie hatte sich im Fußraum zu einer Kugel zusammengerollt und zitterte. Kein Wunder, dass sie beim Autofahren so zahm war. Der Hund war intelligent.

Ben redete ganz ruhig weiter, aber mir entging nicht, dass er aus den Augenwinkeln den Verkehr beobachtete, und jedes Mal, wenn er sich umdrehte, um mich ins Gespräch einzubinden, schaute er an mir vorbei durch die Heckscheibe.

Wir überlebten:

- *noch zwei Kreuzungen*
- *einen Kreisel*
- *eine scharfe Linkskurve*

Dann waren wir aus der Stadt draußen, und ich war mir plötzlich nicht sicher, ob es außerhalb wirklich besser war. Klar, hier gab es keine anderen Autos, aber Chloé brauchte auch keine anderen Autos, um uns umzubringen.

Der Wind wühlte sich durch meine Haare und erinnerte mich jede Sekunde daran, dass wir immer noch ohne Verdeck fuhren. Wenn wir uns überschlugen, würde uns nicht einmal das Dach schützen.

Ben schrie jetzt gegen den Wind an, um sich mit Chloé zu unterhalten.

»Was ist?« Sie verlangsamte das Tempo, um ihn besser zu verstehen.

»Ich hätte nicht gedacht, dass das Wetter so gut ist«, wiederholte Ben.

»Das Wetter ist nicht gut«, entgegnete Chloé. »Wenn es so heiß ist, gibt es innerhalb einer Woche einen Sturm. Allgemein habt ihr euch keine gute Zeit ausgesucht, um hierherzukommen.«

Eine Kaugummiblase platzte und klebte ihr um den Mund. Sie leckte sich die Fetzen von der Haut.

»Warum ist jetzt keine gute Zeit?«, fragte ich, um mich in das Gespräch einzumischen. Vielleicht fuhr Chloé dann noch langsamer.

Sie überlegte. »Na ja. Wegen Hochsaison und so.«

»Hochsaison? Reden wir über das gleiche Dorf?«, fragte ich.

Ben warf mir einen warnenden Blick zu, aber Chloé bemerkte die Ironie nicht einmal.

»Als ich klein war, war es jeden Sommer voller Touristen. Aber dann ...« Sie machte eine Pause und bereitete eine neue Blase vor. Das Cabrio wurde wieder schneller. Der Wagen schlingerte in der Kurve, Kies spritzte unter den Reifen weg.

»Was dann?«, schrie ich und lehnte mich nach vorne.

Die Blase platzte, und Chloé schnitt eine Grimasse. »Dann habe ich reden gelernt, und schwupps waren sie alle weg.« Sie lachte.

Es klang schrill, aber Ben fiel mit ein und irgendwann auch ich.

»Wie heißt du noch mal?«, fragte sie Ben nach einiger Zeit.

Ihr Blick huschte in seinem Gesicht umher, als würde sie es aufnehmen. Trotz der Geschwindigkeit und der ganzen Verrücktheit war ihr Gesicht weich. Ihre Wimpern waren blond, und wenn ich nur auf die Wimpern schaute, konnte ich mir vorstellen, wie sie als kleines Mädchen ausgesehen hatte. Bildete ich mir das ein, oder hatte sie auf einmal Tränen in den Augen?

»Ben.«

»Ben«, wiederholte sie. Sie spuckte den Kaugummi auf die Straße und fuhr langsamer, schlich fast den Weg entlang.

Vor dem Parkplatz hielt sie an, wir stiegen aus, und sie verschwand ohne ein Wort.

Der Mond spendete fahles Licht, aber ansonsten war der Parkplatz nicht erleuchtet. Dass es auf einmal so dunkel war, fühlte sich seltsam an. Wir standen ganz still da. Ein Teil von mir musste darüber reden, was gerade passiert war. Sich über Chloé lustig machen, aufregen, irgendetwas. Aber wir waren beide dabei gewesen, und wir hatten das Gleiche gesehen.

»Sie hat mir Angst gemacht«, sagte ich.

»Ich weiß«, sagte Ben.

»Danke, dass du mit eingestiegen bist«, sagte ich.

Ben lächelte ganz leicht. »Was hätte ich denn sonst tun sollen?«

Dann kam ihm eine Idee, und er fing an, im Kofferraum zu kramen. Ich leuchtete ihm mit seiner Taschenlampe.

»Was suchst du eigentlich?«, fragte ich.

»Ich hab's gleich. Hier.« Ben drückte mir eine Glasflasche in die Hand. Er schloss den Kofferraum. Das Licht fiel auf die Flasche.

Sekt.

»Was machen wir jetzt damit?«

»Gurgeln. Wach mal auf, was macht man wohl mit Sekt?«

Ben nahm mir die Flasche wieder ab und leuchtete uns mit der Taschenlampe in der anderen Hand den Weg.

Nachts sah alles ganz anders aus. Der Eichenbaum war riesig und warf einen verzerrten Schatten. Ich wollte zum Strand hinunterlaufen, aber Ben schob mich in eine andere Richtung, zu den Absperrbändern.

Es fühlte sich richtig an. Das war unser Strand, wir hatten ihn gefunden.

Der Pfad war schmal, und Ben lief vor mir. Als er an die Stelle kam, an der die Wellenbrecher begannen, hielt er abrupt an.

Die Flut, die wir das letzte Mal erlebt hatten, war heute noch stärker. Sie hatte die Brecher überspült – nur ab und zu schaute noch eine Spitze hervor. Gischt spritzte, das Meer atmete uns salzige Luft entgegen.

»Da muss ein unglaublicher Sog sein«, sagte Ben. Er stand dort, stand nur, und irgendwann setzte er sich auf den feuchten Sand. Die Sektflasche stellte er vor mich.

So saßen wir da, unter uns die Wellen, mit der Feuchtigkeit, die uns in Kleidung und Haare kroch. Die Brandung wirkte wahnsinnig laut.

»Warten wir jetzt auch noch auf den Sonnenaufgang?«, fragte ich.

»Ich hatte nicht erwartet, dass du so schnell sarkastisch wirst«, sagte Ben.

»Es ist ein totales Klischee, am Meer zu sitzen und auf den Sonnenaufgang zu warten.«

Ich nahm die Sektflasche und schüttelte sie. »Mach du sie auf«, sagte ich und hielt sie ihm hin.

Ben zog die Metallkappe ab.

»Und wozu war das jetzt gut?«, fragte er.

»Sektkorken zu verschießen ist auch ein Klischee«, sagte ich. »Wenn wir schon dabei sind.«

Ben löste das Drahtgeflecht, und der Korken flog übers Wasser, bis er mit einem kleinen Spritzer in die Gischt eintauchte.

Sekt schäumte über unsere Hände, und ich wusste nicht, woher das Prickeln kam – von den Sektperlen oder von unserer Berührung, aber ich fühlte mich auf einmal leicht, so leicht.

Wir tranken den Schaum direkt vom Flaschenhals weg.

Es dauerte ein bisschen, bis sich meine Gedanken wieder beruhigt hatten und ich meinen Tonfall wiederfand.

»Gläser?«, fragte ich.

»Wir könnten die Tassen holen«, sagte Ben.

»Auf einmal Sektgläser dabeihaben. Ein Klischee, das wir vermieden haben. Darauf einen Toast.«

Ich setzte die Flasche an und trank einen großen Schluck.

Als ich absetzte, schaute Ben mich an. Es war einer dieser Blicke, bei denen ich meine zweifelnden Gedanken für einen Moment zur Seite schieben und mich sehen konnte, wie Ben mich sah. Und in dem Blick fühlte ich mich stark.

»Was?«

»Ich hätte nur gerne meinen Zeichenblock.«

»Es ist ziemlich dunkel«, sagte ich.

»Hell genug«, sagte Ben. Seine Stimme war rau.

Mir war klar, was ich tun musste, wenn diese Nacht wirklich ein Klischee werden wollte. Ich musste mich nur nach vorne beugen. Über ein paar Brocken Sand hinweg. So weit nach vorne, bis ich Bens Atem atmete.

Es war alles so nah und so möglich.

Aber ich tat es nicht.

Weil es nicht irgendein Junge war, sondern Ben, und weil ich nicht wollte, dass alles mit einem Klischee begann, so seltsam das klingt. Ich wollte, dass der Moment uns unterspülte. Ein riesiger Augenblick. Ohne Angst und ohne Fragezeichen.

Und erst bei diesem Gedanken wurde mir bewusst, dass ich das überhaupt wollte.

Ben wartete, aber er hatte verstanden, dass nichts passieren würde. Sein Blick glitt zurück aufs Meer. Ich nahm seine Hand.

Sein Lächeln blitzte auf.

Meine Hände waren kalt, obwohl mir so warm war. Ben pustete sanft auf meine Finger.

»Wo ist deine warme Jacke?«, fragte er.

»Hässlich. Kann ich deine haben?«

»Sicher nicht. Es ist arschkalt. Aber du kannst mit reinkommen.«

Er öffnete den Reißverschluss seiner Jacke, und ich schlüpfte hinein. Er zog den Reißverschluss wieder zu. Die Wärme sickerte von seiner Brust und seinem Bauch in meinen Rücken.

»Zum Glück kaufst du alles zu groß.«

Ben lachte leise. Ich hörte das Lachen an meinem Ohr und fühlte es an seinem Bauch.

»Bleibt mir denn etwas anderes übrig?«

Eingehüllt in seine Wärme und seinen weichen Geruch aus Deo und Ben stellte ich mir vor, dass wir von weiter weg wie eine einzige Person aussahen. Ich spürte Bens Herzschlag an meinem Rücken, genau wie er meinen Herzschlag an seiner Brust spüren musste. Ich hatte das Gefühl, dass ich seinen Geruch annahm, und ihm musste es ähnlich gehen. Unser Puls und unser Duft vermischten sich. Und wir machten leise Geräusche, wenn wir uns bewegten. Dazu das Meer. Mit seinem Geruch, seinen Geräuschen und seinem Puls: dem Kommen und Gehen der Wellen.

Wir saßen nur da, saßen da, zu atemlos um zu reden, und gingen, kurz bevor die Sonne aufging.

ZWÖLF

Aufzuwachen war seltsam.
Die leere Sektflasche zu sehen, war seltsam.
Ben atmen zu hören, war wie ein neues Geräusch.
Ich fühlte mich kribbelig und gleichzeitig wie ein spiegelglatter See.
Vorsichtig schälte ich mich aus dem Schlafsack, möglichst ohne den Reißverschluss zu benutzen, damit Ben weiterschlafen konnte.
Der Tag gestern war krass gewesen. Der Sekt auf der Klippe, die Autofahrt. Vor allem die Autofahrt.
Ich wollte Chloé die Meinung sagen. Es waren so viele Gefühle in mir angestaut, die ich nicht herauslassen konnte. Meine Wut gegenüber Chloé konnte ich dagegen herauslassen.
Und Brötchen musste ich sowieso holen.
Chloé war nicht in der Bäckerei. Ich musste die Alte nicht einmal nach ihr fragen – das genervte Gesicht sagte mir schon alles. Ich kaufte zwei Brötchen und ging direkt zu Chloés Haus.
Das Laufen kühlte meine Gedanken ab. Als ich davorstand, war ich schon nicht mehr wütend. Sollte ich umkehren? Das Cabrio stand im Innenhof. Sie war also da. Wie sie wohl reagieren würde? Ich klingelte.

Hinter der Tür hörte ich ein Tocken. Ein alter Mann öffnete. Er benutzte eine Krücke, aber sie änderte nichts an seiner Haltung, denn er stand gerade und fest und schien zu mir herabzublicken, obwohl ich genauso groß war wie er. Das musste Chloés Großvater sein. Mafia stand neben ihm und kläffte mich schon wieder an. Er hielt sie am Halsband fest.

»Guten Morgen«, sagte er.

»Guten Morgen.«

Er musterte mich. Für einen Moment hatte ich das Gefühl, dass es nicht Mafia war, vor der man sich fürchten musste, sondern dieser Mann – er würde seine Enkelin mit allen Mitteln schützen.

»Ich bin Hanna«, sagte ich. »Kann ich Chloé besuchen?«

Er deutete die Treppe nach oben und ließ mich vorbei.

Das ganze Haus war aus unverputzter Steinwand, und die Holztreppe nach oben war steil und knarzte. Im oberen Geschoss gab es mehrere Zimmer, aber an eine Tür hatte eine jüngere Chloé in wackeligen Großbuchstaben mit rosa Farbe ihren Namen geschrieben. Die Buchstaben sahen aus, als hätte jemand versucht, sie abzukratzen. Ich klopfte.

»Lass mich in Ruhe! Ich habe nichts geraucht!«, schrie es von drinnen.

Ich öffnete die Tür. Das Zimmer war unglaublich vollgestopft: Bücher, Zeitschriften, DVDs, sogar Videokassetten. Dazwischen ein Fernseher, ein Schreibtisch, ein Schrank, ein Bett und ein kleines Sofa. Ein bisschen so, als hätte jemand eine Wohnung in ein Zimmer gequetscht. Chloé lümmelte auf dem Sofa und ließ den Kopf über die Lehne hängen.

»Oh, du bist ja doch nicht mein Großvater auf Drogen-Razzia«, stellte sie erstaunt fest und drehte sich auf den Bauch, um mich richtig zu sehen.

»Nope.«

»Wo ist dein gut aussehender Freund, dessen Namen ich schon wieder vergessen habe?«

»Ben ist jetzt vermutlich schwimmen«, sagte ich.

»So ein Freeeak.« Sie zog die Silbe in die Länge. »Und du heißt?«

»Hanna.«

»Wusste ich doch. Also, Hanna, warum hast du den Aufstieg zu mir auf dich genommen?«

»Du solltest jetzt arbeiten.«

»Ich weiß. Ich hab nur keinen Bock.« Sie seufzte und rollte sich wieder auf den Rücken. »Warte mal – deshalb bist du hergekommen?«

»Warum sollte ich meine Zeit damit verschwenden, eine Zicke an ihre Arbeit zu erinnern?«

Chloé hob den Zeigefinger und riss die Augen auf. »Eine bekiffte Zicke.«

Ihre Pupillen waren geweitet und füllten fast die gesamte Iris aus. Bambi-Augen. Sie wickelte sich Haarsträhnen um die Finger. »Es war auf jeden Fall sinnlos hierherzukommen. Ich bin viel zu breit, um zu arbeiten. Aber da du der erste Besucher bist, den ich seit einem Jahr habe, kannst du dableiben.«

Sie wedelte in Richtung des Bettes, und ich setzte mich. Ich hatte aus Wut und Neugier geklingelt, aber sie wirkte so verletzlich und einsam, dass ich ihr nicht die Meinung sagen konnte. Ob sie das mit dem ersten Besucher seit einem Jahr ernst meinte? Oder hatte sie das nur gesagt, um mich zu manipulieren? Denn so fühlte sich das an, und ich erinnerte mich daran, warum ich wütend auf sie gewesen war.

»Warum hast du schon wieder was geraucht?« Ich fragte, um sie zu nerven und weil ich immer noch auf eine Entschuldigung wartete.

Chloé warf die Arme in die Luft und ließ sie wieder fallen.

»Warum breitet sich das Universum immer weiter aus? Schicksal, denke ich. Ich schlage vor, du legst einen Film ein. Aber bitte nicht die Sendung mit der Maus. Zu solchen intellektuellen Höhenflügen bin ich heute nicht mehr fähig.«

Einerseits wollte ich mich nicht herumkommandieren lassen, andererseits war sie bekifft, also suchte ich einen Film heraus.

»Ich hätte nicht gedacht, dass du so etwas überhaupt schaust.«

»Die Ausgabe ist über Spezialeffekte beim Film. Super interessant.«

Es waren ewig hohe Stapel an Filmen, aber ich hatte Lust auf einen alten Film und fischte ein paar Videokassetten aus dem Chaos. Sie waren handbeschriftet. Auf der einen, eingepackt in eine blaue Hülle, stand ›Julian‹.

»Nicht die«, sagte Chloé. »Leg die wieder zurück.«

Keine Ahnung, was sie jetzt wieder für ein Problem hatte.

Ich wühlte mich durch die DVDs und hielt eine davon hoch.

»Was ist mit *Gefährliche Brandung*? Keanu Reeves und Patrick Swayze kraulen auf Surfbrettern durch die See?«

»Scheiß Film. Wollte ich eigentlich wegschmeißen.«

Ich schaute weiter. Die Stapel waren endlos. Es schien fast unmöglich, dass ein Mensch so viele Filme schaute.

»Okay. Wie wäre es mit einem Hitchcock-Klassiker? Du hast *Psycho* oder *Rebecca* …«

»Laaaaaaangweilig«, tönte Chloé. »Eigentlich möchte ich jetzt gern einen Zeichentrick schauen. *Avatar – Herr der Elemente, Buch 1 – Wasser*. Mit eingeblendeten Kommentaren. Bitte.«

Es dauerte, bis ich die Schachtel gefunden hatte – die Stapel hatten keine erkennbare Ordnung –, aber dann startete ich den Film. Die Lautstärke ließ fast mein Trommelfell platzen – irgendwo in diesem Zimmer musste ein Dolby-Surround-System installiert sein.

Es war ganz lustig, weil Chloé nicht nur den Eingangstext vor jeder Folge mitsprechen konnte, sondern auch fast alles, was die Personen sagten. Wenn sie etwas anderes sagte, war es meistens witziger als der Original-Text.

Nach drei Folgen pennte Chloé ein. Eine blonde Strähne fiel ihr ins Gesicht, sie schwitzte ein bisschen. Sie sah jung aus, so verdammt jung. Ich glaube, sie war nur zwei oder drei Jahre älter als ich.

Ich hatte mit meiner Vermutung falschgelegen: Ben war nicht schwimmen. Als ich zurückkam, war er gar nicht da.

Statt zu warten oder zu lesen bereitete ich das Mittagessen vor. Ich holte den Autoschlüssel aus dem Zelt. Ben und ich hatten gestern abgemacht, ihn dort zu verstecken, damit jeder ans Auto herankonnte.

Ich öffnete den Kofferraum. Wir hatten nicht mehr viele Lebensmittel. Nein, stimmte nicht, bemerkte ich nach einem zweiten Blick. Wir hatten noch genug, aber sie sahen auf der Filzmatte weniger aus, weil eine Tasche im Kofferraum fehlte.

Die Tasche mit den Spraydosen.

Meine Gedanken überschlugen sich: Ben war sprayen. Wo? Es konnte nicht weit weg sein, wenn das Auto noch hier war. War er wirklich so dumm, noch einmal im Dorf zu sprühen? Wir mussten verschwinden.

Aber wenn Ben unsere Reise damit kaputt machte, wollte ich vorher wenigstens noch einmal Sam sehen.

Dazu brauchte ich mein Handy, und wenn Ben sprayte, konnte ich auch telefonieren.

Ich ging zu der Stelle, wo wir die Handys versteckt hatten. Einen Moment lang erwartete ich, dass sie nicht mehr da waren, aber ein Zipfel der Plastiktüte linste aus dem Astloch.

Wie kam ich da jetzt heran? Ohne Ben war ich zu klein, und der Baum hatte keine niedrigen Äste, an denen man hochklettern konnte.

Ich stieg ins Auto und parkte es so, dass das Auto mit dem Dach unterhalb des Astloches zu stehen kam. Dann kletterte ich von der verbeulten Motorhaube aufs Dach und holte das Handy aus der Plastiktüte.

Ich versteckte Bens Handy wieder, schaltete meines an und wählte Sams Nummer.

»Hallo, Hanna«, sagte Sam.

»Du wusstest nicht, dass ich es bin.«

»Nein, aber ich dachte, es wäre gut für den Überraschungseffekt.«

»Ist es.«

»Danke. Warum rufst du an?«

»Pure Langeweile und die Absicht, dich auszunutzen, damit du sie vertreibst.«

»Mir gefällt dieser offene Kommunikationsstil«, sagte er.

»Kommst du zum Auto?«, fragte ich.

»Aber sicher. Ich bin gleich da.«

Ich las *Madame Bovary* von Gustave Flaubert, ein anderes Findelkind vom Flohmarkt. Das Buch hatte keine erste Seite mehr, weil ich Ben einen Zettel auf die Luftmatratze gelegt hatte.

Es dauerte länger als ewig, bis Sam den Strand entlangjoggte. Der Aufwand im Bad hatte sich gelohnt, das konnte ich zugeben, aber jetzt trieben schon einige Wolken am Himmel. Es sah verdächtig nach Regen aus.

»Hey«, sagte Sam. »Sieht aus, als würde es gleich regnen.«

»Stimmt.« Ich klappte das Buch zu.

»Ich würde ja die obligatorische Frage ›Zu dir oder zu mir?‹ stellen, aber da du nur ein winziges, potentiell undichtes Zelt hast und ich ein Haus mit Wänden und einem Dach, frage ich dich, ob du einen Tee bei mir zu Hause trinken möchtest.«

»Hast du über diesen Satz den ganzen Weg über nachgedacht?«

»Den halben, ja. Also, kommst du?« Sam reichte mir eine Hand zum Aufstehen und sah das Buch in meiner Hand. »Ich hasse Emma Bovary. Wäre sie bei ihrem Kerl geblieben, hätte ich das Buch nicht in der Schule lesen müssen.«

Ich stand ohne seine Hand auf und klopfte mir den Sand von der Hose. »Ähem ... Spoileralarm.«

Sam lotste mich nicht am Strand entlang, sondern oberhalb der Klippe über eine kleine Straße. Wir liefen an der Stelle entlang, wo Ben und ich gesprayt hatten, aber Ben war nicht da, und Sam sah auch nicht in die Richtung.

»Was? Das war doch kein Spoiler. Wir laufen diesen Weg entlang, um nach Hause zu kommen, und dann kommt ein Axtmörder. Das wäre ein Spoiler.«

»Kein Psychopath, der aus der Klinik ausgebrochen ist und sich drei Monate lang von rohen Krebsen ernährt hat, bevor er dich jetzt mit einer rostigen Säge deines rosigen Fleisches wegen umbringen will?«, fragte ich.

»Äh, nein. Nur ein harmloser Axtmörder.«

Wir liefen ein Stück schweigend, bevor Sam fragte: »Okay, was ist das zwischen euch?«

Er drehte sich um und lief rückwärts, während er mich anschaute.

»Du fällst gleich hin.«

»Seid ihr zusammen, oder läuft da nur ab und zu was?«

Keine Ahnung. Vor dem Kuss waren wir beste Freunde und nach dem Kuss ... beste Freunde, die sich geküsst hatten?

»Und welchen Unterschied macht das für dich?«, fragte ich, damit er nicht mitbekam, dass ich es selbst nicht wusste.

»Ich kenne gern meine Ausgangssituation.«

Tja, ich auch.

»Das kannst du heute Nacht noch einmal sagen, bevor der Psychopath dir mit der Nagelschere den Kopf abschneidet.«

Sam schauderte. »Deine Fähigkeit für spontane Gewaltszenarien ist Angst einflößend, wirklich. Bekomm das mal unter Kontrolle.«

Auf den letzten Metern schüttete der Himmel ein Fass über uns aus. In einem Moment waren wir trocken, im nächsten klebte die Feuchtigkeit die Kleidung an unsere Haut. Der Regen dampfte auf dem Asphalt.

Sams Mutter öffnete uns die Tür und betrachtete mich ausgiebig, aber nicht unfreundlich. Mein erster Eindruck war, dass sie wahnsinnig entspannt aussah. Ihre Augen hatten die gleiche Form wie Sams, aber mit goldenen Sprenkeln darin.

»Hey, Mama. Können wir erst reinkommen, bevor du sie begaffst?«, sagte Sam und schob mich an ihr vorbei in einen schmalen Flur voller Jacken. Winterjacken, Sommerjacken, Sportjacken, Steppjacken – eine aktive Familie.

»Stellst du mir deine Freundin nicht vor?«, fragte sie. Sie stemmte einen Arm in die Hüfte.

»Ich bin Hanna, hallo Frau ...«

Ich wusste nicht einmal Sams Nachnamen.

»Buchner.« Sie schüttelte mir die Hand. »Es ist schön, dich kennenzulernen, Hanna. Er bringt sonst nie Mädchen mit.«

»Danke, Mama. Können wir uns jetzt abtrocknen?«

»Wollt ihr was zu essen?«, fragte sie.

Sam sagte: »Haben wir eine Chance auf Mikrowellenliebe?«

Frau Buchner lächelte. »Habt ihr.«

Sam deutete den Flur entlang. »Es hat sich jetzt schon gelohnt, dich mitzubringen«, sagte er. »Für mich allein würde sie nie Mikrowellenliebe machen.«

»Mikrowellenliebe?«

»Du wirst schon sehen.«

Er führte mich eine Wendeltreppe nach oben. Obwohl das Haus relativ groß zu sein schien, wirkte es wegen der niedrigen Decke und den vielen Regalen an den Wänden nicht so. Da gab es vier Paar Inliner und Schoner, Bälle und Frisbees und dazwischen immer wieder Bücher, deren Rücken ich im Vorbeigehen nicht lesen konnte. Auf eine angenehme Weise war es eng, als gehörte jeder Gegenstand zur Familie und könnte einem eine Geschichte von Sam als Kind erzählen.

»Ist dein Name wirklich Sam?«, fragte ich.

»Wie kommst du jetzt da drauf?«

»Sam Buchner?«

Wir standen vor einer Zimmertür. Mit Buntstift war SAMI an die Tür geschmiert. Es berührte mich, diesen Teil von Sam zu sehen, und es erinnerte mich an die Buchstaben an Chloés Tür.

Sam seufzte. »Samuel. Jetzt kennst du alle meine schmutzigen Geheimnisse.«

»Noch habe ich deinen Wäschekorb nicht gesehen«, sagte ich.

»Dann mach dich mal auf was gefasst.«

Er öffnete die Zimmertür. Es war komplett aufgeräumt, fast steril – ganz anders als Bens Zimmer. Wo bei Ben die Poster an den Wänden hingen, die Zeichnungen, die aufgeklebten Sterne, gab es bei Sam bloß ein schmales Bord mit ein paar Sportpokalen, daneben die passenden Urkunden. Außerdem war es unerwartet sauber.

»Wow. Du bist das Gegenteil von einem Messie.«

»Ich mag es nur gerne ordentlich.«

Er zog sich das Shirt aus und warf es mit einer Basketballbewegung in einen Korb neben dem Schrank. Jetzt stand er mit freiem Oberkörper da.

»Hast du auch trockene Klamotten für mich?«

»Äh ... klar.«

Er kramte aus seinem Schrank eine Jogginghose, ein T-Shirt und einen Hoodie und warf sie zu mir rüber.

»Umdrehen«, kommandierte ich.

Sam drehte sich um, aber weil er vor dem Schrank stand, sah er jetzt direkt in den Spiegel. Er grinste.

»Ich hole mal die Mikrowellenliebe ab«, sagte er dann und verließ das Zimmer.

Ich wechselte die Kleidung und behielt nur meine eigene Unterwäsche an. Dann sah ich mich im Zimmer um. Sam hatte nicht allzu viele Bücher, *Herr der Ringe* und vor allem Krimis, aber kein philosophisches Buch, kein radikales Buch. Nicht wie bei Ben, wo die Bücher in doppelten Reihen standen und dann noch quer darüber gestapelt waren.

Sam kam wieder. In den Händen hielt er zwei Tassen. Es roch umwerfend nach Schokolade.

»Schluss mit dem Spionieren. Setz dich aufs Bett«, sagte Sam.

»Du hast kein einziges Beeindruckbuch«, sagte ich und setzte mich auf die blaue Bettwäsche.

»Was meinst du?«

Sam drückte mir eine der Tassen in die Hand. Darin war etwas wie ein heißer Kuchen.

»*Ulysses* zum Beispiel. Aber noch so richtig verknickt und mit Lesezeichen und Textmarker, als wäre das deine Lieblingslektüre und du hättest sie schon tausendmal mit tiefgründigen Gedanken gelesen.«

»*Der Herr der Ringe* ist mein Beeindruckbuch«, sagte Sam und setzte sich neben mich, ohne mich zu berühren. Was auch wirklich kein Problem war, denn das Bett war Extra-King-Size.

»Daran solltest du dringend arbeiten«, sagte ich. »Du hast überhaupt keinen Nerd-Flair.«

Sam schob einen Löffel in den Kuchen.

»Braucht man das heutzutage?«, fragte er. »Ich dachte Schokokuchen reicht aus.«

Ich probierte einen Löffel. Mmh.

»Hilft«, sagte ich.

Wir aßen schweigend bis zum letzten Krümel.

»Und jetzt?«, fragte ich.

»Was jetzt?«

»Was wird jetzt gegen die Langeweile unternommen?«

»Keine Ahnung«, sagte Sam und streckte sich rückwärts auf dem Bett aus. »Ich hatte damit gerechnet, dass du nach dem Schokokuchen total unzurechnungsfähig sein würdest.«

»Das durchkreuzt natürlich deine Pläne.«

»Wenn uns richtig langweilig wird, können wir immer noch schlafen«, sagte Sam.

»Ist das wieder so eine Taktik?«

»Nee. Mit Taktik würde ich sagen: Ich bin müde. Ich will jetzt schlafen. *Mit dir.*«

»Hört sich nicht sonderlich raffiniert an«, sagte ich und legte mich ebenfalls hin.

»Ich rede mit dir viel zu viel über Aufreißer-Sprüche«, sagte er.

»Willst du aufhören, darüber zu *reden*?«

Ich sagte es mit extra rauchiger Stimme.

Er lachte.

»Leider ist die lange Liste meiner Gesprächsthemen dann aufgebraucht«, sagte Sam.

»Du magst Listen?«, fragte ich und stellte gleichzeitig im Kopf eine Liste auf.

Sams Gesprächsthemen:
- Mädchen
-         <- alles dazwischen
- Sex

»Zugegeben, nein«, sagte Sam. »Aber du magst Listen.«
»Ja«, gab ich zu.
»Warum?«
»Sie machen den Kopf frei«, sagte ich und meinte damit etwas ganz anderes, nämlich, dass es sich so anfühlte, als wäre mein Gehirn nicht vollständig ohne einen Zettel und einen Stift. Als würde ich die Welt nur schreibend verstehen.
»Weißt du, wie ich den Kopf freikriege?«
»Mithilfe von *Handalf, dem Grauen*?«
»Nein.«
»Pamela *Handerson*?«
»Nein!«
»*Hand* Solo?«
»Ich weiß, dass ich selbst schuld bin an deinem schlechten Eindruck von mir, aber es bleibt schockierend. Also nein. Ich mag Musik.«
»House? Dub-Step?«
Sam lachte leise.
»Nicht ganz. Hier.«
Er warf mir einen MP3-Player in den Schoß. Ich zögerte. Zusammen Musik hören, das war ein Ding zwischen Ben und mir.
Mensch, Hanna. Es ist nur Musik. Und Ben ist nicht hier.
Ich schob die Stöpsel rein.
Es war klassische Musik, die Sam hörte. Geigen, Trompeten,

Oboen, Pauken – ein ganzes Orchester spielte in meinen Ohren. Die Melodie schmirgelte meine aufgeregten Gedanken ab.

Es passte nicht zu Sam. Es passte nicht zu meinem ersten Eindruck von ihm.

Vielleicht war es Zeit für einen neuen Eindruck?

Nach einer Kanne Tee und mehr Musik brachte Sam mich mit einem Regenschirm bis zum Zelt. Er und Frau Buchner wollten mich überreden, noch zum Abendessen zu bleiben, aber ich musste zurück zu Ben. Der Regen hatte jetzt richtig losgelegt, und ich wollte nicht, dass es so war wie in der Nacht, als ich alleine geschlafen hatte.

»Danke fürs Herlaufen«, sagte ich.

»Pass auf«, sagte Sam. »Das Wetter hier wird nicht besser. Meistens regnet es ein paar Tage lang und hört erst mit einem richtigen Gewitter auf. Also wenn das Zelt überschwemmt ist, dann ruf an. Meine Mom hat bestimmt nichts dagegen, dich bei uns unterzubringen.« Mit einem Seufzen fügte er hinzu: »Oder euch.«

»Danke, Sam.«

»Wofür?«

»Das Angebot, den Kuchen und einen nicht-langweiligen Nachmittag.«

»Willst du jetzt wirklich in das Zelt kriechen?«, fragte Sam.

Ein kleiner Wasserstrom floss schon gefährlich nahe am Eingang vorbei. Und da drin war es bestimmt arschkalt.

Nein, wollte ich nicht. Aber was für eine Alternative hatte ich denn?

»Campen. Eine beschissene Idee«, sagte Sam. Und dann: »Hör mal, wenn ihr wegen dem schlechten Wetter abfahrt, sag mir vorher kurz Bescheid, okay? Meine Mom würde mich umbringen, wenn sie dir keine Stullen machen darf.«

Er hielt den Schirm über den Eingang, damit ich den Reißverschluss öffnen konnte, ohne dass es hineinregnete. Ich krabbelte hinein, ohne irgendetwas mit den Schuhen zu berühren.

Es war eine seltsame Situation, wie ich von unten zu ihm aufschaute. Er würde nach Hause gehen und ich darauf warten, dass der Regen ins Zelt lief.

Sam war unruhig, aber er ging noch nicht.

»Oh. Warte, ich gebe dir gleich deine Klamotten zurück«, sagte ich.

»Lass mal«, sagte Sam. »Es ist kalt, gib sie mir morgen.«

»Okay, danke.«

Sam lächelte. Bevor er zurücklief, bückte er sich blitzschnell und küsste mich auf die Wange.

DREIZEHN

Der Regen prasselte ohrenbetäubend laut auf das Zelt. Ich zog die Schuhe aus und stellte sie auf eine Plastiktüte. Meine Socken waren völlig durchgeweicht. Ich kuschelte mich in den Schlafsack.

Wo war Ben? Was hatte er den ganzen Tag über gemacht? Ich war mir ziemlich sicher, dass in unserer Ausrüstung kein Regenschirm enthalten war.

Das Licht war dämmerig, und ich musste zum Lesen die Taschenlampe anknipsen.

Nach fünfzig Seiten flackerte das Licht einmal auf, und die Lampe ging aus. Ich las beim Licht meines Handys weiter.

Mittlerweile war es auch draußen dunkel geworden. Jemand hantierte am Zelt.

Meine rechte Hand klammerte sich um den Stein. Ich hielt ihn mit der Spitze nach oben. Die linke Hand leuchtete mit dem Handy.

Der Reißverschluss ging auf, und Ben stolperte ins Zelt. Im blauen Display-Licht sah sein Gesicht fahl aus. Die Haare klebten an seinem Kopf – eigentlich klebte alles.

»Hey«, sagte ich. »Du machst alles nass.«

»Sorry.« Er zerrte den Reißverschluss wieder zu. Dann sah er das Handy.

»Du hast es dir wiedergeholt?«, fragte er.

»Wenn du einfach abhaust«, gab ich zurück. »Wo warst du?«

Ben zog sich das T-Shirt über den Kopf und schälte sich aus seiner Hose. Er hatte die Kiefer zusammengebissen.

»War es so schwer, mir eine Nachricht zu hinterlassen?«, fragte ich.

Ben zerrte jetzt auch an seinen Boxer-Shorts.

Ich wandte den Blick ab.

Es raschelte. Ben tastete nach trockenen Klamotten, zog sie an.

»Ich reiße eben keine Seiten aus Weltliteratur«, sagte er.

»Ben, du hast versprochen, nicht mehr zu sprayen, solange wir hier sind, und die Dosen im Kofferraum haben gefehlt. Warum lügst du mich an?«

»Mach dir keine Sorgen«, sagte er. »Ich habe eine gute Stelle ausgesucht, die niemand findet.«

Wenigstens konnten wir hierbleiben.

»Der Pulli ist neu«, sagte Ben. Der Satz lauerte hinter einem anderen.

Ich schwieg weiterhin.

»Oder ist er geborgt? Wo warst *du* heute?«, fragte er.

»Bei Sam«, sagte ich und konnte nicht verhindern, dass meine Stimme trotzig klang.

Ben lachte auf. »Und ich lüge dich an, ja?«

»Es ist nicht illegal, Tee zu trinken«, sagte ich. »Sachbeschädigung schon.«

»Das ist das erste Mal, dass du es so nennst«, sagte Ben.

»Es ist dumm und gefährlich«, sagte ich.

Ich wusste, genau den gleichen Satz hatte ich schon einmal gesagt, und jetzt waren wir wieder hier, stritten den gleichen Streit, sagten die gleichen Sachen und drehten uns im Kreis.

Mittlerweile kannte ich Bens Argumente: Er sah nicht ein, dass Kunst nur das sein sollte, was in Museen stand. Denn schließlich, so erklärte er gerne, störe es niemanden, wenn er an leer stehende Häuser spraye. Und warum solle er sich einem Gesetz unterordnen, das von Leuten gemacht war, die nur an sich selbst dachten und sich nicht für den Klimawandel oder die Staatsverschuldung interessierten?

Also kürzte ich die Diskussion ab.

Ich rollte mich auf die Seite und sah ihn an. »Ich mache mir Sorgen um dich.«

»Warum denkst du, ich wäre sprayen gewesen?«, machte Ben weiter. »Vielleicht habe ich die Dosen auch nur entsorgt, damit es keine Spuren gibt.«

»Hast du nicht«, sagte ich.

Ben seufzte. »Was soll ich denn machen? Das ist unser Sommer, und du verbringst ihn mit diesem Idioten.«

War Ben eifersüchtig? Konnte das erklären, warum er sich so aufführte?

»Ohne diesen Idioten hätte ich heute den ganzen Tag im Regen gestanden«, sagte ich. »Er hat uns übrigens angeboten, dass wir bei ihm übernachten können, wenn es weiter so regnet.«

»Vorher wachsen mir von dem Regen Schwimmhäute«, sagte Ben.

Wir schwiegen. Ich versuchte einzuschlafen, aber es war zu kalt.

»Du hast alles nass gemacht«, sagte ich in die Dunkelheit.

»Tut mir leid«, sagte Ben.

»Davon kann ich mir auch keinen Trockner kaufen«, sagte ich.

»Dein Ärger wird nicht besser, wenn du frierst«, sagte er. »Komm her.« Ich konnte hören, wie er seinen Schlafsack öffnete.

Obwohl ich sauer war, rutschte ich zu ihm hin, bis ich mit meinem Rücken an seinem Bauch lag. Sofort wurde es wärmer.

Mein Bauch knurrte.

»Hast du kein Abendessen gemacht?«, fragte Ben.

»Ich wollte nicht noch einmal in die Nässe«, sagte ich.
»Wir könnten morgen essen gehen«, sagte Ben.
»In einem kleinen Café?«, fragte ich.
»Ja. Es gibt Pfannkuchen.«
Wir malten uns aus, was wir noch bestellen würden: Croissants. Frisch gepressten Orangensaft. Erdbeermarmelade auf Vollkornbrot und Brombeergelee auf Butter und Toast. Linzer Torte und Windbeutel. Ich sah den Tisch vor mir und roch den feinen Duft der Buttercroissants.
»Uns wird so übel werden«, stellte ich fest.
»Wir können für den Rest des Tages nichts mehr essen und wachen am nächsten Morgen wieder mit so einem Hunger auf«, sagte Ben.
»Und?«, fragte ich.
»Hört sich für mich nach einem guten Plan an.«

Wir wachten beide in der Mitte der Nacht auf. Ich konnte nicht sagen, wer von uns beiden zuerst wach war, weil wir immer noch eng aneinanderlagen und gleichzeitig die Füße nach oben zogen.
Unsere Füße waren nass.
»Was ist los?«, murmelte Ben in meine Haare.
Ich tastete nach meinem Handy und leuchtete mit dem Rest des Akkus.
Der Regen war ins Zelt gekrochen.
Ben fluchte und setzte sich auf. Er fluchte noch einmal, als plötzlich sein ganzer Rücken nass war. Die Zeltwände waren auch durchgeweicht.
»Nimm deinen Schlafsack«, sagte ich. »Wir rennen zum Auto.«
Ich schlüpfte in meine nassen Schuhe und faltete meinen Schlafsack so gut es ging zusammen.

Dann sprang ich hinaus in den Regen und sprintete über den Parkplatz. Warum hatten wir das Zelt so weit vom Auto entfernt aufgebaut?

Ich ertastete das Schlüsselloch und rammte den Schlüssel hinein. Endlich ging die Tür auf. Ich warf den Schlafsack auf die Rückbank, sprang auf den Sitz, zog die Tür zu. Dann beugte ich mich zur anderen Tür und öffnete die Verriegelung. Ben riss die Tür auf und ließ sich auf den Sitz fallen. Er klatschte die Tür zu und begann zu lachen.

»In meinem ganzen Leben habe ich noch keinen so nassen Tag gehabt, und ich wäre trotzdem nirgendwo anders lieber als hier.«

»Und woran liegt das?«, fragte ich.

Er drehte sein Gesicht auf der Kopfstütze und lächelte mich an.

»Bist du glücklich?«, fragte er.

»Ich denke schon«, sagte ich.

»Dann sag du es mir«, sagte Ben.

Ich musste meine Gedanken erst in Worte verpacken. Ben nahm seinen Blick nicht von mir, und ich fing an zu sprechen:

»Diese Zeit – jetzt – kommt mir vor wie der Absatz in einem Buch. Die Figuren sind da. Sie tauchen in der Szene davor auf und in der Szene danach. Aber während dieses Absatzes können sie machen, was sie wollen. Die Zeit geht weiter, aber niemand schaut hin. Jeder Absatz ist ein Geheimnis.

Und ich finde es auch nicht schlimm, dass wir in einem Zelt schlafen und es regnet und wir den ganzen Tag nass waren und gefroren haben. Weil wir hier sind, weil wir hier sein wollen. Wir könnten jeden Moment gehen. Wir könnten bleiben. Unsere Entscheidung ist unsere Entscheidung, und wenn wir einen Fehler machen, sind wir schlimmstenfalls einen Tag länger nass.«

Die Worte waren wahr, und wir lauschten ihnen nach.

Der Regen trommelte auf das Dach des Fiats. Es klang wie das Quaken von Fröschen.

Wir kurbelten die Lehnen nach unten, sodass wir auf den Sitzen lagen. Ben schaute mich weiter an, sein Blick so offen, als würde er mit den Augen hören. Er wollte mehr von diesen Worten, aber ich hatte alles gesagt.

»Was ist?«, fragte ich.

»Ich möchte, dass du mit mir nach Berlin kommst«, sagte Ben.

Ich biss mir auf die Lippen. Das war nicht die Nacht für Lügen oder falsche Versprechen. Ich hatte schon Pläne gemacht, und ich mochte meine Pläne.

Ben wartete. Nach einer Weile drehte er den Kopf weg.

Sam hatte falschgelegen. Der nächste Morgen atmete Feuchtigkeit, aber es regnete nicht mehr.

Ich wachte auf von einem Klopfen an der Fensterscheibe.

»Ich schlafe noch«, sagte ich und zog mir die Decke über den Kopf. Es klopfte weiter gegen das Fenster. Tock, tock, tock, tock.

Was wollte Ben, warum schlief er nicht mehr? Ich drehte meinen Blick zu seinem Sitz. Ein Zettel lag darauf. In seiner eckigen Schrift hatte Ben geschrieben: Bin schwimmen.

Es klopfte weiter.

Ich drehte mich zum Fenster und sah Chloé. Sie klopfte nur noch und sah schon gar nicht mehr ins Auto.

Ich kurbelte das Fenster nach unten.

»Oh, hi«, sagte sie. »Was für ein Zufall, dass du gerade wach geworden bist.«

VIERZEHN

»Ich habe dich gestern auch schlafen lassen«, sagte ich und drehte mich auf die andere Seite.

»Ich war bekifft«, sagte Chloé. »Was ist deine Ausrede?«

Ich kurbelte das Fenster wieder hoch, aber vorher schaffte es Chloé noch, die Zentralverriegelung zu entsperren. Sie huschte zum Kofferraum.

Den Geräuschen nach machte sie sich am Reißverschluss meiner Reisetasche zu schaffen. Ich steckte den Kopf unter dem Schlafsack hervor, schlüpfte in meine Schuhe und stieg aus. Es war gar nicht so kalt, wie es aussah, aber der Himmel war immer noch fahlgrau und schien nach unten zu drücken.

Chloés Energie verwirrte mich.

»Du musst doch irgendetwas Hübsches zum Anziehen haben«, murmelte sie vor sich hin, während sie sich durch den Inhalt meiner Tasche wühlte.

»Was machst du hier?«, fragte ich.

»Ich durchwühle dein Gepäck. Mach die Augen auf.«

»Und warum?«

»Du musst was anziehen.«

»OKAY! Ich ziehe mich ja an«, sagte ich. »Aber ich will Kaffee.«

Chloé drehte sich zu mir um. Sie grinste.

»Es ist eine ganze Kanne in meinem Auto, Schwester.«

»Okay, wo ist dein Typ?«, fragte Chloé, nachdem sie mir Kaffee aus einer Thermoskanne eingeschenkt hatte. Sie beäugte mein Outfit. (Ich hatte mich *für* Jeans und T-Shirt und *gegen* Chloés Vorschlag entschieden, ein Oberteil als Kleid anzuziehen.)

»Er ist nicht *mein* Typ«, sagte ich.

Chloé verdrehte die Augen. »Okay, wo ist Nicht-dein-Typ?«

»Schwimmen«, sagte ich.

»Bei der Wassertemperatur? Respekt. Holen wir ihn mal ab.«

Es dauerte eine Weile, bis wir Ben entdeckten, fast glaubte ich, dass er schon wieder aus dem Wasser war. Aber er war da, weit draußen zwischen den grün-blauen Wellen.

Es machte keinen Sinn, nach ihm zu rufen, also lief ich hinunter und setzte mich in den Sand. Chloé kam mir nicht nach. Vielleicht fand ich heute heraus, warum sie das Meer hasste.

Nach einer Weile kam Ben aus dem Wasser. Er trug den Verband nicht mehr, vermutlich hatte er ihn schon gestern abgemacht.

»Gut geschlafen?«, sagte er.

Prompt musste ich gähnen. »Nein«, sagte ich und nickte mit dem Kopf in Richtung Cabrio. Eine Falte grub sich in Bens Stirn.

»Was will sie?«, fragte er.

»Ich habe keine Ahnung.«

Wir liefen nach oben. Chloé saß auf der Kühlerhaube ihres Autos und rauchte.

»Hast du noch was zum Anziehen dabei?«, fragte sie.

Ben verschränkte die Arme vor der Brust. »Bei dir steige ich nicht mehr ein«.

»Es ist mir nicht peinlich, und ich werde mich nicht dafür entschuldigen, aber ich bin selten so bekifft wie neulich.«

»Ich steige trotzdem nicht ein.«

»Na ja, also Hanna schon.«

»Hanna ist morgens nicht sonderlich widerstandsfähig«, sagte er.

Untertreibung. Ich hätte beinahe ein Oberteil als Kleid angezogen.

»Und sie steigt auch nicht ein.«

Die Worte klangen hart. An diesem stillen Strand, so früh am Morgen. Chloés Gesicht zeigte keine Regung, aber die Hand, die die Zigarette hielt, begann zu zittern.

»Was hattest du denn vor?«, fragte ich, um den Satz davor auszulöschen.

Chloé würdigte meinen Versuch mit einem emotionslosen Zucken ihrer Mundwinkel.

»Ich habe heute Morgen Radio gehört, als der Wetterbericht kam«, sagte sie. »Kurzversion: Es spült euer Zelt heute Nacht weg.«

Na toll.

»Bist du nur gekommen, um uns das mitzuteilen?«, fragte Ben.

Chloé zuckte die Achseln.

Nein, war sie nicht. Sie hatte eine Thermoskanne mit Kaffee dabei und bestimmt noch mehr Proviant. Als sie mich geweckt hatte, war sie so wach und aufgeregt gewesen. Vielleicht hatte sie einen Ausflug mit uns machen wollen. Ich stellte mir vor, wie sie früh aufgestanden war, um alles zusammenzupacken.

»Willst du versuchen, das Zelt trockenzulegen?«, fragte ich Ben und berührte ihn am Arm. Spürte er Chloés Traurigkeit, oder hörte er den Unterschied in meiner Stimme? Jedenfalls ging er zum Zelt und fing an, die nassen Inhalte zu bergen.

Ich setzte mich neben Chloé auf die Kühlerhaube, und sie rutschte überrascht zur Seite. Gemeinsam schauten wir auf die Wellen.

Chloé pustete den Rauch nach oben. »Warum ist Ben so mies gelaunt?«, fragte sie.

Sie wusste so gut wie ich, warum Ben mies gelaunt war, aber dann fiel mir etwas auf.

»Vielleicht weil du schon wieder seine Zigaretten geklaut hast«, sagte ich.

»Wie kommst du darauf?«

Ich tippte auf die Packung. Ben hatte das ›Rauchen tötet‹ durchgestrichen und hingeschrieben ›Rauchen erquickt‹. Chloé lachte trocken.

»Warum hast du Angst vor dem Meer?«, fragte ich.

»Ich habe keine Angst vor dem Meer. Ich mag es nur nicht besonders«, sagte sie, ohne mich anzuschauen.

Nach einer Weile nahm Chloé die brennende Zigarette aus dem Mund, hielt sie in der rechten Hand und führte die Finger der linken Hand abwechselnd an die glühende Spitze. Wo war der Unterschied zwischen sehr heiß und zu heiß? Es war nervenaufreibend, ihr zuzuschauen.

»Und warum bist du dann an den Strand gekommen, um uns die Legende zu erzählen?«, fragte ich.

Chloé sah mich an. Ihr Finger schwebte über der Spitze der Zigarette. Ihr Blick war klar.

»Weil sie wahr ist, und wahre Geschichten verdienen, dass man sie erzählt«, sagte sie.

Sie hielt meinen Blick ein paar Sekunden, als wollte sie sichergehen, dass die Worte wirklich in meinen Kopf einsickerten, dann drehte sie sich wieder dem Panorama zu. Schnippte die Zigarette Richtung Strand, als wäre die Sache für sie erledigt.

Also war es das mit unserem Gespräch. Ich rutschte von der Motorhaube und ging zu Ben, um ihm zu helfen. Er kniete halb im Zelt und zog gerade eine nasse Luftmatratze heraus. Ich nahm ihm die Luftmatratze ab und lief zum Auto, um sie auf der Motorhaube zum Trocknen auszubreiten.

Nur, dass dort schon etwas lag.

Ein Vogel. Die schwarzen Federn glänzten in einem unheimlichen Kontrast zum roten Lack.

Seine Brust war aufgerissen. Rippen, gewundene Organe, wenig Blut. Der Blick der leeren Augen. Kleine, runde Perlen.

Ich schrie, und schon war Ben da.

»Was ist denn los?«, fragte Chloé.

Als sie sah, was ich sah, umklammerte sie meinen Arm. Ihr Griff drückte mir das Blut ab.

Blut.

Ihre Hand rutschte von meinem Arm, sie sank zu Boden und begann zu wimmern. Die Arme um die Knie geschlungen, den Blick auf den kleinen Vogel gerichtet, während sie weinte. Sie wiegte sich vor und zurück, mit einer Heftigkeit, dass ich fürchtete, sie würde umkippen.

Ich fühlte mich hilflos, weil ich nicht wusste, wie ich Chloé beruhigen konnte. Ben auch. Wir sagten nichts. Wir dachten das Gleiche.

Vielleicht wäre es anders gewesen, wenn Chloé nicht da gewesen wäre, aber so konnte ich nur an die Legende denken.

Oceana war wütend, denn der Mann gehörte zu ihr. Sie sandte der Frau Warnungen in der alten Sprache. Einen toten Vogel mit offener Brust. Ein Bett voller Salzwasser. Einen Spiegel voller Blut. Zeichen, die Gefahr und Verderben geboten, aber die Frau beachtete sie nicht.

»Es war bestimmt nur eine Katze«, sagte Ben.

Als würde er das glauben. Ben, der Geschichtenerzähler.

Er kniete sich neben Chloé und legte ihr einen Arm um die Schulter.

»Hey«, sagte er leise. »Hey.«

Das Wimmern hörte auf, und Chloé begann, wirklich zu weinen. Sie vergrub ihren Kopf in seiner Armhöhle. Ihr ganzer Körper zitterte. Ben redete weiter leise auf sie ein. Seine Stimme war weich.

Langsam beruhigte sich Chloé: Das Zittern hörte auf, sie wischte sich die Tränen vom Gesicht und ließ sich von Ben aufhelfen.

Und während der ganzen Zeit drehte sich mein Gedankenkarussell immer schneller. Ben. Der Lochstein. Das Blut im Meer. Der Vogel. Der Vogel mit seinen schimmernden, toten Augen, der auf unserem Auto lag. Nicht daneben. Nicht darunter. Genau auf unserer Motorhaube.

»Ben hat sich auch schon im Meer geschnitten«, platzte ich heraus.

Meine Stimme klang hysterisch. Ich konnte nicht erklären, warum. Es war, als wenn eine Wolke sich vor die Sonne schiebt und plötzlich alles ein bisschen weniger Farbe hat, sodass dir kalt wird.

Chloé sagte leise etwas zu Ben. Ben nickte. Die zwei liefen ein Stück, wobei Chloé redete und Ben zuhörte. Ich stand immer noch vor dem Auto.

Der Vogel war nicht allzu groß. Bestimmt war das sein erster Sommer.

Ich wollte nicht, dass ihn etwas anknabberte. Wir mussten ihn begraben.

Anscheinend war das Gespräch beendet, denn Chloé lief zum Cabrio zurück. Sie hatte die Stirn gerunzelt und die Lippen zusammengepresst.

»Was hat sie gesagt?«, fragte ich, als der Wagen um die Kurve rollte.

»Sieht so aus, als könnten wir heute Nacht im Trockenen schlafen«, sagte Ben.

FÜNFZEHN

Es war eine Scheune. Leer stehend, kurz vor dem Abriss, aber mit intaktem Dach.

Chloé zog an einem der Torflügel und stemmte sich von innen dagegen, um ihn aufzudrücken. Ben und ich hatten den Nachmittag am Strand verbracht. Chloé hatte uns nach dem Abendessen abgeholt, wir hatten das halb trockene Zelt in den Fiat gepackt und waren ihr hinterhergezockelt.

»Hallo? Könnt ihr mir mal helfen?«

Ben zog von der anderen Seite. Das Tor öffnete sich Millimeter um Millimeter.

»Voilà«, sagte Chloé. »Eure Fünf-Sterne-Residenz. Have fun und macht eure Geschäfte draußen.«

»Danke«, sagte ich.

Ben nickte.

»Denk an dein Versprechen«, sagte sie zu Ben.

»Ich weiß.«

Chloé fuhr los.

»Was für ein Versprechen?«, fragte ich.

Ben winkte ab. Er setzte sich ins Auto und fuhr es in die Scheune. Ich ging hinter ihm hinein.

Die Scheune war groß, muffig und leer, abgesehen von ein paar Ballen, die auf einer höheren Ebene gelagert waren, die man nur mit der Leiter erreichen konnte.

»Da oben will ich schlafen«, sagte ich.

»Dachte ich mir schon.«

Ben klemmte das nasse Zelt unter einen Arm und schaffte es die Leiter nach oben. Er steckte das Zelt wieder zusammen.

»Zum Trocknen«, sagte er.

Ich warf ihm die Luftmatratzen nach oben, dann die Schlafsäcke.

Ben pustete die Matratzen auf und legte sie auf die Strohballen.

Es war zehnmal besser als in dem Zelt, mindestens. Wir hatten ein Riesenglück mit Chloés Einladung. Gefallen hin oder her. Was für eine Alternative hatten wir auch, als ihr Angebot anzunehmen? Es regnete an der ganzen Küste. Nach Hause fahren kam erst recht nicht infrage. Wann würden wir jemals wieder nach Hause fahren? Dazu würde es doch nie einen Grund geben.

Die Nacht fühlte sich an wie ein Farbtropfen auf eingeweichtem Aquarellpapier: Dunkel und undurchdringlich in der Mitte, zerfasernd an den Seiten mit Ausläufern ins Weiß. Ich rutschte aus meinem Traum in die Wirklichkeit zurück, als ich das Rascheln von Stroh hörte. Ich öffnete die Augen.

Bens Gestalt hob sich gegen einen Streifen Licht ab, der durch einen Spalt in der Holzwand fiel. Er zog sich aus.

Ein paar Haarsträhnen lagen über meinem Gesicht, und ich konnte nicht sagen, ob er wusste, dass ich wach war und ihm zusah.

Ich lag da und atmete, während die Klamotten von ihm abfielen wie Herbstlaub. Seine Schulterblätter hoben sich von den Muskeln auf seinem Rücken ab, als er das T-Shirt über den Kopf zog. Ohne T-Shirt fiel noch mehr auf, wie stark seine Arme geworden waren. Die Art, wie er sich bewegte, war flüssig und elegant, und mein Herz schlug und schlug, obwohl ich still lag. In mir stieg ein Gefühl auf, zu groß zum Herunterschlucken. Es war, als würde ich für einen Moment klar sehen, bevor mein Sichtfeld wieder beschlug.

Der Regen trommelte auf das Dach, vermutlich sehr laut, aber nie im Leben so laut wie mein Atem.

Jeden Moment rechnete ich damit, dass Ben sich umdrehen und mir direkt in die Augen sehen würde. Ich wollte, dass er mich anschaute, aber ich sagte kein Wort.

Ben stieg in seine Shorts und schüttelte seinen Schlafsack auf. Die Matratze quietschte. Der Moment war vorbei.

Ich drehte mich auf die andere Seite, gefangen im Tang meiner Haare, und die Nacht spülte mich fort.

Das Erste, was mir auffiel, als ich aufwachte, war, dass es nicht mehr regnete. Gut. Ich hatte davon geträumt, dass der Regen das Grab des Vogels aufspülte, er sich aus der Erde grub und in die Luft schwang, die offene Brust voller Würmer. Dann war er Richtung Meer geflogen, gegen den Wind, bis er sich auf einer Hand niederließ, Oceanas Hand, die mit dem Sturm schwamm und den Vogel mit ihren blassen Fingern liebkoste.

Ein hässlicher Traum.

Ben war schon wach und las.

»Es fängt gleich wieder zu regnen an«, sagte er, als wüsste er, was ich dachte.

Ich grummelte und streckte die Hand aus. Das hieß Kaffee.

Er schloss meine Finger um unsere Kaffeetasse.

Ich grummelte wieder. Das hieß ›danke schön‹.

Nach ein paar Schlucken fragte ich, was wir heute machen würden.

»Heute Nachmittag muss ich mein Versprechen bei Chloé einlösen«, sagte Ben.

»Und das wäre?«

»Ich vermute stark, dass es etwas mit harter körperlicher Arbeit zu tun hat«, sagte er.

»Du musst dich nicht prostituieren, damit wir hier schlafen können«, sagte ich.

Ben lachte. »Hm, ihr genauer Wortlaut war: Ich brauche jemanden, der mal ordentlich anpackt, weil ich es alleine nicht hinkriege.«

»Sag ich ja.« Ich trank den Becher leer.

»Wir können immer noch jetzt etwas unternehmen.«

»Kannst du mir einfach nur vorlesen?«, fragte ich.

»Was möchtest du denn hören?«

»Etwas Schönes und Wahres.«

Ben las den Wetterbericht des nächsten Tages von seinem Handy ab. Er hatte es gestern ebenfalls aus dem Astloch geholt.

Der Wetterbericht sprach von Sonnenschein und Hitze, aber noch während Ben las, begann das Tropfen wieder.

Ich kam den ganzen Morgen nicht aus meinem Schlafsack. Wir frühstückten, lasen, aßen zum dritten Mal Tütensuppe.

Der Dreck klebte an uns.

Es war wunderschön, aber auch offensichtlich, dass man so nicht für immer leben konnte.

»Wir müssen duschen«, sagte Ben.

Ich zog ihm einen mürben Strohhalm aus den Haaren und nickte.

»Wir müssen duschen«, sagte Ben.

»Das sagtest du bereits.«

»Ja. Ich warte darauf, dass eine Dusche auftaucht, wenn ich es oft genug sage.«

»Wir müssen duschen«, sagte ich.

»Wir müssen wirklich duschen«, sagte Ben.

Auf dem Boden der Scheune materialisierte sich eine Keramikdusche mit Glasscheiben und Massagedüsen. Mit rückfettendem Duschschaum und einem flauschigen Vorleger.

Nicht.

»Es funktioniert nicht«, sagte ich.

»Schscht.«

»Da ist immer noch keine Dusche.«

Ben seufzte. »Dann müssen wir uns eben eine suchen.«

Wir packten Handtücher und Duschgel ein und nahmen das Auto, weil es immer noch regnete. Ben spekulierte darauf, dass seine Hilfsaktion bei Chloé am Nachmittag ausfallen würde.

Wohin fuhren wir?

»Hast du irgendwo ein Schwimmbad gesehen? Oder eine öffentliche Dusche?«

Ben antwortete nicht und fuhr weiter.

Der Regen floss so schnell über die Windschutzscheibe, dass der Scheibenwischer kaum hinterherkam. Wenn wir keine Dusche fanden, konnten wir uns auch einfach in den Regen stellen. Vielleicht war das ja Bens Plan.

Er hielt in dem Viertel mit den verlassenen Ferienwohnungen. Es war ein ganzer Komplex – eine Wohnung neben der anderen; immer das gleiche Dach, immer die gleiche Haustür. Alle leer.

In dem Vorgarten neben dem Auto stand ein Schild: Ferienwohnung zu vermieten. Es sah neu aus.

»Also los«, sagte Ben. Er zog sich die Jacke über den Kopf und stieg aus. Dann lief er in Richtung des Hauses und öffnete das Gartentor. Ich stieß die Tür auf und folgte ihm mit der Handtuchtasche. Der Regen durchweichte sofort die Sweat-Jacke.

»Komm schon«, rief Ben. Seine Stimme drang gedämpft durch das Rauschen.

Ich betrat den Garten. Ein gepflasterter Weg lief an der

Hauswand entlang. Ben stand schon am anderen Ende und winkte mich zu sich. Die Sträucher wucherten auf den Weg, und als ich bei Ben ankam, hatte ich von den Blättern mehr Wasser abbekommen als von oben. An der Rückseite des Hauses gab es eine kleine Veranda, die man über eine Glastür erreichen konnte.

Ben suchte auf dem Boden nach etwas.

Ein Stein. Ben hob ihn auf – er brauchte dazu die volle Spannweite seiner Hand. An seinem Arm traten Adern hervor. Der Regen ließ den Stein schwarz glänzen. Und dann – so schnell konnte ich gar nicht schauen – warf er den Stein.

Der Stein durchschlug die Scheibe. Es klirrte.

Ben nahm einen anderen Stein und brach die Splitter um das Loch heraus, bis er den Griff der Tür betätigen konnte. Ich schaute nur zu, ohne ein Wort herauszubringen. Er trat ein und streifte sich die Kapuze vom Kopf.

»Kommst du, oder willst du draußen duschen?«, fragte er.

Sein Blick sagte: »*I dare you.*«

Ich konnte weggehen, jetzt gleich. Keine Fenster zerstören, nicht einbrechen, um zu duschen, keine Graffiti sprühen, keine Angst haben.

Aber ich dachte daran, dass Ben in Berlin sein würde und ich in Regensburg. Ich dachte daran, dass dieser Sommer vielleicht unsere letzte richtig gemeinsame Zeit war. Und ich dachte daran, wie seine Haut im Halbdunkel geleuchtet hatte.

Splitter knirschten unter meinen Füßen, als ich in das Wohnzimmer eintrat. Im Haus war es kühl, fast kälter als draußen.

Ben schaltete den Fernseher an. Der Bildschirm flackerte auf.

»Sehr gut. Ich war mir nicht ganz sicher, ob sie Strom und Wasser nicht schon abgestellt haben.«

Er schaltete zu Sport, legte die Fernbedienung zurück und ging den Flur entlang.

Ich drückte auf den Aus-Knopf. Die Stimme des Sportmoderators war viel zu laut. Allein das Bild war schon zu viel. Als würde jedes Geräusch die Wahrscheinlichkeit erhöhen, dass wir erwischt wurden. Jeden Moment konnte jemand durch die Glastür schauen.

Raus aus dem Wohnzimmer.

Ich folgte Ben den Flur entlang. Ich fühlte mich, als würde ich in einem glasklaren See schwimmen und dürfte keine Wellen schlagen. Ich sah mich schon in Handschellen, Mamas enttäuschtes Gesicht vor mir, während sie mich tröstete. Mein Gott, ich war achtzehn – sie konnten mich nach Erwachsenenstrafrecht verurteilen, wenn sie wollten.

Ben stieß die Türen links und rechts des Flures auf und schaute kurz hinein. Ein Schlafzimmer mit Doppelbett. Ein Zimmer mit einem Hochbett. Die Küche. Er schlenderte weiter durch den Flur, und ich zog jede Tür wieder zu.

Da, das Bad.

Wir gingen hinein. Ich schloss die Tür.

»Willst du zuerst duschen?«, fragte Ben.

Unfähig zu sprechen, nickte ich.

Ich streifte T-Shirt und Hose ab und pulte mir die Socken von den Füßen. Meine feuchten Zehen klebten an den Fliesen, und der Nagellack an meinem linken großen Zeh war abgesplittert. Ich zitterte.

Ben bemerkte es und drehte die Heizung auf. Wasser gluckerte in die Rohre. Ich nutzte den Moment, als er nicht hinsah, um meine Unterwäsche abzustreifen und in die Dusche zu schlüpfen. Bens Umriss legte sich auf das Milchglas. Was hieß, dass er auch meinen Umriss sehen konnte. Ich drehte die Temperatur auf. Der Wasserstrahl war hart und trommelte auf meinen Kopf.

Ich bat Ben, mir Duschgel und Shampoo zu geben, und öffnete die Tür gerade so weit, dass ich meine Hand nach draußen strecken konnte. Ein blaues Auge tauchte in dem Spalt auf, aber es ruhte auf meinem Gesicht.

Ich nahm beides und schob die Tür wieder zu.

Die Wärme und der Schaum weichten meine starren Haarsträhnen wieder auf. Wasser sammelte sich unter meinen Füßen wie künstliche Brandung, die unter meine Fußsohlen schwemmte. Ein Haar von mir verschwand im Strudel des Abflusses. So angenehm die Wärme und das saubere Gefühl waren: Als ich das Haar sah, konnte ich nur noch denken: Spuren. DNA, Fingerabdrücke. Dann fiel mir ein, dass das warme Wasser auch noch für Ben reichen musste, und ich drehte den Hahn ab.

»Kannst du mir ein Handtuch geben?«

Ben reichte es mir durch den Spalt hindurch.

Der ganze Raum dampfte.

Ben trug nur noch eine Unterhose. Ich schaute weg, als er sie auszog.

Er drehte das Wasser auf, und ich begann, mich wieder anzuziehen, solange Ben am Duschen war. Meine Kleidung war noch feucht, und ich war froh um die Wärme im Raum.

Ich setzte mich auf den Boden. Die Fliesen waren ein bisschen schmutzig, was daran liegen musste, dass wir mit unseren Matschschuhen durchs Haus gelaufen waren. Was hieß, dass wir den ganzen Flur wischen mussten, bevor wir gingen. Wir durften keine Spuren hinterlassen.

Stopp. Warum war ich jetzt wieder so ängstlich? Wo war die Hanna, die gesprayt hatte? Die Hanna, die Fremde in der Disko küsste?

Ich wischte ein Stück Spiegel frei und betrachtete mein Spiegelbild. Die Haare hingen nass an den Seiten herunter, meine Wangenknochen stachen hervor, die Lippen schienen zu pochen.

Ben trat aus der Dusche. Er stand direkt hinter mir. Er war nackt – natürlich war er nackt –, aber im Spiegel verdeckte mein Körper seinen Körper.

Er griff an mir vorbei, um sein Handtuch zu nehmen. Dann trocknete Ben sich ab und zog seine Shorts wieder an.

»Was ist los?«, fragte er. Sein Blick ruhte im Spiegel auf mir.

Wir sind in ein Haus eingebrochen, das ist los.

Ich log: »Der Vogel geht mir nicht aus dem Kopf.«

»Warum?«

»Der Stein, der Schnitt, der Vogel. Zu viele Zufälle für meinen Geschmack.«

»Es ist eine Geschichte.«

»In der Geschichte ertrinkst du am Ende.«

»Am Strand hat sich bestimmt jeder schon mal geschnitten. Und das mit dem Lochstein kann sie sich ausgedacht haben, als sie ihn um meinen Hals gesehen hat.«

»Ihre Reaktion in der Bäckerei war echt.«

»Na und? Ich verstehe sie nicht«, sagte Ben. »Keine Ahnung, warum sie so drauf war.«

»Ich verstehe *dich* nicht.«

Ben drehte mich um, sodass ich ihn ansah.

»Ich bin ziemlich einfach gestrickt«, sagte er. Sein Blick brannte auf meiner Haut.

»Findest du?«, sagte ich.

Der Dampf machte es schwierig, zu atmen.

»Stell mir eine Frage.«

Es schien nicht genug Sauerstoff in der Luft zu sein für die Frage, die ich stellen wollte.

»Was war mit – was war mit der Sache im Supermarkt?«

»Meinst du den Kuss?«, fragte Ben.

Ich nickte.

Ben öffnete den Mund und sagte –

Ein Quietschen. Von draußen. Die Terrassentür.

Ich erstarrte.

Ben lauschte.

»Pack die Sachen zusammen«, flüsterte er und löste sich von mir.

Mit zitternden Fingern stopfte ich mein Handtuch in die Tasche, holte es wieder heraus, wischte den Spiegel ab, den ich angefasst hatte. Die Duschtür. Den Wasserhahn hatte ich auch angefasst.

»Vergiss es«, flüsterte Ben. »Komm jetzt.«

Ich nahm unsere Schuhe, das Duschgel und das Shampoo und schlich Ben hinterher.

Er war schon auf dem Flur, ging eng an der Wand entlang und spähte ins Wohnzimmer. Mit der Hand winkte er mich nach. Das Wohnzimmer war leer. Ben lief schon zur Tür – ich wollte noch die Fernbedienung abwischen, aber er schüttelte den Kopf. Er tanzte über die Scherben nach draußen. Ich war langsamer als er und setzte jeden Fuß vorsichtig auf.

Der Regen hatte aufgehört, aber das Wasser tropfte noch von den Blättern. Ben lief zur Straße. Ich rannte ihm hinterher. Die Äste der Büsche schlugen mir ins Gesicht.

Als wir an der Straße ankamen, sahen wir noch das Heck eines schwarzen Autos, bevor es um die Kurve verschwand.

»Jemand hat uns gesehen«, sagte ich.

»Warum hat er uns dann nicht zur Rede gestellt?«, fragte Ben.

»Musste er doch gar nicht«, sagte ich und zeigte auf das Autokennzeichen am Fiat.

Wenn uns die Person anzeigen wollte, dann konnte sie das jederzeit tun.

Ben trug immer noch nur seine Shorts.

»Willst du noch mal rein und dich umziehen?«, fragte ich.

Ben schaute an sich herunter und schüttelte den Kopf.

Wir stiegen ins Auto. Ben fuhr los.

Wir schwiegen. Ben grübelte, ich sah das an seiner Stirn. Vielleicht machte er sich sogar Sorgen.

Es war komisch, aber ich hatte keine Angst mehr. Ich hatte Angst davor gehabt, erwischt zu werden, und das war passiert. Wenn die Person uns anzeigen wollte, dann konnte sie das tun.

»Warum hast du mich die Sachen nicht abwischen lassen?«, fragte ich.

»Wegen der Fingerabdrücke? Du schaust zu viel Fernsehen. Das ist ein Ferienhaus – meinst du, die reinigen jedes Mal alles, bis keine Abdrücke mehr da sind?«

Bildete ich mir die Herablassung in seiner Stimme nur ein?

Ich sagte nichts mehr, bis wir an der Scheune ankamen. Ben zog sich um und setzte sich mit dem Zeichenblock in eine Ecke. Jetzt, da der Regen aufgehört hatte, musste er Chloé doch zur Hand gehen, wie er es versprochen hatte.

Was sollte ich mit dem Nachmittag anfangen?

Ich ging zu Sam.

Es gab einen Küstenweg, der oberhalb des Strandes entlangführte, und ich lief barfuß über die Kiesel. Sogar wenn man nur auf den Boden schaute, gab es einiges zu sehen: Manche Steine hatten Quarzanteile und schimmerten, dann wieder gab es eine Blume am Wegrand oder ein Loch in der Erde, das vielleicht von einer Maus bewohnt wurde. Und ich sah eine Feder. Eine schwarze, glänzende Feder wie von dem toten Vogel, den wir gefunden hatten. Das Brechen der Wellen klang auf einmal lauter, und ich lief schneller, Richtung Sam.

Ich klingelte an der Tür und Frau Buchner öffnete.

»Hallo, Hanna. Schön dich zu sehen«, sagte sie. »Weiß Sam, dass du kommst?«

»Das ist eher ein Überraschungsbesuch«, sagte ich.

»Dachte ich mir schon«, sagte sie. »Er schläft noch. Wenigstens bin ich dann heute nicht die Böse, die ihn aufweckt. Geh ruhig hoch.«

Ich ging die Treppe nach oben und klopfte.

Erst kam überhaupt keine Antwort, dann ein leises »Herein«.

Ich öffnete die Tür. Das Zimmer war Chaos. Pur.

Der Raum war abgedunkelt, und Sam lag unter der Decke im Bett.

»Du magst es eben ordentlich, hm?«, sagte ich.

Sam rieb sich die Augen. »Hi.«

»Ich glaube, ich brauche Ablenkung«, sagte ich.

»Kannst du haben.« Er lupfte einladend die Decke.

Ich musste lachen.

»Worauf hast du Lust?«, fragte Sam und hielt die Decke weiter oben.

»Weiß nicht. Wie wäre es mit Meer?«

Er nickte. »Kannst du mir ein T-Shirt aus dem Schrank geben?«

»Der Schrank ist genau zwei Meter von dir entfernt«, sagte ich und blieb sitzen.

»Das ist circa ein Meter zwanzig zu viel, um mit meinem Arm ranzukommen.«

»Dann geh oben ohne, ist mir doch egal«, sagte ich.

»Implizierte sie, dass sie seinen Körperbau mag.«

Ich verdrehte nur die Augen.

»Ich bin beeindruckt, dass du so schnell ein Shirt ausgesucht hast«, sagte ich, als wir kurz darauf die Tür zum Haupteingang hinter uns schlossen und den Kiesweg entlangliefen.

»Und trotzdem bin ich perfekt angezogen«, sagte Sam.

So wie er grinste, wäre er mit einem Lächeln perfekt angezogen.

»Schaffst du es, einen Satz zu hören und kein Kompliment daraus abzuleiten?«, fragte ich. »So wie bei: Der Himmel ist blau.«

»Und deshalb werde ich knackig braun«, schoss Sam heraus.

Gespielt enttäuscht schüttelte ich den Kopf. »Neuer Versuch: Ich kann mir nicht vorstellen, wie es ist, wenn du schweigst.«

»Weil es so schön ist, meine Stimme zu hören«, sagte Sam.

»Komm schon!« Ich knuffte ihn auf die Schulter. »Letzter Versuch. Und gib dir Mühe! Ich bin genervt von deiner andauernden sarkastisch-ironischen Art.«

Die Antwort kam nicht sofort.

Dann fragte Sam: »Im Ernst?«

Ich schaute ihn an, um herauszufinden, ob er eine gespielte Mitleids-Nummer mit Hundeaugen abzog.

Tat er nicht. Ich musste wegschauen, so intensiv war sein Blick.

»Ein kleines bisschen vielleicht«, sagte ich, die Augen auf die Wegbiegung gerichtet.

Nach zehn Schritten Stille fragte ich: »Sagst du jetzt gar nichts mehr?«

»Ich wüsste nicht, was«, sagte Sam.

»Bisher schien das auch kein Problem zu sein«, stellte ich fest.

»Bisher habe ich ja auch nur gequatscht, jetzt würde ich mich gerne unterhalten.«

Wir hatten die Biegung erreicht. Die Wellen hatten sich weit zurückgezogen und gaben mit Algen überzogene Steine frei. Über die Holzplanken liefen wir nach unten. Sam ließ seine Flip-Flops an, und natürlich grub sich der hintere Teil der Sohle in den Sand ein und ließ ihn bei jedem Schritt nach oben spritzen, sodass er am Ende watschelte wie ein Pinguin.

»Hast du schon ein Gesprächsthema im Kopf?«, fragte ich.

»Meinst du wie von einer Gesprächsthemen-Liste?« Er grinste mich an.

»Es ist praktisch, wenn man nichts vergisst«, verteidigte ich mich.

»Vielleicht ist Vergessen manchmal gar nicht so schlecht«, sagte Sam.

Er sagte es mit einem Lächeln, aber dahinter steckte eine Geschichte. Ich traute mich nicht nachzufragen.

»Also haben wir kein Gesprächsthema?«, fragte ich schließlich. »Mich würde viel mehr interessieren, warum du immer noch Flip-Flops anhast, obwohl du darin offensichtlich nicht laufen kannst. Hast du Angst, dass deine Pediküre Schaden nimmt?«

»Kannst du bitte aufhören, unmännliche Witze über mich zu machen?« Er setzte sich in den Sand.

»Es gibt unmännliche Witze?« Ich setzte mich neben ihn.

»Genau wie es unmännliche Komplimente gibt.«

»Zum Beispiel?«

»Zum Beispiel: Du hast so gepflegte Augenbrauen.«

»Hat dir das schon mal jemand gesagt?«

»Natürlich nicht!«

Ich beäugte sein Gesicht. »Hast du aber.«

Sam grinste. »Danke.«

»Idiot.«

Schulter-Knuff Nummer zwei.

»Das ist der Grund dafür, dass ich nicht barfuß laufe.« Sam streifte die Flip-Flops ab und winkelte das Bein an.

Anscheinend sollte ich irgendetwas an seiner Fußunterseite erkennen, aber natürlich sah ich nichts, weil Jungs es einfach nicht schaffen, einen ihrer Füße weiter als übers Knie abzuknicken.

Ich beugte mich nach vorne. Auf seinem Fuß war ein Pflaster.

»Ich bin in eine Reißzwecke getreten«, sagte Sam.

»Also das ist männlich«, sagte ich.

Es entstand eine Pause.

»Wartest du auf Mitleid?«, fragte ich.

Ich spürte, wie Sam mich von der Seite ansah.

»Du bist anders als jedes Mädchen, das ich je getroffen habe«, sagte er.

»Was? Dir nicht verfallen?«

Ich hätte ihm das gerne ins Gesicht gesagt, aber ich konnte ihn nicht anschauen.

»Tu das nicht«, sagte Sam. »Werde jetzt nicht spöttisch, wenn wir gerade eine echte Unterhaltung führen.«

Sein Gesicht war ganz nah an meinem.

Ich musste schlucken. »Du bist nicht so, wie du tust«, sagte ich.

Sam lachte auf und zog sich zurück. »Meinst du, dass ich mich sonst immer verhalte wie ein Arsch? Ich glaube, dass wir alle anders sind, als wir tun – du doch auch. Aber du bist sarkastisch und schlagfertig, um es zu verstecken.«

»Und du bist anzüglich und zu cool«, sagte ich. Damit gestand ich ihm natürlich ein, dass er recht hatte. Es fühlte sich an, als würde ich ihm meine Brüste zeigen.

Sam legte sich zurück in den Sand.

»Ist der Sand nicht zu feucht, um sich hineinzulegen?«, fragte ich.

Sam zuckte die Achseln.

Mir fiel nichts mehr ein, was ich sagen konnte.

Vor seiner Tür verabschiedeten wir uns – nur eine kurze Umarmung. Sam stand schon mit einem Fuß im Haus, als ich fragte:

»Warum eigentlich Erdbeermädchen?«

Er drehte sich zu mir um und lächelte schief.

»Naja ... so hast du eben geschmeckt.«
Ich lief rot an.
Dann fing ich mich wieder: »So schmecke ich immer. Außer an Donnerstagen, da schmecke ich nach Regenbogen.«
»Das probiere ich noch mal aus«, sagte Sam und schloss die Tür.

SECHZEHN

Ben lag auf seiner Matratze, Arme und Beine von sich gestreckt. Er hob kaum den Kopf, als ich die Leiter nach oben kletterte.

»Wo ist das Auto?«, fragte ich.

»Hab ich auf dem Parkplatz stehen lassen«, sagte Ben. »Ich hatte Angst, dass es in dem Matsch stecken bleibt.«

»Wie war's?«, fragte ich.

»Ich habe ein verrostetes, sauschweres Motorrad auf einen Anhänger von ihrem Auto gestemmt. Was hast du mit Sam gemacht?«

Woher wusste er, dass ich bei Sam war? Beobachtete er mich?

»Geredet«, sagte ich langsam.

»Er will bestimmt nicht mit dir *reden*.«

»Tut er aber.«

»Warum hat er dich dann geküsst?«

»Meinst du, als er mich auf die Wange geküsst hat? Woher weißt du das?«, sagte ich, bevor mir einfiel, dass das schon vorgestern gewesen war, und Ben das nicht meinen konnte.

»Er hat dich geküsst!«

Abrupt setzte Ben sich auf und schlüpfte in die Schuhe. Seine Finger zitterten, sodass er kaum die Schnürsenkel binden konnte.

»Wohin gehst du?«, fragte ich.

»Rat mal.«

»Sag es einfach.«

»Zu Sam.«

»Was willst du da?«

Ben lächelte. »Ich werde ihm eine reinhauen.« Er stand auf.

»Du gehst nicht dorthin«, sagte ich.

»Halt mich auf.«

Ich stellte mich direkt vor die Leiter.

»Oh wow«, sagte Ben. »Du wärst ein mieser Spartaner gewesen.«

Er kam auf mich zu, mit dem offensichtlichen Ziel, mich hochzuheben und zur Seite zu stellen. Ich ging ein Stück weiter nach hinten. Nur meine Fußballen berührten das Holz, die Fersen schwebten über der Leiter. Wenn er mich jetzt packen wollte, würde ich fallen.

Ben blieb stehen. »Hör auf«, sagte er.

»Was ist los? Warum machst du das?«

»Geh vom Rand weg.«

Meine Knie zitterten, aber ich machte weiter. »Ist dir langweilig?«

»LASS DEN SCHEISS.«

Bens Ausbruch ließ mich zurückzucken. Ich verlagerte zu viel Gewicht nach hinten. Verlor das Gleichgewicht. Ruderte mit den Armen.

Bens erschrockenes Gesicht.

Fing mich wieder.

Atmete flach.

Ich wollte nach vorne treten, weg von dieser dummen Art, zu sterben, aber ich bewegte mich nicht, denn Ben hörte mir endlich zu.

»Wenn dir langweilig ist, können wir auch mit der Liste weitermachen«, sagte ich.

Ich strengte mich an, dass meine Stimme ruhig klang.

»Vergiss doch die Liste«, sagte Ben. »Die Liste ist scheißegal.« Er setzte sich wieder auf die Matratze.

Endlich. Ich machte einen kleinen Schritt nach vorne. Noch einen. Ich sackte in die Knie und zitterte. Unkontrolliert sog ich Luft in die Lungen. Luft, Luft, Luft. Mein Kopf wurde ganz leicht. Warum war mir auf einmal schwindlig?

»Du hyperventilierst«, sagte Ben und legte seine Hände in einer Kuhle über meinen Mund. »Langsam.«

Allmählich, wie ein Karussell in der letzten Runde, hörte der Holzboden auf, sich zu drehen.

»Warum ist die Liste egal?« Ich sprach die Worte gegen seine Handinnenflächen. Ben ließ die Arme sinken.

»Du willst dich doch bloß vor den fünfundzwanzig Kindern drücken«, sagte ich.

Ben rückte von mir ab. Er ging nicht auf den Witz ein.

»Wenn du mit dem Fremden, den du geküsst hast, ausgedehnte Spaziergänge am Strand machst, ist die Liste schon über ihr Ziel hinausgeschossen«, sagte er.

»Und was machen wir dann hier?«

»Vielleicht sollten wir nach Hause fahren«, sagte Ben. »Vielleicht sind wir jetzt lange genug unterwegs.«

»Lange genug wofür?«

Ben zuckte die Achseln. »Ich dachte, dass etwas passieren würde, wenn wir lange genug unterwegs wären. Ich weiß nicht genau, was, nur ein Gefühl. Vielleicht, dass wir einfacher werden würden.«

»Sind wir denn so kompliziert?«

»Bitte. Wir sind wie das Tausend-Teile-Puzzle mit tausendundeins Teilen.«

»Was passiert, wenn wir zu Hause ankommen?«

Ben schaute auf die Holzwand und lächelte in die Ferne. »Wir geben auf. Wir vergraben die Träume, schüren die Ängste, verbrennen die Bücher, und wir geben auf. Wir werden zufrieden damit, dass die Welt ist, wie sie ist, und wir führen das Leben, das uns passiert.«

»Es ist nicht so schwarz und weiß«, sagte ich. »Nur weil wir zurückgehen und studieren und arbeiten und heiraten, geben wir noch nicht auf.«

»Sehr gut, Hanna. Buddel schon mal ein Loch für deine Träume.«

Ich legte den Kopf in die Hände.

So erschöpft.

Vielleicht war das der Punkt, auf den unsere Reise zugesteuert war. Der Moment, an dem wir erkannten, dass wir zu verschieden waren.

»Was erwartest du von mir, Ben?«

»Alles und nichts«, sagte Ben.

Ich war seine Rätsel leid.

»Klartext bitte. Gib mir Sätze, die ich nicht entschlüsseln muss.«

»Ich erwarte alles von dir. Ich erwarte, dass du die mutigste, freieste und strahlendste Hanna wirst, die du sein kannst. Und ich erwarte nichts, weil du schon mutig bist und frei und weil du strahlst.«

Ich staunte Ben an und begann sachte zu weinen.

»Hey.« Ben legte die Hände um mein Gesicht und strich die Tränen mit dem Daumen weg. »Es ist vielleicht das Ende, aber das ist noch kein Grund zu weinen. *Tomorrow we will run faster, stretch out our arms farther. ... And one fine morning* —«

»Nicht«, sagte ich.

Ein Wort war alles, was Ben brauchte. Er beugte sich nach vorne und küsste mich. In dem Wirrwarr aus warmer Atemluft, klebrigen Tränen und Haaren, die mir ins Gesicht hingen, wirkte die Berührung unserer Lippen simpel.

Wir küssten uns still. Mit jedem Mal nahmen wir dem anderen die Worte aus dem Mund. Der Wind schlich um die Scheunenwände, die Regentropfen wichen dem Dach aus.

Ben seufzte. Ein Signal zum Loslassen. Und mit diesem Geräusch gaben wir unseren Widerstand auf.

Ich rückte näher an ihn heran, ich kroch auf seinen Schoß. Ben wollte mir eine Haarsträhne aus dem Gesicht streichen, aber ich lehnte mich im gleichen Moment gegen ihn, und wir kippten nach hinten.

Mein ganzes Denken konzentrierte sich auf die Stelle Kopfhaut, die seine Finger berührten, während er mir durch die Haare strich. Ben atmete tief und gleichmäßig, sagte aber nichts. Ich drückte mich auf die Ellenbogen und strich mit meinen Lippen über seine. Kein Kuss, fast keine Berührung. Ben rührte sich nicht, aber ein kehliger Ton drang aus seinem Mund, und da war er, der Moment, in dem Bens Atem auf einmal schneller ging.

Bens Arme legten sich auf meinen Rücken, schoben sich aneinander vorbei, sodass sein Griff um meine Taille immer enger wurde. Ich fühlte mich schmal und zerbrechlich auf ihm, und es kam mir seltsam vor, dass wir Menschen so ungleiche Paare bildeten. Dann öffnete Ben leicht seinen Mund, und die Berührung unserer Lippen wurde ein Kuss oder etwas anderes, das Gedanken auslöschte.

Er drückte mich hoch und legte mich neben sich auf die Matratze – wir passten nebeneinander gerade so darauf – und schob mein T-Shirt nach oben. Er küsste meinen Bauchnabel. Sein Atem und seine Lippen berührten gleichzeitig meine Haut.

Unwillkürlich drückte ich meinen Rücken durch.

»Hey, hey, hey«, murmelte Ben und küsste mich noch einmal.

Seine Finger fuhren meinen Brustkorb nach, zählten jede Rippe. Es fühlte sich an, als würde er mich unter meiner Haut kitzeln.

Ich atmete ein. Luft strömte in meine Lungen, in meine Beine, bis zu meinen abgekauten Fingernägeln, bis zu dem Muttermal auf meinem kleinen Zeh, bis zu meiner Kopfhaut.

Ich fühlte mich wie eine Energiesparlampe, die zum ersten Mal mit voller Helligkeit brannte. So war das also, wenn man seinen ganzen Körper auf einmal spürte. So viel. So jetzt. So warm.

Bens Hand kam an meiner Seite zur Ruhe, Fingerbreiten von meiner Brust entfernt.

»Was ist los mit dir? Du bist ganz steif.«

Er nahm mein Handgelenk mit zwei Fingern und schüttelte es sacht.

»Machst du jetzt einen Witz über steife Gliedmaßen?«, fragte ich.

»Mir ist nicht nach Witzen zumute«, sagte Ben. »Was willst du, Hanna?«

Mir war nach Weinen zumute. Ich wusste, was er mir geben konnte, und ich streckte meine Hände danach aus und rollte mich gleichzeitig zitternd zusammen und war von Angst geschüttelt und lag still da, während seine weichen Haare über meinen Bauch strichen.

Er atmete tief, um sich ruhig zu halten, aber jeder Muskel in ihm lauerte auf die nächste Bewegung.

»Was machen wir hier?«, fragte ich.

Und Ben mit seiner Stimme, die nicht lügen konnte, sagte: »Wir gehen weiter.«

Ich griff mit meiner Hand zu seinen Haaren. Dann führte ich sein Gesicht nach oben, zu meinem Mund. Sein Körper folgte wie auf Tatzen. Er legte seine Unterarme links und rechts neben meinem Kopf ab. Seine Haut, sein Flaum, seine Wimpern, alles kam näher, bis wir dieselbe Luft atmeten.

Wir küssten uns.

Seine Lippen lösten sich von meinen. Sie schimmerten leicht.

Bens Augen waren für mich offen. Ich schaute zurück.

Er senkte sich auf mich herab, und wir gingen weiter.

Wir liefen zum Strand. Wir hielten uns an den Händen.

Eine Atemlosigkeit lag in diesem Laufen, als erwarteten wir, das Meer hätte sich verändert, so wie wir uns verändert hatten.

Wolkenfetzen rissen über den Himmel. Das Meer hauchte uns an. Jedes Sandkorn wurde mir bewusst.

Ben drückte meine Hand. Sonst wäre ich davongeflogen.

Ich konnte die Welt in ihren schillernden Fragmenten sehen. Splitter ohne Scherben, die sich neu arrangierten wie ein Mosaik.

Alles war kantig und klar.

Wie mutig man sein musste, um ein Leben zu leben.

SIEBZEHN

Du wartest nicht auf die Flut, aber sie kommt doch. Sie spült alles weg, was du erschaffen hast. Sie macht alles neu. Und mit der Flut kommt der Sturm.

Die Nacht war wie ein riesiges Aquarium. Ich trieb nah an der Oberfläche. Mal wischte ein kleiner Fisch an meinem Knöchel vorbei, mal spürte ich die Wurzel einer Seerose an meinem Scheitel.

Ich hing in einem zarten Sog zwischen Realität und Traum mit Gedanken wie Luftblasen und Erinnerungen wie Muscheln am Grund.

Träumte ich, dass ich wach war, oder war ich wach und träumte? Es machte keinen Unterschied. Was ich erlebte, war wahr. Es musste nicht passieren, damit ich das wusste.

Wärme um meine Finger. Berührung. Ben lag ganz nah bei mir und hielt meine Hände.

»Schlaf weiter«, flüsterte er.

»Was ist los?«, fragte ich.

»Ich musste die Farbe deiner Augen sehen. Ist das verrückt?«

»Nicht verrückter, als in einer Scheune zu übernachten.«

»Das sollten wir auf unsere Liste dazusetzen. ›In einer Scheune übernachten‹.«

»Tu dir keinen Zwang an«, sagte ich, und meine Augen klappten wieder zu.

»*Nein, bitte. Augen auflassen*«, *sagte Ben und schob meine Augenlider mit dem Zeigefinger nach oben.*
»*Warum bist du so wach?*«, *fragte ich.*
»*Mir ist gerade etwas klar geworden*«, *sagte er.*
»*Und was ist das?*«
Ich gähnte. Gääähnte.
»*Ich weiß nicht, wie ich es sagen soll.*«
»*Schreib es auf*«, *sagte ich.*
»*Ich kann die Wörter nie in die richtige Reihenfolge bringen.*«
»*Jaja*«, *sagte ich.* »*Die wichtigen Dinge sind leicht zu denken und schwer zu sagen.*«
»*Verdammt*«, *sagte Ben.* »*Du bist viel zu müde.*«
»*Also, was wolltest du jetzt sagen?*«
»*Ich liebe dich.*«
»*Gutes Beispiel.*«
»*Nein. Ich liebe dich.*«
Ich tätschelte ihm die Wange.
»*Ich liebe dich auch, Ben. Das weißt du doch.*«
Ein Wal schwamm mit einem Schlag seiner Schwanzflosse an mich heran. Er öffnete das Maul und verschluckte mich.

Ben war schon wach. Ich schmiegte mich in seine Armkuhle, und er drehte sich in meine Richtung. Sein Arm ruhte auf meiner Hüfte.
Ich zog den Schlafsack bis ans Kinn und schloss wieder die Augen. *Ich liebe dich.* War das passiert, oder hatte ich es geträumt?
»Alles klar?«, fragte Ben.
»M-hm.«
Er drückte seinen Kopf in meine Haare.
Ich versuchte, mich darauf zu konzentrieren, wie sein Ellenbogen auf meiner Taille lag und wie viel Wärme seine Haut abstrahlte. Ich wollte nicht an später denken, eigentlich wollte

ich gar nicht denken. Es war mir egal, wenn aus diesem Moment, der wie von Schokolade überzogen war, etwas Schreckliches werden würde. So mussten sich Drogenabhängige fühlen. Einen Moment für ein ganzes Leben eintauschen.

Ich tauchte wieder in den Schlaf ab.

Als Ben sich bewegte, wachte ich auf.

»Entschuldigung«, sagte er. »Mein Arm ist eingeschlafen.«

»Schon okay«, sagte ich. Ich hob den Kopf, und er schüttelte die Muskeln aus.

Ben schlug ein Buch aus seinem Flohmarkt-Stapel auf. Er las eine Stelle aus der Mitte des Buches. Ich verstand nicht viel vom Inhalt, weil ich das Buch nicht gelesen hatte, aber die Sätze waren schön, und Bens Stimme fädelte sie auf wie Perlen.

Ich sank ein in die Worte und die Wärme, die langsam zu meinen Wangen aufstieg. Irgendwie wollte ich heute nicht wach werden.

Ben klappte das Buch zu. »Mir ist etwas eingefallen, das ich noch erledigen muss.«

Ich nickte nur und schloss wieder die Augen. Ben schob mir die Kopfhörer von seinem Handy in die Ohrmuschel und stellte eine Playlist zusammen.

Die Musik schaukelte mich hin und her, bis auf einmal ein Lied von Jim Morrison lief. Eine sehr gute Methode, um mich aus dem Schlaf zu reißen. Ich öffnete die Augen und schaltete weiter zum nächsten Lied.

Weil die Scheune sich aufheizte, wurde es irgendwann zu warm im Schlafsack, und ich stand auf. Ich zog gleich einen Bikini an, darüber meine Laufsachen, schnürte die Schuhe und lief los.

Die Strecke ging über den Marktplatz, an Chloés Haus vorbei, zur Kirche, dann in einem Bogen zu Sams Haus und schließlich den Weg auf der Anhöhe über dem Strand zurück.

Heute lief ich ohne Musik, nur zum Abrollen meiner Sohle auf dem Boden und dem Geräusch, wenn ich ein- und ausatmete. Meine Beine fanden einen guten Rhythmus, und der Asphalt zog unter mir vorbei. Zwischendurch hörte ich das Lied eines Vogels, hoch und traurig, und ich dachte, dass der tote Vogel vielleicht so gesungen hatte, aber sicher konnte ich mir nicht sein. Der Gedanke an die Legende war plötzlich wieder da, dunkel wie der Himmel in den letzten Tagen. Chloés Worte am Strand: *Sie sandte dem Mädchen Warnungen.* Für einen Moment, einen ganz kurzen Moment, glaubte ich an die Legende, und wollte voll Panik losrennen, um Ben zu suchen. Ich atmete tief ein – die salzige Seeluft, Oceanas Duft – und schüttelte den Gedanken ab. Am Strand entlang lief ich zurück – er war leer, abgesehen von einem Pärchen, das aufs Meer schaute. Die langen blonden Haare des Mädchens flatterten im Wind.

Lange blonde Haare.

Ich wurde langsamer, trat auf der Stelle.

Ja, das war Chloé. Und der Typ neben ihr: Ben. Sie hatte ihren Kopf auf seine Schulter gelegt.

Das musste Ben also erledigen?

Ich schaute noch einmal hin. Ja, es waren Chloé und Ben.

Ich war nicht eifersüchtig – hey, sie hatte nur ihren riesigen blonden Schädel auf seine Schulter gelegt –, aber in meinem Kopf hing die Szene auf ›Repeat‹, als Chloé bekifft Auto gefahren war:

»*Wie heißt du noch mal?*«*, fragte sie Ben nach einiger Zeit.*
Ihr Blick huschte in seinem Gesicht umher, als würde sie es aufnehmen.
»*Ben.*«
»*Ben*«*, wiederholte sie.*
»*Ben*«*, wiederholte sie.*

Langsam lief ich wieder an, zurück zur Scheune. Mein Rhythmus war durcheinander, und als ich ankam, hatte ich Seitenstechen. Ich nahm ein Buch und ein Handtuch und kehrte zurück zum Strand.

Es war niemand mehr dort.

Ich hatte schon zwanzig Seiten gelesen, als Ben mich an der Schulter berührte.

»Hier bist du also«, sagte er.

Ich hielt meinen Blick auf den Seiten.

»Willst du schwimmen gehen?«

»Was hast du gemacht?«, fragte ich.

Ben setzte sich neben mich. »Ich war bei Chloé.«

»Ich weiß. Ich bin an euch vorbeigelaufen.«

Ben zog seine Schuhe aus. Er hatte lange Zehen, und Schwimmhäute hätten gut dazu gepasst. »Warum fragst du dann?«

»Ich dachte, du würdest mir sagen, was du so dringend erledigen musstest.«

Ben zuckte die Achseln. »Wir haben gestern etwas besprochen, und mir ist noch etwas dazu klar geworden.«

»Wie man das Motorrad noch besser auf den Anhänger heben kann?«

Er überging meine Ironie. »Ich kann dir nicht sagen, worüber wir geredet haben.«

»Okay.«

»Wo bist du langgelaufen?«

»Kann ich dir das sagen? Oder ist das jetzt auch geheim?«

Ben pikste mich in die Rippen. »Sei nicht so. Lass uns ins Wasser gehen.« Er begann, mich zu kitzeln. »Komm schon, komm schon, komm schon.«

»Ist ja gut!« Ich legte das Buch zur Seite.

Das Kitzeln war die erste Berührung, seit wir aufgestanden waren. Ich hatte keinen Kuss zur Begrüßung erwartet, aber auch nicht, dass Ben mit mir reden würde, als wäre gar nichts passiert. Vielleicht war das für ihn so – für mich jedenfalls nicht.

Wir schlenderten zum Wasser, immer noch der Abstand zwischen uns, aber als die Wellen uns fast über die Füße leckten, stellte sich Ben mir in den Weg, sodass ich in ihn reinlief. Ich wollte links an ihm vorbei, aber er machte ebenfalls einen Schritt in die Richtung. Wieder lief ich gegen ihn. Also blieb ich vor ihm stehen und schaute ihn an. Sein Gesichtsausdruck war undurchschaubar. Dachte er an gestern Nacht, so wie ich?

Er legte die Hände auf meine Schultern. Seine rechte Hand rutschte meinen Arm hinab.

Wie beiläufig berührte er meine Brust durch das Bikini-Oberteil hindurch.

Ich schaute mich um. Hatte das jemand gesehen?

Ben fuhr noch einmal über den Stoff.

»Hör auf«, sagte ich.

»Warum? Du magst es.«

»Ja, aber uns könnte jemand sehen.«

»Na und? Wir könnten ganz weit nach draußen schwimmen, und ich könnte dich hochheben und ...«

»Da bekommt dein Ausdauertraining fürs Schwimmen gleich eine andere Bedeutung«, sagte ich.

»Okay, los«, sagte Ben und glitt Kopf zuerst ins Wasser. Als ich nicht nachkam, tauchte er wieder auf. »Was ist?«

»Nein«, sagte ich.

Ben kam wieder aus dem Wasser. Tropfen liefen über seinen Körper.

»Sind wir jetzt bei dem Stereotyp, bei dem der Mann um Sex bettelt?«

»So ist das nicht.«

»Okay.« Ben legte sich direkt vor mir auf den Boden, die Arme hinter dem Kopf verschränkt. »Dann erklär es mir.«

Ich setzte mich neben ihn. Die Frage war schwierig zu stellen. »Was ist da zwischen uns?«, fragte ich.

Bens Gesichtsausdruck wurde ernst. Er rappelte sich auf die Ellenbogen und sah mir lange und tief in die Augen. »Sand.«

Ich kickte ihn in die Seite. Ben wälzte sich vor Lachen auf dem Boden. Sandkörner klebten an ihm. Ich tat noch einmal so, als würde ich ihn treten, und er rollte eine Umdrehung Richtung Meer. Eine Welle rauschte nach vorne, überspülte ihn, und er schluckte Wasser. Sein Gesichtsausdruck war unglaublich.

Jetzt lachte ich *ihn* aus.

Schon war er auf den Füßen. Ich rannte los, kreischend, Ben hinter mir. Wir rannten zügig, aber nicht am Limit. Wir konnten beide schneller rennen, und Ben hätte mich mit Sicherheit kriegen können, so laut wie ich kreischte. Strand hoch, Strand runter.

Meine Beine wurden müde. Bens Beine bestimmt auch. Es war heiß – das Rennen, die Sonne –, und eine feine Feuchtigkeit breitete sich auf meiner Stirn aus. Langsam lief ich mich aus und drehte mich zu ihm um. Er kam auf mich zu. Ich streckte die Hände aus. Bens Augen waren so tief. Er fasste mich unter den Achseln und hob mich hoch.

So hoch, bis seine Arme gestreckt waren und ich über ihm schwebte. Er drehte sich im Kreis, und ich streckte die Arme aus, und wir wirbelten, und die Farben verschwammen, und die Art, wie er mich anschaute, machte mich schwindlig, und ich war so verdammt frei, und Ben lief ins Wasser und wir kippten senkrecht in die Wellen.

Es war ein Abstand zwischen uns, als wir schwammen, aber wir waren nie mehr als einen Schwimmzug voneinander entfernt. Wir hielten uns mit Blicken nah beieinander. Ben begann, Delfin zu schwimmen, und ich hielt inne und sah ihm zu.

Jedes Mal, wenn er seinen Oberkörper aus dem Wasser schob, schien das Wasser an seiner Haut nach oben zu fließen.

Mit langen Zügen schwamm ich dem Strand entgegen. Der Sand verflüchtigte sich unter meinen Fersen, wenn ich einen Schritt machte.

Es war so heiß, dass meine Haut fast wieder trocken war, als ich aus dem Wasser kam.

Ich konnte nicht lesen. Deshalb sah ich Ben zu, bis er an Land kam. Er stülpte mir sein Handtuch über den Kopf und trocknete meine Haare.

Die Schuhe baumelten an unseren Fingern, als wir barfuß zurückliefen. Ben trug seine Schuhe mit der linken Hand, ich meine mit der rechten.

Da war ein Stein, und wir wichen ihm beide aus, und unsere Handrücken pendelten gegeneinander. Die Kuppe von Bens kleinem Finger strich über die Außenseite meiner Hand.

Einen Moment später liefen wir immer noch, liefen so schnell wie möglich Richtung Scheune, während die Straße uns die Fußsohlen verbrannte.

ACHTZEHN

Es war Zeit fürs Abendessen, und wir knobelten aus, wer Brot holen musste, als Bens Handy vibrierte.

Er las vor: »Chloé schreibt: Abendessen/Alkohol/alte Filme bei mir in einer Stunde. Kannst Hanna mitbringen. Kommt nicht zu spät, ich hab Hunger.«

Kannst Hanna mitbringen. Wie nett.

»Wo ist euer Gastgeschenk?«, fragte Chloé, gleich nachdem sie die Tür geöffnet und unsere leeren Hände gesehen hatte.

»Unser *was?*«, fragte Ben.

»Gastgeschenk, ihr wisst schon. Was man aus Höflichkeit mitbringt, wenn man sich keine Mühe machen will, was Persönliches herauszusuchen. Die Flasche teuren Wein, die Flasche billigen Wein, Berentzen, Klopfer, irgendein Fusel. Habt ihr vielleicht ein bisschen Schnaps in der Jacke versteckt?«

»In der SMS stand, dass du schon Alkohol hast«, sagte Ben.

»Da stand, dass wir Alkohol trinken. Und ich sorge schon für das Essen, die Filme, die Heizkosten und die sanitären Anlagen. Ist es zu viel verlangt, dass ihr ein bisschen Alkohol mitbringt? Ich glaube nicht.«

Ben zückte sein Handy.

»Deine SMS hatte genau neunzehn Wörter. Es wurde nicht

ganz ersichtlich, dass der Anlass nach einem Gastgeschenk verlangt.«

»Das soll eure Ausrede sein? Wirklich? Nicht mal was Kreatives wie: ›Unser Weinkeller ist abgebrannt. Millionenschaden. Wir konnten nur einen Korken retten.‹?«

»Wir wohnen in deiner Scheune«, sagte ich.

»Es geht um den mentalen Aufwand, den ihr für mich aufbringt.«

»Ich glaube, du hast schon einiges von unserem potenziellen Gastgeschenk getrunken«, sagte ich.

»Nennt mir einen guten Grund, warum ich euch reinlassen sollte.«

»Du hast uns beinahe umgebracht«, sagte Ben.

Chloé verdrehte die Augen und winkte uns vorbei. »Wirst du das denn nie vergessen?«

In der Küche zog sich Chloé erst mal einen viel zu großen Pulli über.

Sie gab sich Mühe mit ihrer Gammel-Einstellung, aber im Licht der Küchenlampe sah ich, dass sie den Lidschatten genau in die Lidfalte gesetzt hatte, sodass ihre Augen noch größer aussahen.

Der Gedanke, dass Chloé sich irgendwann mal regelmäßig geschminkt hatte, verwirrte mich.

Sie sah Ben an. »Ich wollte ein Soufflé machen – mit Brokkoli und Schinken. Ist das okay für dich?«

Ich räusperte mich.

»Du machst ein Vegetariergesicht«, sagte Chloé. »Also gut. Dann eben ein Brokkoli-ohne-Schinken-Soufflé.« Sie zog sich eine Schürze über den Pulli. Mit Rüschen. »Schaut nicht so. Ich will mich nicht einsauen.«

Chloé machte den Eindruck einer guten Köchin, aber genau

würden wir das nie wissen, denn sie rührte keinen Finger. Sie ließ Ben den Brokkoli putzen und überwachte mich dabei, wie ich die Eier aufschlug und das Mehl für den Teig unterhob.

Als das Soufflé im Ofen war, öffnete Ben die erste Flasche Wein. Ich mochte keinen Wein, aber Ben und Chloé stießen an und übertrumpften sich gegenseitig mit immer absurderen Geschichten. Nach dem Essen war die Flasche hinüber.

»Ich hole noch eine Flasche«, sagte Chloé. »Geht schon mal in mein Zimmer.«

Ben lief vor mir die Treppe hoch und öffnete die Tür zu Chloés Zimmer.

Er musste schon dagewesen sein, natürlich, aber gehörte zum Heben eines Motorrads wirklich dazu, dass man dem anderen noch sein Zimmer zeigte?

Oder hatte Ben diesen Teil der Geschichte unterschlagen? Ich spürte, wie die Frage die Erinnerung an den Nachmittag veränderte. Als ich Ben danach fragen wollte, trampelte Chloé schon mit einer neuen Flasche die Treppe hoch.

»Setzt euch ruhig auf mein Bett«, sagte sie. »Welchen Film wollt ihr schauen?«

»Alter Film war ausgemacht«, sagte Ben und kniete sich vor die Stapel.

»*Der Clou.*« Er hielt die DVD hoch. »Den habe ich schon ewig nicht mehr gesehen.«

Chloé legte die Disc ein und setzte sich zu uns aufs Bett. Ich saß ganz außen, bei der Dachschräge, aber Ben und Chloé brauchten so viel Platz, dass ich den Kopf immer schief halten musste. Nach fünf Minuten Film setzte ich mich auf den Boden.

»Brauchst du eine Decke?«, fragte Chloé.

Nicht: Sollen wir ein bisschen rutschen?

Ich nahm die Decke.

Die Story baute sich auf, und ich konnte verstehen, warum der Film sieben Oscars bekommen hatte, aber ich konnte mich nicht so sehr dafür begeistern wie Chloé und Ben. Sie warfen sich die Stichworte hin und her. Chloés Hintergrundwissen über den Film nahm kein Ende, und Ben war fasziniert von der Geschichte in der Geschichte.

Vor dem Finale musste Ben auf die Toilette. Auch dafür brauchte er keine Wegbeschreibung.

»Sind wir mal nicht so«, sagte Chloé und drückte ›Pause‹ auf der Fernbedienung.

Das Schweigen war so drückend, dass man es fast in der Luft sehen konnte. Chloé schaltete um auf das Fernsehprogramm. Es war 20:15 Uhr, und wir erwischten gerade noch den Wetterbericht.

Die Gewitterwolken im Norden Deutschlands waren unübersehbar, die ganze Küste entlang. Die Stimme der Meteorologin brüllte uns über das Surround-System von allen Seiten an.

»… das stärkste Gewitter des Jahres. Danke, Thorsten, jetzt zurück ins Studio.«

Chloé drückte auf der Fernbedienung herum, und die Frau auf dem Bildschirm verstummte.

Wir dachten beide das Gleiche, aber ich wollte es nicht ansprechen. Ich brauchte ein anderes Thema.

Mir fiel ein, dass ich Chloés Großvater noch nicht gesehen hatte.

»Wo ist eigentlich dein Großvater?«

Chloé zuckte die Achseln. »Da ist irgend so ein Gemeindevorstehertreffen. Oder er ist schon wieder da und liest im Wohnzimmer seine Schinken.«

Wir schwiegen wieder.

Ich dachte, ich hätte Schritte auf dem Flur gehört. Sehr gut, dann konnten wir dieses Gespräch nicht weiterführen. Aber niemand kam herein.

»Du musst dafür sorgen, dass Ben morgen nicht schwimmen geht«, sagte Chloé, ohne mich anzusehen. »Lass ihn einfach nicht hin.«

Chloé musste genauso gut wie ich wissen, dass Ben es sich nicht verbieten ließ, ins Wasser zu gehen. War das vielleicht ein Plan von ihr? Wollte sie, dass ich Ben gegen mich aufbrachte, damit sie sich an ihn heranmachen konnte?

Schritte auf dem Flur. Dieses Mal öffnete Ben die Tür.

Wie das wohl für ihn aussah: Ich, zusammengekauert auf dem Boden, und Chloé, ausgestreckt auf dem Bett, hundertsiebenundsiebzig Zentimeter Kurven.

»Hab ich was verpasst?«, fragte er und schaute uns beide an, als spürte er die seltsame Stimmung.

»Wir haben Pause gedrückt«, sagte ich, bevor Chloé etwas anderes sagen konnte.

Chloé zog die Beine an, damit Ben sich wieder aufs Bett setzen konnte. Er winkte ab, setzte sich neben mich auf den Boden und legte einen Arm um meine Schulter. Sofort fühlte ich mich besser.

Ich erwischte Chloé, wie sie auf Bens Arm starrte. Sie merkte, dass ich sie beobachtete, und schaute schnell auf den Bildschirm. Der Film lief wieder an.

»Kannst du den Ton wieder anstellen?«, fragte Ben.

Chloé nickte – was Ben natürlich nicht sehen konnte – und drückte auf der Fernbedienung herum. Sie schien sich nicht mal zu bemühen, den richtigen Knopf zu finden.

Die Surround-Anlage beschallte uns wieder. Ich lehnte mich mit dem Rücken an Ben. Chloé kroch unter ihre Decke. »Lasst mich schlafen, wenn ich einpenne, aber schaltet den Fernseher aus und zieht die Haustür zu, wenn ihr geht.«

Sie klang unendlich müde.

Ich stupste Ben an und machte ein Was-machen-wir-jetzt-Gesicht. Ben zuckte die Achseln. Bestimmt fand er die Situation auch komisch, aber er wollte den Film auf jeden Fall zu Ende schauen. Ich konnte mich nicht auf den Film konzentrieren, weil ich mir immer wieder in Erinnerung rufen musste, dass Chloé auch da war und vermutlich nicht schlief, sondern lauschte.

Als der Abspann lief, schalteten wir den Fernseher aus und gingen aus dem Raum.

Nach Chloés abgedunkeltem Zimmer war es draußen noch unerwartet hell. Die Luft war mild, und ein Sturm schien Jahre entfernt. Warum sollte ich Ben wütend machen? Wegen einer dummen Legende, an die Chloé glaubte? Sicher nicht.

Bens Arm lag locker über meiner Schulter. Wenn jetzt jemand vorbeilief, musste er uns für ein Paar halten.

Wir hielten an, damit Ben einen Schluck aus der angefangenen Weinflasche nehmen konnte, die er aus Chloés Zimmer mitgenommen hatte.

Ben hielt mir die Tür zur Scheune auf, lief dann aber an mir vorbei und fing an, die Leiter nach oben zu klettern. Es war schwierig mit der Weinflasche in der Hand, und irgendwann schleuderte er die Flasche ins Stroh. Ich kletterte hinter ihm her und legte mich auf meine Matratze. Ben schälte sich umständlich aus seiner Hose.

»Rutsch mal ein Stück«, sagte Ben.

Ich rutschte, und er legte sich neben mich. Nach einem Augenblick bot ich ihm einen Platz unter dem geöffneten Schlafsack an. Er rollte sich darunter. Ich wusste, dass er versuchte, wenig Decke zu benutzen, aber an meiner Seite entstand trotzdem ein kleiner Spalt. Es war wirklich nur ein winziger Spalt, aber die Luft zog eisig hinein.

»Ich brauche mehr Zudecke«, sagte ich.

»Noch mehr?«

»Hier ist eine Ritze!«

»Hier auch.«

»Du bist hier der Mann, reiß dich mal zusammen«, sagte ich.

Ben drehte sich auf die Seite, wodurch der Schlafsack noch mehr verrutschte. »Hatten wir uns nicht geeinigt, niemals geschlechtsspezifische Rollenbilder zu benutzen?«

»Männer frieren im Durchschnitt drei Grad später als Frauen. Das ist eine wissenschaftlich bewiesene Tatsache«, sagte ich.

»So wie die Tatsache, dass der Mensch am Bauch besonders viele Temperaturrezeptoren hat?«, fragte Ben und schob mir seine kalte Hand unters Shirt.

Ich gab ihm unter dem Schlafsack einen Tritt. Ben lachte.

»Du kannst dir gleich deinen eigenen Schlafsack anwärmen«, sagte ich.

Ben versuchte, ein ernstes Gesicht zu machen. »Okay, ich bin wieder brav.«

Er rutschte näher zu mir und klemmte den Schlafsack so unter sich fest, dass alle Luftlöcher geschlossen waren. Sein rechter Arm war zwischen uns beiden eingeklemmt, und er machte ihn vorsichtig frei.

Seine Hände glitten von der Haut auf meinem Rücken glatt über meine Hüftknochen zu meinem Bauch. Ein Schauder überlief mich. Seine Arme flossen weiter um mich herum, verschränkten sich und zogen mich über die Matratze näher zu ihm, bis ich mit dem Rücken an seinem Bauch lag.

»Du riechst gut«, sagte er, sein Gesicht in meinen Haaren versunken. Ich roch den Alkohol in seinem Atem.

»Ich rieche auch morgen noch gut«, sagte ich.

Er umschlang mich enger. Obwohl seine Umarmung nicht

fest war, schnürte sie mir die Luft ab. »Aber ich will dich lieber jetzt riechen«, flüsterte er. Er schob sich auf und ab, und erst nach einem Moment checkte ich, dass er sich an mir rieb.

»Du bist ja richtig heiß«, sagte ich.

»Oh ja, *smartypants*«, sagte er.

Mir war nicht klar gewesen, wie betrunken er war. Ich drehte mich in mehreren kleinen Drehungen zu ihm um. Er legte seine Hände um mein Gesicht und küsste mich.

»Du riechst wirklich richtig gut«, sagte er.

»Und du bist wirklich richtig müde«, sagte ich.

»Kann schon sein«, sagte Ben. Er gähnte in mein Ohr. »Macht aber nichts.« Er zog mich mit seinen Armen noch näher heran.

Ich blockte die Bewegung mit meinem Ellenbogen ab.

Er ließ locker. »Was ist los?«

»Geht es hier um Sex?«, fragte ich.

»Äh ... ja? Ist das nicht klar geworden?«

»Ich meine zwischen uns.«

Ben sah mich einen Moment ausdruckslos an, dann sagte er: »Warte mal«, und stand auf. Er tappte in die andere Ecke der Holzplattform, drehte eine Wasserflasche auf und schüttete sie über seinen Kopf.

Das Wasser tropfte von seinen Haaren, und sein T-Shirt war dunkel, als er zurück zur Matratze kam.

»Oh, fuck. Ich bin gerade nicht in der richtigen Verfassung für dieses Gespräch.«

Er raufte sich die Haare. Die dunklen Strähnen standen von seinem Kopf ab.

Dann legte er sich wieder neben mich, den Kopf aufgestützt.

»Also nein«, sagte er. »Es geht nicht um Sex. Warum denkst du das?«

»Es kam so plötzlich«, sagte ich.

»Es kam *plötzlich*? Hast du das wirklich als plötzlich empfunden? Hanna, die Geschichte geht los mit der Nacht, als ich dich auf dem Baum geküsst habe.«

»So lange?«

Er küsste mich auf die Nasenspitze. »Jeden zweiten Tag.«

Ich lächelte. »Warum hast du es mir nicht früher gesagt?«

Er schaute mich an. »Da war Fabian.«

Fabian war der Grund für unseren ersten Streit gewesen, und danach kam Ben nie, wenn Fabian da war. Wenn er sah, dass Fabian das Haus verließ, klopfte Ben an die Terrassentür.

»Weißt du, warum ich mit ihm Schluss gemacht habe?«

»Ich weiß nur, dass ich das gefeiert habe.«

Leise sagte ich: »Als ich gemerkt habe, dass ich ihn wegschicke, damit du kommst.« Ich schluckte. »Also. Warum hast du es wirklich nicht früher gesagt?«

Seine Stimme war tief und sehr leise, als würde er über ein leeres Kristallglas streichen. »Wir waren doch zusammen.«

Warum hatten wir dann so viel Zeit verschwendet? Warum hatte ich einen Exfreund und Ben ein ständig wechselndes All-Star-Team?

»Wir haben uns seit damals nicht geküsst«, sagte ich.

Ben drehte sich auf den Rücken und schaute zum Dach. Er lächelte und sagte nichts.

»Und wenn wir versagen?«, fragte ich. »Wenn das mit uns nicht klappt?«

»Ich liebe dich«, sagte Ben. »Und das sage ich nicht, weil ich ein naiver Teenager bin, der nichts vom Leben weiß. Jedes Jahr sagen das so viele Menschen, und wer weiß, wie viele in dem Moment lügen, wenn sie es sagen, aber ich meine es. Sie machen sogar einen Vertrag aus diesem Versprechen und glauben, sie dürfen das, weil sie im richtigen Alter sind und schon Zeit mit Arbeit verschwendet haben und alles wissen. Aber das ist nicht das Kriterium. Das Kriterium ist, dass du jemanden lieben kannst, ohne ihn zu berühren, ohne ihn zu sehen oder mit ihm reden zu können. Dass du ihn liebst, obwohl du dich nicht mehr an sein Gesicht erinnern kannst. Und wenn wir mittelmäßige Spießer werden, mit Zeitungsabo und Familienkutsche, dann werde ich uns lieben, wie wir damals gewesen sind. Damals in der alten Scheune ohne Dusche, einfach nur rotzglücklich.«

Er schaute immer noch zur Decke. Sein Gesicht war entspannt und leuchtete. Ich konnte ihn nicht berühren, und ich konnte nichts sagen. Aber ich verstand, dass unsere Freundschaft in Bens Kopf eine Geschichte war und dass sie das nicht aus der Realität riss, sondern nur noch echter machte.

»Und wie erwartest du, dass ich es dir zurücksage nach dieser Erklärung, die so offensichtlich einstudiert war?«, fragte ich.

Ben drehte sich auf die Seite. »Du hast eine Tendenz, romantische Stimmung auszurotten wie ein Kammerjäger die Ratten.«

Ich lachte.

Ben zwickte mich, aber seine Hand wanderte von meiner Hüfte nicht weiter.

Wir stopften die Ritzen wieder mit Schlafsack zu, aber obwohl wir vollkommen still lagen, kroch immer wieder kalte Luft unter die Decke.

»Willst du dir den anderen Schlafsack holen?«, fragte ich.

»Zu weit weg«, murmelte Ben.

Ich wappnete mich gegen die Kühle, stand auf, lief um die Matratze herum und hob den anderen Schlafsack auf.

Er war nass, dabei war der Rest der Scheune trocken. Komisch. Ich führte meinen Finger zum Mund.

Der Geschmack biss meine Zunge.

Salzwasser.

NEUNZEHN

»Hanna. Hanna!«

Bens Worte krochen an mein Ohr. Ich hatte nicht bemerkt, wie er aufgestanden war und seine Arme um mich gelegt hatte. Ich zitterte.

»Hey, Hanna.«

Seine Arme lagen schwer auf meinen Schultern, und das Gewicht beruhigte mich ein bisschen.

»Dafür gibt es eine Erklärung«, sagte Ben.

Ja, die gab es.

Sie sandte der Frau Warnungen in der alten Sprache. Einen toten Vogel mit offener Brust. Ein Bett voller Salzwasser. Einen Spiegel voller Blut.

»Reg dich nicht so auf. Da spielt uns jemand einen Streich.«

»Und wer? Wer kennt uns hier?«

Warum war ich eigentlich diejenige, die so ausrastete? Ben sollte Angst haben.

»Chloé. Und Sam.«

Ich zitterte immer noch, es wurde nicht schwächer. Ben hüllte mich in den trockenen Schlafsack.

»Chloé kann es nicht gewesen sein«, sagte er, »weil der Schlafsack noch trocken war, als wir gegangen sind. Sie hätte nicht die Zeit gehabt, um trotzdem vor uns da zu sein und uns die Tür zu öffnen. Bleibt noch Sam. Aber woher soll Sam wissen, dass Chloé uns die Legende erzählt hat?«

Ich hörte nicht richtig zu. Wenn es Chloé oder Sam oder beide gewesen waren, gut. Aber was, wenn nicht? Was, wenn die Legende wahr war? Warum verstand Ben das nicht – wo er doch derjenige war, der an Geschichten glaubte? Ich kämpfte, um den Gedanken loszuwerden, um wieder kühl zu überlegen, aber ich schaffte es nicht. Da war der blutende Riss in Bens Fuß. Die toten Augen des Vogels, an den ich beim kleinsten Hinweis dachte. Bens Worte, die noch durch meine Adern flossen. *Ich liebe dich.* Es war zu viel, das passte, und zu viel zu verlieren.

Die Lösung des Rätsels leuchtete durch meine Müdigkeit und den Schock hindurch.

Ich unterbrach ihn: »Versprichst du mir, dass du vor dem Sturm nicht mehr schwimmen gehst?«

»Das ist lächerlich«, sagte Ben. »Beruhig dich erst mal.«

Ich wollte mich ja beruhigen. Er musste es nur versprechen.

»Kann schon sein, dass es lächerlich ist, aber ich würde mich besser fühlen«, sagte ich.

»Passt du auch auf, dass dir keine schwarzen Katzen über den Weg laufen?«

»Versprich es einfach.«

Ben rückte ein Stück von mir ab. »Nein.«

»Einen Tag ohne Schwimmen wirst du doch wohl aushalten«, sagte ich.

»Ich muss schwimmen, um einen klaren Kopf zu bekommen«, sagte er. »Ich brauche das.«

Der Junge wuchs heran, und er wuchs heran zu einem Mann, der das Meer liebte. Er verzehrte sich danach, dort draußen zu sein, als wäre dort ein Teil von ihm. Er konnte schneller schwimmen als alle anderen Jungen in seinem Alter und tiefer tauchen als sie. Er liebte den Ozean, und Oceana liebte ihn.

»Das ist genau wie in der Legende«, sagte ich.

Warum war mir nicht früher aufgefallen, dass Ben dieser Mann war? Dass die gesamte Geschichte perfekt auf ihn passte? Chloé konnte sich das nicht einfach ausgedacht haben – sie kannte Ben zu dem Zeitpunkt noch nicht gut genug. Und wenn die Legende echt war – mussten die Warnungen dann nicht auch echt sein?

»Vergiss doch die Legende«, sagte Ben. »Das macht keinen Sinn.«

»Dann tu es für mich. Verzichte für mich einen Tag lang auf das Schwimmen.«

»Nein«, sagte Ben.

»Warum nicht?«

»Deine Angst bestimmt nicht über mein Leben.«

Eine neue Welle »meiner Angst« erfasste mich. Ich zitterte unkontrolliert am ganzen Körper. Bens Versprechen war nicht mehr nur etwas, damit ich gut schlafen konnte. Ich brauchte es, um überhaupt einschlafen zu können.

»Bitte«, flüsterte ich.

Ben streichelte meine Schultern und Arme durch den Schlafsack hindurch, als könnte er durch Wärme das Zittern aus meinem Körper scheuchen.

Ich fühlte mich so müde, Tränen drückten von innen gegen meine Augen. Leise sprach ich die Wörter aus, obwohl ich das Gefühl hatte, als würde ich Ben verlieren, während ich sie sagte:

»*I dare you.*«

Ben sah mich lange an, und ich hatte das Gefühl, dass er über etwas ganz anderes nachdachte. Eine Sache, weit außerhalb der Gedanken, die er mit mir teilte. Würde er diskutieren, dass man die Herausforderung so nicht einsetzen konnte? Er schien mit sich zu ringen, öffnete den Mund, um etwas zu sagen. Schloss ihn wieder. Wie bei einer Geschichte-der-tausend-Gefahren, und er konnte sich einfach nicht für ein Ende entscheiden.

Schließlich seufzte er. »Ich gehe nicht schwimmen, bis der Sturm vorbei ist.«

Er drückte mich auf die Matratze und breitete den Schlafsack über uns beiden aus.

»Jetzt schlaf.«

Es gibt einen Grund, warum ich eine Decke – oder noch besser einen Schlafsack – für mich brauche: Ich wache auf, wenn kalte Luft unter die Decke zieht.

Deshalb wachte ich nicht auf, als Ben sich regte. Ich wachte nicht auf, als er den Schlafsack zurechtrückte und sich von einer Seite auf die andere drehte. Seine Unruhe glitt am Rande meines Schlafes vorbei. Aber als er ein Bein unter dem Schlafsack hervorstreckte, wurde ich sofort wach.

Kurz öffnete ich die Augen. Der Morgen hatte dem Himmel erst ein bisschen Licht beigemischt.

Ich spürte, wie Ben auf dem Rücken lag. Mit meinen Gedanken versuchte ich, ihn an die Matratze zu fesseln. Ich stellte mir vor, dass sein Rücken aus Metall war und der Boden magnetisch. Noch während ich das Bild mit Farben füllte, bewegte sich die Matratze, und er stand auf.

Ich blieb liegen, bis er die Scheune verlassen hatte, dann folgte ich ihm hinaus.

Als ich mich durch das Tor schob, war Ben schon am oberen Ende der Straße. Er hätte sich umdrehen können und mich gesehen, aber er tat es nicht.

Die Welt sprach zu mir durch meine Füße. Jetzt wechselte der Untergrund von dem mit Steinen gespickten Asphalt zu Sand. Es war eine andere Art zu laufen. Der Sand war kühl.

An dem Überhang setzte ich mich hin.

Ben war schon in den Wellen. Ich sah seinen Kopf ab und zu, wenn er auftauchte und das trübe Morgenlicht durch die Wolken fiel.

Ich wusste nicht, was ich fühlen sollte. In mir waren so viele

Gefühle, als müsste ich mich für eines entscheiden. Das Wasser war bestimmt warm. Es wäre leicht, zu ihm hinauszuschwimmen. In Unterwäsche, im T-Shirt, egal.

Ich blieb sitzen.

Ich saß für eine lange Zeit.

Dann kam er aus dem Meer, er lief langsam hinaus. Licht fiel auf sein Gesicht. Er schaute direkt zu dem Platz, wo ich saß. Ich stand auf und ging.

In der Scheune wartete ich mit tränennassem Gesicht auf meiner Matratze. Er schlich sich herein, dabei wussten wir beide, dass ich nicht schlief. Ich hörte, wie die nasse Badehose auf den Boden klatschte. Das Rascheln von trockenem Stoff. Das Quietschen der Bohlen und wie die Matratze sich neigte. Dann Stille.

Stille, die sich aufbaute, während das Licht stärker wurde.

Ben war nicht da, als ich aufwachte. Es war mir auch egal. Er hatte mir einen Teller mit Toast hingestellt, ein Gänseblümchen lag neben dem Messer.

Ich ließ das Frühstück stehen und schnürte meine Laufschuhe. Nicht, weil ich unbedingt laufen wollte. Nicht, weil ich irgendeinen Trainingsplan verfolgte. Einfach nur, weil ich nicht da sein wollte, wenn er wiederkam.

Ich rammte meine Füße in den Boden, so wütend war ich.

Natürlich wütend auf Ben, weil er sein Versprechen nicht mal eine Nacht lang gehalten hatte. Aber auch wütend auf Chloé. Ihr Plan war aufgegangen: Sie hatte die Angst in meinen Kopf gepflanzt, und Ben verabscheute Angst. Wie ein wildes Tier konnte er sie wittern.

Meine Knöchel schmerzten nach kurzer Zeit, aber ich rannte weiter. Ich gab mir nicht einmal Mühe, besser abzurollen. Meine Lungen drückten gegen meine Rippen; mein Atem ging viel zu schnell. Immer noch hämmerte ich die Zehenspitzen in den Boden. Bamm, bamm, bamm.

Häuser, Bäume – als ich endlich langsamer wurde, hatte ich keine Ahnung, wo ich war. Ich lief langsam zurück, nahm eine falsche Straße, ging bis zur richtigen Abzweigung zurück.

Mein Bauch protestierte – Essen! –, und am liebsten hätte ich mir in der Bäckerei irgendetwas mit Schokolade geholt, aber dort war Chloé, also würde ich dort ganz sicher nicht hingehen.

Die Tür zur Scheune stand offen, und Ben saß auf der Leiter. Er wartete.

»Hey«, sagte er.

»Kann ich bitte hoch?«, fragte ich.

Er sprang vor mir auf den Boden, aber ich drückte mich an ihm vorbei.

»Was ist los?«, fragte Ben. Er fasste mich am Arm.

Ich schüttelte ihn ab. »Hast du mich gesehen oder nicht?«

»Ja. Warum bist du nicht nach unten gekommen?«

»Du hast nie vorgehabt, dein Versprechen zu halten«, sagte ich. Ich wusste, dass das wahr war.

»Geht es jetzt darum?«, fragte Ben.

Ich kletterte nach oben. »Worum denn sonst?«, fragte ich über die Schulter.

Ben kletterte mir hinterher. »Ich dachte, es ginge vielleicht um das, was ich dir gestern gesagt habe.«

»Genau darum geht es doch«, sagte ich.

Ich schmierte mir einen Toast und hielt ihm den Rücken zugedreht.

»Die Sache davor«, sagte Ben. »Ich war nicht ganz nüchtern, aber ich habe es genauso gemeint.«

Ich schlang das Brot mit vier Bissen herunter und holte mir schon das nächste aus der Packung. Es war labbrig, und man konnte es vermutlich zu einer Kugel zusammenpressen.

»Kannst du mich anschauen, wenn du mit mir redest?«

Ich drehte mich zu ihm um. Ben presste seine Fäuste gegen die Oberschenkel. Er sah hilflos aus wie ein Geschichtenerzähler, dem die Fäden aus der Hand laufen, obwohl er so sehr versucht, sie festzuhalten.

»Woher soll ich wissen, dass du deine Versprechen ernst meinst?«

Er machte eine Geste, eine Bewegung in meine Richtung, und ließ sie dann in der Luft verdorren. »Du musstest das hören, um dich zu beruhigen, also habe ich es gesagt. Ich dachte, wir könnten heute Morgen schon darüber lachen.«

»Haha«, machte ich.

»Komm schon.« Ben trat einen Schritt auf mich zu, berührte mich aber nicht.

»Wäre es so schwer gewesen, einen Tag lang nicht zu schwimmen?«, fragte ich.

»Du warst aufgelöst, und ich habe das falsch eingeschätzt. Es tut mir leid.«

»Okay«, sagte ich und wandte mich wieder meinem ekelhaften Frühstück zu.

»Ist jetzt wieder alles in Ordnung?«, fragte Ben.

Was war mit uns passiert, wenn er das fragen musste?

Ich drehte mich zu ihm um. »Jetzt, wo du weißt, dass es mir wichtig ist – würdest du ab jetzt bis nach dem Sturm nicht schwimmen gehen?«

»Das ist die Frage?«, fragte Ben.

Sein Gesicht war vollkommen leer, schon weit hinter der Grenze der Erschöpfung.

Ich zögerte einen Moment. Wir waren an einem Strich auf dem Boden angekommen, und wenn ich jetzt »Ja«, sagte, dann überschritten wir diesen Strich unwiderruflich. Etwas würde passieren. Etwas musste passieren.

Aber ich war weit über Nachdenken hinaus. Auch ich war erschöpft, auch ich war wütend – sogar wenn ich nicht wütend auf die Welt war, wie Ben. Warum sollte immer ich nachgeben?
Nicht dieses Mal.
»Das ist sie«, sagte ich.
»Dann ist die Sache ja klar«, sagte Ben. Seine Arme hingen einfach an der Seite herunter.
Ich nickte.
Der Abstand zwischen uns war so weit.
»Ich gehe kurz raus«, sagte Ben.
Ich zuckte die Achseln.
Ben ging.

Ich wusste nichts mit mir anzufangen. Wie hatten wir die Zeit bisher herumgebracht? Wie lange waren wir eigentlich schon unterwegs?
Es gab keinen Fernseher, kein Internet, nicht einmal lausiges Radio, und gegen Bens Bücher verspürte ich eine heftige Abneigung. Mein Handy war leer. Und ich konnte es nicht aufladen – denn es gab auch keinen Strom. Keine Dusche. Kein Klo.
Was machte ich jetzt?
Die Antwort war lächerlich einfach, fast hätte ich gelacht.
Ich zog meinen Bikini an und ging schwimmen.

Es war heiß, aber man konnte schon erkennen, wo sich das Gewitter zusammenbraute.
Die Wellen waren seltsam ruhig, fast glatt wie ein Spiegel, der sich an den Rändern kräuselt.
Ein bisschen konnte ich Ben ja verstehen – das Meer war schön. Eine Art von Schönheit, die einen direkt in der Brust packte.

Ich watete hinein. Das Meer war still und riesig und atemberaubend, aber ich verlor nicht für einen Augenblick das Gefühl, dass etwas unter der blau-grünen Oberfläche schlummerte. Als hinge während des Schwimmens ein winziges Gewicht an einem Faden um meinen Knöchel, das mich daran erinnerte, dass ich jeden Moment ertrinken konnte. Wenn ich den Grund nicht sehen konnte – woher wusste ich dann, dass er noch da war? Wie weit hatte mich die letzte Welle Richtung offenes Meer getragen? Und was hatte gerade mein Bein gestreift – eine Alge oder etwas anderes?

Als ich den Gedanken gedacht hatte, konnte ich nicht mehr weiter auf dem Rücken treiben. Ich schwamm Richtung Strand, kämpfte hart gegen die Strömung, die mich immer wieder zurückzog. Das Wasser spülte meinen Schweiß sofort weg. Der Strand schien einfach nicht näher zu kommen. Gerade, als ich die Panik in mir aufsteigen fühlte, ließ mich das Wasser los, und ich schwamm halb kraulend, halb im Bruststil an den Strand. Mit zitternden Knien ging ich aus dem Wasser heraus und saß im Sand, bis die Sonne mich getrocknet hatte.

»Wo warst du?«, fragte Ben.

Ich reckte das Kinn vor. »Schwimmen.«

Bens Gesicht zeigte keine Reaktion.

»Wo warst *du*?«, fragte ich.

»Bei Chloé«, sagte er.

Ich versuchte, mein Gesicht genauso unbewegt zu halten wie er seines.

»Ich habe fürs Abendessen ein paar Teilchen aus der Bäckerei mitgenommen. Chloé hatte sie übrig.«

»Danke«, sagte ich.

»Sie hat vorgeschlagen, dass wir in die Trinkbar gehen«, sagte Ben. »Du weißt schon, die Kneipe, in der wir waren.«

»Ich weiß.«
»Also? Gehen wir hin?«
Ich überlegte. »Ist es okay, wenn Sam mitkommt?«
Bens Antwort kam einen Moment zu spät. »Klar. Warum nicht?«

ZWANZIG

Die Sounds wummerten aus den Boxen. Einen Moment stand man am Eingang und übersah die ganze Tanzfläche, dann zogen einen die Beats nach unten. Schweiß. Wenn überhaupt möglich, dann waren noch mehr Leute da als letztes Mal.

Es war schwierig, Ben noch auszumachen zwischen all den zuckenden Körpern. Er war tanzen gegangen, Chloé musste irgendwo bei der Bar sein. Aber natürlich war Ben da, man konnte seine Anwesenheit spüren, als würden alle anderen ihm eine Glocke voll Platz lassen.

Ben tanzte in kleinen Bewegungen. Der Beat erfasste ihn nicht – der Beat pochte in ihm drin. Von hier oben sah ich, wie Köpfe, die sich beim Tanzen drehten, in seiner Richtung hängen blieben. Er war schön. Ich wusste nicht, dass er so tanzen konnte.

»Hey.« Sam legte mir eine Hand auf die Schulter und begrüßte mich mit einer Umarmung. »Ich musste noch das Auto parken. Seid ihr mit Chloé gekommen?«

Ich nickte.

»Willst du was trinken?«

Ich nickte wieder. Es war zu laut, um zu reden.

Sam ging zur Bar und kam mit zwei Gläsern Schnaps zurück.

»Auf die Trinkbar und die Leute, die man dort kennenlernt«, sagte er, und wir stießen an.

Wir bahnten uns einen Weg nach unten. Ich hatte Ben immer fest im Blick, nicht schwer bei seiner Größe.

Ein roter Kopf schob sich zwischen meinen Blick und Ben. Locken. Sie beugte sich nah an ihn heran. Ich konnte weder Bens noch ihr Gesicht sehen, aber einen Augenblick später war sie auch schon wieder auf dem Weg zurück zu ihrem alten Tanzplatz. Allein.

Wir erreichten die Tanzfläche. Die Blitzlichtanlage ging an, und Lichtschauer liefen über die Decke. Sam tippte mir auf die Schulter, und als ich mich zu ihm umdrehte, machte er mit seiner Hand einen Entenschnabel vor meinem Gesicht und tanzte dann eine Techno-Version des Ententanzes, was im Wesentlichen bedeutete, dass er die Bewegungen mit viel Energie und extra abgehackt machte und dazu ein Gesicht zog wie ein hoch konzentrierter Shuffle-Tänzer.

Ironisches Tanzen – wirklich bemitleidenswert, aber ich konnte schlecht zulassen, dass Sam sich alleine zur Ente machte.

Wir machten die Schnäbel und die Flügel und gingen beim letzten Teil ganz bis in die Knie. Es machte Spaß. Ich war selbst überrascht. Der Sound des DJs war gut; flüssige Übergänge, ein durchgehender Beat über Liedern aus den Top 100, gar nicht schlecht für eine Landkneipe.

Dann öffnete die Menge einen Gang. Man merkte es daran, dass sich plötzlich alle in eine Richtung drängten. Es war Chloé, sie lief direkt an uns vorbei, ohne uns wahrzunehmen, die blonden Haare umtanzten ihr fiebriges Gesicht. Die Tanzenden machten ihr Platz, es war genau wie bei Ben. Sie brauchte keinen Rhythmus, sie war der Beat.

Sie legte ihre Hände auf Bens Schultern und senkte ihr Gesicht zu seinem.

Das Licht blitzte, ging aus, knipste sich dann wieder zu voller Helligkeit an.

Ich sah nur kurz die zwei Köpfe, die aneinanderhingen. In meinem Kopf blitzte auch alles, und ich beugte mich nach vorne und küsste Sam.

Es war unkoordiniert und nur eine Berührung, kein Gefühl. Sam war überrascht, aber während des Kusses richtete er sich auf und zog mich näher zu sich heran. Der Druck seiner Lippen war fest und – *warum hatte Ben sein letztes Versprechen gebrochen?* Ben küsste Chloé – tat er doch, oder? Er hatte sie geküsst.

Ich löste mich von Sam und sah hinüber. Ben hielt Chloés Gesicht in den Händen, und seine Lippen waren auf ihren. Genauso, wie er mich geküsst hätte. Es war ein Kuss, der so intensiv war, dass man sich schämte hinzuschauen. Und ich war nicht die einzige Person, die hinschaute. Die roten Locken schauten hin. Das Pärchen neben uns hatte seine Armschleuderei heruntergefahren und schaute hin. Sam schaute hin.

Er schaute zu Ben und Chloé, schaute zu mir, las in meinem Gesicht.

Abrupt drehte er sich um und ging. Ich wollte die Hand nach ihm ausstrecken, ließ sie aber an meiner Seite hängen. Was sollte ich ihm sagen? Er hatte ja recht. Und ich wollte nicht einmal, dass er zurückkam.

Ich wollte, dass dieser Kuss aufhörte, dass dieser Club verschwand und dass Chloé in ihr vollgestopftes Zimmer zurückkroch.

Warum?, dachte ich, mein Gehirn arbeitete in Zeitlupe, unter Schock, und buchstabierte mir die Frage aus: W-A-R-U-M? Dann stürzten die Gedanken übereinander: Alles, was wir erlebt hatten, der Kuss, der Sex, der Strand, die Liebeserklärung. Zählte das nichts?

Der Kuss hörte nicht auf, und ich sah weiter hin.

Chloé war eine Blume in der Wüste, und Ben war der Regen.

Ich verlor Ben. Spätestens in diesem Moment, wenn nicht schon vor langer Zeit, verlor ich ihn. Ich hatte Ben gewonnen, als ich auf den Baum geklettert war und er sein Reich der Geschichten für mich geöffnet hatte. Und dieses Wissen war wie den Griff um den letzten glitschigen Ast zu verlieren, an dem ich mich hochziehen wollte. Ich rutschte ab, und obwohl ich den Schmerz nicht fühlen konnte, während ich rückwärts durch die Äste barst, ahnte ich schon, wie sehr es wehtun würde, wenn ich aufschlug.

Die Bar war voll, und alle schnipsten und streckten Arme in die Luft, sodass es mir vorkam, als würde der Schnaps hier versteigert und nicht verkauft.

Irgendwann beugte sich der Barkeeper zu mir über die Theke, und ich schrie ihm meine Bestellung ins Ohr.

Ich kippte den Inhalt des kleinen Glases und spürte den Abgang des Alkohols nicht einmal, so taub fühlte sich mein ganzer Körper an. Dann blieb ich stehen, um dem Barkeeper bei der Arbeit zuzusehen. Ohne neue Bestellung wurde ich schnell ans äußere Ende der Bar gedrängt, in die Nähe der Tür.

Ich entdeckte Chloés blonden Haarschopf. Sie ging Richtung Ausgang, Ben hinter ihr.

Ich stolperte den beiden hinterher. Im Gedränge draußen verlor ich sie kurz und kämpfte mich zur Straße durch. Chloé hatte auf dem Parkplatz hinter dem Haus geparkt. Ben öffnete schon die Beifahrertür des Cabrios, als ich sie entdeckte.

»Wollt ihr mich dalassen?«, fragte ich.

Ich hoffte, dass meine Stimme locker klang, wie von jemandem, der weiß, dass die Antwort auf seine Frage ›natürlich nicht‹ ist.

Ben drehte sich zu mir um. Sein Blick war völlig desinteressiert. Vielleicht war das das Schlimmste. Dass er mich ansah, als wäre ich einer der Menschen, die ihn langweilten.

Da. In diesem Moment durchbrach ich die letzten Äste zwischen meinem Fall und dem Boden – ich spürte noch die Rinde des Astes, an dem ich abgerutscht war – und schlug auf. Ein Knacken. Das Licht zersplitterte vor meinen Augen.

Und trotzdem blieb ich stehen und schaute Ben an.

»Sam nimmt dich bestimmt mit«, sagte er.

Sam ist nicht mehr da!, wollte ich sagen. Aber der Aufprall hatte mir alle Luft aus den Lungen gedrückt, und einatmen konnte ich nicht, weil meine Rippen gebrochen waren. Stumm nickte ich.

»Warte heute Abend nicht auf mich«, sagte Ben.

Er setzte sich und schlug die Tür zu.

Ich versuchte, noch einen Blick auf Chloés Gesicht zu erhaschen – war sie überheblich, jetzt wo ihr Plan aufgegangen war? Sie konzentrierte sich aufs Ausparken.

Das Cabrio rollte auf die Straße, beschleunigte und verschwand.

Mein Geld reichte nicht für ein Taxi.

Ich schaute sogar noch nach, ob Sam wirklich schon gefahren war, aber er war nicht mehr in der Kneipe.

Ich sah zwei Jungs zu einem Auto gehen und überredete sie, mich mitzunehmen. Das Mädchen, das schon mit gebrochenem Rücken auf dem Boden lag, hatte keine Angst, noch einmal zu fallen. Die Sitze waren mit Leder bezogen, bestimmt das erste eigene Auto. Sie warfen sich gegenseitig Blicke zu wie ›*Oh mein Gott! Wir haben ein lebendiges Mädchen im Auto!*‹

Ich konnte meine nette Fassade aufrechterhalten, bis ich mich angeschnallt hatte, dann antwortete ich nur noch einsilbig.

Die beiden waren entnervt, als sie mich endlich rauslassen konnten.

Ich war immer noch drei Kilometer vom Dorf entfernt – die Jungs wollten keinen Umweg fahren, und ich wollte sie nicht bis zu der Scheune führen. Also begann ich zu laufen.

Meine Schuhe klapperten auf der leeren Straße, und ich hätte sie gerne ausgezogen, weil ich auch nicht mehr ganz gerade laufen konnte, aber ich tat es nicht. Angst vor Scherben und Hundehaufen und anderem Zeug, das ich im Dunkeln nicht sehen konnte.

Ich wette, es war hell, dort, wo Ben gerade war. Oder auch nicht. Vielleicht hatten sie das Licht schon wieder ausgeknipst.

Der Regen begann ganz sanft, wie ein Flaum. Er fiel, um meine Gedanken wegzuwaschen, und er fiel immer stärker und immer schneller.

Als ich an der Scheune ankam, war ich nasser als nass. Um jeden Tropfen Wasser an meinem Körper wickelte sich noch eine Schicht Feuchtigkeit.

Die Luft, die ich atmete, war kalt.

Ich zog mich in der Scheune aus, nahm das Handtuch, das noch auf der Matratze lag, rubbelte mich ab und schlüpfte in zwei Lagen Kleidung. Dann kroch ich in den Schlafsack. Meine Füße schmerzten vom Laufen, und jede Zelle meines Körpers war schwer vor Müdigkeit. Aber ich kämpfte gegen den Schlaf, weil ich Angst hatte vor dem, was ich sehen würde. Würde ich den Moment in der Disko noch einmal erleben? Oder würde mein Unterbewusstsein Ben und Chloé durch jede romantische Szene schleusen, die ich je aufgeschnappt hatte? Die bloße Erinnerung an den Kuss riss mir eine Wunde. Wie sollte ich mich in meinen Träumen wehren, wenn die Bilder mich jetzt schon überfluteten? Aber mein Körper presste mich schwer in die Isomatte, als würde mein Herz

Müdigkeit pumpen. Ich schloss die Augen und wartete auf dunkle Träume.

Ich wachte mitten in der Nacht auf, weil der Wind am Scheunentor rüttelte. Der eine Torflügel hatte sich aus der Verriegelung gerissen und schlug gegen den anderen. Ich blieb erst liegen, zog mir dann aber doch Schuhe an, kletterte die Leiter herunter. Der Wind griff mir in die Haare, als ich die Scheunentore wieder verankerte.

Wie das Meer jetzt wohl war?

Es würde sich aufbäumen. Es würde über die Steine preschen. Brocken aus den Felsen reißen. Wie ein Hammer. Wie ein Muskel.

Ben war noch nicht da, als ich aufwachte.

Ich blieb für einen Moment liegen und wartete, dass der Schlaf wieder kam, aber er blieb weg. In meinem Kopf war es relativ leise, und ich konzentrierte mich auf beobachtende Gedanken, um die Bilder nicht zu wecken, die noch schliefen.

Der Sturm war vorbei; es war still dort draußen, als würde die Natur schweigen. Die graue Wolkendecke dämpfte das Licht.

Ich las ein paar Seiten. Die Tüte mit dem Toast war leer, und ich dachte darüber nach, ob ich nicht einfach liegen bleiben sollte, aber dann zog ich doch meine Schuhe an, um zum Auto zu gehen, in der Hoffnung, dass es dort noch etwas zu essen gab.

Ich lief den Weg entlang. Meine Füße sanken leicht in den Boden ein. Ein Baum war über den Weg gekippt. Die Blätter hatten eine silbrige Farbe und hingen elegant im Wind. Sogar in der Zerstörung sah die Natur schön aus.

Erst sah ich das Auto nicht, und als ich dann um die Ecke bog und es in mein Gesichtsfeld kam, sah ich nur mein eigenes Gesicht.

Es starrte mich von der Fahrerseite aus an.

Die Augen aufgerissen.

Den Mund zu einem Schrei geöffnet.

Die Scheibe war voller Blut.

EINUNDZWANZIG

Ich renne zu Chloés Haus, falle hin, rappele mich auf, Matschspritzer, egal.

Es ist mir auch egal, wenn er noch bei ihr ist oder sie mir nackt die Tür öffnen.

Hauptsache, er ist dort, Hauptsache, die Angst verschwindet aus meinem Bauch.

Ich klingele Sturm.

Ein Hund kläfft, und Chloé öffnet die Tür.

»Wegen gestern –«, beginnt sie, aber ich frage:

»Ist Ben noch da?«

»Nein, wegen gestern, er war –«

Aber ich renne schon wieder, ich renne zum Meer.

Es zog ihn zum Meer, an Fasern tief in ihm. Er schwamm hinaus, gegen die Flut, die Wellen, den Wind. Wasser war unter ihm, über ihm, um ihn herum.

Je näher ich der Klippe komme, desto schneller renne ich.

Er schwamm so weit hinaus, bis er den Strand nicht mehr sehen konnte.

Ich kann rennen wie der Teufel. Ich kann größere Schritte machen, ich kann schneller laufen, ich kann meine Herzfrequenz hochjagen, bumm, bumm, bumm, ich kann härter atmen, mehr schwitzen, fliegen. Aber ich kann nicht. Ich. Kann. Nicht. Rechtzeitig da sein.

Denn als ich an der Klippe ankomme, ist der Strand leer und die Wellen zahm wie kleine Kätzchen.

Und ich weiß, dass Ben weg ist.

TEIL 2

ZWEIUNDZWANZIG

Eine chronologische Reihenfolge der Ereignisse:

- Ich rufe die Polizei.
- Die Polizei kommt.
- Chloé kommt dazu.
- Sam ist auch auf einmal da.
- Sie finden Bens blaue, mit Edding bekritzelte Chucks am Strand.
- Suchtrupps werden bestellt.
- Und kehren zurück. Erfolglos.
- Kehren zurück. Erfolglos.
- Zurück. Erfolglos.
- Erfolglos.
- Niemand interessiert sich für die Legende.
- Niemand interessiert sich für das Auto.
- Ein Tag.
- Zwei Tage.
- Zu viele Fragen.
- Ich rufe meine Mutter an.
- Sie überweist mir Geld.
- Ich fahre mit dem Zug zurück.

- Sie geben die Suche auf.

DREIUNDZWANZIG

Sprachlosigkeit:

VIERUNDZWANZIG

Wie es sich anfühlt?

Wie überfahren werden. Du kannst dir vorher nicht vorstellen, wie es ist, wenn die Kühlerhaube dich bei voller Geschwindigkeit erfasst. Einen Moment lang ist es nur eine Berührung, und dann krachst du, fällst du, schleuderst du durch die Luft. Du hast nur deine Haut – das ist alles, was dein Innen vom Außen trennt, und sie schabt sich am Asphalt auf. Du blutest. So viel Blut.

Der erste Schmerz reißt dir die Luft weg. Er sticht durch deinen Körper. Du weinst mit offenem Mund, weil du gleichzeitig schreist. Der zweite Schmerz ist schlimmer. Dumpf. Er schleicht sich an, ist auf einmal da. Er höhlt dich aus. Beißt winzige Stücke aus dir heraus. Du vergisst, dass es Zeiten ohne Schmerz gab. Am Ende bist du nur noch eine Hülle, nur noch deine zerfetzte Haut. Dein Herz schlägt noch, aber du könntest auch tot sein, dort auf dem Boden, zwischen den Glassplittern.

FÜNFUNDZWANZIG

Mein Zimmer sieht kahl aus. Alles, was das Radikal-Ausmisten übrig gelassen hat (ein paar Klamotten, einen Stapel Bücher, ein Fotoalbum), steckt in einer Umzugskiste, die in der Mitte meines Zimmers steht. Bald würde ich umziehen und mit dem Freiwilligenjahr anfangen. In meinem Kleiderschrank befinden sich nur noch ein paar T-Shirts, die viel zu klein waren, und die Klamotten, die ich damals zum Streichen von Bens Zimmer getragen hatte. Die Hose ist voller dunkelblauer Sprenkel.

Daneben, in der hintersten Ecke des Schrankes, liegt das ganz schwarze Kleid. Es riecht nach Schweiß, obwohl ich es nur zwei Stunden getragen habe.

Keine Ahnung, warum ich überhaupt dort war. Ich glaube, ich wollte es hinterher nicht bereuen, nicht gegangen zu sein. Aber wer weiß seine Gründe einen Tag später schon noch?

Es ging mir gar nicht so schlecht bei der Beerdigung – jedenfalls ging es mir besser als an den Tagen davor und den Tagen danach, als ich Melissa mitten in der Nacht anrief, um ins Telefon zu heulen. Obwohl es seine Beerdigung war, war er auf so offenkundige Weise nicht da, dass ich für einen Moment durchatmen konnte. (Er war nicht einmal im Sarg. Der war leer, weil sie ihn nicht gefunden hatten.) Lebendig wäre er nie hier gewesen, und tot würde er nicht damit anfangen.

Die Zeremonie in der Kirche war furchtbar, weil der Pfarrer in der Trauerrede praktisch nur über Bens Leben bis zehn gesprochen hat – als er noch gemacht hat, was man ihm gesagt hat. Da hatten wir uns gerade kennengelernt. Es war also so, als hätte es diesen Teil von Bens Leben überhaupt nicht gegeben. Ich saß in der zweiten Reihe und wartete auf jeden neuen Satz des Pfarrers, der über das Schwimmteam berichten würde oder über seine Leidenschaft fürs Zeichnen, irgendetwas. Aber es kam nichts, sie logen nur die ganze Zeit. Wie *gut* Benjamin doch gewesen war. Was für ein *treuer Sohn*. Glaubt mir, er war *nichts* davon. Ich spürte noch, wie seine Hände über meine Brüste strichen.

Ich hätte aufstehen können, und alle hätten sich zu mir umgedreht; ein Meer aus Köpfen. Und dann hätte ich die Geschichte erzählt, wie Ben meinem Lauftrainer eins reingehauen hat, oder wie er mit mir aufs Dach geklettert ist, um die Sternschnuppen zu sehen, oder wie er vor dem Mathe-Abitur ganz gechillt das letzte Level Angry Birds durchgespielt hat, aber bei seinem ersten Schwimmwettkampf vor Aufregung fast kotzen musste.

Ich blieb sitzen – nicht, weil es mich interessierte, was diese Leute dachten, sondern weil mir mit einem Mal klar wurde, dass auch diese Ereignisse Ben nicht annähernd beschreiben konnten. Er war wie ein Geheimnis, das sich nur selbst erzählen konnte.

Sagte ich, dass es mir an der Beerdigung ganz gut ging?

Dieser Tag ist schlimmer.

Ich wache auf, und mir wird plötzlich klar, dass die Angelegenheit »Ben«, die für seine Mutter vor knapp neunzehn Jahren begonnen hat, nach der Beerdigung abgeschlossen ist. Vermutlich will Marlies genau das: einen Schlussstrich. Da gibt es ja noch zwei Kinder, um die man sich kümmern kann.

Zwei Kinder, die nicht rauchen, nicht sprayen, ihr Zimmer nicht aus Protest dunkelblau streichen und die Tür benutzen, um das Haus zu betreten. Teresa hat ihren Blick auf der Beerdigung so resolut gehalten wie ihre Mutter, auch wenn sie ihren Kiefer vielleicht zu sehr zusammengebissen hat. Nattis Augen sind rot und verheult gewesen, und sie hat ununterbrochen ihre Finger geknetet. Ja, sie wird sich an Ben erinnern, aber sie ist erst neun.

Wenn das Vergessen erst einsetzt, wird es so sein, als wäre Ben nie da gewesen. Der Gedanke macht mir Angst. Wie kann ein Mensch wie Ben so schnell vergessen werden? Ben, der so lebendig war wie niemand anderes, den ich kenne.

Ich finde mich auf dem Friedhof wieder und suche Bens Grab. Es ist nur ein Haufen Erde mit einem Holzkreuz darin. Davor liegen die Trauerkränze. In ewiger Ruhe. Kotz. Ein paar Herbstblätter haben sich schon daraufgelegt, und die Erde vor dem Grab ist zerwühlt von vielen Schritten.

Benjamin Silbermann
25.11.1997 – 14.07.2016

Ich habe nie »Benjamin« zu ihm gesagt. Ich habe nicht einmal »Benjamin« gedacht.

Er ist nicht hier, ich spüre ihn nicht.

Trotzdem will ich das zweite Datum aus dem Holz kratzen. Bis meine Finger blutig sind, egal.

Ich schiebe die ganzen Trauerkränze zur Seite und breche einen Löwenzahn ab, der auf einem Stück Gras abseits des Grabes wächst. Ich weiß, ich weiß ganz einfach, dass es Ben gefallen hätte. Fast kann ich sein Lachen neben mir hören.

Das Gefühl treibt mir ein Lächeln auf die Lippen. Was noch? Was bringt ihn noch zum Lachen?

Ich renne über die dünnen Wege, die mich vom Friedhof führen. Eine gebeugte Frau, die gerade ein Grab gießt, kneift die Lippen zusammen, als ich an ihr vorbeiziehe, aber über diesen Punkt bin ich so was von hinaus.

Während ich renne, steigt ein Lachen in mir auf, hell wie splitterndes Glas. Ich renne, ich renne wieder. Meine Beine stampfen den Rhythmus in den Boden, und der Rest meines Körpers fügt sich der Musik.

Als ich mich langsam auslaufe, befinde ich mich auf dem Marktplatz. Neben dem Springbrunnen steht eine Kinderwippe, und ich setze mich darauf. Ich wippe vor und zurück, so heftig, bis die Kanten des Holzes den Boden berühren. Das Lachen steigt wieder in mir hoch. Vor, zurück, vor, zurück.

Eine Gruppe Jugendlicher starrt zu mir herüber. Vom Alter her könnten sie nächstes Jahr Abitur machen. Ich fühle mich so viel älter als sie. Sie tuscheln, und ihre Gesichtsausdrücke sind teils amüsiert, teils besorgt.

Ich halte das Schaukeln an und verlasse den Platz. Ihre Blicke sind mir egal. Aber nicht, warum sie schauen. Sie schauen, weil ich allein bin. Ich kann so irre wirken, wie ich will – wenn mein hohles Lachen verhallt, bin ich immer noch allein.

SECHSUNDZWANZIG

»Da ist Post für dich«, sagt meine Mutter und tut so, als hätte sie nicht die ganze Zeit am Fenster gestanden und sich wahnsinnige Sorgen gemacht. »Und ich hab Kuchen gebacken. Apfel-Streusel und Zwetschge. Kannst dir ja ein Stück nehmen, wenn du Hunger bekommst.«

Sie berührt mich am Arm. »Wann hast du das letzte Mal was gegessen, hm?«

Ich drücke ihre Hand zur Seite, aber sachte, um sie nicht zu verletzen.

Es hatte geholfen, sich in ihren Armen auszuheulen – am Anfang. Auch Umarmungen konnten ausleiern.

»Wo ist die Post?«, fragte ich.

»Liegt auf deinem Bett.«

Es ist eine Postkarte von meiner Cousine aus London, die gerade als Au-pair in Asien ist und in Shanghai *phänomenale* Kennenlerntage verbringt. Ich werfe nur einen Blick darauf, dann falte ich den Papp zusammen und schaffe einen Drei-Punkte-Wurf zum Mülleimer. Ein weißer Umschlag liegt noch auf meiner Bettdecke, nur mit meinem Namen beschriftet. Ich reiße ihn auf. Heraus fällt ein karierter Zettel, die Perforierung hängt noch daran.

Drei Worte, drei Punkte, mit Kuli gekritzelt.

Es war einmal …

Was hat das jetzt zu bedeuten? Ich streiche das Blatt glatt, als würde es mir dann seine Geheimnisse erzählen, aber es schweigt, also zerknülle ich es und werfe es wie die Postkarte. Das Papier prallt am Korb ab.

Aber ich hebe es nicht auf. Ich bin nur eine kleine Kugel auf einer Federkernmatratze.

Bens Präsenz in diesem Raum fehlt so offensichtlich, als wäre ein Loch in der Luft, durch das der ganze Sauerstoff aus dem Zimmer fließt. Ich weiß nicht, was ich dagegen tun soll, außer die Luft anzuhalten, damit der restliche Sauerstoff länger anhält. Und wenn ich ersticke? Wenn ich jetzt sterbe?

Ich muss etwas tun, sonst werde ich verrückt. Mühsam stehe ich auf und gehe in die Küche. Die Kuchen riechen immer noch gut, aber sie könnten auch aus Plastik sein. Meine Mutter schaut von der Zeitung auf.

»Brauchst du sonst noch was?«, frage ich und halte ihre Einkaufsliste hoch.

Meine Mutter lässt sich die Überraschung über meinen plötzlichen Aktivitätsschub nicht anmerken und schüttelt nur den Kopf.

»Dann bis später«, sage ich.

Seit der Orgelmusik in der Kirche bin ich sehr geräuschempfindlich, aber während der Autofahrt ist alles um mich herum schon wieder zu leise. Das Radio kann ich nicht anmachen, weil das Geplärre mich aggressiv macht. Ich versuche, mich stattdessen auf die Geräusche des Autos zu konzentrieren. Das Schnurren der Räder auf der Straße, das Vibrieren des Motors, wenn ich untertourig anfahre, das Klick-Klack des Blinkers.

Auf dem Parkplatz des Supermarktes parke ich in die engste Lücke ein. Im Supermarkt selbst dudelt das Radio, deshalb beeile ich mich. Während ich dort Mehl, Zucker, Milch, Nüsse und Obst von der Liste zusammensuche, drängt sich mir der

Eindruck auf, dass meine Mutter ihre Kuchen-Therapie für mich noch nicht beendet hat. Ich bezahle und schaffe den Einkauf ins Auto.

Danach muss ich noch zum Drogeriemarkt. Auch hier: Gedudel. Nur dass das Licht angenehmer ist und die Einkaufswagen nicht so groß. Ich brauche Zahnpasta, Tagescreme, Wattepads, Klopapier, Tampons und Seife. Es ist so banal, am Leben zu sein. Ein einziges Geschäftsmodell.

Seit ich das letzte Mal hier war, haben sie umgeräumt, und ich brauche ein bisschen, um die Produkte von der Liste zu finden. Auf der Suche nach den Tampons lande ich im Gang mit den Haarfärbemitteln.

Und stehe plötzlich vor Nathalie. Ich kann nicht mehr umdrehen – sie hat mich schon bemerkt.

Bens Augen schauen mich an.

»Hallo«, sage ich.

»Hallo«, sagt Nathalie. Sie sieht erschrocken aus, aber nicht wegen mir. Sie hat etwas in der Hand und hält es so, dass ich es nicht sehen kann. Es ist eine unangenehme Situation, wie wir uns gegenüber im Gang stehen und ich nicht vorbeikann, ohne zu sehen, was sie in der Hand hat.

»Na, kaufst du auch für deine Mama ein?«, sage ich. Jetzt kann sie behaupten, was immer es ist, wäre nicht für sie. Aber bei der Erwähnung ihrer Mutter werden ihre Augen nur noch größer.

Langsam führt sie ihre Hand nach vorne. Es ist eine Packung Haarfärbemittel. Farbe Pink.

»Bitte verrate mich nicht«, sagt sie.

»Keine Angst«, sage ich. »Ich habe dich gar nicht gesehen.«

Ich zwinkere ihr zu und schiebe den Wagen weiter, froh, dass die Situation vorbei ist.

»Aber ich weiß gar nicht, wie das geht«, sagt sie leise hinter mir.

Ich bleibe stehen und drehe mich um.

Bei der Beerdigung ist es mir nicht aufgefallen, aber jetzt sehe ich, dass sie gewachsen ist. Ihr Gesicht hat sich auch verändert. Es ist nicht mehr das kreisrunde Gesicht mit dem schüchternen Lächeln, das ich von so vielen Bildern in Bens Haus kenne. *Natti in the sky with diamonds*, hatte er immer gesagt und den Kopf geschüttelt, wenn sie mal wieder verträumt auf dem Boden im Bad saß und mit Wasserfarben malte, wenn er duschen wollte.

Gegen Mamas Willen die Haare färben? Das wäre ein Job für den aufmüpfigen großen Bruder. Aber wenn der nicht mehr da ist? Wer füllt die Lücke?

»Komm mit«, sage ich.

Ich bezahle unsere Sachen und nehme Natti im Auto mit.

»Wo ist Teresa?«, frage ich.

»Schon wieder an der Uni«, sagt Natti.

Im Autositz wirkt sie noch kleiner.

Bei mir zu Hause begrüßen wir meine Mutter, dann biete ich Natti ein Stück Kuchen an und bringe sie in mein Zimmer.

Vor ein paar Jahren habe ich Melissa mal die Haare gefärbt, und obwohl das ein Farb-Desaster war, weiß ich noch, wie es geht. Ich hole einen Hocker, eine Schüssel und Handtücher.

Als Natti die Ausrüstung sieht, wirkt sie noch verschreckter als vor dem Regal.

Ich setze mich ihr gegenüber aufs Bett.

»Was ist los?«, frage ich.

»Mama wird richtig böse sein«, sagt sie.

»Stimmt«, sage ich. »Aber sie beruhigt sich schon wieder.«

Ich sage ihr das, weil eine große Schwester das sagen würde, nicht weil ich mir sicher bin, dass es stimmt.

»Ich möchte wirklich gerne pinke Haare«, sagt Natti leise.

»Ich mache dir wirklich gerne pinke Haare«, sage ich.

Natti nickt. Ich stehe auf und lege ihr das Handtuch über die Schultern.

»Und wenn es total schlimm aussieht?«, fragt Natti. »Dann geht es nicht mehr zurück, stimmt's?« Sie schaut mich über den Spiegel an meinem Kleiderschrank an.

»Das stimmt«, sage ich. »Aber ich glaube nicht, dass es schlimm aussehen wird. Und wenn du Angst hast, können wir dir auch nur eine einzige pinke Strähne machen. Das sieht zu deinem Blond bestimmt super aus.«

Natti denkt kurz darüber nach, dann nickt sie.

Ich fange an und erkläre ihr bei jedem Schritt, was ich mache. Erst müssen wir die Farbe mischen. Dann suchen wir gemeinsam eine Strähne an ihrem Hinterkopf heraus, und ich binde die restlichen Haare mit einem Zopfgummi zu einem Dutt. Ich hole aus der Küche noch etwas Alufolie zum Unterlegen, dann ziehe ich die Handschuhe an.

»Los geht's?«, frage ich.

Natti nickt mir über den Spiegel zu. Sie hat die Zähne zusammengebissen, als würde sie eine Spritze bekommen, aber gleichzeitig trommelt sie aufgeregt mit den Fingern auf ihre Oberschenkel.

Ich reibe die Strähne mit Farbe ein und lege sie auf dem Alu ab. Dann ziehe ich die Handschuhe wieder aus.

»Das war's schon?«, fragt Natti.

Ich lächele. »Jetzt müssen wir eine Stunde warten, und dann waschen wir es aus.«

Während ich die Farbe aufgetragen habe, waren wir zu konzentriert dafür, aber jetzt fällt die Stille auf.

»Möchtest du vielleicht doch ein Stück Kuchen?«, frage ich.

Natti schüttelt den Kopf, und der Dutt schwankt dabei hin und her.

Nach einer Weile fragt sie: »Stimmt es, dass du Ben als Letzte gesehen hast?«

Ihr Gesicht ist ernst, und mir fällt ein, dass es nicht das erste Mal ist, dass sie jemanden verliert.

Soll ich ihr erzählen, dass Chloé die Letzte war? Ich entscheide mich dagegen.

»Ich habe ihn am Abend davor gesehen«, sage ich.

Bei Natti fällt es mir leichter, über Ben zu reden, weil ich die Ältere bin und es meine Pflicht ist, mich zusammenzureißen.

»Wer hat dir das erzählt?«, frage ich.

»Resa.« Jetzt plaudert sie wieder. »Sie sagt, ich habe eine gute Spürnase. So wie Detective Conan.«

»Warum das?«, frage ich und werfe einen Blick auf die Uhr. Noch ewig.

»Na, weil ich jede Folge auswendig weiß. Und weil ich Zusammenhänge erkenne, wo sie sonst keiner sieht.«

Sie hat wohl gemerkt, dass ich abgelenkt bin, denn sie setzt sich gerade hin und fixiert meinen Blick über den Spiegel, bevor sie langsam sagt: »Ist dir zum Beispiel aufgefallen, dass die Leute immer erst mit jemandem irgendwohin fahren, bevor sie sterben?«

Verblüfft schaue ich sie an. Wie kommt sie darauf?

Natti freut sich über meine Reaktion und redet schnell weiter: »Weil bei Ben war das ja so. Und bei Papa auch, als er mit Ben wandern gegangen ist.«

Es fühlt sich an, als hätte ich einen Faustschlag in den Magen abbekommen. Mein Körper hat etwas schon verstanden, was meine Gedanken erst noch entschlüsseln müssen.

»Meinst du, dass Ben bei deinem Papa war, als er gestorben ist?«, frage ich. Ich muss mich setzen und sacke auf mein Bett.

Natti schaut besorgt. Vorsichtig, um die Strähne nicht zu

verschieben, dreht sie sich auf dem Hocker um, sodass sie mich direkt ansehen kann.

Natti nickt. Wieder der Dutt. Vor, zurück. Vor, zurück. »Sie waren oft zusammen wandern. Das weiß ich von Teresa.«

Ich packe es nicht. Warum erfahre ich das erst jetzt? Drei Jahre später? Ich dachte immer, dass Bens Vater sich zu Hause umgebracht hat. Aber wenn sie beim Wandern waren, dann hat Ben ihn gefunden. Wenn Ben ihn gefunden hat, erklärt das vielleicht, warum er sich so stark verändert hat. Und wenn Ben ihn gefunden hat, erklärt das vielleicht, warum er selbst nicht gefunden werden wollte.

Tränen rinnen über mein Gesicht – ich kann mich nicht beherrschen, obwohl ich Nattis aufgerissene Augen sehe. Hilflos sitzt sie auf dem Hocker und schaukelt unsicher mit den Beinen. Sie kann nicht aufstehen, weil sie Angst hat, dass die Strähne ihr von der Schulter rutscht. Zu Recht – die Alufolie ist schon gefährlich in Schieflage.

»Schon okay«, sage ich und wische die Tränen ab. Dann nehme ich eine Klammer und befestige die Folie am Handtuch.

Ich liege im Bett und versuche gegen die Kopfschmerzen anzudenken, die meinen Schädel eingezurrt haben.

Nach meinem Heulanfall habe ich den Laptop geholt, und wir haben eine Folge *Detective Conan* gestreamt, bis die Stunde um war und wir die Farblösung aus Nattis feinen blonden Haaren waschen konnten. Dann habe ich ihr noch ein Stück Kuchen aufgeschwatzt und sie schließlich nach Hause gefahren. Sie hat gestrahlt wie ihr Lieblingseinhorn und mich zum Abschied fest gedrückt. Die Umarmung war so echt – sie scheint einen physischen Abdruck auf mir hinterlassen zu haben.

Zu Hause bin ich direkt ins Bett, und da liege ich immer noch. Gerade fühle ich mich auch wie Detective Conan, und ich versuche, die neue Information in meine Theorie einzubauen. Ben hat also seinen toten Vater gefunden. Was hat das in ihm ausgelöst? War das der Grund, warum er sich danach so stark verändert hat? Hatte sein Vater ihm vorher irgendetwas erzählt? Ist er deswegen so wütend auf seine Familie gewesen? Und seine Familie deswegen so wütend auf ihn? Warum hat er mir nichts davon erzählt? Das ist die wichtigste Frage. Natürlich, Ben hatte Geheimnisse, aber doch nicht in dieser Größenordnung. Wenn er mit mir nicht darüber geredet hat, dann hat er vermutlich mit niemandem darüber geredet. Wie schlimm muss so eine Erinnerung wüten, wenn sie in einem eingesperrt ist? Welche Wunden hat sie gerissen?

Die Kopfschmerzen winden sich enger um meine Schläfen. Ich habe genauso wenig Ahnung wie vorher.

Der Schlaf kommt plötzlich wie eine Ohnmacht.

Als ich aufwache, ist es Nacht und dunkel. Ich gehe zum Fenster und öffne es weit. Die Luft schneidet meine Haut in kleine Fetzen, und ich warte, bis ich meine Füße nicht mehr spüre. Dann krieche ich zurück ins Bett.

»Hanna, du hast Besuch«, sagt meine Mutter. Sie öffnet meine Zimmertür, und da steht Melissa. Ich bin so durch, dass es mich nicht stört, wie unordentlich mein Zimmer aussieht.

Zögerlich kommt sie herein, und meine Mutter schließt die Tür hinter ihr.

»Hey«, sagt sie. »Heute ist Samstag.«

Ich denke, dass ich auch an einem Werktag meinen Schlafanzug tragen würde, bis mir einfällt, was sie meint. Samstag ist unser Brunch-Tag.

»Ich habe Croissants.« Sie hält eine Bäckertüte hoch.

Wortlos ziehe ich die Decke ein Stück zurück, damit sie

Platz auf der Matratze hat. Im Schneidersitz setzt sie sich mir gegenüber und reicht mir ein Croissant. Wir krümeln auf die Bettdecke. Niemand tut so, als bräuchte man Teller. Sie isst ihr Croissant, ich pule in meinem herum.

»Scheiße«, sagt sie.

Ich nicke nur.

Meine Finger formen Croissant-Kügelchen.

Das Haustelefon klingelt im Gang, aber wir ignorieren es. Irgendwann hört es auf.

Mama klopft und kommt rein. Sie hat den Telefonhörer in der Hand. »Hanna, das ist Marlies. Sie hat wohl gestern Abend schon einmal angerufen, und niemand ist rangegangen. Möchtest du mit ihr sprechen?«

Marlies? Auf der Beerdigung hat mich Bens Mutter nicht einmal angeschaut und jetzt will sie mit mir sprechen?

Ich strecke die Hand nach dem Telefon aus.

»Hallo, Marlies«, sage ich und stelle sie erst mal laut, sodass Melissa mithören kann. Melissa hält beim Kauen inne und schaut mich verwirrt an. Ja, stimmt, normale Leute stellen nicht heimlich Gespräche laut, aber ist mir egal. Melissa schluckt, sagt aber nichts.

»Es ist so niederträchtig, das an Nathalie auszulassen«, sagt Marlies. Ich habe seit Ewigkeiten nicht mit ihr gesprochen, aber ihre Stimme klingt immer noch geschmeidig, wie mit Weichspüler gewaschen, sogar jetzt, wenn ihr Gesicht sich bestimmt in Falten legt.

Deswegen ruft sie also an. Hätte ich mir denken können. Und auf einmal bekomme ich richtig gute Laune.

»Die pinke Strähne, die wir ihr gemeinsam gemacht haben, steht ihr *su-per*«, sage ich in fröhlichem Ton und mit ein bisschen Kontext für Melissa, damit sie das Gespräch versteht.

»Ich verstehe nicht, wie du das machen konntest, Hanna.

Du bist mir immer so vernünftig erschienen«, sagt Marlies. »Wie sieht das denn aus, wenn man sich die Haare nach einer Beerdigung pink färbt?« Ihre Stimme klingt müde.

»Sie hat sich die Farbe selbst gekauft«, sage ich.

Wenn Marlies spricht, muss ich immer den Telefonhörer anschauen, als wäre er ihr Gesicht. Total schräg, aber ich freue mich über die Beobachtung.

»Das hatte sie schon mal gemacht, und weil sie nicht wusste, wie sie damit umzugehen hat, hat sie es damals gelassen«, sagt der Telefonhörer jetzt.

»Ich bin mir ziemlich sicher, dass sie es dieses Mal auch alleine geschafft hätte«, versichere ich ihr. »Es gibt auch hilfreiche Videos auf YouTube, wenn du es selbst mal probieren möchtest. Grün steht dir bestimmt gut.«

Ich grinse Melissa an, die nur starr zurückschaut.

»Verstehst du, warum ich anrufe?«, fragt Marlies. Sie klingt erschöpft, aber ich will es nicht hören. »Sogar, wenn es stimmt, was du sagst, ist es nicht in Ordnung.«

»Ich finde, es ist in Ordnung, wenn Kinder tun, was sie wollen«, sage ich.

»Nathalie hat in letzter Zeit genug durchmachen müssen.«

»Marlies, Natti *leidet* nicht unter einer pinken Haarsträhne«, sage ich mit geduldiger Stimme. »*Du* leidest vielleicht darunter, aber ich habe nicht das Gefühl, als hättest *du* in letzter Zeit viel durchmachen müssen.«

Melissa zieht scharf die Luft ein.

»Als Ben für den Monat verschwunden war, hat es dich ja auch nicht gejuckt«, füge ich noch hinzu.

Stille am anderen Ende der Leitung.

Ein ersticktes Schluchzen. Dann das Freizeichen.

Auf einmal sind wir nur noch zu zweit in meinem Zimmer, und Melissa schaut mich entsetzt an.

»Was ist mit dir los?«, fragt sie. »Die Frau hat gerade ein Kind verloren. Und ich weiß ja, dass sie komisch ist, aber was du eben gemacht hast, war einfach nur grausam.«

Melissa hat keine Ahnung. Zuerst erzähle ich ihr, was Ben mir erzählt hat: Wie Teresa ihn am Todestag seines Vaters nicht am Essenstisch haben wollte und seine Mutter ihr still zugestimmt hat. Dann berichte ich ihr, was ich von Natti weiß: Dass Bens Vater sich auf einer Wanderung mit Ben umgebracht hat und dass Ben ihn gefunden haben muss.

»Oh mein Gott«, sagt sie dann. »Sie haben ihm die Schuld gegeben? Drei Jahre lang?«

Daran habe ich noch nicht gedacht, aber wenn man daran denkt, wie Teresa und seine Mutter ihn behandelt haben, und das mit der neuen Info zusammenbringt, drängt sich der Gedanke auf.

Warum haben sie Ben die Schuld gegeben? Vielleicht weil bis zu der Wanderung alles wieder gut war. Vielleicht weil Ben sein Lieblingskind war und ihn irgendwie davon hätte abhalten sollen. Vielleicht weil Ben sich selbst die Schuld gab. Oder weil es so unglaublich wehtat und es leichter wurde, wenn man jemandem die Schuld geben konnte, irgendjemandem.

Und dann – wie man neue Details entdeckt, wenn man eine Geschichte zum zweiten Mal liest – fällt mir ein altes Puzzleteil ins Gedächtnis, und das Hochgefühl, dass jetzt auch Melissa genau weiß, wie furchtbar Bens Familie ist, fällt in sich zusammen.

Ich war's nicht.

Das Tattoo auf seinem Unterarm.

Mir wird schlecht.

Es macht alles so viel Sinn, und trotzdem fühle ich mich deshalb nicht besser. Nur dunkler ist es geworden. Wie schlimm muss das für Ben gewesen sein?

Ich krümme mich zusammen – mein ganzer Körper schmerzt.

Melissa schaut ratlos, ich spüre ihren Blick, und am Ende legt sie sich einfach neben mich und umarmt mich. Früher haben wir Witze gemacht, dass sie der große Löffel wäre, wenn wir eine Beziehung führen würden. Sie wäre der tiefe Suppenlöffel oder die voluminöse Schöpfkelle. Ich könnte gerne der Dessert- oder der Espressolöffel sein.

Da sind sie wieder, die Tränen. Die Wellen. Ebbe und Flut.

SIEBENUNDZWANZIG

Ein anderer Morgen. Meine Mutter steckt den Kopf ins Zimmer. Das ist irgendwie schräg, denn fast genauso hat auch mein Geburtstag begonnen. Wenn sie eine Torte dabeihat, fängt alles noch einmal von vorne an. Dann bekomme ich eine neue Chance. Dann freue ich mich über das Graffiti. Dann küsse ich ihn gleich an meinem achtzehnten Geburtstag. Dann müssen wir gar nicht losfahren. Aber die Hände meiner Mutter sind schmal und leer.

Sie bleibt im Türrahmen stehen und begutachtet das Chaos in meinem Zimmer. Vielleicht fragt sie sich, was ich die ganze Zeit mache. Ich bin superbeschäftigt: Essen, Heulen, Schlafen, *Game of Thrones* schauen, eine Stunde lang dasselbe Lied hören. Duschen ist besonders anstrengend, deswegen mache ich das nicht so oft.

»Guten Morgen, mein Schatz.«

»Hi«, sage ich müde.

Sie findet einen Pfad zum Fenster und zieht die Vorhänge auf. Vampirmoment! Ich glaube, ich erblinde.

Sie streckt langsam ihre Hand aus, und als ich nicht zurückzucke, streicht sie mir über die Haare.

»Tut mir leid, dass ich dich wecke. Aber heute ist die Schlüsselübergabe für deine Wohnung in Regensburg, und du bist noch nicht fertig mit Kistenpacken.«

Ich schaue mich im Zimmer um. Auf dem Boden steht ein einziger Karton.

Doch, ich bin fertig mit Packen. Mein Blick fällt auf die Papierkugel, die halb hinter dem Mülleimer liegt. Der Zettel, den ich im Briefkasten gefunden habe. Irgendetwas ist damit. Ich muss ihn noch einmal lesen.

»Okay. Darf ich mich in Ruhe anziehen?«

»Natürlich.« Sie streicht mir weiter über die Haare.

Dann huscht sie aus dem Raum.

Ich stehe auf und hebe die Papierkugel auf. Auf dem Rückweg zum Bett ziehe ich die Vorhänge wieder zu. Um den Zettel zu lesen, brauche ich kein Licht – es steht ja nicht allzu viel darauf.

Natürlich gibt es die Möglichkeit, dass jemand den Zettel in den falschen Briefkasten eingeworfen hat, aber ich bin mir sicher, dass dieser Zettel für mich ist.

Nur wer hat ihn eingeworfen? Ich lese den Zettel noch einmal, und die Worte klingen wie Hohn. Jemand, der wusste, dass wir Geschichten lieben. Macht sich jemand über uns lustig? Ein ehemaliger Klassenkamerad? Einer der Jungs, die ihn nicht leiden konnten?

Ich fahre die Buchstaben mit dem Finger nach, jeden Schwung, jedes Absetzen des Stiftes. Zwar erkenne ich die Schrift nicht, aber auch das muss nichts heißen. Jeder kann seine Schrift verändern.

Ich knülle den Zettel wieder zusammen.

Ob sie sein Zimmer schon ausgeräumt haben? Ich wüsste von ein paar Ecken, in denen sie lieber nicht nachschauen sollten.

Plötzlich will ich mich wirklich anziehen. Ich schlüpfe in die Sachen, die ich schon seit Tagen trage, und schleiche mich an der Küche vorbei, wo meine Mutter Pfannkuchen für mein

Frühstück backt. Sie hat ihren ganzen Jahresurlaub genommen und macht jetzt nichts anderes, als für mich zu kochen und backen.

Damit die Haustür nicht knallt, lasse ich sie offen.

Die kühle Morgenluft pustet mich an. Eine Jacke wäre nett, aber ich will nicht noch einmal nach drinnen.

Seine Familie wohnt am anderen Ende der Stadt, und mit dem Fahrrad wäre ich definitiv schneller, aber wenn ich die Garage öffne, bekommt meine Mutter das mit.

Also laufe ich los. Der Tag ist schön, irgendwie. Mit rosa Fetzen am Himmel, die bald den Wolken weichen.

Als ich endlich da bin, bleibe ich stehen und betrachte die Front des Hauses.

Der Tag, als ich das Graffiti zum ersten Mal gesehen habe, war der einzig gute Tag in zwei Monaten.

Das war der erste Herbstmorgen, knusprig kühl, wenn der Wind dich ganz leicht beißt, um dich daran zu erinnern, dass er noch da ist, obwohl du ihn schon fast vergessen hast.

Ich war laufen gewesen, und meine Füße hatten mich zu Bens Haus getragen. Sonst hatte ich die Gegend vermieden, aber als ich einmal nicht aufgepasst hatte, lief ich meine alte Route und stand plötzlich davor.

Wie viele Male hatte ich die Runde früher beendet und bei Ben geduscht?

Ich stand davor, mein Brustkorb hob und senkte sich, und der Moment war vollkommen klar. Es passte einfach so gut – nicht nur der Text »Danke für nichts«. Das Graffiti war so schlampig gemacht, fast hätte ich gelacht. Als wollte Ben seiner Familie über die offensichtliche Botschaft hinaus sagen, dass sie ein schönes Graffiti, seine Kunst, nicht wert waren. Er sagte ihnen: Schaut her, ihr habt recht. Was ich mache, ist nur Schmiererei.

Und dann sagen sie bei der Beerdigung, er sei so ein guter Sohn gewesen. Ich könnte kotzen.

Ich klingele. Keine Ahnung, wie spät es ist, aber Marlies sollte auf der Arbeit sein, und wenn ich Glück habe, ist Natti da. Ich habe Glück, und Natti reißt die Tür auf. Sie trägt grüne Frosch-Hausschuhe und scheint nur halbwegs überrascht, dass ich da bin. So wie es sie auch nicht wundert, dass Detective Conan jeden Fall löst.

»Hallo, Hanna«, sagt sie und strahlt mich an. Sie streicht ihren Zopf nach vorne über die Schulter, sodass man die pinke Strähne darin sehen kann.

»Hallo, Natti«, sage ich. »Bist du alleine zu Hause?«

Natti nickt.

»Ich muss in Bens Zimmer«, sage ich. »Darf ich?«

Natti zuckt mit den Schultern. »Solange Mama arbeitet, bin ich die Chefin im Haus.«

»Danke.« Ich strubbele ihr durch die Haare.

»Soll ich mitkommen?«, fragt sie.

Ich schüttele den Kopf. »Ich muss ein bisschen nachdenken«, sage ich.

Sie nickt und schließt die Haustür hinter mir.

Ich gehe die Treppe hoch und in sein Zimmer. Leise ziehe ich die Tür hinter mir zu.

Tränen treten mir in die Augen.

Auf dem Friedhof habe ich ihn nicht gefühlt, aber hier ist er ganz nah. Der Rest des Hauses ist so Nicht-Ben, aber dieser Raum fühlt sich an, als könnte er gleich durch die Tür hereinkommen.

Ich lege mich auf sein Bett. An der dunklen Wand hängen Kopien seiner Zeichnungen und Schwarz-Weiß-Fotos. Es gibt nur wenige Zeichnungen, es sind fast die einzigen, die ich von ihm gesehen habe.

Es scheint, als hätte seine Mutter die Wahrheit gesagt: Es sieht wirklich so aus, als wäre noch niemand hier gewesen.

Am liebsten würde ich auf dem Bett liegen bleiben, aber ich weiß, warum ich hier bin.

Ich fange mit seinen Büchern an.

Die Bücherregale nehmen eine ganze Wand in seinem Zimmer ein und sind der einzige bunte Teil im Raum. Er hat sie nach Farben geordnet, groß und klein, alle roten Bücher nebeneinander, alle grünen, alle gelben – stopp, da ist eine Lücke. Bei den gelben Büchern fehlt eines. Es ist nur ein schmaler Platz zwischen den anderen Büchern – gerade so breit wie ein kleiner Finger, aber da fehlt eines. Das kommt mir seltsam vor, weil er so pingelig mit seinen Büchern war. Zu jeder Zeit wusste er, wo welches Buch stand.

Wieder so eine Kleinigkeit. Ich muss tausendmal an dem Regal vorbeigelaufen sein und kann trotzdem nicht sagen, welches Buch an dieser Stelle stand.

Wo ist es jetzt? Er hat nie Bücher verliehen. Es muss also im Zimmer sein, ist aber nicht zu finden.

Also gut, weiter, ich darf mich nicht daran aufhängen.

Ich scanne kurz die restlichen Buchrücken, auf der Suche nach Büchern, die Bens Mutter besser nicht sehen sollte.

Der Teil der Bücher, der mich interessiert, ist nicht im Regal. Er stapelt sich neben dem Bett. Vier Bücher, nicht mehr, aber vier Bücher voller Zettel, Kritzeleien und Zeichnungen. Die meisten Wörter von mir, als ich die Bücher in seinem Bett gelesen habe. Die Zeichnungen hat er gemacht. Sie zeigen immer Monster, die mich davon abhalten sollten, die Seiten weiter zu bekritzeln. Ich blättere die Bücher durch, und es ist, als würde er mir die Geschichten erzählen.

Dann nehme ich die Zeichnungen und Fotos von den Wänden. Ein anderer Teil seiner Geschichte.

Während ich die Reißzwecken aus der Wand pule und versuche, die Zeichnungen abzulösen, die er mit Heißkleber an die Wand gepappt hat, stelle ich mir vor, wie er sich in meinem Zimmer verhalten würde.

Vor einem Monat wäre ich mir meiner Antwort ziemlich sicher gewesen: Er würde die CDs nehmen, die Bücher und meine Klamotten, die eigentlich seine waren.

Mittlerweile bin ich mir da nicht mehr so sicher. Vielleicht würde er länger bleiben. Jede Schublade aufziehen und den Inhalt betrachten, um das Geheimnis zu lösen, das ich darstellte.

Vermutlich eine Zigarette aus dem Fenster rauchen. Mit Mama ein Stück Kuchen essen.

Die Schatzkarte. Ich darf die Schatzkarte nicht vergessen. Als er sie nach dem Tod seiner Großmutter bekommen hat, hat er sie hinter seinem Schrank versteckt. Ich schaue nach, aber dort ist nichts, und ich weiß nicht, wo ich sonst suchen soll. Hat er das Versteck geändert? Bestimmt nicht. Wo ist sie dann? Hatte er mich angelogen, als er sagte, er hätte sie nicht mitgenommen? Aber dann hätte ich sie in seiner Tasche oder im Auto finden müssen. Wo ist sie? Ich werde fast panisch, weil ich weiß, wie enttäuscht er von mir wäre, wenn seine Familie die Schatzkarte in die Finger bekäme. Ich finde nichts.

Die Ausbeute bisher ist kläglich. Ein paar Bücher, ein Packen Papier mit Löchern in den Ecken.

Ich nehme mir noch meine Lieblings-Sweatshirts. Seine Wintermütze. Sein Aftershave.

Ist das alles, was von ihm übrig ist?

Da ist nichts mehr zum Durchsuchen. Beim Bücherschrank und den Klamotten war ich schon. Der Schreibtisch ist leer, die Wände kahl.

Ich habe irgendetwas vergessen.

Natürlich. In der Ecke unter seinem Bett, in die kein Licht kommt, steht eine große Kiste. Er hat sie dunkelblau angemalt, sodass man sie vor der Wand nicht sieht.

Ich ziehe sie hervor und klappe den Deckel auf.

Spraydosen. Ein bisschen Gras. Ich stapele die Sachen aus der Kiste zu einem großen Haufen in der Mitte des Zimmers. Am Ende könnte seine Mutter noch so tun, als hätte sie das Zeug übersehen. Darauf klebe ich einen hilfreichen Post-it von mir. *Hallo, Marlies! Entferne diesen Stapel, und Ben ist dein perfekter Sohn. Vielleicht kannst du auch die Wände wieder weiß streichen. Gruß, Hanna.*

Eine Sohn-Bastelanleitung für Anfänger.

Ein Do-it-yourself für eine Nicht-Familie.

Ich setze mich wieder auf sein Bett.

Mein Handy klingelt: Meine Mutter ruft an.

Ich drücke sie nicht weg, sondern schiebe das Handy nur unter die Bettdecke, bis es aufhört.

Als ich es wieder hervorziehe, fällt mir etwas ein. Ben hatte auch Spuren auf meinem Handy hinterlassen. Ich scrolle durch die Bildergalerie, sehe einen kurzen Clip von uns, wie wir nachts auf dem Spielplatz einen Schaukelweitsprungwettbewerb veranstalten, und tippe schließlich auf den kleinen Umschlag, der für Nachrichten steht. Ich lese die letzten vier SMS, die er mir geschrieben hat.

Du bist nicht hier.
Wo bist du?
Wo bist du?
Wo bist du?

Ich setze mich auf Bens Bett und tippe:

Ich bin in deinem Zimmer.
Wo bist du?
Wo bist du?

Wo bist du?

Eine Fliege summt am Fenster auf und ab. Zwischen ihr und der Welt da draußen ist nur eine durchsichtige Scheibe, und trotzdem kommt sie nicht raus.

Worauf warte ich überhaupt? Ich sehe der Fliege zu, wie sie die Scheibe auf und ab brummt, ohne einen Weg zu finden.

Ich weiß, worauf ich warte. Tief drinnen warte ich auf eine Antwort.

Ich bin auch gleich da.
Wärme mir schon mal die Decke an.

Eine komplett leere Nachricht, nur damit ich weiß, dass Ben die SMS gelesen hat.

Plötzlich macht es »Ping«.

Eine eingetroffene Nachricht.

Ich schaue auf meinem Handy nach. Nichts. Trotzdem: Da war das Geräusch einer neuen SMS.

Ping! Da wieder.

Ich gehe auf Bens Teppich auf alle viere.

Ping.

In der Ecke vor dem Schrank.

Ping.

Bens Tasche. Hier haben sie sie also hingestellt, nachdem Mama sie aus meinem Griff befreit hatte. Ich hatte sie die ganze Zugfahrt über neben mir auf dem Sitz gehabt, auch wenn Leute, die deswegen stehen mussten, noch so böse schauten.

Ich ziehe den Reißverschluss auf. Da ist Bens Handy zwischen dem Sweatshirt, auf das ich ihm mal Kaffee geschüttet habe.

Vier neue Nachrichten.

Ich bin in deinem Zimmer.
Wo bist du?

Wo bist du?
Wo bist du?
Alle von mir. Natürlich.
In diesem Moment trifft es mich.
Ich muss würgen.
Ben kann meine Nachrichten nicht lesen.
Weil er tot ist.

Ich zittere am ganzen Körper. Ich halte es keinen Moment mehr aus.
Ich muss: Raus. Rennen.
Also stopfe ich die Sweatshirts und Bücher in die Sporttasche. Die Zeichnungen falte ich und schiebe sie zwischen die Bücher. Den Block packe ich auch ein. Meine Finger schließen den Reißverschluss.
Ich laufe die Treppe runter, ohne dass Natti mich hört. Nur mit einer Hand ziehe ich meine Schuhe an, denn die Tasche halte ich immer noch fest. Dann bin ich raus.
Der Weg zum Bahnhof dauert fünfzehn Minuten; ich schaffe ihn in sieben.
Am Automaten will ich ein Ticket lösen. Geld. Daran habe ich nicht gedacht. Aber da ist Bens Geldbeutel, und ich schiebe die Scheine nacheinander in den Automaten.
Es fühlt sich an, als hätte Ben mich auf diese Reise eingeladen.
Dann stehe ich am Gleis.
Der Zug fährt ein, und ich steige in den Waggon.
Das Abteil ist fast leer. Niemand, dem mein verheultes Gesicht auffallen würde.
Als der Schaffner kommt, strecke ich ihm mein Ticket hin.
»Ans Meer also?«, fragt er.
Ich nicke.

»Ich wünschte, ich könnte jetzt auch Urlaub machen. Ich beneide dich«, sagt er.

Mein bester Freund ist tot, beneidest du mich auch darum, du Arsch?

»Dort scheint immer die Sonne, stimmt's?«

Er sieht aus, als würde er mich gleich anstupsen.

Ich heule wieder.

Wie komme ich vom Bahnhof ins Dorf?

Die Frage ist mir eingefallen, als ich in meinen letzten Zug gestiegen bin, und seitdem macht sie mir ein bisschen Angst.

Für ein Taxi reicht das Geld nicht mehr. Es reicht nicht einmal für die Rückfahrt.

Als der Servicewagen vorbeikommt, kaufe ich mir ein Sandwich. Also spätestens jetzt ist das Rückfahrtgeld zu wenig.

Das Problem ist, ich kenne niemanden in der Stadt, außer Chloé und Sam. Zu Sam will ich wegen des Kusses nicht gehen, und dann ist nur Chloé übrig, von der ich keine Nummer habe.

Ich habe sogar in meinem Handy nachgeschaut, ob ich ihre Nummer vielleicht doch eingespeichert habe, bevor sie Ben in ihr Auto und in ihr Bett gepackt hat, aber nein, habe ich nicht.

Allerdings –

Ich hole Bens Handy aus der Stofftasche. Kein Eintrag unter Chloé.

Ich scrolle mich durch seine Kontaktliste.

Bei einem Namen stocke ich.

Er hat sie doch eingetragen.

Nervensäge.

Ich schreibe meiner Mutter eine SMS, dass ich wieder unterwegs bin und dass es mir leidtue, dass sie sich Sorgen gemacht habe. Sie schreibt sofort zurück, dass sie den Umzug für mich organisieren werde, aber dass ich ihr jeden zweiten Tag eine SMS schreiben solle.

Dann rufe ich die Nervensäge an.

Als ich am Bahnhof aussteige – zerschlagen, mit schmerzenden Pobacken, steht Chloés Wagen schon da.

Sie sagt nichts, als ich einsteige. Die Mini-Sexpuppe an ihrem Rückspiegel wippt hin und her.

Ich zähle die Mittelstreifen auf der Fahrbahn, aber ich spüre, wie sie mir einen Seitenblick zuwirft. So what.

Die Landschaft sieht anders aus, als ich sie in Erinnerung hatte. Die Wärme ist aus den Farben gesaugt. Alles ist zu leuchtend, zu grell. Unecht wie ein Filmstudio.

Chloé stößt die Tür zu ihrem Zimmer auf.

»Du warst ja schon mal hier.«

»Wo schlafe ich?«

»Bett«, sagt Chloé.

»Und du?«

»Bett.«

»Hast du keine Isomatte oder so?«

»Du hast vor zwei Stunden angerufen. Seit zwei Jahren habe ich mit keinem meiner Freunde geredet. Wie verdammt noch mal kommst du auf die Idee, ich hätte so was?«

»Da dein Zimmer so vollgerümpelt ist, dachte ich –«

»Machst du jetzt einen auf sozial inkompatibel? Man sagt einer Person nicht, dass ihr Zimmer unaufgeräumt ist.«

Eine Pause entsteht.

»Das Bett wird es auch tun«, sage ich und setze mich darauf.

Chloé setzt sich neben mich.

»Also, was ist passiert? Warum du sein hier?«

»Muss ich dir das wirklich erklären?«

»Ich formuliere die Frage um: Warum jetzt?«

Ich entscheide mich für die einfachste Antwort. »Da war ein Zettel in meinem Briefkasten. *Es war einmal* ...«

»Von wem?«

»Keine Ahnung.«

»Und wann fährst du wieder zurück?«

»Ich dachte, ich bleibe hier so lange, bis eine von uns beiden die andere umbringt.«

»Na dann. Mir war nicht klar, dass du nur bis *morgen* bleiben willst.« Chloé steht auf.

»Wohin gehst du?«, frage ich.

Sie dreht sich zu mir um. »Ich hole dir eine Decke. Oder willst du die etwa auch mit mir teilen?«

Ich schüttele den Kopf. Schüttele heftig den Kopf.

Weil ich nicht gut im Deckenteilen bin. Weil ich manchmal unendlich viel Platz brauche. Weil immer Löcher entstehen, wenn ich mir mit jemandem die Decke teile. Aus den Löchern sickert die Wärme. Zurück bleibe nur ich.

»Alles okay?« Chloé steht mit verschränkten Armen vor mir. Skeptischer Blick.

Ich sitze immer noch auf der Bettkante. Ich liege nicht in meinem Bett zu Hause. Die Terrassentür ist nicht offen. Es riecht nicht nach Sprayfarben.

Und Ben. Ist. Nicht. Da.

»Also – alles okay?«

Das Nicken kostet mich meine ganze Kraft.

ACHTUNDZWANZIG

Ich liege neben Chloé im Bett und kann nicht schlafen. Beim Abendessen haben wir mit Chloés Großvater zusammen gegessen. Der Tisch war gedeckt, und eine Vase mit Wildblumen stand auf dem Tisch. Chloé war das bestimmt nicht, und ich stelle mir vor, dass ihr Großvater versucht, es ihr hier so angenehm wie möglich zu machen. Er hat mir keine Fragen gestellt, sondern mich nur mit seinen weichen Augen betrachtet, die mir letztes Mal nicht aufgefallen sind. Keine Ahnung, welchen Grund Chloé ihm dafür gegeben hat, dass ein wildfremdes Mädchen spontan bei ihnen übernachtet. Wenn er mich erkannt hat, hat er es sich nicht anmerken lassen. Chloé und ihr Großvater haben schweigend gegessen, und obwohl ich weiß, dass sie häufig streiten, habe ich das Gefühl, dass sie gut zusammenpassen.

Chloés Atem geht gleichmäßig. Sie hat sich zusammengerollt und beansprucht kaum ein Viertel des Bettes. Lange Strähnen liegen auf dem Kopfkissen verstreut, als hätte sie jemand fallen gelassen.

Das alles ist nicht der Grund, warum ich nicht schlafen kann.

Es hat mit dem Rad zu tun, das sich in meinem Kopf wälzt. Darauf steht in Großbuchstaben: WARUM?

Ben war nicht so betrunken, dass er während eines Sturms schwimmen gegangen wäre.

Er hat es also bewusst getan.

Und wieder: Warum?

Natürlich: Er hat viel gegrübelt, er hat geweint, aber wir alle weinen und grübeln. Und das Grübeln ist der Grund, warum er so etwas bestimmt nicht spontan gemacht hätte.

Also vielleicht ein Unfall?

Mir fällt nur kein Szenario ein, in dem Ben in der Folge eines Unfalls im Meer ertrinkt.

Ja, ich kann das denken: ›Ben ist ertrunken.‹ Ich denke es die ganze Zeit. Das ist ein einfacher Gedanke. Hart wird es erst bei ›Ben ist nicht mehr da‹. Das ist ein Gedanke, der mir die Luft aus den Lungen drückt. Er ist schwer, dieser Gedanke, weil er auch sagt:

›Ben wird nicht da sein, wenn ...‹

›Ben wird nicht da sein, um ...‹

Wieder und wieder und wieder: Warum?

Es ergibt keinen Sinn. Es fühlt sich an, als müsste ich einen Basketball zu einer Orange zusammenpressen.

Chloé ist nicht da, als ich aufwache. Vermutlich in der Bäckerei. Ich schreibe Mama eine SMS – anrufen schaffe ich nicht –, ziehe mich an, tappe in die Küche. Ein Marmeladenglas wartet neben einem Teller mit Brotscheiben.

Ich schlinge das Frühstück hinunter und gehe wieder nach oben. Lege mich wieder ins Bett.

Das war auch zu Hause mein Standardablauf.

Ich kann mir schon vorstellen, was Chloé sagt, wenn sie wiederkommt.

Hast es ja weit geschafft.

Okay, nein. Darauf habe ich keinen Bock. Ich ziehe mich an. Das ist schon mehr, als ich an manchen Tagen in der letzten Zeit hinbekommen habe.

Und jetzt?

Ich gehe die Treppe hinunter, ziehe Schuhe an und verlasse das Haus.

Meine Schritte lenken sich von selbst. Sie ziehen mich an den Ort, wo wir immer gewesen sind, ans Meer.

Ich schmecke es, bevor ich es sehe. Salzig riecht es, wild. Es fängt mich ein mit seinem Rauschen. Ich setze mich in den feuchten Sand. Die Körnchen drücken in meine Handflächen. Der Flutsaum ist heute breit.

Ich könnte tagelang dort sitzen, und nie wäre es gleich. Manchmal verändern sich nur kleine Details: die Wellenlinie, ein Stück Treibholz.

Dann die Farbe des Wassers: mal grün, mal blau, manchmal fast schwarz.

Der Wind ist unterschiedlich stark. Der Sand legt unterschiedliche Muster.

Und dazwischen bist du, und du weißt, du kannst das Meer nicht verändern. Weder seine Farbe noch wie groß die Wellen werden. Aber während du dort sitzt, verändert es dich.

Ich gehe erst zurück, als ich Hunger bekomme. Inzwischen habe ich das Gefühl, dass ich heute Nacht durchschlafen kann.

Chloé sitzt vor der Glotze und schaufelt eine Schale Schoko-Müsli in sich hinein.

»Hi«, sagt sie, als ich hereinkomme. Sie schaut nicht auf.

Ich setze mich neben sie auf das Bett, und wir schauen eine Folge *How I met your mother*. In der Werbepause dreht Chloé sich zu mir.

»Was hast du heute so gemacht?«, fragt sie.

Ich zucke die Achseln. »Aufstehen, Frühstück, anziehen, ans Meer und so.«

Schon traurig, wenn man Frühstück und anziehen als Aktivitäten listet.

Chloé starrt mich an. »*Wo* warst du?«

»Am Meer«, sage ich.

»Hab ich schon verstanden. Ich kann es nur nicht glauben.«

»Ja, ich habe das Haus tatsächlich verlassen. Ich bin nicht so durchgeknallt, wie du denkst.«

»Du gehst einfach hin, als wäre nichts gewesen?«

»Es war seine Entscheidung«, sage ich, denn es ist wahr.

»Seine Entscheidung?«, sagt Chloé. »Bist du dumm? Hörst du mir überhaupt nicht zu?«

»Was meinst du jetzt?«

»Weißt du, wie viel Überwindung es mich gekostet hat, dort runterzugehen, um euch die Legende zu erzählen?«

»Du glaubst wirklich daran, oder?«

»Das hättest du auch tun sollen«, sagt Chloé. »Dann wäre er jetzt noch am Leben.«

»Das ist nur eine Geschichte«, sage ich.

»Ich habe das blutige Fenster gesehen«, sagt Chloé.

In meinem Kopf rattert es. »Oh mein Gott. Du warst das!«

»Was?«

»Du hast die Scheibe rot angeschmiert.«

»Scheiße, nein! Gar nichts habe ich angeschmiert!«

»Und der nasse Schlafsack – das warst auch du, oder?«

»Nein. Was? Ich hab gar nichts gemacht!«

Ich fühle das Blut an meinem Hals pochen.

Auf einmal ist mir alles klar.

»Ben hat die Zeichen gesehen. Er glaubte an Geschichten, er glaubte ganz verzweifelt daran. Erst der tote Vogel, dann der nasse Schlafsack und dann – in der Nacht, er war völlig durcheinander – die blutige Scheibe. Und vielleicht hat er gedacht, dass es jetzt nur in eine Richtung weitergehen kann.«

Auf einmal bin ich mitten in der Geschichte.

Ben läuft auf den Sturm zu.

Die Wellen brüllen gegen die Klippen, Gischt fliegt wie Spucke durch die Luft. Es braucht kein Warnschild, damit dieser Strand nicht betreten wird. Die Geräusche würden schon als Warnung genügen: Ohrenbetäubend laut brechen die Wellen an den Steinen.

Das Meer ist in Bewegung, es ist überall. Die Gischt ist im Wind und schlägt gegen Bens Tränen. Das Wasser ist im Regen, das ihm die Kleidung an der Haut kleben lässt. Seine Schuhe sind schon vollgesogen mit Salzwasser.

Und trotzdem könnte er noch umkehren. Er könnte zurück über die Holzplanken laufen, zurück zum Haus, wo das Mädchen wartet. Seine Beine könnten das tun.

Aber er kann nicht.

Ein Teil von ihm ist dort draußen, der Teil, ohne den alles andere keinen Sinn macht. Er schwimmt im Wasser, treibt auf und ab mit den Wellen, pocht wie ein Herz.

Es gibt kein Zurück, seit Salzwasser und Blut sich das erste Mal in seinem Mund gemischt haben.

Ben läuft ins Wasser, drückt sich gegen die Wellen, die ihn mit einer solchen Wucht zurückwerfen, dass er untergespült wird. Eine letzte Warnung. Die nächste Welle kommt angerollt, er spürt sie kommen, aber bevor sie ihn fassen kann, taucht er unter ihr durch. Und wieder. Und wieder.

Bis er so weit draußen ist, dass die Wellen ihn nur noch nach oben und unten drücken.

Oceana wartet schon auf ihn und begrüßt ihn mit einem Kuss.

Wasser füllt seine Lungen.

Chloé packt mich an den Schultern und drückt mich aufs Bett. »Warum sollte ich das machen?«, fragt sie.

»Keine Ahnung«, sage ich, untergespült von der Erkenntnis. »Keine Ahnung, was die kleinen Stimmen in deinem Kopf dir zuflüstern.«

Chloé lässt mich los. Sie starrt mich an, mit zitternder Unterlippe. Gleich fängt sie an zu heulen. Aber nein, nicht Chloé. Sie atmet einmal tief ein, und die Tränen sind weg. Da ist nur noch Wut.

»Du bist also doch eine von denen«, sagt sie. »Du denkst, ich sei verrückt? Ich bin verrückt, dass ich dich hier wohnen lasse, weil ich dachte, dass du mich verstehst. Das war ein Fehler, oder? Du bist gar nicht wie ich. Du weißt schon, wie die Welt funktioniert, und du nickst jedes Mal, wenn sich das bestätigt.«

Sie läuft zu einem Regal, zerrt Bücher heraus und lässt sie auf den Boden fallen. Ein Videostapel stürzt ein. Chloé holt eine kleine Kiste aus dem Schrank und öffnet den Deckel. Sie nimmt ein Blatt Papier heraus und wirft es mir auf den Schoß.

»Nick mal dazu«, sagt sie. Sie bleibt stehen und wartet darauf, dass ich lese.

Ich verdrehe die Augen und nehme den Artikel. Er ist aus der BILD-Zeitung.

Die Überschrift schlägt mir die Leichtigkeit aus dem Magen.

Zwölf Tote in zwölf Jahren – der Killerstrand?

Ich überfliege den Artikel, lese ihn dann noch einmal langsam.

Im Prinzip steht darin, dass in jedem der letzten zwölf Jahre jemand an diesem Strand ertrunken ist. Immer ein Mann, immer jung.

Chloés Blick lauert auf meine Reaktion.

Ich weiß nicht, was ich fühle, als ich aufsehe. Die Vorstellung, dass die Legende real ist, nimmt mir eine unbestimmte Last von der Brust. Auf eine seltsame Art und Weise ergibt jetzt alles Sinn. Ich musste nicht erst nach dem Sinn suchen. Er ist schon da. Ben ist Teil einer Geschichte – was kann es Besseres für ihn geben?

»Und? Glaubst du es jetzt?« Chloé schießen die Fragen aus dem Mund. Sie ist ungeduldig, sie will eine Antwort.

»Ja«, sage ich langsam. Dann noch einmal zu mir selbst: »Ja.«

Chloés Gesicht leert sich, als streiche jemand mit einem Schwamm über eine Tafel. Sie ist verblüfft, dass ich ihr so einfach glaube. Sie hat die Worte in ihrem Mund schon gespitzt, und jetzt braucht sie sie nicht.

»Also, wenn du willst – wir könnten Pizza machen.«

Ich nicke, und sie spricht über die Zutaten, mit der sie ihre Hälfte belegen will – Paprika, Gouda, Zucchinischeiben. Bei ›Tomate‹ hält sie inne.

»Es ist irgendwie sinnlos, über Essen zu reden, oder?«, sagt sie. »Dumm, unnütz, Zeitverschwendung.«

Ich schaue sie an, ohne irgendetwas zu sagen. Es war ja nicht einmal eine richtige Frage.

»Ich weiß, was du denkst: Dass das alles hier eine Zeitverschwendung ist«, sagt sie. »Und okay. Du hast recht. Das Leben besteht aus Zeitverschwendung, irgendwie muss man diese Ewigkeit von zweiundachtzig Jahren durchschnittlicher Lebenserwartung ja rumkriegen, und ich werde meine Zeit nutzen, um so richtig fett zu werden.«

Sie schließt die Tür hinter sich. Richtung: Pizza.

Ich habe keinen Hunger mehr, mein Körper ernährt sich scheinbar von Leere. Also schnüre ich mir die Chucks zu und laufe zum Parkplatz, auf dem immer noch Bens Auto geparkt ist und auf dem einmal unser Zelt stand.

Wind bläst über den Schotter. Es ist unerklärlich, wie hier irgendjemand ein Zelt aufstellen würde.

Ich stehe direkt an der Stelle, an der das Zelt stand. Hier lag vielleicht Bens Kopf auf der Luftmatratze. Wie verrückt das ist, dass ich jetzt hier stehe, dass jeder hier stehen kann, ohne etwas von den Geschichten zu wissen, die sich an dieser Stelle schon abgespielt haben oder sich noch abspielen werden. Und es interessiert uns auch nicht. Nur unsere Geschichte ist uns wichtig, das harte Aufstehen am Montagmorgen ist wichtiger als ein Erdbeben auf der anderen Seite der Erde.

Der Wind streicht kühl über meine Haut. Ich gehe um das Auto herum, langsam – nicht weil ich Angst habe, sondern weil ich es herauszögern will. Es kribbelt in meinem Bauch. Bens Geheimnis liegt vor mir wie ein goldenes Feenhaar.

Ich stehe vor der Scheibe. Sie ist immer noch rot. Abgesehen von einem grauen Streifen, wo ein Vogel aufs Auto gekackt hat.

Es ist sehr offensichtlich, dass es sich nicht um Blut handelt.

Trotzdem strecke ich die Hand aus und kratze mit dem Zeigefinger über die rote Schicht. Ich hinterlasse einen Kratzer, durch den man ins Auto sehen kann. Unter meinem Fingernagel hängen rote Farbsplitter.

Farbe. Natürlich.

Dank Chloé duftet es, als ich ins Haus zurückkomme. Nach Hefeteig, nach der Wärme des Backofens.

Ich stehe im Türrahmen zur Küche. Chloé knetet den Teig, ihr Gesicht ist ganz entspannt dabei. Ob sie das in der Bäckerei gelernt hat oder von ihrem Großvater?

Bestimmt sind ihre Hände warm und riechen nach den Zwiebeln, die sie für die Tomatensoße geschnitten hat. Chloé hebt die Teigkugel aus der Schüssel und rollt sie auf einem Blech aus. Sie blickt auf, sieht mich, und ich trete wortlos neben sie, wasche mir die Hände und streiche die rote Soße aus dem Topf auf den hellen Teig.

Wir arbeiten nur mit unseren Fingern. Streichen den Teig, malen ihn an. Es ist eine gute Arbeit. Wir machen etwas.

Während die Pizza im Ofen bäckt, hört Chloé für sich Musik, dann essen wir schweigend.

Ich benutze Bens Zahnbürste, es ist die einzige Zahnbürste, die ich habe. Sie war in der Tasche. Die Borsten stehen ein bisschen zur Seite, weil Ben stark aufgedrückt hat.

Es ziept tief in mir drin. Während ich mir die Zähne putze, stelle ich mir vor, wie die Bürste Bens Zähne berührt hat, seine Zunge, seine Lippen, und ich denke an unseren letzten Kuss – irgendwie ist er fast bei mir, er ist es, da ist auch sein Geruch, und ich kann seine Arme spüren, die um meine Taille geschlungen sind, er hat sich von hinten angeschlichen, er ist warm, er hält mich, und ich will mich umdrehen und ihn küssen, aber als ich die Augen öffne, ist mein Spiegelbild allein.

Bilder rauschen durch meinen Kopf. Erinnerungen. Träume.

Ich schwebe durch die Luft, durch das Wasser, über dem Wasser. Direkt unter mir ist die Meeresoberfläche, ich kann sie berühren, wenn ich will, aber ich schieße darüber hinweg. Hin und wieder treffen mich die Tropfen der Schaumkronen, Gischt. Der Mond scheint, oder ist es die Sonne? Hell, alles ist in Licht getaucht.

Und da ist Ben, er schwimmt unter mir. Er hat eine riesige silbrige Schwanzflosse. Stärker als seine Beine und praktischer im Meer.

»Wir bekommen die Menschenbeine nur einmal im Leben«, sagt er. »Tut mir leid, Hanna.«

Als er das sagt, fliegen Netze durch die Luft und Haken, die sich in meine Seiten bohren. Ich werde heruntergezogen, schlage auf dem Wasser auf, gehe unter. Und dazu immer diese Augen.

Tut mir leid, Hanna. Tut mir leid, Hanna. Tut mir leid.

Ich reiße die Augen auf, japse nach Luft.

Der Schweiß klebt an meiner Haut.

Das Fenster steht offen und lässt Seeluft herein.

NEUNDUNDZWANZIG

»Mach dir einfach Frühstück«, sagt Chloé. »In der Küche liegt noch altes Baguette, und bestimmt findet sich auch ein angeschimmeltes Marmeladenglas.«

Heute hat sie mich geweckt, statt mir Frühstück bereitzustellen.

Ich ziehe mir das Kissen über den Kopf und bleibe erst einmal liegen.

Eine lange Zeit.

Dann lege ich meinen Kopf zurück auf das Kissen und denke nach, womit ich die Zeit totschlagen kann, bis ich wieder müde bin.

Das ist meine Überlebensstrategie und mein Tagesablauf: Beschäftigen. Nicht denken. Schlafen.

Auf Frühstück habe ich keine Lust. Auf Aufstehen auch nicht. Aber einfach so liegen bleiben kann gefährlich werden.

In der Ecke des Raumes träumt der Röhrenfernseher vor sich hin. Ich krabbele aus dem Bett und schaue mir das Ding an. Es gibt nicht nur den DVD-Player – einen Videorekorder hat es auch. Ich drücke den An-Knopf. Der Bildschirm erwacht.

Über und neben dem Videoplayer stapeln sich selbst beschriftete Kassetten. *Arielle, die Meerjungfrau. Findet Nemo. Schneewittchen. Die Schöne und das Biest.* Chloé ist ein Disney-Fan?

Ich stöbere alle Kassetten durch, um irgendetwas zu finden,

das nach schnellen Autos und Schießerei klingt (*Cars* kommt der Beschreibung noch am nächsten). Manchmal ist die Aufschrift auch schon so verwischt, dass ich die Kassetten aus dem Stapel ziehen muss, um sie am Fenster zu entziffern. Als ich das das dritte Mal mache, kracht ein Video-Turm ein.

Ich stapele die Videos wieder mit dem Gedanken, dass Chloé jetzt garantiert wissen wird, dass ich in ihren Sachen herumgeschnüffelt habe, weil die Reihenfolge nicht mehr passt. Nach welchem System hat sie die Videos eigentlich sortiert? Nach der Haarfarbe der Heldinnen? Ob sprechende Fische darin vorkommen oder nicht?

Die blaue Kassette, die ich plötzlich in den Händen halte, passt nicht dazu. ›Julian‹ steht in verschlungener Schrift darauf.

Ich drücke das Video in den Schlitz. Play.

Ein Rascheln. Verwackelte Bilder. Kichern. Ganz offensichtlich ein privates Video von Chloé. Ich will es schon stoppen, als das Bild plötzlich scharf wird.

Ein Junge grinst mich an. Wegen so einem Lächeln werden zwischen Mädchen atomare Kriege geführt.

Chloés Stimme sagt etwas, anscheinend ist sie hinter der Kamera. Sie unterhalten sich, aber wegen ihrer lauten Lachanfälle verstehe ich nichts.

Der Junge bemüht sich um ein ernstes Gesicht, aber seine Mundwinkel brechen immer wieder aus.

Schließlich sagt Chloé ein kurzes Wort, der Junge nickt, und das Bild wechselt.

In der nächsten Szene liegt Chloé im Bikini am Strand. Sie hat sich eine Cap aufs Gesicht gelegt, die der Kameraführer mit dem Fuß zur Seite kickt. Chloé streckt ihm die Zunge raus.

»Julian«, grummelt sie. »Hör auf.«

Julian gibt etwas zurück, das Chloé zum Lachen bringt. Er

läuft einmal um Chloé herum, zeigt sie aus jeder Perspektive und zoomt dann an ihre Füße heran.

Er sagt etwas und streichelt ihr über die Fußsohle. Auf einmal zieht Chloé die Füße zurück, und das Bild wackelt. Dann fällt die Kamera in den Sand und landet so, dass man sehen kann, wie Chloé Julian auf den Boden drückt und schließlich küsst.

Die nächste Einstellung ist ein langer Shot aufs Meer. Das Bild bleibt endlos auf die gleiche Stelle gerichtet. Wellen kommen und gehen. Es scheint, als hätte der Kameraführer etwas gesehen, das mir entgeht.

Dann wird die Kamera an jemand anderen weitergereicht, und Julian läuft mit einem Surfbrett ins Bild. Er schwimmt nach draußen, wobei er unter den Wellen durchtaucht.

Durch den starken Zoom ist das Bild verwackelt, aber auf einmal steht Julian auf dem Brett und reitet Richtung Wasser. Als die Welle ihn am Strand ausspuckt, läuft er direkt auf die Kamera zu, packt Chloé und trägt sie zum Wasser. Sie strampelt und ruft irgendetwas wegen der Kamera.

Julian stellt sie wieder ab, nimmt die Kamera und hält sie so, dass das Bild ihn und Chloé zeigt. »Schaut her!«, sagt er.

Dann hebt er Chloés Kinn an und gibt ihr einen Zungenkuss.

Zwischendrin bricht das Bild ab, vermutlich weil Julian beide Hände braucht.

Die nächste Einstellung zeigt den Innenhof von Chloés Haus. Man hört ein Geräusch, das immer lauter wird, und schließlich schießt Julian mit einem Motorrad auf den Hof. Er dreht mit seiner Maschine kleine Kreise, bei denen er den Fuß runterstellen muss.

Chloé reicht ihm einen Helm. Erst will er ihn nicht nehmen, aber dann zuckt er die Achseln und setzt ihn auf.

Nächste Einstellung: Eine Fahrt durch die Landschaft. Bäume rennen vorbei, Büsche tauchen auf und verstecken sich wieder. Auf der einen Seite ist der Rand von Julians Jacke zu sehen.

Er jubelt.

Neues Bild. Es ist ganz dunkel, aber Chloé und Julian flüstern.

»Willst du wissen, was sie sagen?«, fragt Chloé, die plötzlich im Türrahmen steht.

Ich drücke auf Stop. Der Fernseher flimmert wieder.

»Entschuldigung. Ich hätte das Video nicht anschauen sollen.«

»Ich auch nicht.«

Chloé setzt sich auf ihr Bett und schlingt die Arme um die Knie.

Ich schweige, während ich darauf warte, dass sie darüber redet. Sie tut es nicht.

»Wie war die Arbeit so?«, frage ich schließlich.

»Ätzend«, sage sie.

»Also wie immer.«

»Jaja, mein trauriges Leben.«

Sie legt den Kopf auf die Knie und sieht mich an. »Du hast Angst«, stellt sie fest.

»Was meinst du?«

»Du hast Angst, so zu werden wie ich.«

Ich denke an das Video und überlege, ob sie recht hat.

Ich sage: »Ich habe keine Angst, so zu werden, wie du bist. Ich wäre nur gern so gewesen, wie du warst.«

Eine Pause entsteht, während Chloé die Wörter sacken lässt.

»Das musst du erklären.«

Wie viel kann ich sagen, bevor ich weinen muss?

»Das, was ich in dem Video gesehen habe – ich glaube, das wäre bei uns als Nächstes gekommen.«

»Sex?«

»Das hat die Szene also gezeigt!«

»Was wäre als Nächstes gekommen?«

»Zusammen sein.«

Chloé lacht auf. Sie lässt sich mit ausgebreiteten Armen aufs Bett fallen. Es federt nach. »Ihr seid doch die ganze Zeit zusammen gewesen.«

Dann erzähle ich ihr von der Farbe an der Fensterscheibe. »Ich glaube nicht, dass das irgendetwas mit einer Legende zu tun hat«, schließe ich.

»Ich sage die Wahrheit, ich schwöre, dass es wahr ist«, sagt Chloé.

»Aber es ist Farbe«, sage ich. »Kein Blut.«

»Na gut, und wer hat sie dann rangemacht? Ich war es bestimmt nicht.«

Ich war es auch nicht. Wer bleibt da noch?

»Ich muss jemanden anrufen«, sage ich.

»Deswegen bin ich hier?«, fragt Sam.

Wir stehen vor der beschmierten Scheibe, und er klingt enttäuscht.

»Als du angerufen hast und gesagt hast, dass du hier bist, habe ich etwas anderes erwartet als so einen Mist. Sorry.«

»Du warst es also nicht?«, frage ich.

»Nein. Ich habe die Scheibe nicht angemalt.«

»Wer dann?«

»Keine Ahnung – Chloé vielleicht?«

»Quatsch. Sie glaubt an die Legende«, sage ich.

Sam seufzt. Er schaut aufs Meer, nein, er schaut darüber hinaus, direkt in seine Erinnerung. »Ich weiß«, sagt er. Dann schüttelt er die Erinnerung ab. »Komm, wir laufen ein Stück.«

Wir gehen den Weg hinunter, den wir immer gegangen sind.

»Hat Chloé dir erzählt, woher wir uns kennen?«, fragt Sam nach einer Weile.

»Ich dachte, ihr kennt euch aus dem Dorf, wie das halt so ist«, sage ich.

Sam schüttelt den Kopf. »Wir hatten einen gemeinsamen Freund. Chloé kommt aus der Großstadt – ihre Mutter arbeitet dort als Übersetzerin, und Chloé war immer nur in den Sommerferien hier, um ihren Großvater zu besuchen. Ich war mit Julian am Strand, als sie sich zum ersten Mal richtig gesehen haben. Also Chloé war schon öfter da gewesen, und wir wussten, wer sie war, und sie hat auch schon einmal mit uns Fußball gespielt und so, aber in diesem Sommer war es anders. Julian hat sie gesehen, und ich wusste, dass ich meinen besten Freund für den Rest des Sommers vergessen konnte.«

Julian?

Ich will eine Frage stellen, aber Sam redet weiter.

»Erst mal dachte ich natürlich, dass das nur Ärger gibt. Julian hatte einen hohen Mädchenverschleiß. Er war kein schlechter Kerl oder so, nur schnell gelangweilt. Und es wäre richtig unangenehm geworden, wenn er sich mit Chloés Großvater angelegt hätte. Der Kerl ist der Bürgermeister von diesem Kaff, und sein Zweitberuf ist es, seine Enkeltochter zu lieben. Außerdem hat er einen Waffenschein, weil er mal Jäger beim Forstamt war.«

Die Fragen drängeln auf meiner Zunge, aber Sam muss diese Geschichte loswerden, also halte ich sie noch einen Moment länger hinter den Zähnen.

»Wenn Julian ein Mädchen wollte, dann hatte er diesen bestimmten Gesichtsausdruck. Keinen irren Blick wie in Büchern, sondern immer ein ganz leichtes Lächeln im Gesicht. Es war wie ein Schalter, den er anknipste, und dann fing er an zu leuchten.«

Er hielt inne, und sein Gesichtsausdruck spiegelte den von Julian wider; ein leichtes Lächeln bewegte seine Lippen.

»Wir waren also an diesem Strand, sie kam heruntergelaufen, und Julian drehte sich weg und ging. Am Abend kam er wieder mit genug Holz, um ein Fort zu bauen. Er stapelte es zu einem Riesenlagerfeuer und zündete es an. Man konnte den Lichtschein garantiert bis zu Chloés Haus sehen. Sie kam tatsächlich und setzte sich zu uns. Und dann hat Julian ihr die Legende erzählt. Danach waren sie zusammen. Julian war immer schon ein Geschichtenerzähler – er konnte die Leute mit seinen Worten einfangen. Sogar Chloé.«

»Die gleiche Legende, die Chloé auch mir erzählt hat?«

Sam nickt. »Ich habe den ganzen Sommer über gewartet, dass es auseinandergeht, aber das ist nicht passiert. Sie passten einfach zueinander. Haben sich immer wieder gegenseitig angestachelt. Es war ein Rennen gegen sich selbst, verstehst du? Sie mussten es dem anderen immer wieder beweisen, dass sie mutiger waren und schneller und gefährlicher. Julian hat ab und zu mal Mist gebaut, aber auch nicht mehr als jeder andere Siebzehnjährige. Und Chloé hat vielleicht in Hamburg was ausgefressen, war aber hier eher für ihre Schokoladensucht bekannt. Nur zusammen waren sie gefährlich. Sie haben um die Wette getrunken, sind von den Klippen gesprungen, beim Bäcker eingebrochen, solche Sachen. Sie waren richtig schlimm verliebt. Und deswegen machten sie das ja auch alles: wegen ihrer Liebe. Weil sie etwas Besonderes war.«

I dare you. Der Gedanke drängt sich mir auf. Die ganze offensichtliche Ähnlichkeit. *Wegen ihrer Liebe. Weil sie etwas Besonderes war.* Unsere drei Worte, sie kreiseln in meinem Kopf. *I dare you, I dare you, I dare you.* Aber Sam erzählt weiter, und seine Worte ziehen mich zurück:

»Chloé kam in den Ferien und fast an jedem Wochenende. Julian ist mal bei ihr in Hamburg gewesen, aber ihre Mutter mochte ihn nicht, also haben sie sich hier getroffen. Und weitergemacht. Mit der Zeit wurde es dann gefährlich. Julian musste einmal der Magen ausgepumpt werden. Sie wurden bei einem Diebstahl im Supermarkt geschnappt. Chloé hat es irgendwann gecheckt, glaube ich. Dass sie einen Gang runterschalten mussten. Aber Julian nicht. Ich denke, er mochte den Kitzel, aber noch mehr hatte er Angst davor, was aus ihrer Beziehung werden würde, wenn sie nicht mehr aus diesen Abenteuern bestand. Ich weiß es nicht genau, weil ich zu der Zeit schon nicht mehr so viel mit ihm zu tun hatte. Chloé wollte ungefährliche Sachen machen – einen Film schauen, zusammen kochen, so Zeug. Aber Julian hat sie immer wieder angetrieben: Nicht langweilig sein, nicht durchschnittlich sein, Abenteuer, Nervenkitzel, bla bla. Chloé hat am Ende immer nachgegeben. Ich glaube, sie hatte Angst, dass sie ihn langweilen könnte. Sie wiegelten sich nicht mehr gegenseitig auf – Julian stachelte Chloé an. Das beste Zeichen dafür war das Motorrad. Julian hat es sich gekauft, weil es verdammt schnell fuhr und er eigentlich keine Fahrerlaubnis dafür hatte. Es hätte gedrosselt sein müssen.«

All das hört sich überhaupt nicht nach der Chloé an, die ich kenne. Wenn ich das Video nicht gesehen hätte, würde ich Sam nicht glauben.

Aber Sam redet die ganze Zeit in der Vergangenheit. Sie *hatten* einen gemeinsamen Freund. Er *hieß* Julian.

»Wo ist Julian jetzt?«, frage ich.

Ich kenne die Antwort schon fast, ich weiß, was gleich aus Sams Mund kommt.

»Er ist tot«, sagt Sam.

Wie? Ich warte, dass Sam es erzählt, die Details, aber er bleibt still.

Gerade könnte ich sowieso nicht gut zuhören. Der Gedanke an Ben hat sich angeschlichen wie die Flut, die den Strand erobert, bis sie plötzlich über deine Füße leckt. Das mit dem Motorrad hätte Ben sein können, das mit dem Stehlen auch.

»Wir hatten vorher bestimmt eine Woche nicht gesprochen«, sagt Sam plötzlich.

»Warum?«

Er knetet seine Hände. »Kennst du das Gefühl, dass du irgendwo bist und alle klatschen? Du klatschst auch, aber auf einmal hörst du auf, denn du weißt nicht, warum du eigentlich klatschst.«

Ich nicke, selbst wenn ich das Gefühl habe, dass meine Bewegung bei Sam gar nicht ankommt.

»So habe ich mich gefühlt«, sagt Sam. »Ich wusste nicht mehr, warum ich mit ihm befreundet war, und er wohl auch nicht. Aber am Ende war es egal. Als er nicht mehr da war, war dort trotzdem eine große Lücke. Sie musste gefüllt werden, und da war niemand, der sie füllen konnte außer mir. Verstehst du das?«

»Äh … meinst du jetzt mit Chloé und so?«

»Ich meine seine Art. Da war ein Loch, und ich wurde hineingesogen. Hättest du mich davor in der Trinkbar geküsst, wäre ich vermutlich einfach nur ganz starr geworden.«

Und damit sind wir wieder in der Gegenwart, einfach so.

Sam atmet langsam und gleichmäßig. Ich lausche so angestrengt auf seinen Atem, dass ich die Stille überhöre.

Schließlich stehe ich auf.

Der Strand streckt sich in beide Richtungen bis an seine Fingerspitzen. Sam muss dort entlang, ich in die andere Richtung. Ob das sinnbildlich für unsere Beziehung zueinander steht?

In einem verwirrten kleinen Teil meines Hirns, der die meiste Zeit schläft, fällt mir auf, dass Sam nicht versucht hat, mich zu küssen. Es hätte nicht gepasst. Es passt vielleicht nie wieder.

Auf einmal will ich ihm noch etwas sagen, damit wir nicht so auseinandergehen.

Ich beuge meinen Kopf nach unten, bis seine Wange neben meiner Wange ist.

»Du bist größer als das Loch«, sage ich.

Sam lächelt. Dadurch berühren sich unsere Wangen.

Seine Haut fühlt sich feucht an, aber unsere Gesichter sehen nebeneinander aufs Meer, und ich weiß nicht, ob er weint. Wenn er es tut, dann macht er kein Geräusch dabei.

Ich küsse ihn auf die Wange. Ein salziger Geschmack bleibt auf meinen Lippen.

»Bis später«, sage ich und gehe in langsamen Schritten davon.

Es ist auch seltsam, dass ich ihn getröstet habe, nicht umgekehrt.

Schon vor Chloés Zimmertür fange ich mit dem Reden an. Ich will Chloé erzählen, dass ich von Julian weiß, und ich kann dieses Gefühl nicht drinbehalten. Also sage ich: »Sam hat mir von Julian und dir erzählt. Ich weiß es, okay? Raste jetzt bitte nicht aus.«

Dann erst öffne ich die Tür. Chloé sitzt auf dem Boden, umgeben von Krimskrams und Klamotten.

»Und, glaubst du es jetzt?«, fragt Chloé.

»Was?«

»Die Legende natürlich.«

»Ich weiß nicht, was das damit zu tun hat«, sage ich.

»Weil Julian im Meer ertrunken ist. IN EINER STURMNACHT. Das Detail hat Sam dir wohl nicht erzählt.«

Was? Ich schüttele den Kopf. Chloé schnaubt und murmelt etwas wie ›typisch‹.

»Also ja«, sagt sie. »Es ist alles wahr. Ich habe es selbst gesehen.«

Sie dreht sich wieder zu dem Haufen Zeug um.

»Dann hättest du etwas sagen müssen«, sage ich. »Du hättest uns warnen müssen.«

Meine Stimme klingt kraftlos. Wenn wir es früher gewusst hätten, vielleicht ...

Chloé steht auf.

»Ich habe euch doch gewarnt. Ich habe euch die Legende erzählt. Ich war an dem verdammten Strand unten, um euch die Legende zu erzählen.«

Sie sieht ihren Fehler nicht mal ein. Meine Stimme gewinnt an Kraft. Ich denke: Sie ist schuld.

»Ja, genau«, sage ich. »Du hast uns die Legende erzählt. Du hast *nicht* erzählt, dass dein Freund auf diese Weise gestorben ist. Du hast uns überhaupt keinen Anlass gegeben, die Legende für mehr zu halten als eine Gruselgeschichte, die eine Irre am Feuer erzählt.«

Der Begriff ›Irre‹ prallt an ihr ab.

»Ich habe mit Ben darüber geredet«, sagt sie. »Ich habe ihm den Zeitungsartikel gezeigt. An dem Tag, an dem wir abends in die Trinkbar sind, ein paar Stunden davor.«

Sie weiß, dass sie mich jetzt an der Leine hat, und ich drücke die Wut zurück nach unten, sonst sagt sie mir gar nichts.

»Was hat er dazu gesagt?«, bringe ich hervor. Ich versuche, das möglichst neutral zu sagen, aber die Worte wollen so schnell aus meinem Mund, dass sie über ihre eigenen Füße stolpern.

Chloé zuckt die Achseln.

»Keine Ahnung. Verschiedenes.«

Wut schäumt nach oben. »Sag es!«

Ich muss es wissen. Das ist ein Teil von Ben, den ich noch nicht kenne. Ich weiß nicht, was er gesagt hat, und wenn ich diesen neuen Teil kennenlerne, ist es fast so, als hätte Ben das gerade erst gesagt. Jetzt, zu mir. Als wäre er noch da.

»Eigentlich haben wir nur darüber geredet, wie wir das Motorrad vom Lader runterbekommen, das steht nämlich immer noch drauf. Und dann habe ich ihn gefragt, ob er denkt, dass ich verrückt bin, und er hat gesagt: Nein, das denke ich nicht. Aber ich bin verrückt nach dir, und wenn ich noch ein bisschen verrückter wäre, würde ich dich gleich hier auf der Tragfläche von dem Pick-up nehmen.«

»Das hat er nicht gesagt!«, schreie ich und stürze mich auf sie.

Chloé packt mich und nutzt meinen Schwung, um mich zu Boden zu drücken. Sie setzt sich auf mich und drückt meine Arme mit den Knien nach unten.

»Woher willst du das wissen?«, fragt Chloé. »Du warst doch nicht dabei.«

Genau. Ich war nicht dabei. Ich weiß nicht, warum Ben bei Flut schwimmen gegangen ist. Aber Chloé, weil sie noch bei ihm war.

»Du bist schuld«, sage ich. »Du ganz allein.«

Chloé lacht auf. »Versuch es ruhig. Schieb alles auf mich. Aber ich sage dir gleich, dass es nicht funktioniert. Die Schuld kriecht zu dir zurück.«

Sie klettert von mir herunter.

Ich rappele mich hoch. »Du bist wirklich schuld. Wer weiß, was du mit ihm gemacht hast, dass er danach so verstört war.«

»Danach?«

»Das fragst du so blöd? Du hast ihn gepackt und in dein Bett geschleppt, du Schlampe.«

»Wer hat denn mit Sam rumgemacht, als Ben danebenstand?«, fragt Chloé.

»Nur weil Ben mit dir rumgemacht hat.«

Chloé stößt mich aufs Bett. »Wann checkst du es endlich? Zwischen Ben und mir ... da ist nichts gelaufen!«

»Was?« Das Wort duckt sich in meinem Mund. Sie lügt doch bestimmt.
»Bei der nächsten Kurve wollte er rausgelassen werden.«
»Ist klar«, sage ich und versuche aufzustehen, aber sie schubst mich zurück. Ich bleibe liegen. Wut ist anstrengend, und ich fühle mich müde, wie ausgesaugt.
»Warum sollte ich dich anlügen?«
»Warum solltest du nicht?«, frage ich mit geschlossenen Augen.
»Aus demselben Grund, warum ich dich vom Bahnhof abgeholt habe und du hier pennen kannst.«
»Und warum?«
»Ich bin heimlich in dich verliebt.«
»Was ...«
Sie grinst.
Ich schmeiße ein Kissen in ihre Richtung. »Du blöde Idiotin!«
Sie lacht tief. »Dein Gesichtsausdruck. Wahnsinn.«
»Was machst du da eigentlich?«, frage ich und zeige auf das Zeug.
»Ach, nichts. Ein bisschen ausmisten.«
Ich komme näher und sehe Bens Tasche, leer, der Inhalt ausgeschüttet auf den Boden.
»Was machst du mit meinem Zeug?« Ich weiß, ich sollte wütend sein, aber ich kann nicht mehr und warte einfach auf ihre Antwort.
»Ich schnüffele ein bisschen. Das macht dir doch nichts aus? Ich meine, das mit dem Schnüffeln kannst du sicherlich nachvollziehen.«
Ich seufze. »Okay, ich habe das Video angeschaut, aber das gibt dir nicht das Recht –«
Oh, stopp. Was ist das?
Auf dem Haufen liegt ein Büchlein. Natürlich, es muss auch

in der Tasche gewesen sein. Warum bin ich da nicht gleich draufgekommen? Ich hebe es hoch.

Es ist das Buch von E. E. Cummings.

Es ist gelb, der Rücken ist einen-kleinen-Finger-dick, und es ist das Buch, das in Bens Schrank gefehlt hat.

DREISSIG

Meine Gedanken überschlagen sich.

Das muss das Buch sein, das in Bens Regal fehlt. Er hat damals behauptet, dass er alle Bücher, die auf der Reise dabei waren, vom Flohmarkt hatte. Wäre das so, hätte es aber kaum schon einen festen Platz im Regal gehabt.

Ben hat das Buch also mit Absicht mitgenommen. Nur warum?

Es ist komplett sinnlos, wegen einer solchen Kleinigkeit zu lügen. Vielleicht hatte er die anderen Bücher vom Flohmarkt und dieses hier nur damit verwechselt. Aber das passt nicht. Als wir in der Wiese gelegen haben, hat er nur zwei Bücher in der Hand gehabt und mir genau dieses auf den Bauch gelegt.

»Was ist denn jetzt los?«, fragt Chloé. »Ich habe mit dem Buch echt nichts gemacht.«

Steckte da etwas dahinter?

»Was ist das überhaupt für ein Buch?«, fragt sie und nimmt es mir aus der Hand, bevor ich fester zupacken kann.

»E. E. Cummings«, liest sie vor. »Gedichte? Gehört das etwa Ben?«

»Ja, das tut es.« Ich greife danach, aber sie nimmt es in die andere Hand und hält es außerhalb meiner Reichweite.

»Ganz schön vollgekritzelt«, sagt sie. »Das warst bestimmt du.«

»Wie kommst du darauf?«

»Die Schrift. Der leichte Aufwärtsbogen und die kurz gesetzten i-Punkte verraten mir, dass der Schreiber eine eingebildete Person mit Einschlägen zum Wahnsinn ist. Das kannst ja nur du sein.«

»Wow, der war schlecht«, sage ich.

»Du hast recht«, sagt Chloé. »Was ist das?« Sie beugt sich über die Seite mit unserer Liste. »Fünfundzwanzig Kinder haben? Mein Gott, ihr hattet aber Pläne.«

Ich werfe mich nach vorne und schlage ihr das Buch aus der Hand. »Das geht dich nichts an«, sage ich.

»Ach so, sind wir uns auf einmal darüber einig, dass man nicht in den Sachen von anderen Leuten herumschnüffelt?«

»Es tut mir leid. Mir war langweilig.«

»Dann schau doch eine andere der TAUSEND DVDS IN DIESEM RAUM AN.«

Chloé steht auf.

»Was war jetzt eigentlich der Grund, dass du mich vom Bahnhof abgeholt hast?«, frage ich.

»Ich mache Abendessen. Was möchtest du haben?«

»Den Grund.«

»Gesalzen oder gepfeffert?«

»Chloé!«

»Bis gleich.«

Die Tür fällt ins Schloss. Ich bleibe auf dem Bett liegen. Das Buch ist immer noch auf der Seite mit unserer Liste aufgeschlagen. Nein, das mit den fünfundzwanzig Kindern wird nichts mehr. Mein Blick gleitet über die restlichen Punkte. Und bleibt an einem hängen. Gehen ohne Abschied. Und nein, Ben, den Punkt bekommst du auch nicht, denn da steht *Gehen* ohne Abschied, nicht *Sterben*.

Die anderen Punkte kommen mir wahnsinnig lächerlich

vor. Ich klappe das Buch zu. Der Appetit, wenn ich je welchen hatte, ist mir vergangen, aber ich gehe trotzdem nach unten.

Chloé pennt sofort weg – sie ist immer so müde –, und ich lese noch zum Licht von Bens Taschenlampe in dem Gedichtband, denn nachdem ich die Liste gesehen habe, kann ich nicht mehr schlafen. Der Lichtkegel lässt immer einen Teil der Buchstaben im Dunkeln, als würde sich mir das Gedicht erst langsam öffnen, wie eine Blüte. Aber ich kümmere mich gar nicht um den Inhalt. Ich blättere die Seiten durch, in der Hoffnung, eine der Zeichnungen zu entdecken, die Ben immer gemacht hat. Aber da ist nur mein eigenes Gekritzel. Ich fange noch einmal von vorne an, scanne die Seiten. Das Licht zuckt und wird schwächer, als würde jemand es dimmen.
Ich schalte die Lampe aus.

Mitten in der Nacht wache ich auf mit dem Gefühl, dass ich gerade einen Albtraum hatte und es gut ist, dass ich ihn schon vergessen habe. Aber da war etwas, irgendetwas an dem Traum war wichtig.
Ich bin nass geschwitzt, und mein T-Shirt klebt am Körper, dabei ist das Zimmer kühl.
Im blassen Licht kann ich Chloé auf der anderen Seite des Bettes erahnen. Sie ist zu ihrer üblichen Kugel zusammengerollt.
Wieder einschlafen kann ich vergessen. Das mulmige Gefühl aus dem Traum hängt an mir wie ein Stück Kaugummi, das man nicht von der Schuhsohle bekommt.
Ich ziehe eine Jacke über, nehme das Buch, die Taschenlampe und mein Handy und schleiche mich zur Tür hinaus.

Draußen wähle ich Sams Nummer.
Das Freizeichen piept, bis der Anrufbeantworter rangeht.
Gut, wenigstens hat er es nicht ausgeschaltet.
Ich rufe noch einmal an.
»Was ist los?«, fragt Sam. Ich rechne es ihm hoch an, dass er sich nicht mit ›Weißt du, wie spät es ist?‹ meldet.
»Hast du Batterien?«, frage ich.

Ich sitze vor den Wellen und höre Sams Schritte hinter mir im Sand. Er setzt sich neben mich und legt zwei AA-Batterien in meine Hand. Ich tausche die alten Batterien gegen die neuen aus und drehe den Verschluss der Taschenlampe wieder zu. Der Lichtkegel tanzt über die Wellen. Das Wasser verändert seine Farbe im Licht von Schwarz zu Dunkelgrün.
»Wozu brauchst du die Taschenlampe?«, fragt Sam. »Und bitte sag nicht, dass du sie brauchst, weil du Angst vor der Dunkelheit hast. Das würde nämlich keinen Sinn geben, wenn du nachts an den Strand tappst.«
Früher wäre ich nachts nirgendwo alleine hingegangen, besonders nicht an einen einsamen Strand. Dieses Mal habe ich nicht einmal daran gedacht, dass man Angst haben könnte. Ich richte den Lichtstrahl auf den Gedichtband.
»Ich konnte das Licht nicht anmachen, weil Chloé schläft«, sage ich. »Und ich muss hier weiterlesen.«
»Und auf die Idee, einfach in den Flur zu gehen und dort das Licht anzumachen, bist du nicht gekommen?«
»Nein«, sage ich. Sam kann ruhig vor sich hin reden, aber ich muss wissen, warum Ben dieses Buch mitgenommen hat. Ich blättere ein Paar Seiten durch. Wieder nur mein Gekritzel oder gar nichts.
»Redest du wenigstens mit mir, wenn du mich schon als Batterieboten ausnutzt?«

Ich knipse die Taschenlampe aus und klappe das Buch zu, lasse aber den Finger an der Stelle stecken. Das Licht ist fahl, und Sam ist nur eine Stimme zwischen den brechenden Wellen.

»Vielleicht ist die Tatsache, dass ich stattdessen dich angerufen habe, ja ein Zeichen meines Unterbewusstseins, dass ich gerne Zeit mit dir verbringe.«

»Oder vielleicht ist es ein Gedanke deines berechnenden Bewusstseins, dass ich mich von dir mitten in der Nacht an den Strand bestellen lasse.«

»Wir werden uns immer ähnlicher, Chloé und ich, hm?«, sage ich leichthin. Dann fällt mir auf, dass ich damit recht habe.

»Außer bei einer Sache«, sagt Sam. »Chloé hasst das Meer, obwohl ich das nicht verstehen kann, und du hasst das Meer nicht, was ich auch nicht verstehen kann.«

»Ich kann verstehen, dass Chloé das Meer hasst, weil ihr Freund darin ertrunken ist. Außerdem glaubt sie an die Legende, ob die jetzt wahr ist oder nicht.«

Sam zögert, als wollte er etwas dazu sagen, aber dann stellt er doch eine andere Frage: »Und warum hasst *du* dann das Meer nicht?«

Er hat recht. Darüber habe ich noch nicht nachgedacht, der Gedanke ist mir nicht gekommen. Natürlich, wenn ich am Meer bin, denke ich an Ben. Aber ich denke nicht daran, dass das Meer schuld ist, sondern nur, dass ich Ben am Meer näher bin.

»Das Meer kann nichts dafür«, sage ich. »Es ist das Meer. Aber ich bin wütend auf Ben, weil er so dumm war, schwimmen zu gehen, und eingebildet genug, um zu glauben, er könnte das bei einem Sturm.«

Sam betrachtet mein Gesicht. Ich spüre es, aber ich kann

nicht zurückschauen. »Du sagst: Das Meer ist das Meer. Aber was ist mit ›Ben ist Ben‹?«

»Was meinst du damit? Dass es Schicksal war, dass Ben ertrunken ist?«

»Nein. Ich meine nur, dass Ben eben das Schwimmen geliebt hat. Er war eben eingebildet, und so ist es einfach.«

»Warum kannst du nicht verstehen, dass Chloé das Meer hasst?«, frage ich.

Sam seufzt. In der Dunkelheit nehme ich ihn anders wahr. Weniger spöttisch, sanfter irgendwie. Es ist sein Körper, der von diesem Eindruck ablenkt. Seine Stimme ist vielleicht immer so weich.

»Ich habe dir die Geschichte gestern nicht ganz erzählt. Die Sache ist die: Julian ist nicht ertrunken.«

»Was?«

»Es war ein Motorradunfall. Er war betrunken, trug keinen Helm, fuhr viel zu schnell. Er ist vom Weg abgekommen, gestürzt. Genickbruch, sofort tot.«

Das Meer tost, aber es ist trotzdem zu leise, um diese Stille zu übertönen.

Ich frage: »Warum hast du mir nicht gleich die ganze Geschichte erzählt?«

Ich kann mir vorstellen, wie er in der Dunkelheit mit den Schultern zuckt.

»Ich hatte Angst, dass du es Chloé bei der nächsten Gelegenheit unter die Nase reiben würdest. Sie verkraftet das nicht. Ich habe versucht, ihr die Wahrheit zu sagen, aber das Motorrad ist dort draussen verrostet, weil sie gesagt hat, es gehöre nicht Julian. Sein Motorrad stehe in ihrer Garage und er sei ertrunken. Sie hat angefangen zu zittern, als ich es ihr gesagt habe. Sie hat sich die Ohren zugehalten und laut gesungen.«

»Ich kann sie verstehen«, sage ich. »Es ist keine schöne Geschichte. Sie hat keinen Sinn. Keinen Grund.«

»Und? Die Legende hat auch keinen Grund. Was ist der Grund dafür, dass Oceana so rachsüchtig ist? Warum hat sie Julian ausgesucht? Die Legende macht genauso wenig Sinn. Sie erlaubt Chloé nur, in einer Fantasiewelt zu leben, in der Julian ein Opfer und sie selbst der Grund für seinen Tod ist. Ist das etwa eine schöne Geschichte?«

»Nein, aber –«

»Der Tod hat nie einen Grund. Er kommt, schlägt zu, er geht. Er pirscht sich an, quält, tötet langsam, nimmt alles mit.«

»Aber wenn es ihr mit der Legende besser geht?«

»Und was ist mit mir?«, fragt Sam. »Warum verliere ich gleich zwei Freunde?«

Die Worte klingen viel zu bitter für ihn.

»Wann hast du das letzte Mal mit ihr geredet?«

»Vielleicht vor einem Jahr.«

»Und warum verliert sie gleich zwei Freunde?«, frage ich.

Sam schweigt. Dann: »Was suchst du eigentlich in dem Buch?«

»Irgendetwas, das Ben hineingeschrieben hat«, sage ich.

Sam streckt langsam seine Hand aus und löst das Buch aus meinen Fingern. Als wüsste er genau, dass ich fest zupacken würde, wenn er es mir entrisse.

»Du gehst jetzt nach Hause. Ich nehme das Buch mit und schaue es durch.«

Ich hole Luft, um zu widersprechen, aber Sam redet weiter: »Und das ist eine sehr gute Idee, weil ich das Buch noch nie gesehen habe und du es schon so oft gesehen hast. Wenn es etwas zu finden gibt, dann finde ich es schon. Morgen bringe ich es dir zurück, und wenn Chloé da ist, rede ich mit ihr.«

Ich denke über seinen Vorschlag nach.

»In Ordnung, aber du musst nachmittags kommen, weil Chloé morgens arbeitet.«

»Okay.«

Ich reiche Sam die Taschenlampe. Er schüttelt den Kopf. »In meinem Haus gibt es Glühbirnen, weißt du?«

Inzwischen ist es Nachmittag, und ich bin nervös.

Es war eine ganz schlechte Idee, Sam das Buch zu geben. Ich habe nur diesen einen Mini-Hinweis von Ben, und wenn das Buch weg ist, habe ich gar nichts mehr. Außerdem: Selbst wenn Sam etwas findet, kann er es jederzeit verschwinden lassen oder etwas anderes dazumalen, oder –

»Hör auf, im Zimmer herumzutigern«, sagt Chloé. »Du verbreitest Anti-Zen.«

Sie liegt mit ausgestreckten Armen und Beinen wie ein Seestern auf dem Bett. Aus dieser Position hat sie sich nicht bewegt, seit sie von der Arbeit gekommen ist. Im Fernsehen läuft *Tom und Jerry*. Chloé kichert ab und an.

Ich hole mir das Buch jetzt zurück.

Als es an der Tür klingelt, bin ich schon in meinen Schuhen. Ist das Sam?

Ich höre, wie Chloés Großvater die Tür öffnet, dann ein paar leise Worte. Die Treppenstufen zu Chloés Zimmer knarzen, und es klopft an der Tür.

»Ja?«, sagt Chloé.

Sam öffnet die Tür. »Hi, Chloé.«

Chloé setzt sich auf und streicht die Bettdecke glatt. »Was machst du hier?«

»Nicht gerade freundlich«, sagt Sam und schaut dabei mich an.

»Ich bin eben irre, da kann ich nichts machen«, sagt Chloé.

»Das habe ich nie gesagt«, sagt Sam.

»Ach ja? Was ist mit ›Warum geht das nicht in deinen Kopf? Bist du irre?‹.«

»Und darauf hast du geantwortet ›Nein, bin ich nicht.‹«

Ich wäre bei diesem Gespräch lieber nicht dabei, aber Sam steht in der Tür.

»Bist du mit mir jetzt einer Meinung?«, fragt Chloé.

Sam schüttelt bedächtig den Kopf.

»Was willst du dann hier?«

»Wir sind in so vielen Sachen nicht einer Meinung, warum müssen wir es in diesem Punkt sein?«, fragt Sam.

Chloé steht auf, Blut schießt ihr in den Kopf. »Weil er wichtiger ist als alles andere.«

»Und warum ist das so? Warum bestimmt dieser eine Punkt auf einmal alles?«

Sams Stimme klingt müde, aber vielleicht ist das genau die richtige Erwiderung auf Chloés kalte Wut.

»Wenn Julian nicht gewesen wäre, hätten wir uns nie kennengelernt.«

»Wir kannten uns schon vor Julian, erinnerst du dich? Und ich will gar nicht, dass er nie da gewesen wäre. Ich will nur, dass wir wieder da sind.«

Chloé holt Luft, und gleich zerfetzt sie ihn mit Worten.

Sie atmet wieder aus und setzt sich so auf das Bett, dass neben ihr ein Stück Platz bleibt.

»Dann setz dich endlich«, sagt sie. »Und gib vorher Hanna das Buch in deiner Hand. Sie hat mich deswegen schon den ganzen Tag genervt.«

Sam reicht mir das Buch.

»Hast du was gefunden?«, frage ich.

»Seite hundertfünfzehn«, sagt er. »Der einzige Satz, der eingekringelt und nicht unterstrichen ist.«

Eingekringelt? Ich kringele nie Sachen ein.

Meine Finger hetzen zu der Seite, verheddern sich am Papier, knicken Ecken um. Hundertelf, hundertdreizehn, hundertfünfzehn, endlich.

Ich sehe den eingekringelten Absatz sofort.

Dying is fine, but Death. Oh baby, I wouldn't like Death if Death were good.

Auf einmal bin ich mir sicher, dass Ben nicht tot ist.

EINUNDDREISSIG

Sterben ist in Ordnung, aber Tod. Oh Kleine, ich würde den Tod nicht einmal mögen, wenn er gut wäre.

Was war das anderes als die klarste Botschaft aller Zeiten?

»Du interpretierst da zu viel rein«, sagt Chloé.

Sam zuckt die Achseln. »Ich fand auch, dass das ein seltsamer Satz in der Situation von Ben ist, aber das heißt nicht, dass er noch lebt.«

»Doch, genau das heißt es. Hier steht, dass er sterben, aber nicht tot sein will«, sage ich. »Er ist gestorben, aber tot ist er nicht.«

Chloé schüttelt den Kopf. »Er liest den Satz, der Satz löst einen Gedanken in ihm aus, und er kringelt ihn ein. Das ist keine Auferstehung.«

Ich erzähle ihnen von den Flohmarktbüchern und davon, dass ich nicht in Bens Bücher kritzeln darf.

»Was hast du heute Morgen zum Frühstück gegessen?«, fragt Chloé.

»Hä?«

»Marmelade auf Brötchen von gestern, stimmt's?«, sagt sie.

»Von vorgestern«, sage ich.

»Sei dankbar für das, was du bekommst«, sagt Chloé. »Und was isst du zu Hause zum Frühstück?«

»Müsli.«

»Und wenn du heute sterben würdest – würden wir aus der Tatsache, dass du heute Morgen Marmeladenbrötchen statt Müsli gegessen hast, irgendetwas ableiten? Sam? Wie ist die Antwort, Sam?«

»Die Antwort ist Nein«, sagt Sam.

»Ganz genau«, sagt Chloé. »Weil es da keinen Zusammenhang gibt. Und genauso ist es mit einem Kringel in einem Buch. Gott, ich kann nicht glauben, dass wir dir das erklären müssen. Das ist einfach dumm.«

Ich öffne den Mund, um ihr etwas über andere offensichtliche Sachen wie den Wahrheitsgehalt von Legenden zu erzählen, aber Sam schickt mir einen warnenden Blick. Ich schließe den Mund wieder.

»Ich bin mir sicher«, sage ich. »Ihr kennt Ben nicht. Das ist genau sein Stil. Er liebt Rätsel. Er liebt Geschichten.«

»Du solltest aufhören, von ihm in der Gegenwart zu reden«, sagt Chloé.

»Chloé«, mahnt Sam.

»Was? Das sollte sie wirklich. Sie braucht mal einen Realitätscheck.«

»Weißt du, wer einen Realitätscheck bräuchte?«, frage ich. »Du. Weil du die Einzige bist, die –«

Sam unterbricht mich: »Wenn Ben noch lebt – wo ist er dann jetzt?«

»Das ist das nächste Rätsel, das ich lösen muss.«

»Und wie ist er von hier weggekommen? Chloé hat gesagt, dass sie ihn an der nächsten Ecke herausgelassen hat, stimmt's?«

Chloé nickt.

»Dann sind das zwanzig Kilometer bis zum nächsten Bahnhof. Zwanzig Kilometer, und es schüttet. Zu Fuß? In der Nacht? Ohne dass er weiß, wo es langgeht? Unwahrscheinlich.«

Meine Gedanken hängen sich daran auf, dass Ben durch den

Regen gelaufen sein muss, genau wie ich. Der gleiche Regen auf uns beiden, nur unterschiedliche Richtungen.

»Wenn Ben das alles hier geplant hat, dann hat er auch geplant, wie er von dort wegkommt. Dann wusste er, wo er langmuss, oder er hat sich schon vorher ein Taxi bestellt oder –«

»Bei uns fahren keine Taxen«, sagt Chloé. »Das ist denen zu weit von der nächsten Stadt. Wenn du hier zum Arzt musst, ist es besser, wenn du es dir mit deinem Nachbarn nicht verkackt hast.«

»Dann hat er sich eben jemanden gesucht, der ihn mitgenommen hat. Oder er ist einfach getrampt.«

»Würdest du in der Mitte der Nacht einen klatschnassen Riesen mitnehmen?«, fragt Sam.

»Und eure Spontanversöhnung macht euch jetzt gleich zu Verbündeten gegen mich, oder was?«

»Wir wollen dir doch bloß zeigen, dass du dich da in was verrennst«, sagt Sam.

»Genau. Wir wollen bloß deine Hoffnung zertrampeln und dafür sorgen, dass du unglücklich bleibst«, sagt Chloé. »Wir wollen wirklich nur das Beste für dich.«

»Hör ihr gar nicht zu«, sagt Sam. »Aber egal, dann lebt er eben noch. Das heißt aber, dass er dich zurückgelassen hat, in dem Glauben, dass er tot ist. Würdest du das deinem besten Freund zumuten? Würdest du mit so einer Person befreundet sein wollen?«

Sam hat recht. Was hat Ben sich dabei gedacht? Das war egoistisch, gemein, gedankenlos. Es sei denn natürlich, die Fährte wäre so offensichtlich, so einfach, dass Ben sicher war, ich würde sie sofort finden. Wo ist dann das nächste Rätsel? Es passt nicht, es muss direkt vor meinen Augen sein.

»Warum würde jemand wollen, dass alle denken, dass man tot ist?«, fragt Sam. »Das ist doch idiotisch.«

»Ich kann das verstehen«, sagt Chloé. Ihr Tonfall ist ernst. »Es löscht deine Vergangenheit aus. Es macht dich zu einer neuen Person. Dann kannst du machen, was du willst, sein, wer du willst.«

»Das kann man auch, ohne seinen Tod vorzutäuschen«, sagt Sam.

»Klar kann man«, sagt Chloé. »Aber die Wahrheit ist doch, dass wir immer darüber nachdenken, was die Menschen um uns herum davon halten, was wir tun.«

Nur dass Ben etwas extremer ist als wir alle. Mir fällt unser Gespräch über Angst wieder ein. Bens Angst davor, ein mittelmäßiges, durchschnittliches Leben zu leben. Ist das seine Lösung?

»Er hätte ja auch einfach das Auto nehmen können und verschwinden«, sagt Chloé. »Er ist erwachsen, seine Familie hätte ihn nicht suchen lassen. Warum hat er das nicht gemacht?«

Ja. Warum steht das Auto noch da?

»Dort muss der nächste Hinweis sein«, sage ich.

»Das ist idiotisch«, sagt Sam. »Wir sollten aufhören, davon in der Gegenwart zu sprechen. Wir brauchen wieder den Konjunktiv: Hätte er, wäre er.«

Chloé quetscht sich in ihre Chucks.

»Auf einmal bist du also auch gegen Präsens, ja? Ich sag dir was, wir latschen jetzt mit ihr zu dem Auto, wir suchen alles ab, und dann verwenden wir wieder den Konjunktiv.«

»Das *wäre* nett«, sage ich.

»Wenn wir einen Hinweis suchen, dann ist es das da«, sagt Sam.

Wir stehen vor der Fahrertür des Fiat und schauen die beschmierte Scheibe an.

»Karten auf den Tisch«, sagt Sam. »War das einer von euch?«
Ich schüttele den Kopf. »Warum sollte ich das machen?«
»Ich war es bestimmt nicht«, sagt Chloé.
Dieses Mal glaube ich ihr. Immerhin glaubt sie an die Legende, da würde es keinen Sinn machen, das Blut zu faken.
»Und du?«, frage ich Sam.
Sam schüttelt den Kopf. »Das ist nicht mein Humor.«
»Wer war es dann?«, sage ich laut. »Außer euch beiden kennen wir niemanden im Dorf.«
»Es macht auch keinen Sinn«, sagt Chloé. »Wenn jemand die Geschichte nachstellt, dann hätte er einen Spiegel und nicht eine Glasscheibe bemalen müssen.«
»Wir haben zu dem Zeitpunkt in der Scheune geschlafen. Wir hatten keinen Spiegel.«
»Dann hätte man einen der Seitenspiegel bemalen können«, sagt Sam.
»Aber die sieht man von Weitem nicht so gut«, sagt Chloé.
»Wir gehen davon aus, dass es dieselbe Person ist, die den toten Vogel vor das Zelt gelegt hat und die Matratzen mit Salzwasser eingeweicht hat, oder?«
»Das mit dem Vogel könnte immer noch Zufall sein«, sagt Sam.
»Ziemlich viele Zufälle«, sagt Chloé.
»Aber warum sollte jemand, der sich die Mühe mit dem Vogel und dem Salzwasser macht, am Ende Farbe benutzen statt Blut?«, fragt Sam.
»Vielleicht hatte er zufällig keine Blutkonserve mehr zu Hause«, sagt Chloé.
»Nein, Sam hat recht«, sage ich. »Das Blut hätte man auftreiben können. Beim Metzger, selbst ein Tier töten – immerhin wurde der Vogel auch umgebracht –, irgendeine Möglichkeit hätte es schon gegeben.«

»Mir fällt nur eine Person ein, die das gemacht haben könnte«, sagt Sam.

Ich nicke. Ich weiß schon, was er sagen wird.

»Ben.«

Ich lächele ihn an. »Genau das habe ich auch gedacht.«

»Das ergibt überhaupt keinen Sinn«, sagt Chloé. »Warum sollte Ben mit der Legende seinen eigenen Tod herbeiführen?«

»Die Farbe sagt, dass die Legende nicht stimmt, dass sie nur eine Geschichte ist«, sagt Sam. Er redet langsam, als würden die Worte Chloé dann weniger wehtun.

»Und wenn die Legende nicht stimmt«, sage ich, »dann ist Ben noch am Leben.«

Chloé legt mir eine Hand auf die Schulter. »Ich weiß, dass du dich an jeden Hoffnungsschimmer klammerst, aber die Legende ist wahr«, sagt sie. »Ich habe dir doch den Zeitungsartikel gezeigt.«

»Gab es bei dir die Anzeichen?«, frage ich.

Chloés Hand rutscht von meiner Schulter. »Was meinst du damit?«

»Na, hast du einen Vogel gefunden, war dein Bett nass von Salzwasser, war der Spiegel voller Blut?«

Sam neben mir erstarrt.

»Nein«, sagt Chloé mit fester Stimme. »Aber die Anzeichen sind auch nicht nötig. Der Beweis ist da – Julian ist tot.«

»Gab es bei den anderen Toten die Anzeichen?«, frage ich.

Chloé runzelt die Stirn. »Das weiß ich nicht. Ich habe versucht, es herauszufinden, aber die toten Männer waren alle Touristen. Ich nehme an, die Frauen haben zu Hause die Anzeichen gesehen. Aber ich konnte keinen Kontakt zu ihnen aufnehmen.«

»Wer kennt die Legende überhaupt außer uns?«, frage ich.

»Jeder kennt sie in diesem Dorf«, sagt Chloé.

»Kanntest du die Legende, bevor Julian sie erzählt hat?«, frage ich Sam.

Sam schließt die Augen. Ich weiß, dass er überlegt, welche Konsequenzen es hat, wenn er jetzt die Wahrheit sagt.

Er öffnet sie wieder und sieht Chloé an. »Nein, ich kannte die Legende vorher nicht. Ich denke, Julian hat sie sich ausgedacht. Er hat wohl eine ähnliche Geschichte während seines Auslandsjahres in Irland gehört.«

»Ist doch egal, woher sie kommt. Sie ist immer noch wahr«, sagt Chloé.

»Ich dachte, Oceana sucht sich die Opfer nur an diesem Strand«, sage ich.

»Das stimmt nicht«, sagt Chloé. »Sie durchschwimmt die Weltmeere, sie –«

»Sie bleibt an dem Strand, an dem sie den Meermann zuletzt gesehen hat.«

»UND WARUM IST JULIAN DANN IN EINER STURMNACHT ERTRUNKEN?«, schreit Chloé.

Sam sagt: »Es war ein Motorradunfall. Er ist nicht ertrunken.«

»SEIN MOTORRAD STEHT IN MEINER GARAGE.«

»Ben hat dir geholfen, es dorthin zu bringen«, sage ich.

»Du lügst!«

»Lies den Bericht in der Zeitung«, sagt Sam. »Frag deinen Großvater.«

»Ihr lügt alle!«

»Und warum sollten wir das tun?«, fragt Sam.

Chloé schlingt sich die Arme um den Oberkörper. »Weil ihr ihn nicht so geliebt habt wie ich.«

Sam umarmt sie. Sie will ihn wegdrücken, aber er quetscht ihre Arme einfach zwischen ihren Körpern ein.

»Vielleicht ist das der Grund, warum wir die Wahrheit sagen können«, sagt er leise.

Chloé ist auf den Boden gesunken, sie wimmert und will sich nicht bewegen.

Am Ende laufe ich zum Haus, um den Schlüssel für den Fiat zu holen. Ich schließe auf, und Sam redet auf sie ein, bis sie auf die Rückbank kriecht und sich dort wieder zusammenrollt.

Mafia bellt wie tollwütig, als ich auf den Innenhof einbiege. Als Sam die Tür öffnet, um auszusteigen, wischt sie an ihm vorbei, ist mit einem Satz im Auto und kauert sich neben Chloé auf den Sitz.

Chloé bewegt sich nicht, sie reagiert nicht auf unsere Worte und steigt nicht aus.

Sam und ich klopfen an die Tür zur Küche, wo Chloés Großvater gerade Tomaten schneidet.

Er schaut auf, die Frage liegt in seinem Blick.

»Wir haben Chloé erzählt, dass Julian nicht ertrunken ist«, sagt Sam.

Der alte Mann nickt bedächtig.

»Sie liegt in Hannas Auto und bewegt sich nicht«, sagt Sam.

Bens Auto, korrigiere ich in Gedanken und fühle mich wieder schlecht. Aber war da jemals ein Unterschied?

Chloés Großvater schabt die Tomaten in einen Topf und wäscht sich die Hände. Er folgt uns nach draußen, bleibt im Türrahmen stehen und beobachtet seine Enkelin, die dort im Auto liegt.

»Wir bringen ihr das Essen ins Auto«, sagt er. »Ich mache Schokoladenwaffeln.« Und nach einer Pause: »Es ist gut, dass du wieder da bist.«

Er geht in die Küche zurück, und ich bemerke zum ersten Mal, dass er hinkt.

Die Waffeln sind köstlich, fettig-süß, die Schokoladensoße

rinnt zwischen die Zähne. Ich esse zwei Stück direkt aus dem Waffeleisen, und die Süße vertreibt die Traurigkeit. Als ich nach draußen gehe und Chloé einen Teller ins Auto stelle, beachtet sie ihn nicht, aber ich denke, sie wird die Waffeln trotzdem essen, weil es sonst Mafia tut und Chloé genau weiß, dass Hunde keine Schokolade essen dürfen. Ihr Großvater weiß das auch, da bin ich mir ziemlich sicher.

Es ist das erste Mal, dass ich alleine in dem Bett schlafe, und es kommt mir viel zu groß vor. Ich wache zweimal auf und befinde mich in der Mitte der Matratze, als wäre ich in eine unsichtbare Kuhle gerollt.

Das dritte Mal wache ich auf, weil Chloé über mich ins Bett krabbelt. Ich bekomme ein Knie in den Bauch und einen Ellenbogen ins Gesicht, dann ist sie über mich hinweg. Mafia hüpft neben mich auf die Matratze und macht einen kleinen Satz auf Chloés Seite.

Chloé sackt auf dem Bett zusammen und ist fast sofort wieder eingeschlafen. Ob sie beim Herlaufen überhaupt wach war? Zum ersten Mal schläft sie nicht in einer Kugel, aber das kann auch an Mafia liegen, die sich vor Chloés Bauch zusammengerollt hat.

Etwas an der Art, wie sie mit dem Hund liegt, regt in mir den Wunsch, zeichnen zu können wie Ben. Und da ist noch ein anderes Gefühl, ein schwebendes Flüstern in mir drin.

Ich möchte Chloé die Haare aus dem Gesicht streichen und sie zudecken, und ich tue es nur deshalb nicht, weil ich Angst habe, sie aufzuwecken.

Und ich mache mir Sorgen um Chloé. Diese Tatsache überrascht mich selbst am meisten.

Ich schaue im Dunkeln zur Decke. Alles an mir ist schwer, aber ich kann nicht schlafen. Gedanken jagen durch meinen Kopf.

Chloé hat die Scheibe nicht angemalt. Sam auch nicht, da bin ich mir sicher. Und da ich es auch nicht war, bleibt eigentlich nur Ben.

Es ist genau, wie Sam auf dem Parkplatz gesagt hat: Wenn die Legende nicht stimmt, dann ist Ben noch am Leben.

Und ich werde ihn finden.

ZWEIUNDDREISSIG

Kalter Hundespeichel weckt mich. Mafia schleckt über mein Gesicht. Ich drücke sie weg, und sie schleckt an meinen Händen weiter.

Chloé ist wach, sie liegt auf der Seite, den Kopf auf eine Hand gestützt, und beobachtet die Show.

»Und du schaust einfach zu?«, frage ich.

»Sie hat dich ja nicht *gebissen*«, sagt Chloé.

»Willkommen zurück«, sage ich und drehe mich auf die andere Seite.

»Du willst schon morgens um … neun Uhr bockig sein?«

»Solltest du da nicht längst auf der Arbeit sein?«

»Mein Großvater hatte schon angerufen und gesagt, dass ich nicht komme. So eine Vorlage für einen freien Tag lasse ich doch nicht verfallen.«

»Du könntest dich einfach selbst krankmelden, wenn du keinen Bock hast«, sage ich.

»Ja, genau. Als würde mir irgendjemand glauben, dass ich *das ganze Jahr* krank bin.«

»Wie haben die Waffeln geschmeckt?«, frage ich.

»Ein bisschen wenig Schokolade vielleicht«, sagt Chloé.

Als ich sie ungläubig anschaue, grinst sie. »Mann, natürlich waren sie perfekt. Mein Großvater macht die besten Schokowaffeln der Welt. In dem Sommer, als meine Oma gestorben ist, habe ich nichts anderes gegessen. Er war praktisch gezwungen, sie zu perfektionieren.«

»Bist du okay?«, frage ich.

Sie nickt. »Bist du okay?«

Wir fragen nicht ›Geht es dir gut?‹, weil ›gut‹ zu heftig für uns ist. Die guten Tage sind schon lange her, aber okay kann ein Tag gerade noch sein. Wenn das Essen schmeckt und es nicht regnet und man traumlos geschlafen hat.

»Ich bin okay«, sage ich.

Es ist die Wahrheit. Die Erkenntnis von gestern glüht in mir wie ein Rubin, der das Sonnenlicht einfängt.

Ben ist am Leben.

»Lass uns frühstücken gehen«, sagt Chloé und legt mir einen Arm über die Schulter.

»Du hast doch bestimmt schon gefrühstückt«, sage ich.

»Ja und?«

Nach dem Frühstück klemmt sich Chloé hinter ihren Laptop. Sie nennt es ›wichtige Recherche‹. Ich tippe auf ›sinnloses Surfen‹.

Ich stelle meine eigenen Nachforschungen an.

Wenn Ben noch einen Hinweis hinterlassen hat, dann bestimmt in seinem Block, den ich in der Tasche mit hergeschleppt habe. Warum habe ich nicht früher daran gedacht? Weil ich irgendetwas Großes erwartet habe. Der Kringel in dem Gedicht zeigt, dass ich vielleicht auf die Kleinigkeiten achten muss, vor allem bei den Zeichnungen. Und wie viele Verschwörungstheorien gibt es um die Mona Lisa? Ein Bild ist ein guter Ort, um Hinweise zu verstecken. Wie hat Melissa es ausgedrückt? Ich bin gut darin, genau hinzusehen. Ich kann das.

Ich nehme den Block mit und suche mir eine windgeschützte Stelle am Strand. Chloé soll nicht dabei sein, wenn ich etwas entdecke. Wenn ich einen Hinweis finden will, dann kann es auch nicht in ihrem Zimmer passieren. Es ist zu aufgeladen mit der Erinnerung an Julian, der unbestreitbar tot ist, und das will ich nicht mit Ben in Verbindung bringen.

Der Himmel ist zugezogen, aber seit ich da bin, hat es noch nicht geregnet. Als würde das Wetter sich für etwas entschuldigen, das es gar nicht getan hat.

Es ist ein einfacher Zeichenblock, 120 mg/cm², DIN A3, an zwei Seiten mit perforierten Papierbahnen am Papprücken befestigt. Ich schlage das Deckblatt zurück.

Die ersten Bilder kenne ich schon. Es sind die Skizzen der Bilder aus Bens Zimmer. Sie sind zu alt, und ich kenne sie zu genau, als dass Ben darin etwas versteckt hätte.

Schon beim nächsten Blatt stocke ich. Eine Gänsehaut breitet sich an meinem Nacken aus, als würde Ben sein Kinn auf meine Schulter legen.

Es hat kaum weiße Flächen, das Grau des Bleistifts bedeckt fast die ganze Seite. Man kann kein Bild erkennen, denn das Papier ist voller Worte.

Ich versuche, sie zu entziffern, aber die Buchstaben sind zu klein und noch dazu übereinandergeschrieben. Ben hat die Seite gefüllt und dann wieder angefangen.

Das Lesen macht mich unruhig. Es stört mich, dass ich nicht erkennen kann, was dort steht, aber vor allem stört mich das Wissen, dass Ben in all der Zeit, in der ich dachte, er würde zeichnen, geschrieben hat. Winzige Worte in kleinen Strichen, die ich mit Zeichenbewegungen verwechselt habe.

Schnell flippe ich die anderen Bilder durch. Es sind noch drei Bilder – nur drei!

Ich muss mir die Seiten einteilen und darf sie nicht alle auf einmal ansehen, denn dann habe ich Bens Anwesenheit zu schnell verbraucht. Wer weiß, ob ich sein Rätsel lösen werde;

das ist der beste Ersatz für ihn, den ich bekomme. Die Bilder zu sehen und zu lesen fühlt sich an, als würde er mir ins Ohr flüstern.

Das erste Bild.

Es ist tatsächlich ein Bild. Und dann auch wieder nicht. Die Striche, die das Objekt – eine Farbdose – begrenzen, sind aus Worten gemacht. Anstelle einer Schattierung stehen die Buchstaben dichter und sind öfter nachgefahren. Erst sehe ich den Anfang des Textes nicht, also suche ich nach Großbuchstaben und finde nach mehreren Anläufen den Anfang.

Ausgeschrieben würde dort stehen:

»*Ich glaube fest daran, dass das Leben einen Sinn hat. Ich weigere mich, irgendetwas anderes zu glauben. Stell dir einen Teich voller Fische vor. In einem Leben ohne Sinn schwimmen die Fische durcheinander, paaren sich und trinken ihre eigene Pisse.*«

»*Und in einer Welt mit Sinn?*«

»*Na ja, sie trinken immer noch ihre eigene Pisse. Aber in diesem Teich gibt es zwei rote Fische. Und obwohl sie nur Graustufen sehen, finden sich diese beiden Fische.*«

Mein Herz schlägt fast schmerzhaft stark. Wir sind die roten Fische, Ben und ich. *Wir waren doch zusammen*, hat er gesagt. Die ganze Zeit hat er so gedacht, und ich habe nichts geahnt. Ich fühle meinen Puls am ganzen Körper, aber ich dränge die Gefühle langsam zurück, um das Rätsel zu lösen.

Am meisten irritieren mich die Anführungszeichen – sie stehen genau so auf dem Papier. Es ist ein Dialog, aber zwischen wem? Zwischen Ben und mir? Ist das ein Gespräch, das wir noch miteinander führen sollten? Es passt so gut zum Stil von Bens anderen Aussagen über die Welt.

Was sagt es über uns aus, wenn wir uns in imaginären Gesprächen den anderen als Gesprächspartner vorstellen?

Und dann der Inhalt des Textes selbst: Es ist mir nie in den

Sinn gekommen, dass Ben lange nachdachte, bevor er seine kleinen Brocken Weisheit ausspuckte, aber anscheinend war es so.

Ben, wo bist du?

Der Gedanke, dass meine Suche sinnlos sein könnte, schnürt mit den Hals zu. Ich lege die losen Blätter in den Block und klappe ihn zu.

Hier komme ich nicht weiter.

Heute wenigstens nicht.

Ich schreibe Mama eine SMS, damit sie weiß, dass alles okay ist. Dann bleibe ich starr auf dem Bett sitzen, das Handy in der Hand, weil ich nicht weiß, was ich jetzt tun soll.

»Hey«, sagt Chloé und berührt mich vorsichtig am Arm. »Nicht zu den Grübelmonstern gehen.«

Sie rollt sich auf dem Bett herüber, bis ihr Gesicht ganz nah an meinem ist. »Du hast mich doch gefragt, was Ben gesagt hat, als ich ihm den Artikel gezeigt habe.«

Ich nicke.

»›Kannst du das bitte auch Hanna zeigen?‹. Das hat er gesagt und nur das. Also natürlich hat er nicht ›bitte‹ gesagt, aber sonst war das der exakte Wortlaut.«

»Aber warum?«, sage ich leise zu mir selbst.

Meine Gedanken sind wie Spaghetti, die jemand im gekochten Zustand verknotet hat und dann wieder trocknen lässt. Es ist unmöglich, sie zu entwirren, ohne sie zu zerbrechen.

Warum war es Ben so wichtig, dass ich von dem Zeitungsartikel weiß? Soll ich an die Legende glauben? Oder soll ich nur herausfinden, dass Chloé an die Legende glaubt? War das vielleicht eine Aufgabe – Chloé damit zu konfrontieren, dass es die Legende nicht gibt?

Aber warum sollte Ben das machen? Er ist ja sonst kein Philanthrop.

Ich weiß nicht, ob ich etwas übersehe oder ob ich – eine viel gruseligere Vorstellung – einfach nur im Dunkeln stochere. Denn ich kann einfach nicht wissen, ob Ben das wirklich gedacht hat. Ob er sich überhaupt etwas gedacht hat.

Aber der eingekringelte Satz.

Eine Botschaft.

Eine Botschaft!

»Wann geht eigentlich dein Studium los?«, fragt Chloé.

Daran habe ich nicht mehr gedacht, seit ich von zu Hause abgehauen bin.

»Welcher Tag ist heute?«

»Fragst du das wirklich mich, die – ach, vergiss es. Der fünfzehnte September.«

»Gestern. Nein, im Ernst: Ich mache ein freiwilliges Jahr, und es startet erst im Oktober.«

»Und?«

»Was?«

»Na, hast du vor, hinzugehen?«

Ich lege den Kopf in die Hände und schaue an die Decke.

»Weiß ich noch nicht.«

»Du jagst Bens Leben hinterher, aber dein eigenes interessiert dich einen Scheiß«, sagt Chloé.

»Gut zusammengefasst«, sage ich.

Aber so ist es nicht. Ich jage Bens Leben hinterher, weil ich meines zurückbekomme, wenn er wieder da ist.

»Fahr nach Hause«, sagt Chloé. »Fahr nach Hause, vergiss das hier nicht, aber lass es enden, lass es heilen.«

»Schnarche ich?«

»Das ist mein Ernst, Hanna.«

Hat sie meinen Namen schon mal so gebraucht?

»Wenn du mich loswerden willst, schlafe ich bei Sam.«

Chloé seufzt. »Ich will dich nicht loswerden, aber –«

»Dann versuch es gar nicht erst.«

»Denkst du, du wirst irgendwann eine Lösung finden für ein Rätsel, das es gar nicht gibt?«

Das fragt sie mich? Ausgerechnet sie?

»An wie viel von gestern Abend erinnerst du dich noch?«, frage ich.

»Warum?«

»Du hast dich kaum bewegt.«

»Ich weiß.«

Ich stehe auf. »Du warst wie von Sinnen.«

Chloé nickt. Sie ist starr, bewegungsunfähig, wie ich sie noch nie erlebt habe, aber ich kann jetzt nicht aufhören. Die Worte drücken in meinem Hals nach oben, und ich spucke sie aus, einen hässlichen Brocken nach dem anderen. Ich schreie.

»Ich sag dir was: DIE LEGENDE GIBT ES NICHT! Julian hat sie sich ausgedacht, um dich zu kriegen, und er ist gestorben. In der Legende bist du schuld an seinem Tod – hast du daran schon mal gedacht?«

Ich habe es übertrieben, als ich Julians Namen gesagt habe. Chloé kneift die Lippen zusammen, dann sagt sie: »Und warum sollte ich dir glauben, dass es die Legende nicht gibt, wenn du mir nicht glaubst, dass es kein Rätsel gibt? Wo ist da der Unterschied? Wo ist der Unterschied zwischen uns beiden?«

»Ben ist nicht tot. Julian schon.«

Ich denke, sie schlägt mir ins Gesicht. Faust geradeaus. Am Ende sagt sie nur: »Verpiss dich doch.«

Sie setzt sich auf und schmeißt meine Sachen in die Tasche. Zack, zack, zack. Dann kickt sie die Tasche in meine Richtung. Ich schiebe die Henkel auf meine Schulter und verlasse das Haus. Dabei gehe ich durch die Garagentür raus und lehne sie an, damit ich später wiederkommen kann.

Denn ich komme wieder. Wohin soll ich sonst?

Dieses Mal gehe ich nicht zum Strand. Mittlerweile warten dort wirklich zu viele Erinnerungen.

Ich steige ins Auto und fahre einfach los, auch wenn ich es teils nur tue, damit Chloé denkt, ich wäre wirklich weggefahren. Was ich gerade gesagt habe, tut mir jetzt schon leid.

Ich schaffe es zur Hauptstraße und würge den Fiat bis dahin zweimal ab. Ein Wunder, dass ich es gestern überhaupt zu Chloés Haus geschafft habe. Ich fahre durch die Straßen, nur Kurven und Geraden.

Am Ende lande ich auf dem Parkplatz eines leeren Supermarktgebäudes. Löwenzahn bohrt sich durch den Asphalt. Ich drehe den Schlüssel herum, und der Motor geht aus.

Stille.

Genau das, was ich brauche.

Gestern hat mir klargemacht, dass ich über vieles nicht genug nachgedacht habe. Über Ben, über seinen Plan und vielleicht auch über mich.

Ich versuche, mich an Momente zu erinnern, die Bens Vorhaben angezeigt haben. Es muss sie gegeben haben, aber mir fallen keine ein. Da ist sein Abkotzen über die Gesellschaft, seine philosophischen Exkurse und seine rebellische Art.

Nichts davon schreit ›Achtung, ich haue bald ab und lasse dich glauben, ich wäre tot‹.

Warum denke ich noch, dass Ben es geplant hat?

Da ist das Sparbuch mit dem ganzen Geld, das Bens Großmutter Woche für Woche zusammengespart hat, damit ihr Enkel mal auf die Uni kann. Wo ist es hin?

Wenn ich untertauchen würde, würde ich auch alles mitnehmen, was ich habe.

Wie ist es abgelaufen?

Hat er es spontan entschieden? War er so enttäuscht von mir, so genervt? Oder so verletzt, als ich Sam geküsst habe? Mit anderen Worten: Bin ich schuld?

Zu meiner unendlichen Erleichterung kann ich diese Frage mit einem eindeutigen »Nein« beantworten. Er hat es selbst gesagt: Meine Angst bestimmt nicht über sein Leben.

Also muss es einen anderen Grund gegeben haben. Und ich glaube auch nicht, dass er es spontan entschieden hat – das war nicht sein Stil. Er brauchte die Vorbereitung, die Spannungskurve, den Höhepunkt.

Mir fällt etwas ein. Ich rufe meine Mutter an.

»Nein, Mama. Es geht mir gut. Wirklich. Tut mir leid, dass ich einfach gegangen bin. Nein, ist schon gut. Pass auf, wann ist der Brief angekommen? Der weiße Umschlag, auf dem nur mein Name stand. Bist du dir sicher? Okay, danke.«

Ich rede mit ihr, bis ihre Stimme wieder weich klingt, dann lege ich auf.

Der Brief war an dem Tag gekommen, als wir losgefahren sind. Plötzlich ist mir alles klar.

Irgendwann – vor, während, nach dem Abi – hat Ben den Entschluss gefasst, dass er nicht bleibt.

Er plant es, er plant alles. Angefangen mit dem Sparbuch über das Kaufen seines Schlafsacks bis hin zum Besorgen eines Marmeladenlöffels.

Dann testet er mich an meinem Geburtstag mit dem Graffiti, und ich reagiere anders, als er es sich gewünscht hat, ich habe Angst, schmeiße unsere Reise über den Haufen. Wie muss es sich angefühlt haben, dort zu stehen und zu wissen, dass unsere Freundschaft genau in diesem Moment endet, dass wir uns nie wiedersehen werden?

Gehen ohne Abschied.

Ben zieht jedenfalls die Konsequenz – er geht alleine. Er sprüht an das Haus seiner Familie – das ist sein Startschuss, jetzt geht es nicht mehr zurück.

Er fährt los, glücklich, traurig, keine Ahnung, und mitten in der Nacht erreicht ihn meine SMS. Er zögert, wirft das Handy zurück auf den Beifahrersitz, nimmt es wieder.

Warum hat er das Handy überhaupt mitgenommen? All die Nummern, von denen er sich lösen wollte. Wieder weiß ich es nicht.

Aber er ruft mich an. Was ich damals im Hintergrund höre, sind die Kaskaden der Räder auf der Autobahn.

Er erzählt es wie eine Geschichte, denn so sieht Ben die Welt. Während er zurückfährt, wird ihm klar, was er da eigentlich tut. *Zurück*fahren. Etwas, das er sich verboten hat. Ich bin seine Achillesferse, seine epische Schwachstelle. Ben verspricht sich, dass ich ihn nicht von seinem Plan abhalten werde. Also macht er mich zu einem Teil des Plans.

Er kommt zu früh – in dem Wissen, dass ich nie früher aufstehen würde als nötig – und wirft den Zettel ein, auf dem »Es war einmal ...« steht.

Dann fährt er los, um Campingausstattung für mich zu besorgen. Nur die Tasse vergisst er. Um Punkt fünf fährt er vor meinem Haus vor. Ob er erleichtert ist, als er mich sieht?

Vielleicht dachte er sich, dass ich mich wundern würde, warum er so müde ist, aber es fällt mir nicht einmal auf. Wir fahren los, und Ben weiß immer noch nicht, ob es eine gute Idee ist, mich mitzunehmen.

Jedes Mal, wenn wir irgendwo hängen bleiben, sprayt er. Er schneidet sich den Rückweg ab. Erst indem er das Haus seiner Eltern besprüht, dann an unserer ersten Station, dann das Sprayen im Ort. Je mehr er sprayt, desto größer wird der Druck zu verschwinden. Er verbrennt die Brücken hinter sich, ein Feuer springt auf das nächste über, bis es keinen Weg gibt als nach vorne und das schnell.

Wusste er, wann er seinen Plan in die Tat umsetzen sollte? Oder habe ich seinen Plan erst perfekt gemacht, indem ich uns in diese Stadt gebracht und ihm eine Geschichte gegeben habe? Letzteres, glaube ich. Ben hat die Legende gehört, ihr Potenzial erkannt und mit dem gearbeitet, was er hatte. Ben, der Magier, der Zauberkünstler.

Natürlich, so muss es gewesen sein. Dann hat Ben die Zeichen selbst gelegt. Der tote Vogel, das nasse Bett. Nur wann er die Fensterscheibe bemalt haben soll, weiß ich nicht. Zu dem Zeitpunkt war er schon längst unterwegs. Genauso wenig weiß ich, wie er es aus der Stadt hinausgeschafft hat. Aber bei einer guten Geschichte ist das so, oder? Man muss sich Dinge ausdenken und die Löcher mit der eigenen Fantasie stopfen.

Langsam wird mir meine Umgebung wieder bewusst. Der Parkplatz. Der Löwenzahn. Wie unglaublich banal, dass ich ausgerechnet an diesem leeren Ort anfange, Ben zu verstehen. Er war nie hier, er kannte diesen Ort nicht einmal.

Langsam spiele ich meine Erklärung noch einmal im Kopf durch. Mein Bauch sagt ›Ja‹.

Ich bin froh, dass ich mir diese Gedanken erst gemacht habe, nachdem ich von der eingekringelten Botschaft weiß. Sonst wäre ich mir jetzt ganz sicher, dass Ben sich umgebracht hat.

Tränen laufen über meine Wangen, und daran merke ich, dass ein Teil von mir an diese Erklärung glaubt.

Vielleicht ist Ben tot.

Vielleicht ist er wirklich nicht mehr da.

Aber wenn er diesen Plan hatte, warum hat er mich dann mitgenommen? Scheinbar gab es nie einen Punkt, an dem er seine Meinung geändert hat oder mich einweihen wollte. Wenn er mich schon mitnimmt, hätte er mir doch von seinem

Plan erzählen können. Ich hätte seine Mutter angelogen, meine Mutter. Ben weiß, dass ich gut genug schauspielern kann. Also warum? Es ergibt keinen Sinn.

Es sei denn.

Ja, es sei denn, Ben wollte einen Zeugen haben. Ben brauchte eine Zuschauerin.

Ein Publikum, das – lange nachdem der Vorhang gefallen ist – noch sitzen bleibt. Stumm, ohne zu klatschen, darauf wartend, dass das Stück weitergeht; wartend auf die Auflösung dieses Scherzes des Intendanten, an den weichen Theatersessel gefesselt von dieser Spannung, die sich ins Unendliche zieht, bis die Zuschauerin endlich aufsteht, sich an der Sitzreihe entlang zum Ausgang tastet. Der Saal ist dunkel, die Scheinwerfer sind auf die leere Bühne gerichtet, und die Zuschauerin sieht nicht hin zu dem gefallenen Vorhang, der verlangt, dass sie sitzen bleibt. Nur ihre Schritte hallen auf dem Parkett wider.

Endlich erreicht sie den Ausgang, drückt die Tür auf und kann nicht fassen, wie warm die Sonne ihr über das Gesicht streicht, dass es immer noch Tag ist und dass diese beiden Welten – die der Sonne und die der leeren, angestrahlten Bühne – nebeneinander existieren können.

Was macht diese Geschichte aus Ben?

Einen Egoisten, der seiner besten Freundin Schmerz zufügt, damit sein Gehen bemerkt wird. Vielleicht muss es so sein. Vielleicht muss ich diese Seite von Ben anerkennen; dass ich nicht weiß, wer er ist, und es jetzt auch nie wissen werde.

Ich sitze, betäubt. Ohne die Lehne würde ich in mich zusammenfallen.

Dann ziehe ich den Block aus der Sporttasche. Chloé hat ihn zum Glück nicht geknickt.

Ich lese noch mal Bens erstes Bild mit der Farbdose.

Dann schlage ich die nächste Seite auf.

Ein Stereo-Kopfhörer, das Kabel läuft über die ganze Seite, wieder komplett aus Worten.

Dieses Mal ist der Anfang des Textes leicht zu finden, denn der Text ist nicht besonders lang, und die Buchstaben sind so breit und gedehnt, um das Bild trotzdem auszufüllen.

Erst jetzt fällt mir auf, dass Ben die Bilder unmöglich einfach so gezeichnet haben kann. Er muss den Text erst aufgeschrieben und dann mit der Form experimentiert haben. Tatsächlich finde ich feine Reste von herausgerissenem Papier am Rand zwischen den Bildern.

Wenn man durch die Stadt geht und dabei Musik hört, kommt einem alles ganz anders vor. Die Dinge bekommen eine andere Farbe, deine Schritte einen anderen Rhythmus, deine Gedanken eine andere Richtung. Bei dir kommt es mir so vor, als hättest du im Leben die gleiche Musik auf den Ohren, egal ob du in eine andere Richtung läufst und andere Dinge siehst als ich.

Mein Herz schlägt so stark, dass es wehtut. Das hat Ben für mich geschrieben. Ich weiß es.

Ist das vielleicht der Grund, warum Ben mich mitgenommen hat? Weil wir trotz allem die gleiche Musik auf den Ohren haben?

Ist das dann seine oder meine oder unsere gemeinsame Musik?

Schon ist mein Kopf wieder voller Fragezeichen. Fragen und Zeichen. Ein Zeichen dafür, dass ich auf der richtigen Spur bin.

Der Himmel ist dunkel, nicht so dunkel wie bei einem Sturm, nicht so dunkel wie in der Dämmerung, dunkel, als wäre er nass, ohne Wolken, voller Farbe.

Die Bäume am Rand des Parkplatzes sind Giganten, knorrig, alt, können sich nicht biegen, nur brechen, strecken trotzdem ihre Finger in die Nacht, wispern ihre Geschichten, erzählen von den Unfällen zu ihren Füßen.

Ein Gedanke wächst in mir. Groß, drückend, er pocht in meinem Hinterkopf. Was Ben mir eigentlich beibringen wollte. Warum ich Ben liebe. Warum ich Fabian nicht geliebt habe.

Fabian war kein schlechter Freund, wirklich nicht. Er hat mich nie angeschrien, mir alle Zeit der Welt gelassen, mir ein normales Geburtstagsgeschenk besorgt. Aber er hat mich auch nicht hochgehoben, damit ich über den Horizont hinausschauen konnte. Er hat mir keine Fragezeichen gegeben, nur Punkte.

Fragezeichen. Punkte. Meine Gedanken rasen zu dem Gespräch zurück, das ich während des Kinderfilms im Wartezimmer mit Ben über den Sinn des Lebens geführt habe.

Mehr Fragen.

Mehr fragen?

Vielleicht macht das ein gutes Leben aus. Dass man sich Fragen stellt. Neue Fragen, alte Fragen. Weil sich das Leben mit Fragen in alle Richtungen ausbreitet. Weil es explodieren kann, wegen einem Kringel und einem Punkt.

Und der Sinn des Lebens?

Ein Leben, das wächst und sich verändert.

Man muss keine Angst vor Fragezeichen haben, nur vor Punkten.

Das nächste Wortbild.

Dieses Bild ist anders. Es gibt kein Motiv – im Prinzip ist das ganze Blatt beschrieben – in winziger Schrift, damit der gesamte Text daraufpasst. Außerdem ist es mit Tinte und nicht mit Bleistift geschrieben. Es ist das Märchen von Hänsel und Gretel. Ich lese es, obwohl ich es kenne. Beim letzten Satz stocke ich. Die Buchstaben sind eine Winzigkeit fetter als der Rest. Ben muss sie zweimal nachgefahren haben.

Und wenn sie nicht gestorben sind, dann leben sie noch heute.
Leise lese ich den Satz vor, dann schreie ich ihn auf den Parkplatz.
Ben lebt. Lebt. Lebt. So wie mein Herz pocht.
Ich bin der Lösung des Rätsels ganz nah, das spüre ich.

DREIUNDDREISSIG

Es ist dunkel, als ich wieder im Hof parke. Ich schleiche mich durch die Garagentür hinein. Das Licht im Durchgang geht nicht, und ich muss mir mit dem Handy zwischen den hohen Regalen voll Werkzeug, Leim und Holzresten einen Weg leuchten. Ich stoße gegen einen Holzpflock, und ein Regal vibriert – etwas fällt mir entgegen, eine Farbdose. Reflexartig fange ich sie und stelle sie zurück.

Chloé schläft schon, und ich lege mich neben sie aufs Bett, bin aber so unruhig, dass sie müde ein Auge öffnet. Ihr ungeschminktes Gesicht ist weich und offen.

»Was schaust du so?«, fragt sie und reibt sich den Sand aus den Augen.

»Erzähl mir von Julian«, sage ich.

Sie setzt sich auf und lehnt sich an die Kissen.

»Okay«, sagt sie. Sie legt sich die Decke über die Schultern und zieht sie vor dem Körper zusammen.

»Er war Ben sehr ähnlich«, sagt sie. »Das war der Grund, warum ich in Bens Nähe sein wollte.«

»Wie ähnlich?«

»Julian hatte immer ein Lächeln im Gesicht, so ein Strahlen, das auch in seinem Gang war. Und darunter etwas anderes. Dunkelheit.

Er war so stolz, hier zu leben und mich zu lieben. Jeder hat ihn gemocht. Wir wollten uns zwei Hunde kaufen, jeder einen. Die Hundenamen waren seine Idee. Mafia und Terror, hat er gesagt. Das passt gut zu den Hunden, und das passt gut zu uns. Weil wir zusammen immer verrückte Sachen gemacht haben. Klippenspringen, Nacktbaden. Mit Julian auf dem Fahrrad und mir auf dem Lenker den Berg hinuntergerast. Und während all der Zeit hatte ich kein einziges Mal Angst. Weil er da war, verstehst du? Kein einziges Mal habe ich darüber nachgedacht, wie es ohne ihn wäre. Er gehörte einfach zu meiner Welt dazu, wie ein Naturgesetz, wie die Schwerkraft. Du denkst ja auch nicht, dass du eines Tages aufwachst und an der Decke hängst.

Genauso hat es sich dann angefühlt. Das Dorf war das gleiche, aber es war anders. Das Meer war das gleiche, aber es war anders. Alles war anders und doch wieder nicht.

Ich habe mir dann einen Hund gekauft, ihn Mafia genannt. So sinnlose Aufarbeitungsscheiße, wegen der ich jetzt jeden Morgen mit ihr um den Block laufen muss.«

»Und du bist hiergeblieben«, sage ich.

»Natürlich bin ich hiergeblieben. Wohin hätte ich sonst gehen sollen?«

Es ist seltsam, meine Gedanken aus ihrem Mund zu hören. Wohin hätte sie sonst gehen sollen? Die Antwort ist: überallhin. Weil Julian nirgendwo ist.

»Es tut mir leid, was ich gesagt habe«, sage ich.

Chloé nickt.

Chloé schläft kurz darauf wieder ein, aber ich bin zu aufgeregt dafür. Was wollte Ben mit den Wortbildern sagen? Enthalten sie einen Hinweis? Ich lese alle drei noch einmal und zermartere mir das Hirn. Ein Gedanke gräbt sich durch meinen Kopf. Ein Gedanke, dass ich etwas vergessen habe. Etwas Wichtiges, so wichtig, dass ich wegen dem Gefühl nicht einschlafen konnte. Wann habe ich das Gefühl bekommen? Als ich aus dem Auto gestiegen bin. Habe ich etwas liegen lassen?

Ich gehe hinunter, durch die Werkstatt, zum Auto, bleibe stehen, gehe zurück. Da passt etwas nicht. Was? Was ist mir aufgefallen?

Mit pochendem Herzen stehe ich auf. Mit dem Handy leuchte ich mir den Weg zur Garage. Gehe die Treppenstufen des dunklen Hauses nach unten wie ferngesteuert. Irgendetwas wird passieren. Gleich. Gleich.

Die Regalböden sind sortiert nach Holzwerkzeugen, Metallwerkzeugen, das unvermeidbare Durcheinander von dem Brett, das Chloés sein muss – mit den Zangen und Schraubenziehern für ihr Auto. Spielzeug von Mafia, komplett zerkaut oder zerfetzt. Pinsel, Holzfarbe.

Nichts Ungewöhnliches, alles ordentlich. Außer einer Farbdose. Sie steht im falschen Regal, neben den Schrauben, wo ich sie fälschlicherweise nach dem Auffangen hingestellt habe.

Rote Farbe.

Vorsichtig nehme ich sie in die Hand und drücke den Deckel nach oben. Getrocknete Farbe hat ihn wieder zusammengeklebt, aber er ist schon einmal offen gewesen.

Ich kämpfe den Impuls nieder, sofort Chloé zu beschuldigen. Sie hat gesagt, dass sie es nicht gewesen ist, und ich habe es ihr in diesem Moment geglaubt. Sie war es nicht.

Die Frage ist: Wer kennt die Legende noch? Wer würde uns Angst machen wollen? Wer wohnt noch in diesem Haus?

Ich klopfe an den Türrahmen, als ich schon in der Küche stehe. Es riecht nach Gemüsesuppe. Meine Handflächen sind schwitzig. Die halbe Nacht war ich wach und habe nachgedacht, wie ich ihn zur Rede stellen soll. Vor Erschöpfung habe ich das Frühstück verschlafen, und jetzt kocht Chloés Großvater schon das Mittagessen. Er sieht vom Herd auf.

Ich stelle die rote Farbe neben die Nudeln, die er wohl gleich in den Topf schütten will. Wortlos, während mir das Herz bis zum Hals schlägt. Er nimmt einen Spüllappen und wischt die Dose ab, bevor er sie zurück neben die Nudeln stellt.

»Darf ich es dir erklären?«, fragt er.

Ich nicke und setze mich an den Küchentisch. Er setzt sich mir gegenüber. Endlich werde ich eine Erklärung bekommen.

Er sagt: »Ich habe es wegen Chloé getan. Es hat nichts damit zu tun, dass ihr Gebäude beschmutzt habt.«

Also hat er uns gesehen. War er es auch beim Ferienhaus?

Er knetet langsam seine Hände – sie sind schrumpelig vom Gemüse und vom Abwasch.

»Also«, sage ich.

Er nickt, als verstünde er, dass er in meinen Augen das Recht verspielt hat, sich zu sammeln. »Sie ist einfach stecken geblieben nach Julians Tod. Als wäre sie an ein Stopp-Schild gefahren, hätte angehalten und dann vergessen, wieder loszufahren. Wegen der Legende, das war mir klar. Sie glaubte so fest daran, dass niemand sie umstimmen konnte. Obwohl sie Julian im Sarg gesehen hat, hat sie immer noch geglaubt, er wäre im Meer. Es war hoffnungslos.

Und dann kamt ihr. Ihr wart die Geschichte – der Junge, das Mädchen, das Meer. Ich hatte die Idee, dass ich Chloé zeigen könnte, dass es die Legende nicht gab, indem ich sie zuerst weiter daran glauben ließ.«

»Sie wollten sich als der Verursacher offenbaren«, sage ich.

»Ich wollte mich zu erkennen geben – nach der Sturmnacht, wenn trotz der Anzeichen niemand gestorben war.«

»Moment. Wenn es die Legende nicht gibt, warum sind dann all die jungen Männer ertrunken?«

Er lacht auf. »Es ist gefährlich, bei Sturm zu schwimmen. Das ist doch die einfachste Erklärung. Die Strömung ist unberechenbar. Als es bekannt wurde, sind die Touristen trotzdem ausgeblieben. Hinterher hat sich herausgestellt, dass es im Internet unter Schwimmern als die Mutprobe schlechthin galt.«

»Was ist dann passiert?«, frage ich. »Wieso haben Sie sich nicht als Verursacher offenbart?«

Er sieht mich geradeheraus an. Die Intensität seines Blickes lässt erkennen, dass er nicht immer der Großvater gewesen ist, der für seine Enkelin Suppe kocht.

»Du denkst es dir doch schon längst«, sagt er.

»Ben.«

Er nickt. »Er stand auf einmal in der Tür – eigentlich wollte er Chloé besuchen. Da hatte er sich alles schon zusammengereimt. Er hat mir ins Gesicht gesagt, dass ich dumm sei. ›Vielleicht glaubt sie dir‹, hat er gesagt. ›Aber dann hasst sie dich auch.‹ Und er hatte recht. Hassen war schlimmer. Er sagte, er werde ihr nichts verraten, aber er stelle zwei Bedingungen: Erstens sollte ich ihn in der Nacht von der Kneipe zum Bahnhof fahren, und zweitens sollte ich weitermachen. Er hatte auch die Idee, dass ich in Ermangelung eines Spiegels sein Auto bemalen könnte.«

»Sie haben ihn abgeholt«, sage ich.

»Das stimmt.«

»Sie wussten als Einziger, dass er nicht tot war. Sie haben doch gesehen, wie beschissen es mir ging. Warum haben Sie nichts gesagt?«

»Es macht für dich doch jetzt keinen Unterschied mehr, ob er tot ist oder nicht.«

Die Wut bricht aus mir heraus.

»Wollen Sie sagen, dass er nichts mehr mit mir zu tun haben

möchte? Sie kennen ihn doch gar nicht. Wozu hat er mir dann die ganzen Zeichen hinterlassen?«

Er berührt mich am Arm. »Setz dich wieder hin, bitte. Er ist weg, das war seine Entscheidung. Ich respektiere seine Entscheidung. Du nicht?«

»Das ist es jetzt also? Sie bestätigen mir, dass er nicht tot ist, und ich soll mich damit abfinden, dass ich ihn nie wieder sehen werde?«

Er sieht mich an, als wäre ich seine Enkelin.

»Ich verstehe, dass du es so siehst, aber für ihn bist du vielleicht die einzige Person, der er den Trost geben wollte, dass er nicht tot ist.«

»Und was mache ich mit dem Trost? WAS FANGE ICH DAMIT AN?«

Ich stürme aus dem Haus, bis zur Klippe. Mein Herz schlägt immer noch gegen meine Rippen, und ich keuche. Ich stütze mich auf den Knien ab und starre auf das gelb-grüne Gras. Warte auf die Kotze. Sie bleibt unten.

Das ist also die Lösung des Rätsels: Ben lebt, aber für mich könnte er trotzdem tot sein.

Ben will nichts mit mir zu tun haben.

Warum? An welcher Stelle habe ich einen Fehler gemacht? Was hätte ich tun müssen, um mit ihm gehen zu können?

Wie ich es vielleicht wert gewesen wäre:
- schneller sein
- hübscher sein
- kleinere Nase
- mehr Zungenküsse

- aufregendere Klamotten tragen
- bessere Bücher lesen
- nicht so spießig sein
- sich nicht so viele Gedanken machen

Hätte er es mir ins Gesicht gesagt: Hanna, ich will nichts mehr mit dir zu tun haben. Du langweilst mich. Du machst mich langsam.

Es hätte wehgetan, richtig wehgetan – aber nicht so sehr.

Was ist mit seinen Bildern und dem eingekringelten Satz?
Um mich zu trösten.

Was ist mit all der Zeit, während der ich gedacht hatte, Ben wäre mein bester Freund und der einzige Mensch auf der Welt, der zählt? Als ich gedacht habe, ich wäre seine beste Freundin und für ihn der einzige Mensch der Welt, der zählt?
Vorbei.

Weiß er, wie sich das anfühlt?
»Ich hasse dich, Ben«, flüstere ich. »Ich hasse dich.«
Ist das auch eine Wahrheit?
Es fühlt sich zumindest so an.
Und dann entdecke ich noch ein Gefühl: Der Wunsch, den flachen Stein zu nehmen, der vor mir auf dem Boden liegt, und die Windschutzscheibe des Fiat zu zerschlagen, bis kein Splitter mehr im Rahmen hängt. Wie kann man so ein Arschloch sein? Warum konnte Ben nicht einfach gehen? Warum das Drama? Was wäre so schlimm daran gewesen, einmal normal zu sein?

Es ist seltsam: Das Schlimmste, das passieren konnte, ist passiert. Und zum ersten Mal in meinem Leben habe ich überhaupt keine Angst mehr. Sie scheint verflogen, für immer.

Ich sitze dort. Es dauert. Die Wut rinnt aus meinem Körper. Die Tränen versiegen. Der Wind berührt mich. Ich werde ganz ruhig.

Da ist noch ein Gefühl, jetzt kann ich es sehen: Ben lebt, und das macht mich glücklich. Er ist mein Fragezeichen, meine große Unbekannte, die bisher aufregendste Geschichte in meinem Leben. Aber ich will meine Geschichte selbst erzählen, meine Abenteuer selbst bestimmen, und ich will mehr Punkte darin haben. Die Fragezeichen sind angsteinflößend, sie zerquetschen dein Herz. Mit den Punkten kannst du rechnen, sie tragen dein Leben, du kannst sie zu einem Einfamilienhaus aufeinanderschichten oder zu einer Familie. Was bleibt von den Fragezeichen? Eine Liebe, die dich auffrisst.

Fuß vor Fuß. Langsam laufe ich zurück. In Chloés Zimmer beginne ich, die Tasche zu packen. Bens Tasche, jetzt meine Tasche. Das kleine gelbe Buch, der Block. Chloé reicht mir schweigend die Gegenstände. Vielleicht sollte ich diese Sachen hierlassen, aber ich habe sie Ben weggeschnappt, und jetzt gehören sie mir.

»Was machst du jetzt?«, frage ich.

»Wenn ich mich nicht mehr um ein nerviges Häufchen Nervigkeit kümmern muss?«

»Genau.«

»Ich habe gestern eine Bewerbung an die Uni geschickt und warte jetzt, ob sie mir den Platz geben.«

»Gut.«

»Willst du gar nicht wissen, für welches Fach?«

»Ehrlich gesagt, kann ich mir dich gar nicht beim Studieren vorstellen«, sage ich.

»Ich mich auch nicht. Aber ich mag Filme. Ich möchte gerne lernen, wie man sie macht, und ich glaube, ich wäre gut darin. Und jederzeit Zigaretten kaufen, oh mein Gott!«

»Klingt gut.«

Ich nehme die Tasche in die Hand. Die offene Tür wartet, aber ich will noch nicht gehen, und der Moment dehnt sich, bis Chloé mich auf einmal in eine Umarmung zieht. Ihre weichen Haarsträhnen duften nach ihrem Shampoo, nach dem auch meine Haare riechen, weil ich sie hier damit gewaschen habe. Ich drücke sie zurück.

Mafia springt an uns hoch und fängt an zu bellen.

Ich gehe langsam genug an der Tür vorbei, dass Chloés Großvater aufschauen kann, und nicke ihm zu. Seine Augen leuchten kurz auf. Er senkt den Kopf. Jetzt muss er das Geheimnis nicht mehr alleine tragen.

Der Fiat wirkt groß. Weil ich nur eine Tasche habe und weil ich klein bin.

Der Schaltknüppel schmiegt sich an meine Handfläche. Ich drehe den Schlüssel um und lasse die Kupplung sanft heraus. Das Auto hört mir zu, es fährt rückwärts aus der Einfahrt.

Chloé steht an der Tür, hält die kläffende Mafia am Halsband und lacht ihr tiefes Lachen. Sie ist so verdammt schön. Ich winke ihr zu und fahre los. Der Fiat rollt durch die Straßen.

Hinter dem Ortsschild halte ich an.

Wenn ich die Augen schließe, kann ich mir vorstellen, dass wir gerade erst losfahren. Der Moment, als ich noch auf dem Gehsteig stand, vor mir das Auto, das vom Bass ganz erfasst war. Die Fensterscheibe zwischen uns. Ich möchte meine Hand auf das Glas legen und drücken, bis sie durch das Glas gleitet und

Bens Gesicht berührt. Er zieht die Splitter aus meinen Fingern, saugt sie mit dem Mund heraus. Ich stehe immer noch auf der Straße, kann mich nicht bewegen, und Bens Blick ist so sanft und die Berührung seiner Lippen samtig wie Himbeeren.

Der Morgen bricht an, aber wir sind eingeschlossen in unserer kleinen Zeitblase, genau wie ich darin eingefangen bin, so lange, bis ich die Augen öffne. Was ich nie tun werde, weil er dann weg ist, weg, weg, weg.

Wir haben mehr als fünf Sinne. Wir können nicht nur riechen, schmecken, hören, sehen und fühlen – wir haben auch einen Sinn für die Position unserer Gliedmaßen und für Gleichgewicht und Temperatur. Klingt es so abwegig, dass ich einen Sinn für Ben habe? Dass ich ihn immer noch spüre, ihn aus den Augenwinkeln sehen kann, sein abwartendes Lächeln, wie er kaum ins Auto passt?

Von weit entfernt höre ich ein Hupen, es reißt sich durch die Zeitblase. Ich öffne die Augen.

Im Rückspiegel sehe ich den genervten Gesichtsausdruck eines Bauern auf seinem Traktor. Ich blockiere die ganze Straße.

Taub, immer noch bei Ben, fahre ich an und würge ab. Mit zitternden Fingern probiere ich es ein weiteres Mal, und das Auto spurt. Ich fahre bis zum nächsten Feldweg, lasse den Traktor vorbei und versuche, zu dem Gefühl zurückzuschwimmen, Ben wäre da.

Aus den Augenwinkeln schaue ich auf den Beifahrersitz.

Kein sonnenverbrannter Mann wirft mir sein Lachen ins Gesicht. Kein schmaler Junge mit Zahnspange zeigt mir den Spicker, den er geschrieben hat. Kein betrunkener Ben schläft, als könnte er gleich die Augen öffnen.

Der Sitz bleibt leer.

Ich gebe auf. Der Motor springt beim ersten Mal an, und ich fahre los. Hinter mir verschlucken die Bäume das Dorf.

VIERUNDDREISSIG

    Mir war immer bewusst, dass ein Ort lebenswichtig für eine Geschichte ist. Warum sonst bleiben wir beim Geschichtenerzählen sitzen, wenn es im Garten kalt wird und Stechmücken unter jede Lage Kleidung kriechen? Weil die Geschichte an diesem Ort ihre Macht hat. Wenn einer aufsteht und nach drinnen geht, geht der Nächste schlafen und der Nächste nach Hause. Aber nicht, wenn sie noch gebannt sind von den Worten, die sich in ihren Ohren zu einer Geschichte weben. Das ist der Grund, warum wir Decken nach draußen holen und uns zerstechen lassen, statt nach drinnen zu gehen.
    So ist es auch für mich. Ich bringe mehr und mehr Kilometer zwischen mich und das Dorf und spüre, wie die Geschichte mich loslässt. Der Ben, der bei mir bleibt, ist der Ben, den ich zu Hause gekannt habe. Die Müdigkeit überzieht meine Augenlider, aber ich halte nicht an, aus Angst, die Geschichte könnte mich wieder einholen.
    Als ich zu Hause ankomme, kann ich mich kaum noch auf den Beinen halten. Meine Hände klammern sich an Bens Tasche. Ich klingele, und der Ton schallt durch die Wohnung. Es dauert, dann öffnet mir meine Mutter im Schlafanzug – ich habe nicht daran gedacht, wie spät es ist. Ich sehe die Erleichterung auf ihrem Gesicht, und sie schließt mich in die Arme.
    Dann wanke ich direkt zum Bett und schlafe ein.

Das Morgenlicht verspricht einen leuchtenden Tag mit blauem Himmel, ohne Sorgen. Soll ich Mama erzählen, dass Ben noch lebt?

Ich entscheide mich dagegen. Bens Geschichte ist eine Geschichte, die ich nicht mehr erzählen werde. Es ist nicht nötig. Er hat bestimmt schon neue Menschen in seinen Bann gezogen, um seine Geschichte zu erzählen.

Ich schlage die Bettdecke zurück und stehe auf.

Mama schneidet Obst für mein Frühstück.

Ich bleibe in der Tür stehen – sie hat mich noch nicht bemerkt. Sie führt das Messer gleichmäßig, ihr Handgelenk kippt nach oben und nach unten, ein zartes Handgelenk unter heller Haut. Meine Mutter ist schön. Ich wäre gerne wie sie – ruhig und entschlossen. Aber auch in ihrer Vergangenheit gibt es Ereignisse, über die wir nie reden, und wenn sie sich daran erinnert, werden ihre Augen weich, und dahinter bleibt nur eine wattige Traurigkeit. Dann streicht sie mir über die Haare und lächelt, und ich habe das Gefühl, dass es etwas mit mir zu tun hat.

In diesem Moment verstehe ich, dass meine Mutter in ihrer Jugend auch von einer Geschichte verschluckt wurde. Man kann es nicht mehr mit Sicherheit sagen, denn die Geschichte ist nicht mehr da, meine Mutter aber schon. Vielleicht passiert jedem so eine Geschichte, und in der Häufigkeit, in der sie passieren, sind die Geschichten schon wieder banal.

Vielleicht wiederholt sich auch alles, und es ist sowieso egal, was ich tue. Vielleicht stehe ich in zwanzig Jahren vor der Arbeitsfläche, und mein Handgelenk gleitet auf und ab, während ich eine Banane in Scheiben schneide.

»Guten Morgen«, sage ich.

Meine Mutter wendet mir ihr Gesicht zu. »Guten Morgen. Du bist ja schon wach.«

Ich setze mich an den Tisch, und sie stellt eine Müslischale vor mich.
»Mehr Vitamine haben nicht in die Schale gepasst, hm?«, sage ich.
»Das ist schon über der zulässigen EU-Richtlinie«, sagt sie. Ich kaue.
»Ziehen wir heute deine Kisten um?«
Ich schlucke und will antworten, aber in dem Moment klingelt mein Handy.
Dann sehe ich den Namen auf dem Display, und mein Herz beginnt zu schlagen wie ein Vogel, der mit den Flügeln gegen die Käfigstäbe schlägt.
Ben.
Ben. Ben. Ben.
Ich verdecke das Display mit der Hand und gehe aus dem Raum, fange nach der Tür an zu rennen, habe bei jeder Treppenstufe Angst, Ben würde auflegen. Oben knalle ich meine Zimmertür zu und nehme den Anruf an.
»Hallo«, sage ich.
»Hallo«, sagt Ben.
Ich fange an zu weinen. Schluchzer schütteln meinen Körper.
»Hey«, sagt Ben. »Hey, nicht weinen.«
Ich sinke auf den Boden und weine nur noch stärker.
»Soll ich besser auflegen?«
»Nein!«
Mein Schrei ist so laut, dass ihn Mama in der Küche hören muss.
»Leg nicht auf«, sage ich leiser. »Leg nie auf.«
»Okay.« Die Stimme lacht nervös. »Ich hatte nicht mit so viel Enthusiasmus gerechnet.«
»Ben?«, frage ich.
In der Zeit, die meine Stimme braucht, um zu einem Satelliten

und wieder zurück zur Erde zu rasen, weiß ich, was ich gleich hören werde.

Nicht Bens Stimme.

»Ähm, Hanna. Hier ist Sam. Bens Handy lag noch in Chloés Zimmer, und ich wollte dir nur sagen, dass ich es gefunden habe.«

»Oh«, sage ich.

»Tja«, sagt Sam. »Scheint so, als müsste ich jetzt doch früher als nie auflegen.«

Ich sage nichts.

»Vielleicht bekomme ich dieses Mal ein Tschüss.«

Habe ich mich nicht von Sam verabschiedet?

Ich stelle ihm die Frage.

»Nein, Hanna. Du hast dich nicht von mir verabschiedet. Du hast dich einfach verpisst.«

Ich schlucke. »Rufst du nur an, um mir zu sagen, dass ich das Handy vergessen habe?«

Stille.

»Sam?«

Er seufzt. Es ist ein Hauch und kaum hörbar durch die Leitung.

»Ich verstehe dich nicht«, sagt Sam. »Du bist davon überzeugt, dass Ben noch lebt, und am nächsten Tag verschwindest du von dem einzigen Ort, an dem du ihn finden kannst?«

»Er will nicht gefunden werden«, sage ich.

»Und woher weißt du das?«

»Er hat es mir ziemlich deutlich gesagt.«

»Also hat er tatsächlich mit dir gesprochen?«

Ich höre den Spott.

»Nein, hat er nicht«, sage ich.

»Entschuldigung«, sagt Sam. »Was ist passiert?«

Ich erzähle es ihm, meine Demütigung. Die Worte tropfen aus mir heraus.

Als ich fertig bin, spüre ich, dass ich wieder angefangen habe zu weinen. Stille Tränen dieses Mal, nur unterbrochen vom Heben meines Brustkorbs, wenn meine Lungen Luft einsaugen.
Sam schweigt.
»Ich glaube nicht, dass er dich loswerden wollte. Er will von dir gefunden werden.«
»Woher willst du das wissen?«, frage ich.
»Ich werde dir keine Situationen aufzählen, in denen es offensichtlich geworden ist«, sagt Sam. »Das übersteigt meine Selbstbeherrschung.«
»Tut mir leid, dass ich mit dir über Ben spreche«, sage ich.
»Mir tut es auch leid«, sagt Sam. Nach einer Pause: »Wenigstens sprichst du überhaupt mit mir.«
Stille.
»Du, Sam?«
»Ja, Hanna?«
»Meinst du, das wäre etwas mit uns geworden, wenn Ben nicht gewesen wäre?«
»Du meinst abgesehen von der Tatsache, dass du mich ohne Ben nie geküsst hättest und nie in das Dorf gekommen wärst? Ja, ich glaube, ich hätte mich trotzdem in deine Einsamkeit verliebt, und wir hätten geheiratet und wären nie am Meer gewesen und hätten fünfundzwanzig Kinder bekommen.«
Ich lächele.
»Rufst du mich bald wieder an?«, frage ich.
»Von meinem Handy aus«, sagt Sam.

Ich halte mir das Handy noch ans Ohr, lange nachdem wir aufgelegt haben.
Es klopft, aber ich kann meiner Mutter die Tür nicht öffnen, ohne ihr alles zu erzählen.
Ich setze mir Kopfhörer auf. Zufallswiedergabe. Shuffle-Time.

Das Klopfen geht in Gitarrenmusik unter. Schrecklicher, kreischender Gitarrenmusik. Das habe ich bestimmt nicht auf mein Handy geladen.

Ich schaue auf die Musikanzeige.

Barbie Girl.

Stimmt, jetzt erkenne ich das Lied. Es ist *Barbie Girl*. Nur verzerrt, die Stimme ist nicht hoch genug. Es sind nicht Aqua, die dieses Lied spielen, sondern ... Ben.

I'm a barbie girl. In a barbie world. I'm like plastic. It's fantastic.

Seine Stimme ist schräg, bricht, wenn er die oberen Töne versucht, verfehlt jede Note um mindestens einen Halbton. Aber es ist Ben. Der verdammte Scherzkeks.

In meinem Kopf beginnt es, sich zu drehen. Ich taste unter meinem Bett nach der Tasche, die ich gestern dorthin getreten habe.

Das Zitat im Buch habe ich gefunden.

Ich schlage den Block auf. Scheinbar enthält jedes Wortbild einen Hinweis auf etwas anderes, und wenn es nur ein Witz wie mit dem Lied ist.

Das erste Rätsel – die Farbdose – habe ich gelöst.

Das zweite Rätsel – die Kopfhörer – auch.

Das dritte Rätsel – der Block selbst – liegt noch vor mir.

Ich habe es nicht verstanden, weil ich von dem Märchen abgelenkt war. Das Bild hat kein Motiv, es ist nur ein Blockblatt von dem Block, den ich in der Hand halte. Also, wo ist Bens Botschaft?

Ich lese das Märchen noch einmal, hole sogar mein Märchenbuch und gleiche den Wortlaut ab.

Da ist nichts, überhaupt nichts. Was soll mit dem Block sein? Ich lege den Kopf auf das Papier und verweile so eine ganze Zeit. Als ich die Augen öffne, sehe ich einen Pfeil.

Da ist wirklich ein Pfeil. Er ist mit einem stumpfen Stift in das Papier eingedrückt, eine Zeichnung ohne Farbe, die nur im Licht oder unter meinen Fingerspitzen sichtbar wird. Deshalb hat er den Text auch mit Tinte geschrieben. Ich fahre sie nach.

Der Pfeil führt vom Block weg und zeigt dann wieder zum Block hin.

Ist das Geheimnis im Block drin?

Von der Seite betrachtet sehe ich nur Blätter. Sonst ist da nichts.

Ich schüttele den Block. Ein Bild fällt heraus. Es ist in schlechter Qualität aufgenommen und zeigt Ben auf einem Hügel, mit ausgebreiteten Armen und breitem Grinsen. Nein, es ist nicht Ben, sondern sein Vater. Wie ähnlich sie sich waren. Vielleicht hat Ben dasselbe gedacht und Angst bekommen.

Wieder schaue ich auf das leere Papier. Nichts.

Aber haben Ben und ich unsere größten Geheimnisse nicht genau dort gefunden? In Büchern? Auf Papier?

Also betrachte ich das Blatt noch einmal. Vielleicht habe ich einen Hinweis übersehen. Ich finde nichts und streiche mit den Fingern über das Blatt. Da: Am unteren Bildrand sind Rillen im Papier. Ich kippe den Block, sodass das Licht in einem anderen Winkel auf das Blatt scheint, und lese, was dort in fast unsichtbaren Buchstaben eingeprägt steht.

Zurück auf Anfang.

Was war am Anfang? Welcher Anfang?

In meinen Ohren fängt es an zu rauschen. Ein Wogen. Das Knacken von Ästen. Der Sturm atmet mir ins Gesicht. Regentropfen wie Tränen.

Ich weiß es.

Raffe die Sachen zusammen.

Sprinte zur Garage.

Los, los, los.

Es steht kein Auto in der Einfahrt von Bens Haus – sie arbeiten bestimmt oder sind in der Schule. Ich klettere über den Zaun und in den Garten.

Der Baum steht noch. Alt und knorrig wie in jener Nacht. Nur die Äste sind spröde geworden.

Ich klammere mich an den ersten Ast und beginne den Aufstieg. So anstrengend hatte ich es nicht in Erinnerung. Seit dem letzten Mal bin ich größer geworden, und trotzdem gibt es Stellen, an denen ich mich strecken muss, um den nächsten Ast zu greifen.

Wie habe ich das früher gemacht?

Endlich komme ich an die Stelle mit dem Astloch.

Deswegen wollte Ben die Handys verstecken. In einem Astloch.

Ich greife hinein, taste mit den Fingern in dem Spalt.

Bin kurz davor aufzugeben.

Taste weiter.

Berühre etwas.

Halte den Atem an.

Ziehe ein Stück Papier hervor.

Ich falte es auseinander und streiche die Kanten glatt.

Auf dem Blatt stehen drei Zeilen.

Ich nehme Bens Tasche, die immer noch gepackt ist. Was für eine Metapher – dass Bens Tasche immer gepackt ist, wo ich meine eigene Tasche so oft ein- und ausgepackt habe.

In der Garage klaue ich das Navi aus Mamas Auto. Dann setze ich mich in den Fiat und ziehe die Tür zu. Das Navi ist schon hochgefahren: Ich soll die Zieldaten eingeben, aber meine Finger bleiben in meinem Schoß liegen. Will ich das? Gebe ich Ben noch eine Chance, obwohl er mir dermaßen wehgetan hat?

Wenn ich dieses Mal losfahre, dann ist es meine Entscheidung und nicht seine. Ich sitze lange da. Es hat sich so viel verändert. Wenn ich an Ben denke, dann denke ich nicht mehr daran, dass er anderen Leuten am Lagerfeuer unsere Geschichte erzählt. Ich denke an einen winzig kleinen Ben am anderen Ende des Strandes, der auf die Wellen schaut und darauf wartet, dass ich komme.

Ben, der während eines Gewitters auf einen Baum geklettert ist, damit ich unseren ersten Kuss nie vergesse. Und den ich wieder geküsst habe: zwischen Hundefutter, Stroh und Wellen. Mit dem ich nackt geschwommen bin und mich beim Reden nackt gefühlt habe.

Ben, der mir gesagt hat, dass er mich liebt. Das größte *I dare you* von allen.

Und ich denke daran, dass ich ihn zurückgeliebt habe, und er trotzdem so verletzt war, dass er aus seinem Leben verschwinden musste.

Ich lehne meinen Kopf an das Polster. Es riecht jetzt anders: Nach gut gelüftet, nach Obstsalat und Shampoo. Es riecht nach mir.

Ich kann dieses Auto lenken, wohin auch immer ich will.

Also gut.

Okay.

Ich setze mich auf und tippe die Koordinaten in das Navi.

Sechs Stunden.

Gott, Ben. Eine nähere Stadt hättest du dir nicht aussuchen können, hm?

Ich stelle den Kilometerzähler auf null und drehe den Schlüssel im Schloss.

Mein Fuß löst sich von der Kupplung. Zögerlich, wie man beim Schlittschuhfahren die Hand der Mutter loslässt. Unser kleines Auto rollt los. Es umfährt schwankend ein paar Schlaglöcher, findet sein Gleichgewicht, beschleunigt, lacht laut auf und beugt sich nach vorne.

In sechs Stunden steige ich aus und klingele. Ich zähle in Primzahlen bis hundert, die Tür öffnet sich, und ich sage: »Happy Birthday.« Einfach so.

DANKE

Sylvia Englert, ohne die es dieses Buch nicht gäbe. Wo soll ich anfangen? Vielleicht am Anfang: Danke, dass ich damals dein Special Guest sein durfte. Und danach noch so viele Male.

Sinem Güler und Melina Engelhardt, meinen besten Freundinnen. Danke, dass ihr euch umgedreht und mich eingeladen habt.

Ralf Johannes Schramm: Du bist nicht weniger als grandios.

Lina Remy, einer echten Poetin. Danke für die Worte, die du anhörst, sagst und schreibst. Mögest du immer Wind unter den Flügeln haben!

Marcel Graetz, der den ersten Satz gerettet hat. Danke für unseren Betreff.

Meinen Agenten Gerd Rumler und Sophie Wittmann. Danke, dass ihr euch für das Manuskript eingesetzt habt. Es ist außerdem eine Freude, mit euch Kaffee zu trinken!

Dem tollen Team von Heyne fliegt. Besonders Diana Mantel, Julia Bauer, Martina Vogl und Patricia Czezior. Ich habe mich bei euch von Anfang an wunderbar aufgehoben gefühlt. Ihr habt genau verstanden, worum es mir ging, und durch eure Ratschläge und euer Herzblut ist das Buch viel besser geworden! Danke, dass ihr Bücher macht.

Zuletzt meiner ganzen, großartigen Familie. Für ein Zuhause mit Büchern statt Wänden, wo es Licht, Luft und Platz gibt, um Geschichten zu erzählen.

WANN DU DIE GROSSE LIEBE TRIFFST, KANNST DU DIR NICHT AUSSUCHEN

Tessa hat immer gewartet – auf den perfekten Moment, den perfekten Jungen, den perfekten Kuss. Weil sie dachte, dass sie noch Zeit hat. Doch dann erfährt das 17-jährige Mädchen, dass sie bald sterben muss. Sie ist fassungslos, verzweifelt, wütend – bis sie Oskar trifft. Einen Jungen, der hinter ihre Fassade zu blicken vermag, der keine Angst vor ihrem Geheimnis hat, der ihr immer zur Seite steht. Er überrascht sie mit einem großartigen Plan. Und schafft es so, Tessa einen perfekten Sommer zu schenken. Einen Sommer, in dem Zeit keine Rolle spielt und Gefühle alles sind ...

Anne Freytag
Mein bester letzter Sommer
ISBN 978-3-453-26983-5

heyne›fliegt

heyne-fliegt.de

MANCHMAL LIEGT DAS ZIEL WOANDERS ALS DU DENKST

Wer würde nicht gerne einfach mal verschwinden?

Genau das macht die 16-jährige Mim Malone. Es reicht ihr, immer das zu tun, was ihr Vater und seine neue Frau für richtig halten. Sie will wissen, woran ihre Mom eigentlich erkrankt ist. Und ihre Gedanken sollen endlich aufhören, in ihrem Kopf Karussell zu fahren. Also steigt sie einfach in den Greyhound-Bus und haut ab, zu ihrer Mom. Während draußen die Landschaft vorbeifliegt, macht Mim einige unvergessliche Bekanntschaften …

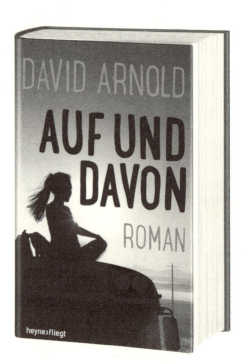

David Arnold
Auf und davon
ISBN 978-3-453-26983-5

heyne›fliegt

heyne-fliegt.de